El Violín Negro

El Violín Negro

Sandra Andrés Belenguer

LABERINTO

Primera edición: noviembre de 2009

Edición: Ana Belén Valverde Elices
Diseño de cubierta: globaldiseña
Diseño de interior: equipo Laberinto

www.ladyghost.com

laberinto@edicioneslaberinto.es
www.edicioneslaberinto.es
www.elviolinnegro.com
Tel.: 91 310 28 26
Fax: 91 310 28 30

ISBN: 978-84-8483-409-0
Depósito Legal: M-45740-2009

Imprime:
Gráficas Fernández Ciudad

Printed in Spain - Impreso en España

LIBRO SOLIDARIO Desde 1995, el 0,7 de los beneficios empresariales se destinan a proyectos de desarrollo en el Tercer Mundo a través de Organizaciones No Gubernamentales.

«Hay que acostumbrase a todo en la vida...
incluso a la eternidad.»

El Fantasma de la Ópera, Gastón Leroux.

1

Diciembre, 1907

Atardecía ya en París.

Enfundado en un raído abrigo negro y una desgastada gorra, un hombre atravesaba precipitadamente *Le Pont des Arts* dirigiéndose hacia el lado derecho del Sena. La ciudad entera sufría el temporal propio de diciembre y el frío se dejaba sentir con intensidad por los escasos viandantes que aún circulaban. París se sepultaba poco a poco bajo la nieve, y sus calles, casi desiertas, le conferían un aspecto gris y fantasmal. El único sonido existente era el inquietante bramido del gélido viento azotando el río y las ruedas de los carruajes sobre los blancos adoquines.

Sin embargo, a aquel hombre no parecía importarle el azote invernal. Seguía su camino con determinación aferrando fuertemente un saco de extrañas proporciones.

Debía llegar a la Rue Bonaparte antes de que oscureciese por completo o tendría que esperar hasta el día siguiente, cuando el anticuario *Corenthin et fils* abriese sus puertas de nuevo. No había tiempo que perder. Necesitaba el dinero.

Abstraído como estaba en sus pensamientos, no vio dirigirse contra él a toda velocidad una berlina negra. Los caballos relincharon con angustia cuando el cochero tiró de las bridas tratando de frenar su carrera. El coche se detuvo a escasos metros del personaje, que se sobresaltó, cayendo bruscamente sobre el níveo empedrado.

El cochero le increpó ásperamente y quitándose su sombrero de copa, se pasó una mano temblorosa por la frente intentando evaporar así el temor de lo que podría haber sido un serio accidente. Una pareja cercana, se aproximó con celeridad para comprobar que no había resultado herido. La mujer, ataviada con un grueso abrigo, le preguntó si se encontraba bien.

Pero aquél a quien hacía referencia sólo estaba preocupado por el contenido de la bolsa que llevaba a cuestas y haciendo caso omiso de cualquier pregunta, introdujo nervioso la mano en ella y comprobó que todo estaba en perfecto estado.

«Gracias a Dios, parece que no ha sufrido daño alguno», pensó con alivio.

La pareja de transeúntes se miró extrañada por el comportamiento de aquella persona que parecía valorar más un viejo saco que su propia seguridad, y siguió su camino.

El hombre reanudó su marcha.

Cuando llegó al anticuario y prestamista, se detuvo pensativo ante la puerta.

«Robar para poder comer.»

Aunque no era la primera vez que lo hacía, no pudo evitar sentir vergüenza de sí mismo. En su mente se dibujaron los rostros de su mujer e hijos y notó como un nudo se apoderaba de su garganta.

Se secó el rostro mojado con sus manos y con un profundo suspiro envuelto en vaho, empujó la puerta entrando en el local.

Ya en su interior, se ensimismó momentáneamente por lo que le rodeaba. Extraños retratos lo miraban por doquier, candelabros pertenecientes al siglo anterior estorbaban su paso junto a pintorescas figuras religiosas, relojes de la época napoleónica, libros cuyos títulos habían sido borrados por el tiempo…

El prestamista Corenthin lo observaba con recelo al otro lado de la estancia. Era un hombre anciano, de cabellos blancos y ojos inquisidores que siempre escrutaban al cliente tras unos pequeños anteojos.

Cuando le preguntó con voz escabrosa qué deseaba, el hombre se quitó rápidamente la gorra y tragando saliva, se acercó y dejó encima del mostrador, con mucha suavidad, el contenido del saco que con tanto cuidado había transportado a sus espaldas.

Corenthin lo miró con ojos inquisidores mientras extraía el objeto de su estuche. Lo que vio, más que complacerle, lo fascinó. Aumentó la intensidad de la lámpara de gas y lo analizó meticulosamente con sus huesudos dedos.

Tras unos breves instantes en los que el silencio únicamente era transgredido por el acompasado sonido del péndulo de un reloj isabelino, su rostro comenzó astutamente a cambiar de expresión. Sus ojos parpadearon con perspicacia tras los gruesos anteojos mientras levantaba la cabeza.

—Sólo puedo ofrecerle cuatrocientos francos por él.

—¿Qué? ¿Sólo cuatrocientos? ¡Eso vale al menos mil!

—Lo siento... Quizá prefiera intentarlo en otro de los anticuarios que hay por esta zona, pero ninguno le va a ofrecer más de esta cantidad —mirándole directamente a los ojos, Corenthin continuó con sagacidad— o puede que quiera arriesgarse a que le pregunten cómo lo ha obtenido. Sería un verdadero problema, ¿no es así? A la policía le interesaría mucho, en mi opinión.

El hombre calló, lívido. No había contado con aquella extorsión.

—De acuerdo —dijo casi en un susurro, asintiendo con la cabeza—. Cuatrocientos me parece justo.

El prestamista se encogió de hombros mientras extraía el dinero acordado de un pequeño cajón. Se lo tendió casi con despreocupación y vio como aquel sujeto lo guardaba rápidamente en un bolsillo saliendo precipitadamente del local.

Corenthin, ya solo, miró el objeto que yacía sobre la mesa, y sonrió con satisfacción.

2

En la actualidad

Christelle se despidió de sus compañeras tras abandonar *La Salle Pleyel*. Por lo general, era una sala destinada a los conciertos de música sinfónica para el gran público parisino, pero en aquella ocasión, la *Cité de la Musique* había concedido un permiso especial para que sus alumnos pudiesen ensayar sus futuros exámenes en las instalaciones.

Sin duda el maestro Boldizsár Király, probablemente uno de los mejores profesores del conservatorio y un afamado director de orquesta, había sido el insigne mediador para conseguir dicho permiso. Su extraordinario currículum dentro de la música clásica hacía que todas las puertas estuvieran abiertas para él. Hombre de una vastísima cultura, combinaba su estatus de profesor emérito en el conservatorio con sus frecuentes conciertos por todo el mundo.

Había sido una jornada agotadora. Tras horas de prácticas, el concierto para violín número tres de Mozart todavía resonaba en la mente de Christelle con cierta monotonía, cuando su mejor amiga, Cloe, la cogió del brazo a la salida de la gran sala de conciertos.

—¿No crees que hoy se han pasado un poco? ¡Acabaré detestando a Mozart!

Christelle rió divertida por el comentario.

—Yo también estoy agotada, no creas. Y si esto son sólo los ensayos para el concierto de Navidad... ¡imagínate cómo serán los exámenes! Recuerda que ya estamos en octubre, ¡los tenemos a la vuelta de la esquina!

Hacía ya varios años que Christelle había ingresado en el Conservatorio de Música de París; no tenía muchas amistades, pero sentía que encajaba a la perfección.

La música había formado parte de su vida desde que era una niña y a sus dieciocho años, era la clave vital de su existencia. Todavía podía recordar el día en que sus padres le regalaron su primer violín... de eso hacía ya tantos años... Pero sonreía feliz al saber que ellos estarían realmente orgullosos de ella; tanto como lo estaba su tío, con quien vivía tras su trágico fallecimiento en un accidente. Se acordaba de ellos todos los días y cuando tocaba el violín, les dedicaba cada nota, cada acorde, cada melodía, como si fuese una promesa o una oración.

Comenzó sus estudios de música en una pequeña academia no muy lejos de su casa, pero los progresos fueron tan asombrosos que al cabo de unos años, sus profesores la animaron a ingresar en la Cité de Musique de La Villette, donde podría desarrollar su talento y perfeccionar su virtuosismo innato.

Para ella, el violín era un instrumento maravilloso que la impulsaba a expresar todo lo que su corazón sentía; un prodigioso catalizador de emociones capaz de transmitirlas mejor que unas simples palabras; una energía pura que poseía el poder suficiente para elevar al ser humano hasta alcanzar sus sueños más lejanos o descubrir sus pasiones más recónditas. Todo ello escondido tras la magia de unas sencillas partituras.

Bajando las escaleras, alguien pronunció su nombre haciendo que se girara. El maestro Király la estaba llamando. Su amiga Cloe se apartó discretamente y con un gesto le indicó que le esperaba más adelante.

—Señorita Christelle, hoy ha estado rozando casi la perfección. En sus manos, el violín parece cobrar vida. Ya sabe que es usted una de mis alumnas preferidas y no quisiera que mis palabras le hagan dudar de ello, únicamente quiero hacerle la observación que en los *andantes* debe usted ponerles más pasión.

Christelle asintió sin dejar de observar los expresivos ojos azules de Boldizsár. Aquel hombre de elevada estatura, ejercía siempre un extraño magnetismo en todos sus alumnos con su forma de hablar.

Su rostro y su forma física no aparentaban en absoluto sus casi sesenta años.

No era por tanto extraño, que para ella fuera su maestro predilecto, aun a pesar de la seriedad y exigencia que lo caracterizaban.

—Tiene usted razón... en el próximo ensayo trataré de hacerlo lo mejor posible.

Boldizsár Király emitió un leve gesto de aprobación.

—Estoy seguro de ello; de cualquier manera, practique esa parte en su casa y estoy convencido de que el próximo día incluso Mozart aplaudirá su ejecución... aunque lamentablemente desde donde esté, no creo que podamos escucharle.

La joven comprendió la pequeña broma de Király, que demostraba así la confianza que tenía en ella.

Con un ademán de agradecimiento, se despidió de él y bajó las escaleras al encuentro de Cloe.

Christelle y su amiga continuaron su conversación hasta la salida de la Cité, donde quedaron para verse la semana próxima. Tenían un arduo fin de semana por delante para preparar los primeros exámenes del trimestre.

Continuó sus pasos mirando el reloj con inquietud. Ya eran más de las tres de la tarde y su tío la estaría esperando. Recordaba que le había pedido ayuda en su trabajo como anticuario; pero hoy estaba demasiado cansada, únicamente quería desconectar y relajarse un poco.

El sol de mediodía se reflejaba en su largo pelo castaño, arrancándole hermosos brillos rojizos mientras caminaba vivazmente hasta llegar a la estación de metro de la Porte Pantin. Cuando las puertas del suburbano se abrieron, subió con celeridad y se sentó en uno de los muchos asientos libres. Siempre escogía el mismo lugar para acomodarse en su trayecto a casa; parecía estar ya esperándola. Puso el estuche de su violín encima de sus piernas y lo acarició con suavidad mientras escuchaba el típico pitido de aviso al cerrarse las puertas.

Acto seguido, conectó su mp3 para escuchar la música de uno de sus grupos favoritos.

Era un trayecto ciertamente largo hasta llegar a la estación Bastille, pero Christelle iba ensimismada en sus propios pensamientos y los minutos no parecían tener mucha importancia en su viaje. Sus ojos abstraídos reflejaban las fugaces luces anaranjadas de los túneles y de vez en cuando se posaban en los grandes paneles de publicidad de las diferentes paradas, que anunciaban alguna película o evento próximo en la ajetreada ciudad de París.

Pensaba en Bernard, su tío, su única familia tras el fallecimiento de sus padres. Siempre la había cuidado como a su propia hija, y fue él quien la animó entusiasta a inscribirse en la *Cité de la Musique*. Para él, su sobrina era todo un prodigio y no quería que esa asombrosa capacidad de entender e interpretar la música se perdiese. Cuando Christelle perdió a los suyos, el violín fue su tabla de náufrago y, junto a Bernard, su apoyo más preciado. Ambos constituían sus ejes vitales.

A su mente acudió, mientras sonreía, la imagen de su primer día en la Cité. Sus dudas, nervios, la aprensión ante todo aquel universo que súbitamente tenía ante sí... y fueron las palabras de su tío las que avivaron nuevamente sus sueños: «Tienes un don, Christelle. Un don maravilloso. Aprovéchalo». Tenía tanto que agradecerle...

Bernard poseía, desde que ella pudiera recordar, un pequeño anticuario no muy lejos de *Place Bastille*. Ellos vivían en el piso superior, también de su propiedad.

Adoraba aquel establecimiento lleno de lo que ella denominaba «sus tesoros». Incluso parecía entristecerse cada vez que una de aquellas antigüedades era adquirida por un comprador. Siempre ayudaba en la tienda: limpiaba y ordenaba el local, colocaba los diversos objetos en puntos estratégicos de luz para que mostrasen toda su belleza e incluso, en ocasiones, atendía a los clientes cuando su tío no estaba.

Había crecido entre libros ancestrales, estatuas de diosas griegas, escritorios de Luis XIV, lámparas de aceite, cuadros de distintas épocas, muñecas de siglos pasados o joyeros pertenecientes a alguna dama de la antigua aristocracia.

Estaba inmersa en aquellas imágenes cuando escuchó la femenina voz metálica que anunciaba la estación en la que debía bajar.

La *Place de la Bastille* lucía espléndida bajo el sol otoñal. El resplandeciente *Espíritu de la Libertad* parecía contemplar la ciudad a sus pies, alegre y complacido.

Christelle siempre se detenía unos segundos para contemplar la *Columna de Julio,* coronada por aquella esbelta estatua dorada. Le apasionaba esa etapa de la historia de París y le emocionaba saber que bajo esa columna, descansaban los restos de más de 500 víctimas de las revoluciones liberales de 1830 y 1848, las mismas que Víctor Hugo describió en su gran obra, *Les Miserables.*

Con un suspiro jovial, sujetó con fuerza el estuche de su violín y se encaminó rumbo a la *Rue des Tournelles*, donde se encontraba el establecimiento de su tío, *Atenea*; lo había bautizado con ese nombre hacía muchos años en honor a la diosa griega de la sabiduría.

Era un pequeño local flanqueado exteriormente por dos relieves de columnas salomónicas que le conferían un aire arcaico y solemne. Sobresaliendo del ladrillo rojizo de la fachada, una placa lo anunciaba con grandes letras góticas:

ATENEA

Antigüedades, Libros y Arte

Al llegar, saludó con la mano a su tío Bernard a través del escaparate y entró al local.

Vivía allí desde hacía años... Aun así, al entrar, aquel olor mezcla de historia y cultura que empapaba todo cuanto la vista podía abarcar, embriagaba sus sentidos.

Su tío la estaba esperando tras el mostrador de madera y cristal.

—¡Ya estás aquí! Hoy has tardado más de lo habitual, ¿eh? Ven y échame una mano con todo esto.

Miró a su alrededor. La estancia entera se hallaba invadida por completo de multitud de cajas de diversos tamaños. Ya había vivido esta situación en muchas ocasiones: se había recibido material procedente de un almacén o posiblemente de otro anticuario. Así pues, era día de inventario.

Ella miró a su tío con un divertido mohín de cansancio. Bernard se quitó sus gafas de concha y sonrió.

—Te dejo descansar, pero sólo unas horas, ¿de acuerdo? Necesito toda la ayuda posible para desembalar lo que he comprado. Son los Corenthin, ¿sabes? —Prosiguió mientras miraba con sus grandes ojos azules a su sobrina—. Los herederos del anticuario han decidido cerrar el negocio de su abuelo y venderme el lote completo, ¡y a qué precio! ¡No podía desaprovechar una oportunidad así!

A sus sesenta y cinco años, Bernard era un hombre enérgico y emprendedor. La edad ya había comenzado a reflejarse en su cuerpo, en otro tiempo atlético y delgado, pero sus ojos no habían perdido un ápice de su intenso brillo y sus manos seguían teniendo la misma agilidad que en su juventud.

Había sido maestro de obras hacía muchos años y por su gran competencia, llegó a ser contratado como ayudante de un arquitecto, cuya constructora comenzaba a tener cierto renombre. Juntos, reconstruyeron y sanearon diversos edificios y catedrales tales como las de Coutances, Nantes y Elne; trabajo del cual Bernard guardaba muy buenos recuerdos y que solía evocar con gran orgullo. Sin embargo, al cabo de cierto tiempo, la situación comenzó a cambiar. El arquitecto declaró que su constructora había quebrado y no disponía del dinero suficiente para pagar una indemnización digna a su ayudante, al que tenía verdadero aprecio. Por ello, decidió, como forma de pago, obsequiarle con ciertas antigüedades de su familia con el propósito de que Bernard pudiese venderlas.

Pero aquellos objetos, le abrieron un futuro camino que jamás hubiera pensado recorrer.

Alentado por una súbita idea de su hermano, el padre de Christelle, alquiló un pequeño local en París y creó un modesto anticuario mostrando los enseres que el arquitecto le había regalado. El negocio prosperó con más rapidez de la que tío Bernard podía imaginar; con la ayuda de su hermano y su cuñada, pudo comprar definitivamente el local y contar con suficiente libertad económica para poder comprar objetos más valiosos. Le debía tanto a su hermano... A su muerte, se prometió a sí mismo cuidar de Christelle, aún una niña, como si de su propia hija se tratase. Y así había sido hasta ahora.

Nunca se había casado, a pesar de la insistencia de su sobrina; pero siempre le decía, con una pícara sonrisa, que sus antigüedades eran su más amante esposa.

—Muy bien, no te preocupes —dijo Christelle mientras subía lentamente las escaleras que ascendían al piso superior y se quitaba la cazadora vaquera—, te ayudaré en cuanto me haya cambiado de ropa y descansado un poco, ¡estoy exhausta!

Tío Bernard se quedó mirando como su sobrina se dirigía a su habitación con una sonrisa de satisfacción; siempre podía contar con ella.

Una vez solo, respiró profundamente y continuó su trabajo, abriendo con una palanqueta una de las cajas de madera.

Con sumo cuidado, extrajo varios objetos, cada uno bien envuelto en polietileno de burbujas. El primero de ellos fue un reloj Napoleón III estilo Baullé con peana, dorado al mercurio; una muy buena adquisición, pensaba Bernard, acariciando con delicadeza la pequeña estatua de Cupido que lo adornaba.

El siguiente objeto fue una esbelta estatua de bronce criselefantina de Luis Felipe de Orleáns a caballo. Bernard frunció el ceño; nunca le había gustado mucho aquel histórico personaje.

Siguió sacando objetos de aquella enorme caja, encontrándose con una *cornucopia* dorada en la que se podía admirar un retrato de la Virgen con el Niño.

Pudo leer en una nota adjunta: *Anónimo, siglo* XVII. «Buena pieza decorativa, sí señor», reflexionó el anticuario mientras se mesaba sus canosos cabellos.

Acercó otra de las variadas cajas y la abrió con la misma eficacia que las anteriores, pero algo le hizo detenerse. Detrás de ella, vio un curioso arcón de madera con adornos en bronce. Dejando la caja ya abierta a un lado, se aproximó hacia él y pasó sus diestros dedos por su cubierta observando que una llave de metal se hallaba introducida en su cerradura. Lo abrió suavemente haciendo rechinar sus goznes.

Sus pupilas se dilataron al observar lo que se hallaba en su interior.

Había encontrado algo que podría ser más que interesante.

Sustrajo con cuidado un viejo estuche de violín y lo observó durante unos breves segundos antes de abrirlo. El aterciopelado tejido de su interior era de un rojo sangre que hacía realzar vivamente el objeto que contenía.

Aquel bellísimo violín emanaba, nada más contemplarlo, el hipnótico impulso de acariciarlo y al mismo tiempo el temor incomprensible de rozar tan siquiera una obra maestra como aquella.

Había perdido el sentido del tiempo admirando aquello de lo que sus ojos no podían apartarse. Su espina dorsal emitió una descarga eléctrica que recorrió todo su cuerpo dejando paralizados hasta sus más imperceptibles movimientos.

Tras incontables minutos aspiró una bocanada de aire, cerró sus ojos y elevó su rostro en un gesto cabeceante que denotaba que a su memoria habían acudido palabras impresas en unas viejas cartas.

—¡Es el mismo…!

3

Diciembre, 1907

Ninguno de los obreros allí presentes podía articular palabra ante lo que sus ojos veían aquella mañana de diciembre.

Las órdenes habían sido muy concretas: abrir una oquedad en lo que se suponía era un muro firme y sólido en los sombríos subterráneos de la Ópera Garnier, de un tamaño tal que cupiera una gran caja fuerte.

Pocos de ellos sabían con exactitud cuales eran los fines de aquel orificio, pero hasta ese momento habían trabajado sin hacer muchas preguntas.

Varios meses antes, el director de la Sociedad Gramofónica de París, Alfred Clark, había donado al *Palais Garnier* un preciado obsequio: decenas de grabaciones fonográficas de célebres cantantes líricos de finales del siglo XIX, todas ellas apiñadas en cuatro férreos estuches metálicos.

Sus únicas y singulares condiciones eran que debían abrirse en un plazo de cien años y que su lugar de descanso tendría que ser una estancia oscura, libre de humedades y de calor. ¿Qué mejor habitáculo que los recónditos y laberínticos subterráneos de la Ópera?

Pedro Gailhard, por aquel entonces director de la Academia Nacional de Música, accedió de buen grado a la propuesta de Monsieur Clark y con excesivo secretismo, contrató a un grupo de albañiles para introducir una caja fuerte en las mismas paredes del subsuelo del edificio.

Pero nadie estaba preparado para lo que ese muro, cual ventana a un mundo interior, iba a revelarles en un súbito desprendimiento tras haberlo golpeado con sus picos y mazos.

Ni siquiera el capataz encontraba las palabras adecuadas para despertar del asombro que se había apoderado de sus hombres.

Todo había sucedido muy rápido, sin dejarles tiempo suficiente para reaccionar. Tras apartar los escombros de piedra esparcidos a sus pies, penetraron con cautela en aquella oscura abertura.

Ante ellos se hallaba, cubierto por una densa niebla de polvo que le otorgaba un aspecto aún más fantasmagórico, una habitación completamente amueblada, pero en la cual se notaban atisbos de la furia desmedida de su morador ya que todo se encontraba en un estado de iracundo caos y devastación. Cortinas rasgadas, candelabros esparcidos en una alfombra totalmente destrozada, partituras semiquemadas ocupando buena parte del suelo, muebles volcados en un acto de frenesí...

Sin embargo, aquello no fue lo que despertó el temor y el aturdimiento de los trabajadores.

La estancia contigua, separada de la primera por un arco de medio punto en piedra, era en sí misma un lecho de muerte.

Las negras paredes estaban cubiertas por apergaminadas láminas donde se podían adivinar las notas de un *Dies Irae*; al fondo, ocupando buena parte de la pared frontal, se encontraba un pequeño órgano de color oscuro que hacía resaltar el blanco marfileño de sus teclas aun a pesar del paso de los años. En el frío y oscuro pavimento se vislumbraban extrañas y oscuras manchas a modo de gotas que habían quedado allí como huellas indelebles. Algunos de ellos pensaron que podrían ser de sangre.

En el centro de la estancia, se alzaba una escalonada tarima recubierta por varias alfombras con dibujos orientales en donde reposaba un grotesco ataúd cubierto por un gran dosel carmesí que caía con delicadeza sobre su pulida madera de roble lacado. Rodeándolo, se hallaban dos altas estatuas con rostro cadavérico sosteniendo sobre sus hombros candelabros de seis velas.

Aquella estancia desprendía un halo de misterio aterrador que impregnaba hasta el oxígeno que respiraban.

Jules, uno de los albañiles, fue el único que logró exclamar al tiempo que se santiguaba lentamente:

—*Mon Dieu, c'est le Fantôme...!*

Ante aquella exclamación, el pánico cundió entre ellos haciendo que retrocedieran hasta la habitación anterior. El patrón gritó al ver su reacción.

—¡Nada de tonterías! ¿Me habéis entendido todos? —Dando una sonora palmada con sus enormes manos, y sin dejar que sus subordinados percibiesen ni un sólo rasgo de duda o temor en su voz, continuó—. Esto posiblemente sea el lugar de descanso de los antiguos obreros que trabajaron en la construcción de la Ópera; recuerdo que un arquitecto italiano me contó que ocurrió algo parecido en la iglesia *Santa Maria dei Fiori*, en Florencia. Registraremos el lugar para comprobar sus dimensiones y se lo comunicaré inmediatamente al director.

Ante la inmovilidad de los trabajadores, el capataz gritó airado:

—¡A qué estáis esperando!

Para dar ejemplo, él mismo permaneció en el extraño habitáculo iluminándolo levemente con su linterna sorda. Los susurros fueron generalizados; nadie creía que un lugar en donde se encontraba una cámara mortuoria, sirviese de morada a ningún obrero fatigado, pero al capataz no pareció importarle.

Como un explorador en un paraje insólito, caminó lentamente hacia el tétrico ataúd. Poco a poco, las palabras de exhortación que había pronunciado segundos antes con vehemencia a sus trabajadores, iban perdiendo fuerza en su interior. El miedo ganaba terreno de forma alarmante. Pero no podía detenerse ahora; una decena de curiosos ojos lo observaban con inquietud a pocos metros y no tenía intención de pasar por un pusilánime.

Cuando llegó ante el féretro, su paso era ya inseguro y sus propios latidos no le dejaban oír su agitada respiración. Aunque retiró con suavidad el dosel rojo que lo cubría, una pequeña nube de polvo explosionó ante sus ojos. Agitó la mano ante su propio rostro y se inclinó para ver su interior...

Lo que allí vio le dejó sin aliento y durante unos instantes, le pareció que su corazón se había detenido. Con un respingo, saltó hacia atrás y con voz quebrada susurró, mientras se llevaba una mano a su sudorosa frente:

—Mierda, ¡es un esqueleto!

La alarma cundió entre los obreros. Todos habían escuchado rumores acerca de un espíritu que merodeaba por aquel edificio y ahora les parecían más que ciertos.

Nadie quiso entrar para comprobarlo con sus propios ojos, ya habían tenido suficiente. Querían avisar al director cuanto antes y desaparecer de aquel funesto lugar.

Así lo hicieron. Sin embargo, no se percataron que uno de ellos no les había seguido.

Jules se quedó estático, mirando fijamente la estancia.

Por sus ojos pasó el destello de un súbito propósito.

Cogió una de las linternas que los trabajadores habían abandonado en su precipitada huida, y pasándose la lengua por sus secos labios meditó brevemente acerca de lo que se disponía a hacer.

Iluminó el habitáculo desde el umbral que formaba el arco de medio punto. Todo parecía más siniestro sin las luces de sus compañeros y las sombras que su propio farol creaba en los diversos objetos lo hicieron temblar. Dio un paso atrás y estuvo tentado de desechar su idea y salir corriendo.

Pero algo lo impulsó a seguir avanzando. Tenía que haber algún objeto de valor en aquel lugar, lo intuía. Concentró todas sus energías en ese pensamiento y entró en la sala.

Enfocó con su tenue luz las paredes, una de ellas estaba adornada con unas rasgadas cortinas color vino. Aspiró el rancio aire con fuerza, como infundiéndose valor a sí mismo; olía a humedad y a madera carcomida. La luz volvió a descubrir aquellas estatuas representativas de la muerte y de ellas nacieron alargadas sombras, cual quimeras fantasmales acechando cada uno de sus pasos. Las sudorosas manos de Jules temblaban. Quizás no hubiese sido buena idea adentrarse allí dentro, después de todo.

Pudo vislumbrar una opulenta alfombra persa, arrugada y deformada, cuyos arabescos habían sido borrados por el tiempo y el polvo; varios candelabros negros se hallaban desplomados sobre ella, con la cera marchita de sus velas incrustada en la tela a modo de viejas heridas.

Iluminó un destrozado busto de Mozart, cuyos fragmentos se hallaban esparcidos sobre cientos de partituras. El obrero sintió un escalofrío en la espalda al observar la blanquecina faz del compositor. Su rostro era lo único que se había salvado de acabar hecho añicos, y sus marmóreos ojos sin vida lo miraban fijamente, como si supiesen lo que subyacía en su mente.

Alejó la linterna de él y siguió andando. Sólo se oía su respiración y el crujir de las partituras bajo sus pies.

Intentó no dejarse intimidar por el ataúd, pero no lo consiguió. Se santiguó de nuevo y enfocó su interior. El capataz había dicho la verdad; allí dentro, con los brazos cruzados, como si de una momia se tratase, se hallaba un esqueleto. Sus vacías cuencas lo observaban desde ultratumba. Su ropa jironada parecía haberse adherido a su osamenta formando un conjunto visual realmente tétrico.

Jules, sobresaltado, tosió y contuvo la respiración tratando rápidamente de iluminar otra parte de la sala. Parpadeó varias veces antes de distinguir el maltrecho órgano cubierto de telarañas y denso polvo. Pero al enfocarlo mejor, pudo ver, en uno de sus lados, una forma nueva, apoyada contra el instrumento. Se aproximó rápidamente y se inclinó ante ella. Dejó la linterna en el suelo y levantó el objeto con ambas manos. Era un estuche; un estuche de violín.

Jules respiró hondo. Probablemente aquello sí mereciera la pena.

Lo abrió con cuidado y trató de atisbar su contenido con la poca luz que emanaba de su linterna. Sonrió con complacencia. Sí, definitivamente, aquello valía la pena.

Volvió a cerrar con rapidez el estuche y aferrándolo con fuerza, recogió la linterna y corrió hacia la salida, tropezando en varias ocasiones. Podía sentir las pulsaciones de su corazón en las sienes, golpeándole con dolorosa insistencia mientras huía precipitadamente del lugar.

No podía imaginarse que en sus manos llevaba, sin saberlo, un misterio que perduraría durante años...

4

Mayo, 1913

Aquella había sido una agitada mañana en los almacenes de la Ópera y Jacques estaba agotado. Le habían ordenado inventariar y ordenar meticulosamente la sala de atrezzo, mientras traían varios enseres más procedentes del *Palais Garnier* y el Odeón.

Hacía sólo tres años que Jacques trabajaba en los apodados «talleres del teatro» y siempre, según su punto de vista, le encargaban las tareas más arduas y tediosas. Estaba realmente hastiado, pero nunca conseguía un ascenso, por mucho que a su entender lo mereciese.

En ocasiones pensaba con una amarga sonrisa, en lo oportuno que sería un incendio como el que tuvo lugar en los antiguos almacenes de la Rue Richer en el año 1894. De eso hacía ya más de treinta años.

Aquel nuevo recinto funcionaba así mismo como taller y era siempre muy probable encontrar en sus instalaciones a carpinteros y artesanos construyendo un nuevo decorado o arreglando un desgastado atrezzo.

Jacques conocía a la perfección el lugar, aunque le costó tiempo acostumbrarse al gran número de habitáculos y a la funcionalidad que poseía cada uno. Sabía dónde encontrar el vestuario de la última ópera representada en el *Palais Garnier*, las pelucas utilizadas en las comedias de la *Opéra Comique,* la decoración de los conciertos en el Odeón, incluso los coloridos adornos ecuestres utilizados en diversas óperas como *La Juive*.

Pero aquella mañana el ajetreo era generalizado. La Ópera Garnier y el Odeón renovaban su temporada musical y ello conllevaba a su vez cambios en el vestuario, atrezzo y diversos enseres. Los transportaban con gran cuidado en camiones y los trabajadores del almacén debían estar preparados para recogerlos y ordenarlos, entregando a su vez a los transportistas, aquellos que iban a ser utilizados en las próximas funciones.

En aquel día de frenético trabajo, Jacques, realizaba el inventario con poco entusiasmo.

En sus manos tenía las listas con los múltiples objetos que debía comprobar y catalogar y aunque le habían ordenado acabar aquella tarea con urgencia, decidió tomarse las cosas con calma.

El ostentoso vestuario de *Rigoletto*, las decoraciones de estilo egipcio de *Aída*, diversas espadas y sables, baúles repletos de trajes de ballet y tutús, montones de zapatillas viejas de bailarina, las coronas reales de la ópera *Hamlet*, un cetro de la ópera *Boris Godunov*, escudos y lanzas procedentes de *El anillo del Nibelungo*, un busto inacabado en escayola de Charles Garnier...

Todo parecía estar en orden.

Se concentró en observar el siguiente objeto de la lista.

—¿Un órgano? —preguntó en voz alta, extrañado de que en aquellos almacenes pudiera hallarse un instrumento semejante.

Siguió leyendo.

«Órgano de pequeñas dimensiones encontrado en subterráneos de la Ópera Garnier, 1907; buen estado.»

Jacques se pasó la mano por su prominente mentón en actitud pensativa.

Ese instrumento llevaba muchos años allí sin que nadie lo utilizase; estaba seguro de que ni siquiera se habían percatado de su existencia de no ser por los listados del inventario.

Un órgano encontrado en los subterráneos de la Ópera resultaba realmente muy interesante. Quiso verlo con sus propios ojos.

Se dirigió a la sección de instrumentos. Un mausoleo de antiguos utensilios musicales por el que ya nadie se interesaba; aquel cementerio de notas enmudecidas no era visitado nunca por sus antiguos dueños y por tanto el tiempo y el olvido habían hecho mella en ellos. Al caminar por el estrecho pasillo mal iluminado, se encontró con timbales abandonados, viejas espinetas, un arpa que había perdido parte de sus cuerdas y su antigua belleza, grandes pianos de pared cubiertos por fundas llenas de polvo...

Y por fin, en una esquina, semiescondido tras un clavicordio, creyó verlo. Bajo en un grueso revestimiento azul oscuro se encontraba aquello que, por su proporción, encajaría a la perfección con un órgano de pequeñas dimensiones.

Jacques parpadeó y se quejó con voz queda de la poca luz existente en el lugar. Un par de bombillas en el techo no eran suficientes para iluminar completamente la sala.

Depositó los folios del inventario encima del viejo clavicordio y se giró sobre sus talones para comprobar que nadie lo estaba mirando.

Con un único gesto, agarró con fuerza la funda que cubría al órgano y la levantó con cuidado, hasta descubrir parte del instrumento. Con un nuevo impulso, logró quitarla por completo pudiendo así observarlo con mayor detenimiento.

Era un órgano de veintiún tubos, se percató Jacques, divididos en tres apartados; construido en una oscura madera rojiza, posiblemente de cedro. En un tono más claro, y rodeando los tubos centrales, se habían elaborado con gran trabajo exquisitos adornos florales emulando al antiguo rococó. Su techo, de forma piramidal, le confería un aspecto sobrio a la par que señorial.

Jacques se mantuvo varios minutos observándolo, con los brazos en jarras.

«Sería perfecto.»

A su mente regresaron con nitidez imágenes de una conversación que había tenido lugar unos días antes en la capilla de *Sainte Rosalie,* propiedad de la hermandad lazarista, instalada cerca de la *Place de Italie.*

Jacques no solamente era un buen parroquiano, sino que mantenía cierta amistad con el anciano sacerdote que oficiaba las misas y cuidaba de las reducidas instalaciones.

—Te has percatado de que en la misa de hoy no hemos contado con el maravilloso sonido de nuestro órgano, ¿no es así, mi buen amigo? —le había preguntado el párroco el pasado domingo—. Era ya muy viejo... creo que lo instalaron cuando construyeron *Sainte Rosalie* allá por 1867, ¡demasiado tiempo ha durado! Cuando *Dennis,* nuestro organista, fue a ensayar ayer, el instrumento no dio más de sí... Me dijo que el problema era una pieza, que en estos tiempos sólo fabrican en Inglaterra y Alemania —comentó mientras limpiaba sus grandes gafas—. No podemos estar meses, incluso años, sin un órgano que alegre las misas a nuestros feligreses... No sé cómo voy a solucionar este contratiempo ¡y desde luego nuestra parroquia no puede permitirse adquirir uno nuevo!

«Ante mis ojos tengo el órgano idóneo», pensó Jacques sonriendo, mientras meditaba la forma de trasladarlo a *Sainte Rosalie* sin que nadie lo supiera.

5

Diciembre, 1907

—Es una auténtica maravilla, ¿no es verdad? —preguntó con desmedida presunción Corenthin—. Ya le había dicho, maestro, que se trataba de una verdadera joya. Ha merecido la pena venir, no me lo negará usted.

El cliente observaba meticulosamente el violín, mientras acariciaba su superficie, dando leves golpes a su madera y palpando las cuerdas.

El viejo prestamista lo había llamado con urgencia para comunicarle que había llegado a sus manos un instrumento realmente interesante que, de seguro, estaba predestinado a ser el violín perfecto para tan ilustre comprador.

Aquel hombre era un excelente músico que aunque no contaba con una excesiva fama, siempre hablaba con gran orgullo y deleite de sus logros en el mundo de la música. Conocía al anticuario desde que se afincó en París, hacía ya algunos años y no le había extrañado que le hubiese hecho acudir para ofrecerle una nueva adquisición.

Sus extraños ojos color marfil brillaron de placer al contemplar aquel instrumento tan singular y bello.

Durante unos segundos, se detuvo para analizar la tapa superior; pasó en varias ocasiones los dedos suavemente por ella y con voz grave preguntó al anticuario:

—¿Se ha fijado en el pequeño grabado que hay cerca del cordal? ¿Qué significa?

Corenthin parpadeó nervioso y se encogió de hombros.

—Sí, ya me había fijado en ese curioso dibujo. Posiblemente sea una marca del anterior propietario, una firma, usted ya me entiende. No creo que tenga demasiada importancia.

El músico asintió con la cabeza.

«Un pequeño símbolo grabado en el violín no constituye ningún problema si el sonido es bueno», meditó para sí mismo, mientras se disponía a comprobarlo.

Tensó diestramente las cuerdas y realizó un par de pizzicatos para verificar su estado de tirantez.

Corenthin lo observaba frotándose las manos con ansiedad, deseoso de comprobar que su cliente estaba satisfecho con el sonido que el violín emitiría.

El maestro colocó su mentón con parsimonia en el berbiquí y cerrando los ojos, se preparó para tocar el quinto de los veinticuatro caprichos de Paganini, en A menor.

Pero ni el músico ni el anticuario estaban preparados para lo que ocurriría a continuación. Este último presionó con fuerza las manos en sus oídos y apretó los dientes.

Tras superar su asombro, el ejecutante paró súbitamente de tocar y observó con la boca abierta el violín que tenía en sus manos.

Ambos se miraron con gesto de extrañeza sin articular palabra.

Lo que habían escuchado les había dejado consternados.

El sonido que aquel instrumento había producido era lo más hórrido y cacofónico que habían escuchado en sus vidas.

Aquello no podía ser posible. Nadie podía arrancar un ruido semejante en un violín. Ni siquiera podría catalogarse como notas musicales.

Lo intentó de nuevo, sabiendo que sus hábiles manos no podían haber generado tan monstruosos acordes, pero el resultado fue el mismo.

El prestamista no sabía qué decir. Sus ojos dirigían su mirada atónita del músico al violín respectivamente, como debatiéndose en qué hacer. El maestro extendió la mano hacia él y gritó furioso:

—¡Otras cuerdas!

—Pero si éstas parecen realmente excelentes...

El músico lo fulminó con la mirada.

Corenthin se dirigió, lívido, hacia la parte trasera del local y rebuscó entre los cajones sin encontrar lo que buscaba.

Regresó rápidamente y con un gesto de resignación le dijo:

—Lo siento, no tengo cuerdas...

El violinista respiró hondo para tratar de apaciguar su ofuscación y se colocó nuevamente el instrumento resuelto a intentarlo de nuevo.

Tras unos segundos de incertidumbre en los que sólo podía escucharse el sonido de la lluvia golpeando en los cristales del escaparate, se dispuso a tocar.

Un sonido tan pavoroso como el anterior surgió de nuevo, provocando la ira de aquel hombre. Lo aferró enfurecido por el diapasón e intentó arrojarlo al suelo espetando sonoras injurias contra él. El prestamista lo impidió sujetando con fuerza el brazo de su airado cliente.

—¡Por amor de Dios, no haga usted eso!

El músico lo empujó entregándole violentamente el violín.

—¡Esto es un insulto para un músico como yo! ¡Un pecado contra la música! Es inadmisible, y lo que es peor, ha hecho que pierda mi valioso tiempo viniendo hasta aquí para mostrarme semejante monstruosidad. ¡Más le valiera arrojarlo al fuego y que arda hasta reducirlo a cenizas!

Colocándose su sombrero de hongo y asiendo fuertemente el bastón que aliviaba su cojera, salió del local tras dar un sonoro portazo que hizo retemblar los cristales del escaparate.

Corenthin, que por unos instantes se había quedado sin palabras, estalló en cólera. Su rostro se había tornado en una llamarada de furia.

—¡Maldita sea! ¡He perdido cuatrocientos francos por este endemoniado armatoste! ¿Qué puedo hacer con él? No puedo vender un instrumento que suena de esa forma. ¡Aquel miserable ladronzuelo me ha engañado vilmente!

Agarrando el violín con rabia, lo introdujo en su estuche y maldiciendo estruendosamente lo llevó a la zona más oscura de su propio almacén, depositándolo en un viejo y enorme arcón de madera y bronce. Una vez cerrado, hizo un ademán de desprecio con su mano y alejándose continuó lanzando exabruptos por su boca.

Poco podía imaginar que aquel arcón no volvería a abrirse en muchos años…

6

Bernard recordaba con total claridad dónde se encontraban aquellas cartas.

Las había guardado con desmedido recelo, cual valioso tesoro, durante años y las había leído en tantas ocasiones que podría recitarlas sin apenas dudar.

Sus incrédulos ojos volvieron a enfocar el violín. Aquello no podía ser cierto.

Cerró con fuerza el estuche con el instrumento todavía en su interior y volvió a introducirlo en el arcón, cerrándolo con llave.

Se pasó una mano por su sudorosa frente y con la respiración agitada se dirigió con celeridad a su despacho privado, situado tras el mostrador.

Se trataba de una pequeña habitación donde guardaba meticulosamente cada resguardo, reserva y movimiento económico del negocio. Su escritorio, iluminado por una pequeña lámpara con forma de estatuilla *Art Nouveau*, estaba plagado de papeles, calendarios y notas de diversos colores. Las paredes se hallaban repletas de estantes llenos de libros y pequeños objetos decorativos de diferentes culturas.

Bernard entró con el rostro lívido, encaminó sus pasos hacia el escritorio y encendió la luz de la lamparilla. Abrió lentamente uno de sus cajones y tratando de controlar su acelerada respiración, quitó unos cuantos cuadernillos y apartó varios papeles hasta vislumbrar lo que estaba buscando: una cajita de cristal ornamentada con arabescos de coral negro; una auténtica maravilla que había adquirido a un precio desorbitado hacía muchos años en una subasta de arte.

La cogió con ambas manos, frías y temblorosas, y giró la cabeza para comprobar que su sobrina no había bajado aún de su habitación. Ella nunca solía entrar en su despacho, pero en aquella ocasión el miedo a ser descubierto aumentó su necesidad de sentirse aislado.

Cerró con cuidado la puerta y se mantuvo observando la caja durante varios segundos que le parecieron eternos.

Lo que escondía aquel pequeño receptáculo con forma de joyero era un secreto del que nadie tenía conocimiento salvo él.

Meditó acerca de cómo en una caja tan pequeña podía hallarse la respuesta a un enigma por el que la gente seguía debatiéndose todavía.

Contuvo la respiración y la abrió con sumo cuidado.

Dentro, visualizó aquellas cartas, dobladas con esmero y ya amarillentas por el paso de los años, atadas por un fino lazo negro.

Depositó la caja en el escritorio y suavemente deshizo el lazo que las unía.

Parecía que el tiempo se había detenido cuando comenzó a desdoblarlas.

Ni siquiera recordaba la última vez que las leyó.

Eran ocho hojas de reducido tamaño y llevaban, como elemento decorativo, un dibujo de flores en tono escarlata en cada esquina superior derecha. La letra escrita con tinta negra, era pequeña y redonda, como la de un niño y en diversas partes, se apreciaban varias salpicaduras de la pluma con la que se escribió.

Bernard sabía exactamente lo que quería leer de nuevo; necesitaba verlo una vez más con sus propios ojos, cerciorarse por completo de lo que ya creía estar seguro.

Escogió una de ellas y la rozó con las yemas de los dedos.

Ajustándose sus gruesas gafas comenzó a leer en absoluto silencio.

Sueño con él casi todas las noches y es extraño, porque en esos sueños siempre siento que me inunda una inefable paz, una dulce melancolía que envuelve todo mi ser.

Quizás sea un signo innegable de que en el fondo de mi corazón lo echo profundamente de menos... a él, su voz, su música... Y en esos sueños, como si de retazos de memoria se tratasen, siempre lo observo, escondida tras la pared de su habitación, tocar con una sensibilidad extrema y una destreza que sólo puede provenir del cielo, su preciado violín.

Allí me quedo, absorta en su triste melodía, con los ojos entrecerrados y el pecho palpitante por la emoción que me supone volverle a ver, a escuchar, aunque sepa que se trata únicamente de algo efímero.

Una densa neblina se apodera de la estancia y, sin embargo, yo sigo vislumbrando su oscura silueta moviéndose rítmicamente al compás de la música. Una música que sólo un genio como él podría componer y que atenaza con delicadeza todos mis sentidos.

Quiero avanzar. Dar el primer y decisivo paso que me separa de su amor, desmedido y embriagador; pero me hallo completamente estática, incapaz siquiera de pronunciar su nombre, envuelta por el sonido embrujado de su violín.

Recuerdo el día en que me habló de él y de cómo lo había construido hacía muchos años con sus propias manos.

Podría decirse que ese instrumento albergaba su alma.

Solía tocarlo siempre que yo se lo pedía o cuando se hallaba en un estado de profunda aflicción. Todavía guardo de ese violín una imagen nítida y clara.

Su madera barnizada de color negro era realmente singular y única, tanto como lo era su dueño. Y tenía un precioso grabado en la tapa superior que nunca olvidaré mientras viva: la lira de Apolo coronada por dos serpientes.

Él nunca quiso explicarme su significado. Quizás no fuese merecedora de saber aquel secreto, ni de su sabiduría... ni de su amor.

En mi sueño, sigo reconociendo aquel violín. Lo observo sin parpadear, como si su hechizo hubiese envenenado mi sangre.

Paulatinamente él se gira hacia mí y en sus ojos percibo un súbito brillo, como si de ardientes llamas se tratasen.

Antes de despertarme, siempre creo sentir una extraña sonrisa de triunfo tras su máscara...

Para cuando Bernard hubo terminado de leer aquella carta, dos huidizas lágrimas surcaban sus mejillas.

Volvió a doblarla con mano temblorosa y la introdujo, junto a las demás, en la caja de cristal.

Se desplomó en su sillón con un profundo suspiro e intentó secarse con un pañuelo sus ojos enrojecidos. Aquella antigua misiva había hecho aflorar sensaciones y sentimientos que hacía años que no experimentaba.

«No puedo creerlo» comenzó a pensar, ya más sereno. «¡Realmente es el mismo!»

Con paso ágil salió del despacho y se dirigió hasta el arcón donde había encerrado el estuche. Giró la llave con gran rapidez y lo cogió con ambas manos.

Cerró los ojos un instante antes de descubrir de nuevo su contenido.

Los abrió lentamente.

Allí estaba. Un violín completamente negro, adornado en su cubierta por un extraño grabado: una lira coronada por dos cabezas de serpientes.

—La lira de Apolo… —susurró, inmerso en sus meditaciones.

«Puedo reconocerla fácilmente por sus tres cuerdas, símbolo de las tres musas guardianas de su santuario en Delfos.»

Bernard aproximó más el violín a sus ojos, que lo escrutaban sin perder detalle.

«¿Qué significará este símbolo? ¿Tendrá algo que ver con su vida? ¿Con su música, quizás?»

Se puso sus gafas especiales de cristales de aumento con las que solía observar los más mínimos detalles en los objetos de su anticuario y las ajustó con precisión para visualizar mejor la pequeña imagen que tenía ante sí.

Parpadeó varias veces antes de comprobar que en la parte frontal de la lira, se hallaba grabada una inicial: *E*.

Bernard dejó el violín encima del mostrador y se frotó las manos con ansiedad.

Ya no había ninguna duda.

Ése era *su* violín.

Fue en ese momento cuando escuchó los ligeros pasos de Christelle al bajar las escaleras.

7

Febrero, 1908

Caminaba con pasos acelerados atravesando *Rue Royale*, dejando atrás *La Madeleine* en dirección a la célebre *Rue Rivoli*.

Era una fría mañana y el viento azotaba sin piedad las calles de París.

El hombre sujetaba con fuerza su sombrero agachando la cabeza como embistiendo al furioso vendaval que frenaba su decidido caminar; con su otra mano aferraba un maletín de medianas proporciones que se agitaba a cada sacudida del tempestuoso aire.

Cuando llegó a Rivoli, disminuyó su carrera y tomando aliento, se guareció en las arcadas de piedra, tan distintivas de aquella calle. Por un momento observó los jardines de las Tullerías. El viento vapuleaba sin cesar los múltiples setos y árboles, arrancándoles diversas partículas que le hicieron toser. Las estatuas permanecían allí, inmóviles, mirando hacia el horizonte con ojos de soledad.

No había mucha gente en la calle. Sólo trabajadores, empresarios y banqueros dirigiéndose con rapidez a sus puestos de trabajo.

Se ajustó su abrigo negro y prosiguió la marcha fijándose, muy detenidamente, en la numeración de las distintas puertas que encontraba a su paso.

Cuando por fin halló la que parecía estar buscando, hizo una mueca de aprobación tras las solapas de su abrigo y se dispuso a entrar. Subió con celeridad las escaleras y se detuvo en la primera planta.

Permaneció estático ante la robusta puerta de oscura madera y tras unos segundos, llamó con tres golpes secos utilizando el picaporte dorado con forma de anilla.

Un hombre de avanzada edad abrió la puerta y con un fuerte acento árabe, le preguntó:

—Buenos días, ¿qué desea?

—Soy monsieur Leroux. He quedado con su señor.

Fue guiado por un estrecho pasillo repleto de retratos y adornado con una pintoresca alfombra persa descolorida por el tiempo.

Antes de llegar a una pequeña sala, pudo escuchar una voz profunda, pero agradable que le decía:

—Sea usted bienvenido a mi humilde residencia, señor Leroux.

El criado, de tez olivácea, hizo un leve ademán con la mano para dejarle pasar.

—Puedes dejarnos, Darius, pero antes, por favor, sírvale un café y una copa de coñac a nuestro querido periodista.

Mientras el criado realizaba con prontitud la orden

dada, Gastón Leroux pudo observar con más detenimiento a la persona que tenía ante sí.

Vestía una amplia bata color verde, al igual que sus babuchas. Fumaba en una ornamentada pipa, pero aun sintiendo el extraño aroma que emanaba de ella, no pudo reconocer de qué se trataba. Su moreno rostro demacrado, denotaba signos de alguna enfermedad grave. Sus ojos verdes aún conservaban cierto brillo inteligente que contrastaba con su cansancio y decaimiento.

Tenía la cabeza completamente afeitada, pero su espesa barba blanca, le confería un aspecto de respeto y sabiduría.

Echó un vistazo a la estancia. Sobria y sencilla, poseía algunos adornos persas especialmente bellos como una estatuilla de bronce de un animal alado, que identificó con Simorgh, un ave de la mitología persa o un pequeño busto de Rostam, un legendario héroe iraní.

Cuando Darius le entregó la copa, Leroux bebió un buen trago que se deslizó abrasadoramente hasta su estómago. A pesar de ello agradecía el calor que aquel licor le proporcionaba. La mañana era realmente fría…

—Quiero, en primer lugar, agradecerle su rapidez en contestar a mi misiva y, por supuesto, el hecho de que haya accedido a hablar conmigo en su propia casa.

El Persa parpadeó con lentitud y respondió:

—Como habrá podido deducir por mi aspecto, estoy muy enfermo. Aunque quisiera, no podría desplazarme de mi domicilio. Esto es una de las pocas cosas que logra remitir el dolor… —dijo señalando su pipa—. Pero usted no ha venido hasta aquí para hablar de mi enfermedad, sino de otros asuntos, ¿no es cierto?

El periodista asintió después de haberse tomado el café y extrayendo unos periódicos de su maletín, comenzó a explicar:

—Como ya le dije en mi carta, me interesa sobremanera saber más acerca de los sucesos acontecidos en la Ópera Garnier hace escasamente dos meses —le entregó las hojas de periódico a su interlocutor y prosiguió—: estoy seguro de que leyó esta noticia por entonces. Apareció en todos los diarios.

Aquél a quien iban dirigidas estas palabras ni siquiera echó un ligero vistazo a los documentos que el periodista acababa de entregarle. No necesitaba leerlos. Ya era conocedor de toda la información.

—Sí; el descubrimiento de una sala subterránea completamente amueblada… y de un cadáver en su interior.

Leroux volvió a acercarse la copa de coñac a sus secos labios. Estaba nervioso. Comenzó su investigación dos meses atrás y muy pocas personas habían podido facilitarle algún dato de interés.

—¿Cómo ha dado usted conmigo, si puedo preguntárselo? ¿A través del inspector Faure?

La pregunta del Persa fue directa, quizás demasiado, en opinión de Leroux.

«Debería ser yo quien hiciera las preguntas», pensó.

—Sí, de hecho fue él quien me habló de usted como uno de los pocos testigos…

Fue bruscamente interrumpido:

—¿Y no le dijo que yo debía estar loco por haber narrado semejante disparate?

Leroux comenzó a inquietarse. Definitivamente aquélla iba a ser una entrevista difícil.

—Bueno, si le soy sincero… —comenzó a decir extendiendo las manos en un ademán muy significativo.

—Ya veo. Sin embargo, usted no debió de creerle ya que está hoy aquí.

—En realidad, me interesó mucho su relato y me gustaría escucharlo de su propia voz.

El Persa tosió con angustia y trató de fumar de su ornamentada pipa. El efecto calmante se dejó notar al cabo de unos segundos.

—¿Realmente le interesa saber qué es lo que ocurrió?

—Por favor, es muy importante para mí.

El Daroga, antiguo jefe de la policía persa, cerró los ojos invocando unos lejanos recuerdos que debían regresar con claridad a su cansada memoria.

Le relató, durante más de una hora, todo cuanto había sucedido en los oscuros subterráneos de la Ópera hacía más de diez años... Cómo guió al vizconde en un peligroso viaje hasta precipitarse en la Cámara de los Tormentos, los momentos de terrible angustia que vivieron allí, la decisión final del que se hacía llamar el Fantasma...

Cuando finalmente concluyó, Leroux estaba extasiado. Los detalles que le había proporcionado parecían tan reales que no dudó de una sola de las palabras que allí había escuchado.

Sin embargo, no dejó que en su rostro se reflejaran signos de emoción. Sabía que alguien como el persa, no hubiera hablado tan fácilmente de unos hechos envueltos en el misterio durante tantos años sin esconder partes que tuvieran una importancia relevante.

Su sagacidad periodística le hacía intuir que había algo más... Durante el relato del Daroga, había estado observando su pragmática fisonomía y en diversas ocasiones parecía haber estado silenciando algunos aspectos que quisiera mantener ocultos para sí mismo. Lo decían sus ojos, su manera de expresarse, sus interrupciones y sus provocadoras dudas.

Tras haber concluido su narración, suspiró, hizo un gesto uniendo sus manos e inclinando su cuerpo suavemente hacia delante, miró fijamente a los ojos del periodista.

Durante unos instantes, únicamente su respiración grave y profunda alteró el silencio que inundaba la sala. Ambos hombres sostenían sus respectivas miradas en una atmósfera de tensión casi tangible.

Leroux acercó una mano a su mentón, cubierto por una tupida barba, y comenzó a acariciarlo en actitud pensativa. Segundos más tarde, se quitó las gafas y entrecerrando los ojos dijo, eligiendo con astucia cada palabra:

—Es una historia realmente asombrosa. Diría incluso fascinante. Sin embargo... intuyo que no está siendo totalmente sincero conmigo; mi lógica me dice que hay algo más en ella que aún no me ha contado y por causas que no puedo imaginar me desea ocultar. ¿Me equivoco?

De nuevo se hizo el silencio. Por un momento Leroux pensó haber colmado la paciencia de aquel hombre, que aun a pesar de su enfermedad había aceptado amablemente recibirlo y por añadidura contar aquella misteriosa historia. Quizás lo estaba presionando demasiado, pero estaba convencido de que aquellos extraños ojos que lo escrutaban, le decían que no se había revelado el final... Quedaban palabras en la garganta de aquel persa que su cerebro trataba de impedir que salieran a la luz.

De pronto y elevando su torso con un gesto de fuerza que nadie hubiera imaginado, su voz surgió fuerte y contundente. Leroux casi dio un pequeño respingo de sorpresa en su cómodo sillón al escucharlo.

—Dejemos así esta historia. No tengo ningún inconveniente en decirle que no voy a hacer ningún comentario más acerca de Erik. Nadie debería conocer sus secretos. Es mejor dejar las cosas como están.

El periodista hizo una mueca de impaciencia. Se colocó sus gafas y cerrando un puño sobre uno de los brazos del sillón, lo golpeó rítmicamente en un gesto de desasosiego.

Su mente buscaba con rapidez la contestación adecuada, queriendo de alguna forma demostrar cuán crucial era para él descubrir lo que se le mantenía oculto y, por otro lado, no quería que sus palabras importunaran en exceso a aquel anciano que así mismo defendía con tal vehemencia los últimos secretos del que fuera llamado Fantasma de la Ópera.

—No me importa cuanto tiempo me cueste, haré lo que sea necesario para llegar hasta el final de este asunto. No sé muy bien la razón, me siento incapaz de expresarlo con palabras y eso es muy extraño dada mi profesión, pero la vida de ese hombre me intriga, me apasiona, me obsesiona...quiero saberlo todo ¡y podría decirse que mis lectores tienen todo el derecho a conocer esa historia también! —Su voz se había ido alterando gradualmente—. Usted es el único eslabón que queda; la prueba final. Si su relato es cierto... la humanidad ha perdido a un ser excepcional. No puede guardarse esa información para sí mismo y dejar que se pierda en el tiempo. No sería justo ni para él, ni para usted.

El Persa se reclinó en su sillón y con los ojos cerrados, fumó en completo silencio.

Las palabras del periodista le habían impactado. Sin embargo, quería sopesar todas las opciones. Su enfermedad se agravaba cada día, consumiéndolo con voracidad...

Sin querer, su mirada se posó en el viejo armario de madera de nogal que se hallaba a un lado de la estancia. Su agitada mente no podía dejar de pensar en dos objetos de gran importancia que podrían perderse en el olvido dada la cercanía de su muerte.

¿Aquel periodista era la persona idónea para confiárselos?

En la pequeña sala, sólo podía escucharse el quejido del viento a través de las ventanas.

Leroux, intranquilo, lo observaba respirando agitadamente. De aquella respuesta dependía toda su investigación.

Lentamente, el Persa abrió los ojos y en ellos, pudo percibirse el destello de una resolución.

—Probablemente no debería... hacer lo que me dispongo a hacer —dijo con voz grave, casi en un susurro— pero me estoy muriendo, señor Leroux. No me queda mucho tiempo y como bien dice usted, el tiempo es lo más valioso que tenemos. No me gustaría irme de este mundo con asuntos pendientes, ¿me comprende?

Leroux asintió, con los ojos muy abiertos, en espera de que su interlocutor prosiguiese.

—Usted ha sido el único en interesarse por *él*, el único... Y desperdiciar *su* vida, *su* obra, sería una verdadera locura...

Su voz se fortaleció al continuar:

—Debe jurarme que lo que va a escuchar en esta habitación será un completo secreto para el resto de la humanidad.

—Pero, estoy comenzando a escribir un libro que reflejará, en la medida de mis posibilidades...

—¡Me refiero a lo que todavía no le he relatado! —gritó el Persa con voz súbitamente atronadora—. Nada de lo que oiga y vea a partir de ahora deberá estar en su libro. El mundo nunca deberá saber una verdad para la que no está preparado... ¡Júremelo!

Un nuevo ataque de áspera tos ahogó su apasionado ruego.

Leroux hizo un leve ademán para ayudarlo, pero el Persa le detuvo con un gesto imperativo. Paulatinamente, el ataque fue remitiendo mientras él seguía murmurando, con un hilo de voz:

—Júremelo, por favor...

—De acuerdo, se lo juro —el periodista se hallaba en un estado de gran inquietud, pero intentó que su respuesta adquiriese un tono sereno y tranquilizador—. Sus palabras no saldrán de estas paredes ni mi pluma las escribirá jamás. Confíe en mí.

El Persa lo miró inquisitoriamente a los ojos y Leroux supo, con un escalofrío, que intentaba averiguar si lo que había dicho era veraz.

—Que así sea, espero no equivocarme —dijo secamente.

Leroux contuvo por un instante la respiración. Presentía que en pocos minutos, iba a ser testigo de algo realmente inaudito y el deseo de ver y conocer de qué se trataba, consumía todo su ser.

El Persa aspiró nuevamente de su pipa, como infundiéndose ánimo y volvió a centrar su vista en la librería situada a su derecha.

—Por favor, retire suavemente el libro de poemas *Rubaiyat* de Omar Khayyam.

El periodista se levantó con rapidez y buscó el ejemplar que le había indicado. Hizo lo que le había dicho con gran lentitud, como si de un acto ceremonial se tratase. Sin ruido alguno, el estante giró sobre sí mismo dejando a la vista un compartimento secreto.

Cuando vio lo que se hallaba en su interior, miró al Persa y lo interrogó con la mirada.

El anciano asintió en un gesto de aprobación.

Leroux extrajo una caja metálica envuelta por una oscura tela de terciopelo negro.

Se la entregó con la incertidumbre reflejándose en sus ojos mientras observaba como el Daroga extraía en silencio de su cuello una cadena de plata en cuyo extremo colgaba una pequeña llave.

Apartó la tela que la cubría dejando a la luz los diversos arabescos decorativos que adornaban el metal e introdujo con suavidad la llave en su diminuta cerradura.

Cuando la hubo abierto, se detuvo unos instantes, como si las dudas hubiesen regresado a su conciencia. Parpadeó con rapidez intentando alejarlas de su mente y giró la caja en dirección al periodista que lo observaba, impaciente.

Leroux la tomó en sus manos y respiró profundamente antes de contemplar su contenido...

8

Una vez se hubo refrescado y cambiado de ropa, Christelle se miró en el gran espejo de su habitación.

«Así está mucho mejor.»

Ya no veía ningún signo de fatiga en su rostro. Su pálida piel se había tornado sonrojada por el efecto bienhechor del agua y sus ojos, color miel, brillaban con intensidad sobre una sonrisa de satisfacción.

Se peinó sus cabellos castaños mientras observaba su nueva camisa de flores. Le quedaba perfecta sobre su esbelta figura.

Echó un vistazo a su habitación bañada con el sol otoñal que se filtraba a través de las ventanas. Multitud de partituras se hallaban esparcidas por su cama, algunas incluso se habían deslizado hasta el suelo; en su mesa, cerca del ordenador, pudo ver varios libros de música apilados en forma de columna, ocultando una fotografía enmarcada de sus padres y parte de un póster de *Lord of the Dance;* diversas notas de vivos colores salpicaban los estantes recordándole, entre libros y fotos, tareas pasadas y trabajos por hacer.

Christelle hizo una mueca de desaprobación. Tendría que recoger aquel desorden tras ayudar a su tío.

Se perfumó con su colonia favorita y saliendo de su habitación, comenzó a bajar las escaleras que comunicaban con el piso inferior.

Al tercer peldaño, detuvo su acelerado descenso.

A través de la barandilla había vislumbrado a su tío en actitud muy poco común. Se quedó repentinamente estática y se agachó para ver mejor.

El rostro lívido de Bernard, su agitada respiración y el temblor de sus manos la habían asustado y quiso averiguar qué estaba ocurriendo.

Pensó en bajar corriendo y preguntarle la razón de su notable nerviosismo, pero sabía que su tío le ocultaría cualquier circunstancia que pudiera preocuparla.

Así pues, decidió esperar y verlo por sí misma.

Sus ojos se abrieron con desmedida sorpresa cuando se percató de lo que su tío sujetaba entre sus manos. ¡Un violín! ¡Un violín negro!

Nunca había visto uno igual. Durante unos segundos no pudo evitar imaginarse a sí misma tocándolo, arrancando de sus cuerdas, bellas y diáfanas melodías. Aquella imagen era tan viva, tan nítida, que por un momento todo su cuerpo se estremeció.

Pero su ensimismamiento duró poco tiempo.

Bernard guardaba con angustiosa rapidez el extraño instrumento en su correspondiente estuche para depositarlo posteriormente en un gran arcón de madera. Christelle frunció el ceño, enfadada.

¿Por qué razón su tío le ocultaba un violín de esas características sabiendo su pasión por la música?

Siguió descendiendo las escaleras dispuesta a preguntárselo, pero súbitamente cambió de parecer. Si tío Bernard no había contado con ella, debía tener una muy buena explicación... Quizás esperase hasta la cena; puede que le desvelara el «secreto» para entonces.

—Bueno, ya estoy lista —dijo, bajando el último escalón—. ¿Te ayudo?

—¿Qué...? —preguntó su tío con un gesto de asombro e inquietud—. Ah, sí, por supuesto...

Le señaló la última caja que había abierto y le dijo con una voz que sonaba súbitamente abstraída:

—Ésta es la única que falta. ¿Podrías ir desembalando mientras yo...?

No pudo concluir. Una llamada telefónica le hizo volver a su despacho interrumpiendo sus palabras.

—Espera un momento, ahora mismo vuelvo.

Christelle vio como su tío aceleraba el paso hasta alcanzar el teléfono.

Con un suspiro, se acercó a la caja abierta y echó un vistazo a su interior. Distinguió varios objetos enterrados entre el serrín y las burbujas plásticas.

Se disponía a sacar uno de ellos, cuando a su mente acudió la imagen del violín negro. Se dio la vuelta muy despacio. Allí estaba el arcón. Paralizada, se quedó mirándolo varios minutos en los que su único e imperativo deseo era abrirlo y ver de nuevo su contenido... aquel magnífico instrumento que su tío había guardado con tanto recelo.

Ya había dado el primer paso hacia él, cuando Bernard abrió la puerta del despacho. Parecía estar muy agitado.

—¡Ya ni me acordaba! —exclamó mientras se ponía una chaqueta—. ¡Era el padre Claude, me está esperando en el Café Bazart desde hace más de media hora! Me llamó ayer, parece que quería enseñarme algo que ha encontrado... y con el ajetreo del inventario ¡lo había olvidado!

—¿Te refieres a tu amigo, el sacerdote de Sainte Rosalie?

—El mismo. Ya sabes que es un viejo amigo de la familia... ¡Me voy corriendo! No olvides acabar de desembalar el contenido de esa caja, ¿de acuerdo?

Salió precipitadamente del local. Christelle vio, a través del escaparate, cómo cruzaba la calle y se alejaba a gran velocidad rumbo a la Rue Henri IV.

No pudo evitar girarse de nuevo hacia el arcón.

Sin quererlo, se aproximó lentamente hasta él y se agachó para acariciar su pulida superficie.

La llave aún seguía en la cerradura. Tío Bernard se había precipitado demasiado en ocultar *aquello* sin tener tiempo suficiente para quedársela.

Con un rápido giro de muñeca, Christelle abrió la pesada cubierta del arcón que rechinó suavemente.

Introdujo ambas manos en él, y extrajo el oscuro estuche de cuero.

Se quedó observándolo con curiosidad y embeleso.

Al abrirlo, sintió una fuerte sacudida en todo su cuerpo.

El violín era más bello de lo que podía haber imaginado.

Se sintió súbitamente invadida por una extraña sensación. Su corazón había comenzado a palpitar aceleradamente y sintió un sudor frío en la frente.

Aquel violín parecía estar llamándola con una voz susurrante y cautivadora, que hechizaba todos sus sentidos. Cierta sensación de poder emanaba de él, podía percibirlo.

Lo cogió con mano temblorosa y al hacerlo, sintió un escalofrío. La estancia misma parecía haber oscurecido y el aire se tornó denso y pesado, obligándole a respirar ahogadamente.

El violín exhalaba un efecto casi eléctrico. Christelle podía percibir incluso un leve cosquilleo en los dedos al tocar su madera. La voz que surgía de él, seguía murmurándole palabras ininteligibles; crípticos ecos parecían evocar su nombre cada vez con más ímpetu, rogándole que lo tomara en sus manos y lo despertara de su largo letargo a través de ellas.

Hipnotizada, cogió el arco, y colocando muy lentamente el violín en posición, comenzó a tocar.

Una extraña melodía comenzó a extenderse en el aire.

Los dedos de Christelle se movían solos, el violín era su místico guía.

La joven nunca había escuchado una música tan sumamente bella, llena de energía y pasión... y al mismo tiempo triste, sombría, como una sutil amenaza que invadía su corazón, atenazándolo con fuerza.

Inesperadamente, vio una luz cegadora ante sus ojos que permanecían cerrados. Estalló en su mente con atronadora nitidez obligándole a abrirlos. Sus pupilas se habían reducido formando un mínimo círculo.

Tocaba sin detenerse, atrapada por un poder inexplicable y autoritario que había logrado aislarla del mundo por completo.

Sin embargo, fue consciente de que ya no se encontraba en el anticuario. Al menos, en forma física.

Comenzó a respirar más deprisa, y sin dejar de escuchar la misteriosa melodía que contaminaba la atmósfera, miró a su alrededor. Parecía encontrarse caminando aceleradamente por unos túneles subterráneos, atravesando arcos de piedra, experimentando el frío y la humedad en su rostro. Sentía la singular necesidad de ocultarse, de llegar cuanto antes a un lugar seguro, un lugar que ya conocía y donde podría protegerse.

Diversas antorchas se encendían a su paso, creando su cuerpo numerosas sombras. Se detuvo y contempló una de ellas, plasmada en la pared de piedra que se hallaba a su derecha. Contuvo la respiración: lo que allí veía no era su propia sombra. Sus ojos le mostraron una negra figura envuelta en lo que parecía una larga capa y ataviada con un grueso sombrero de ala ancha.

Abrió la boca, sorprendida por el descubrimiento, pero no tuvo tiempo para reaccionar; un nuevo flash de luz tuvo lugar.

La música seguía sonando, cada vez con más violencia en unos acordes veloces y ferozmente rítmicos.

Christelle sentía que sus dedos continuaban ejecutando sin descanso, pero ¿cómo podían engendrar esa música? ¿Por qué parecía no tener fin?

La luz se disipó y con ella, la sombra sobre la fría piedra.

Una nueva visión comenzaba a materializarse ante sus ojos.

La joven miró de nuevo a su alrededor. Lo que vio la horrorizó.

Se encontraba semiencogida en una mugrienta jaula.

El miedo le impedía girarse por completo. Todo su cuerpo estaba magullado y sintió unas intensas punzadas de dolor en la espalda, como si de latigazos se tratasen.

Decenas de rostros la observaban, grotescamente risueños tras los barrotes de metal.

La señalaban con el dedo sin dejar de reírse y pudo escuchar a través de sus carcajadas, insultos e imprecaciones. Varios niños y mujeres estaban llorando con histeria, pero no apartaban sus ojos de ella.

La palabra *monstruo* llegó con abrasadora nitidez a sus oídos.

Un repentino sentimiento se abrió paso en su interior… Odio. Un odio creciente y desmedido.

Continuaba escuchando la música del violín, iracunda, frenética en un agitado ascenso que ensordecía sus sentidos y se mezclaba con la imagen de la violenta multitud en una brutal vorágine.

Se tapó los oídos con ambas manos y cerrando los ojos con fuerza gritó con desesperación.

Se despertó súbitamente.

Estaba de nuevo en el anticuario de su tío. Ya había anochecido.

Parpadeó varias veces y sintió que por sus mejillas resbalaban ardientes lágrimas.

Miró el violín, aún en sus manos, y con un grito ahogado cayó de rodillas, invadida por el llanto.

Permaneció varios minutos así, sacudida por el miedo y la inquietud, con el violín en el suelo, a su lado.

Paulatinamente, Christelle dejó de llorar y giró la cabeza para observarlo. Con un repentino salto, se apartó de él. En su rostro se reflejaba el pánico.

No podía comprender qué le había ocurrido ni de donde procedían aquellas visiones.

Todavía con su cuerpo tembloroso, examinó sus doloridos dedos. Estaban enrojecidos del frenesí con el que habían tocado.

Su mente trató de calmar sus martirizados nervios, inhalando y expulsando aire de sus pulmones de la forma más pausada posible.

Poco a poco y sin saber ni cómo ni por qué, fue percatándose de que había estado viendo a través de los ojos de otra persona, experimentando la angustia, el dolor y la excitación de alguien.

¿Pero de quién?

9

El padre Claude solía tocar el órgano de la pequeña capilla de Sainte Rosalie varias veces por semana. Aun a pesar de no ser él quien ejecutaba la música en las ceremonias religiosas, saboreaba el momento en que se sentaba ante el instrumento a muy temprana hora para, como él mismo decía, «hacerlo cantar».

Agradecía la soledad que durante aquellos momentos le rodeaba y se dejaba llevar por las melodías que creaban sus ancianos dedos entrando, sin querer, en un estado de ensoñación tranquila y placentera. La música resonaba en la iglesia con parsimoniosos ecos mientras el párroco cerraba los ojos deleitándose en cada nota.

Adoraba Sainte Rosalie. Quizás no fuese la iglesia más celebre de París, ni sus estatuas las más bellas o sus arcos los más imponentes... Pero poseía ese aire de recogimiento, paz y simplicidad que la hacían única.

Conforme tocaba, el sacerdote no pudo evitar que su mente vagase hacia los orígenes de aquel pequeño órgano. Su predecesor le había comentado en una ocasión cómo había sido trasladado a su iglesia, setenta años atrás, desde los grandes almacenes de la Ópera.

El sacerdote se preguntaba en qué insólitos lugares habría permanecido aquel instrumento antes de llegar a aquellos talleres. Ya había hecho sus propias indagaciones, pero nadie parecía saberlo; habían pasado tantos años…

El padre Claude era un buen amigo de la familia de Christelle desde hacía mucho tiempo. Conoció a sus padres años antes de que ella naciera y él mismo los casó en aquella iglesia. Su fallecimiento fue un duro golpe para él y brindó a Bernard toda su ayuda y amistad en momentos tan difíciles. Pensó sin querer en Christelle, hoy ya una joven de talento, una virtuosa del violín, convencido de que seguiría su propio camino hasta llegar a la meta que se propusiese. Siempre le había parecido una muchacha ejemplar y no dudaba de que su futuro fuera prometedor.

Estaba sumido en estos pensamientos, sin dejar de tocar, cuando súbitamente vio una pequeña sombra deslizarse a pocos centímetros del órgano.

Sus manos se retiraron del instrumento con rapidez y se inclinó para vislumbrar mejor aquello que había atraído su atención.

No pudo evitar dejar escapar de sus labios una exclamación de sorpresa cuando se percató de que se trataba de un ratoncillo.

Cuando se levantó en un acto reflejo para tratar de espantarlo, el animal huyó asustado, introduciéndose en la parte trasera del órgano.

El párroco, con un gesto de resignación, se acercó al instrumento y meditó durante unos instantes en la forma de girarlo para poder penetrar en su interior. No podía permitir que el minúsculo animalillo se quedase allí atrapado, entorpeciendo el mecanismo o mordisqueando la madera.

En un repentino vistazo, se percató de que en uno de los laterales del órgano, se encontraba una pequeña marca: una abertura sellada por una lámina de madera del mismo color y cuatro diminutos tornillos.

Quizás no fuese necesario girar el pesado instrumento, después de todo. Aunque, la rendija era tan pequeña, que sólo podría introducir un brazo. El padre Claude pensó la razón de que aquella abertura se encontrase allí y para qué serviría.

Con paso acelerado, se dirigió hacia aquella sala y abriendo varios cajones, encontró un destornillador.

Regresó con rapidez y agachándose lentamente, comenzó a destornillar la pequeña abertura tapiada. Podía escuchar el sonido de las patas del ratón en el interior, por lo que aceleró su trabajo.

Una vez quitados los cuatro tornillos, separó la cubierta de madera con mucho cuidado y se dispuso a introducir un brazo a través del oscuro agujero que había sido revelado.

No había rastro del pequeño roedor, pero el sacerdote siguió palpando cada extremo, cada esquina.

Repentinamente, su mano tocó algo extraño. Había hallado un objeto y tras unos segundos, advirtió que era de forma cuadrada. Apartó una vieja telaraña con un enérgico movimiento y lo cogió con el esfuerzo reflejándose en su rostro, dada la incómoda postura en la que se encontraba.

De pronto, el ratón surgió de las profundidades del órgano y se lanzó a la carrera en una desesperada huida. El sacerdote dio un respingo y cayó hacia atrás. Una vez recuperado del susto, sonrió y todavía en el suelo, observó con curiosidad aquello que había sustraído del órgano. Era una pequeña caja de madera a modo de joyero, oscurecida por el paso del tiempo.

El padre Claude pasó una mano por su pulida superficie despidiendo una nube de vetusto polvo. Ajustándose las gafas, la acercó a sus cansados ojos descubriendo el grabado en relieve de un violín en el centro de la cubierta.

Observó con cierta curiosidad que no tenía cerradura; sin embargo aun a pesar de sus intentos, no logró levantar la tapa que parecía sellada al cuerpo de la caja.

Tras varios minutos examinándola por todos sus lados, decidió que lo mejor era llamar a un experto: su amigo Bernard, el anticuario.

10

Christelle desconocía por completo el tiempo que había transcurrido al experimentar aquellas extrañas alucinaciones. Miró su reloj y advirtió que eran más de las siete de la tarde.

Se pasó una mano por su frente, aún empapada en sudor y respiró hondo.

Sintió la acuciante necesidad de no encontrarse sola y deseó con todas sus fuerzas que tío Bernard hubiese regresado de su cita con el padre Claude.

Nerviosa, comenzó a pasear por entre los muebles del anticuario, con los brazos cruzados, la cabeza baja y el corazón palpitando aceleradamente, dcbatiéndose en qué hacer. Permanecer allí esperando a su tío o salir en su busca.

Recordó que Bernard había mencionado el Café Bazart como el lugar de encuentro con el sacerdote.

Súbitamente detuvo sus pasos y tomó una resolución. No podía esperar ni un minuto más, debía hablar con él inmediatamente acerca de todo cuanto le había sucedido.

Cogió apresuradamente el violín y lo introdujo de nuevo en el arcón, cerrándolo con fuerza. Se dirigió hasta la parte trasera del mostrador y abrió el primer cajón. Sabía perfectamente que su tío guardaba allí las llaves del establecimiento. Las tomó con rapidez y se dispuso a salir del anticuario.

Tras la experiencia que había vivido, agradeció la quietud de las calles de París, que paulatinamente comenzaban a quedarse desiertas. Cerró los ojos un instante para sentir el viento en su rostro; aquella sensible humedad que acariciaba su piel era como un bálsamo para su abotargado cerebro y un calmante para sus perturbados nervios. El cielo comenzaba a cubrirse de densos nubarrones y el agitado baile de las ramas de los árboles hacía presagiar que la tormenta estaba cercana. Pero la joven no se percató de ello. Sólo quería atravesar la Rue Tournelles y llegar al Café cuanto antes.

«Ojala fuera de día», pensó mientras buscaba, sin saber muy bien por qué, la luz protectora de las farolas. En un momento determinado, su sombra reflejada en el suelo adoquinado comenzó a sentir el líquido bombardeo de las gotas de lluvia.

Aceleró el paso consciente de que se estaba empapando.

Suspiró aliviada cuando llegó al Boulevard Henri IV y vislumbró en la esquina, el Café Bazart.

Sin pensarlo, comenzó a correr en aquella dirección esquivando los escasos transeúntes, que como a ella les había sorprendido la lluvia.

Cuando llegó, se refugió bajo uno de los grandes toldos rojizos que ofrecía el bistro, al igual que habían hecho varias personas en espera de que la tormenta amainase.

El repiqueteo constante de las gotas fue ahogado por un súbito trueno que con su estruendo, le hizo sobrecogerse.

Toda su ropa se había mojado y mechones de su larga melena se habían pegado a su rostro humedecido, pero no le importó demasiado.

Echó un rápido vistazo al local a través de uno de sus ventanales tratando de localizar a su tío y al párroco. Parecía un Café bastante tranquilo; se encontraba tenuemente iluminado por diversas lamparillas a rayas rojas y negras de estilo oriental que le conferían un aspecto de recogimiento e intimidad. Pudo ver a varios clientes charlando pausadamente o leyendo el periódico en sus pequeñas mesas mientras disfrutaban de un café. Su mirada por fin encontró a los dos hombres sentados en una esquina ante dos copas de coñac.

Christelle hizo ademán de entrar, pero observó algo que llamó su atención.

Sobre la mesa, había una oscura cajita de madera que su tío examinaba con meticulosidad profesional.

La joven se apoyó en el grueso cristal e intentó, con los ojos entrecerrados, visualizar mejor la escena que estaba teniendo lugar.

El padre Claude tenía el semblante con una expresión de intriga y parecía indicarle a su tío, haciéndole gestos significativos, que no había podido abrirla.

Su tío dudó por unos instantes, pasándose una mano por su mentón y observando con mirada inquieta la pequeña caja que el párroco le estaba mostrando, comenzó a palparla por todos sus costados. Sus manos expertas encontraron pronto el minúsculo resorte que buscaba.

La tapa se abrió tras un pequeño «clic».

De su interior, Bernard extrajo un envejecido sobre color sepia sellado con un lacre. Anticuario y sacerdote se miraron y sin decir palabra, asintieron en abrirlo.

Christelle vio cómo su tío cogía el sobre y rompía el lacre con sumo cuidado, extrayendo un amarillento papel plegado por la mitad.

Al desdoblar la misiva y comenzar a leer su contenido en voz alta, la joven observó cómo el asombro se reflejaba tanto en su tío como en el sacerdote. Las miradas interrogantes que se cruzaron revelaban la incomprensión de las frases que allí estaban escritas.

Durante unos segundos, permanecieron en silencio hasta que por fin su tío comentó algo e introduciendo nota y sobre en la caja, intentó devolvérsela al párroco con un gesto de insistencia. Éste, movió las manos en actitud negativa.

Bernard comenzó a hablar un tanto acalorado sin que el sacerdote pudiera pronunciar palabra.

La firmeza y determinación del anticuario hicieron que tras unos minutos de monólogo, el sacerdote pareciera comprender el verdadero significado de lo que acababa de escuchar.

Su tío apuró su copa de un sorbo y miró fijamente al padre Claude, quien haciendo un gesto de aprobación recogió la pequeña caja y la envolvió en el papel de estraza con el que la había traído. Acto seguido se levantaron y dándose un abrazo que demostraba el grado de amistad que los unía, se dirigieron hacia la salida del Café.

Christelle fue súbitamente consciente de que su presencia allí no sólo preocuparía a su tío, sino que acarrearía muchas preguntas que quizás no quisiera responder.

Aun a pesar de la fuerte tormenta, echó a correr dirigiendo sus pasos de vuelta a la casa de antigüedades. En su mente se repetía una y otra vez la escena que había tenido lugar en el bistro.

¿Por qué ambos hombres estaban tan nerviosos?

¿Qué misterio escondía el sobre lacrado?

Un intenso relámpago iluminó su llegada al anticuario, mientras la joven extraía con rapidez las llaves de su bolsillo.

Una vez dentro, subió precipitadamente las escaleras hacia su habitación. Se cambió de ropa y trató de secarse su enmarañada melena con una toalla.

Pocos minutos después escuchó el sonido de la puerta del local y vislumbró las luces del piso inferior; su tío acababa de llegar.

—¿Christelle? ¡Ya he vuelto! —exclamó Bernard con fingida despreocupación—. ¿Has visto qué tormenta? ¡Me he empapado hasta los huesos!

La joven se hallaba confusa. La voz de su tío no denotaba signos de inquietud alguna. ¿Qué estaba intentando disimular?

No le hacía ninguna gracia el secretismo que parecía tener su familiar desde que éste descubriera aquel extraño violín.

Se pasó una mano por sus ojos; su interior era un hervidero de dudas y no estaba dispuesta a esperar por más tiempo. Tenía que pedir respuestas a Bernard cuanto antes.

—¿Christelle? —volvió a preguntar su tío con insistencia.

Bajó lentamente las escaleras, meditando acerca de cómo empezar el inminente interrogatorio.

—Tío... tenemos que hablar —su voz pareció casi un susurro, pero al escucharla, el rostro de Bernard mudó de expresión.

Dejó su chaqueta empapada en el mostrador y mirándola a los ojos le preguntó:

—Dime, ¿qué te ocurre?

—Quería hablarte... del violín negro.

La fisonomía de su tío se tornó rígida. Parecía que había dejado de respirar.

—¿Abriste el arcón?

Christelle asintió, bajando repentinamente la mirada.

—¿Por qué lo hiciste?

—Te vi colocar allí el violín y me sorprendió que no me dijeras ni una palabra sobre él… ¡ni siquiera me advertiste!

—¿Advertirte? ¿De qué?

—¡Ese violín es peligroso! —gritó la joven, pensando que su tío tendría todas las respuestas que necesitaba oír.

Bernard enmudeció por unos instantes. Su semblante transmitía ansiedad y miedo. Christelle comenzó a sentirlo también.

—¡Contéstame! ¿Qué *es* ese violín? ¿A quién pertenecía?

—¿Lo cogiste acaso?

—¡Por supuesto! Yo… —tras una pausa, la voz de la joven comenzó a temblar— sentí una sensación muy difícil de describir cuando lo tuve en mis manos y al tocar… comenzaron a surgir extrañas imágenes que parecían sacadas de otro tiempo; vi sombras incomprensibles, escuché risas y lamentos que me hicieron estremecer, pero lo que más miedo me dio fue que yo no interpretaba, sino que la melodía surgía directamente de él, de una manera casi mágica, envolviéndome en un halo hipnotizador del que no podía salir. Mis dedos seguían un ritmo que yo no marcaba, incluso tuve la percepción de que no era yo quien tocaba, sino alguien distinto a mí… —sus ojos se enrojecieron y sintió que las lágrimas acudían a ellos con rapidez—. Lo volví a meter en el arcón muy asustada… y todavía lo estoy. Sólo quiero entender qué es lo que me ha sucedido.

Su tío bajó la cabeza en un signo de preocupación, permaneciendo así durante varios segundos.

Christelle lo observaba con intranquilidad.

—Por favor, dame una explicación —le dijo con voz suplicante.

Bernard la miró con el ceño fruncido y con una voz muy queda, respondió:

—Lo siento, no puedo hacerlo. Todavía no estás preparada.

La joven parpadeó, abriendo la boca en un gesto de sorpresa.

—¿Preparada?

—Así es —prosiguió su tío, mirando el arcón—. Ese violín es muy especial... es único. Pero no puedo, es más, no debo revelarte nada de él por ahora. No ha llegado el momento todavía.

—¿Qué? —Christelle estaba perpleja—. ¡Creo que tengo derecho a saber qué me ha ocurrido!

Bernard negó con la cabeza y agitó las manos con vehemencia.

—¡He dicho que no, Christelle! Olvida lo que te ha sucedido esta tarde, ¿me entiendes? Y en cuanto a ese violín... a partir de ahora estará en el almacén subterráneo, donde permanecerá hasta que yo lo diga, ¿está claro?

La joven hizo un ademán de protesta, pero él la interrumpió bruscamente.

—¡Ni una palabra más! Es por tu bien, confía en mí.

Con paso firme y ante la atónita mirada de su sobrina, extrajo el estuche del arcón y lo llevó consigo hasta una esquina de la estancia, donde se hallaba un viejo sofá, que apartó con las dos manos.

Bajo sus patas dormitaba una alfombra de desgastados colores. Bernard la levantó con un simple movimiento dejando al descubierto una pequeña trampilla, que abrió sin dudar.

Conforme lo veía descender por ella, la joven comenzó a desear no haber visto nunca aquel singular violín. Pero, entonces ¿por qué sentía la incesante necesidad de volverlo a tocar?

Sus pensamientos quedaron flotando en su cabeza sin encontrar la respuesta adecuada.

El anticuario encendió una bombilla que pendía del falso techo, iluminando el pequeño sótano presidido únicamente por una caja fuerte. Se acercó a ella y comenzó a girar la cerradura de combinación. En su interior guardaba los documentos de compra de sus antigüedades, actas notariales y dinero en efectivo para alguna emergencia.

Introdujo el violín en la parte baja de la misma y después de observarlo durante unos instantes, como si se despidiera de él, cerró la puerta metálica y giró de nuevo la combinación.

Al menos de momento, el violín estaba oculto.

11

Verano, 1910

Gastón Leroux observaba distraído el paisaje a través de la ventanilla del tren que lo conducía a Niza.

A su lado y aun a pesar del molesto traqueteo, dormitaba su buen amigo, el escritor Maurice Leblanc, que lo acompañaba en aquel viaje.

Hacía un par de años que había tenido lugar la intensa conversación con el Persa y sus palabras acudían con insistencia a su memoria. Palabras que probablemente quedarían secretas en su mente durante toda su vida.

Dirigió la vista hacia su maleta pensando en el misterio que portaba en su interior y que tras largas horas de examen y estudio había podido desentrañar tan sólo en parte. De alguna forma se sentía frustrado por no haber sido capaz de extraer la esencia auténtica de aquel arcano que el Persa le había entregado.

¡Él, que tan buen periodista e investigador se creía!

Extrajo un reloj dorado del bolsillo izquierdo de su chaqueta, y se cercioró de la hora; el viaje le parecía interminable y sólo deseaba llegar cuanto antes a su destino. Destino, que por otra parte le parecía maravilloso, y en el que había pensado establecerse en un futuro. Aquel recorrido en tren se repetía una vez al año con un objetivo del que sólo unos pocos eran conocedores.

Tanto Leroux como su compañero pertenecían, desde hacía varios años, a una sociedad *hermética*, llamada así no sólo por su secretismo y escaso número de miembros, sino por su vinculación a la sabiduría de Hermes, el mensajero de los dioses; éste, transportaba sus misivas selladas de tal forma que nadie era capaz de tener acceso a ellas salvo aquellos a quienes iban dirigidas. La *Societé Hermes* había transformado este mito, en una clave para la comprensión de la realidad.

Los componentes de esta Sociedad tenían estatus culturales elevados y muy diversos, siendo procedentes de varios países de Europa. Todos sabían con exactitud qué días eran los señalados para encontrarse de nuevo y el lugar dónde reunirse, siendo su juramento no desvelar la existencia de su agrupación a nadie.

Su finalidad era descubrir misterios ocultos así como esotéricos en sus propios campos de trabajo e investigación y compartirlos con sus compañeros de hermandad.

Velaban sus hallazgos tras un lenguaje especial, que al igual que las cartas de Hermes, únicamente podían entender los iniciados a su sabiduría.

Un lenguaje conocido como «la lengua de los pájaros».

Las obras literarias de Leroux y Leblanc se hallaban impregnadas por esta clase de expresividad lingüística, que escapaba a la detección y comprensión por parte de sus lectores. Quizás fueran mensajes ocultos que se transmitían entre ellos evitando, de alguna manera, que ni la crítica literaria de la época ni la clase política pudieran adivinar lo que realmente subyacía bajo aquellas frases, que por línea general estaban escritas en cursiva.

Los demás miembros ejercitaban este mismo lenguaje en algunas partes de sus ensayos y artículos publicados, ejerciendo una función equivalente que obviara a los ojos de los no iniciados, su significado auténtico.

Los componentes de esta hermandad estaban por encima de lo establecido tanto a nivel de la sociedad, como de la religión y de la política. Eran eminencias en sus respectivos trabajos y se hallaban bien considerados socialmente; pero éste era un detalle carente de importancia para ellos.

Su verdadera pasión permanecía latente bajo aquella máscara de normalidad social. Investigaban aquellos aspectos extraños y misteriosos que emanaban de su propio trabajo y hacían partícipe de estos hallazgos únicamente a la *Societé Hermes*, sin importarles la fama o la compensación económica que pudiera derivarse de ello.

Para estos estudiosos de lo esotérico, el mundo simplemente permanecía a un lado, ajeno a todo cuanto ellos pudieran descubrir. Sólo les movía su motivación personal. La hermandad era la singular conocedora de sus peculiares estudios y así debería seguir siendo en el futuro. Su secretismo transcendía inclusive a su correspondencia, escribiendo sus cartas en el encriptado Lenguaje de los Pájaros con el fin de que solamente ellos pudiesen comprender su contenido. Nunca se dirigían entre ellos mismos por sus verdaderos nombres. Cada uno se había creado un pseudónimo acorde con su particular personalidad o el campo de trabajo que cada uno ejercía.

Se reunían en un caserón próximo al Monasterio de Cimiez, en Niza. Adoraban aquel enclave religioso, célebre por su sacristía, cuyas paredes se hallaban decoradas con pinturas apocalípticas y alquímicas. ¿Por qué no reunirse cerca de un monasterio embebido de aquella energía esotérica?

Gastón Leroux permanecía absorto en sus propios pensamientos cuando su acompañante dio signos de haberse despertado.

Leblanc se desperezó con rapidez y encendió un cigarrillo aspirando el humo profundamente.

—¿Estaremos todos en esta ocasión? —preguntó.

Leroux asintió con un leve gesto.

—Espero que así sea; en nuestra última reunión, *Waterloo* no pudo asistir por estar enfermo, ¿recuerdas? En su carta, me decía que estaba ya recuperado y por tanto, espero que acuda.

Leblanc arrojó su cigarrillo por la ventanilla justo en el momento en el que el tren comenzaba a aminorar su marcha, señal inequívoca de que el viaje tocaba a su fin.

Aunque los integrantes de la sociedad ya se conocían desde hacía varios años, siempre les causaba excitación el volver a encontrarse, preparados para sorprender con las nuevas investigaciones que habían llevado a cabo durante los meses que separaban las reuniones.

El caserón era una vieja reliquia de principios del siglo XIX con numerosas habitaciones divididas en dos plantas y un ático. En su parte noble se hallaba un enorme salón presidido por una larga mesa de oscura madera, flanqueada por unas robustas sillas del mismo color.

Su iluminación estaba constituida todavía por lámparas de gas, lo que daba a la estancia una atmósfera de sosiego y tranquilidad. Dos aspectos que todos los que allí se reunían apreciaban al máximo, dado que sus dos ocupaciones, la real y la oculta, los mantenían siempre con un alto nivel de estrés: investigaciones clandestinas, viajes secretos, etc.

El sendero de tilos que conducía a la vieja mansión tenía más de un kilómetro y se alejaba de la ciudad como queriendo huir de ella.

Desde aquella ligera colina se podía divisar un retazo del Mediterráneo, lo que sin duda daba al paisaje todo el aspecto de un cuadro costumbrista francés.

Aquel verano auguraba buen tiempo y el sol del atardecer así lo quería demostrar tiñendo el cielo con anaranjados destellos antes de ocultarse tras las onduladas montañas del Oeste.

Cuando entraron en la casa comprobaron por las luces encendidas que ya debía de haber llegado algún componente de la Sociedad.

Una sonora voz retumbó desde el fondo de la sala.

—¡*Gargantúa, Normando*! ¿Ya habéis llegado? ¡Por fin juntos de nuevo!

Quien pronunciaba aquel caluroso recibimiento era un hombre bajito, pero muy corpulento y con un enorme mostacho que daba más vigor a su tez morena. Era el italiano que había comprado la mansión.

Leroux, que había adoptado el pseudónimo de *Gargantúa* de una forma alegre e irónica a la vez, debido a su afición a la buena comida, abrió los brazos para estrechar a su viejo amigo italiano, *Mantegna*. Éste, había adquirido este apodo en reconocimiento a su pintor preferido del siglo XV, dado que él ejercía la misma profesión en Bolonia.

También abrazó efusivamente a Leblanc, llamado *Normando,* debido a su región francesa de nacimiento.

—¿No ha llegado nadie más? —preguntó *Gargantúa* mirando a su alrededor.

—*Atlante* está arriba deshaciendo su equipaje —asintió *Mantegna*, señalando con el dedo el piso superior—, ya sabéis lo metódicos que son los ingleses…

Acordaron esperar a los demás ante una buena botella de Schioppetto recién traída de Italia. Estaban brindando por su reencuentro, cuando la puerta principal se abrió dejando entrever dos figuras que se recortaban al contraluz bajo los últimos rayos de sol.

—Este viaje ha sido el peor de todos —se quejó una de las figuras que acababa de llegar dejando caer una enorme bolsa de viaje mientras se quitaba su sombrero—. El tren se ha averiado dos veces, he soportado una tormenta de mil diablos y por añadidura, me han robado mi pitillera de oro en alguna estación. Ha sido el viaje perfecto —comentó irónicamente—. Por cierto, ¿alguien me puede dar un maldito cigarrillo?

Todos reconocieron el tono cáustico de *Esperanto*, catedrático alemán de lenguas muertas en la Universidad de Stuttgart, que como de costumbre, parecía estar siempre de mal humor.

El otro personaje dio varios pasos al frente y sin soltar sus dos maletas saludó a los allí presentes.

—Buenas noches, caballeros. De nuevo estoy aquí, fiel a mi cita, como cada año.

Aquella voz grave y profunda pertenecía a *Dálibor*, profesor de musicología en Praga y a su vez, músico y compositor de relevante prestigio. Había adquirido este sobrenombre en reconocimiento a la ópera del mismo título compuesta por Bedrich Smetana, del que era un gran admirador.

Espigado, de rostro enjuto y acompañado de su clásico bastón con la empuñadura de un león rugiente a causa de su ligera cojera, su presencia siempre causaba expectación y a decir de los demás miembros, era el más reservado de todos ellos, dado que parecía hacer un gran esfuerzo a la hora de comentar sus descubrimientos, dedicados casi siempre a la búsqueda de antiguas e inéditas partituras así como de instrumentos musicales que permanecieran ignotos y que pudieran tener relevancia histórica.

Tras cumplimentar a todos estrechándoles la mano, se dirigió hacia la escalera para subir a su habitación. En mitad de los escalones se tropezó con *Atlante*, que en esos momentos bajaba hacia el salón.

—¿Qué tal tu viaje, *Dálibor*?

—Bastante agotador, como siempre, pero ya estoy acostumbrado a ello —respondió secamente y siguió ascendiendo por la escalera sin inmutar su circunspecto semblante.

El arqueólogo inglés lo observó unos segundos y tras desaparecer de su vista, le hizo un saludo militar con su humor característico. Los demás, viendo el gesto, soterraron sus risas de manera tal que quedaron en una simple mueca de comicidad.

De todos era conocido que la relación entre el británico y el moldavo no había sido nunca muy cordial.

Años atrás *Atlante* había «descubierto» (o así lo dijo él), un antiguo libro de notas de Domenico Scarlatti que contenía estudios y apuntes de sus composiciones para clavecín y órgano.

Sabedor de que *Dálibor* podía estar interesado en él, se lo había ofrecido por un precio determinado, hecho que de por sí había sentado mal al moldavo, primero porque éste suponía con certeza casi absoluta que el inglés lo había sustraído y en segundo lugar porque daba por sentado que perteneciendo los dos a la hermandad, la injerencia de dinero entre ellos estaba fuera de lugar.

Incluso habiendo llegado a un acuerdo económico, el trato se rompió dado que *Atlante* lo acabó vendiendo a un coleccionista italiano que pagó por él una fuerte suma. Desde entonces, *Dálibor,* que le había reprochado siempre que no era un arqueólogo sino un simple «asalta tumbas» y ladrón, lo consideró un advenedizo dentro de aquella Sociedad formada por miembros cuyo objetivo no era el lucro e inclusive había propuesto su expulsión.

Atlante, después de saludar a los presentes, cogió una copa de vino y brindó por todos ellos:

—Elevo mi copa para brindar por nosotros, inspectores de lo desconocido, descubridores de lo oculto, amantes del secreto, interrogadores del pasado, y por supuesto, excelentes catadores del buen vino.

Ante aquella frase el pequeño grupo estalló en sonoras carcajadas mientras elevaban sus copas celebrando el brindis que el pelirrojo británico les había propuesto.

Atlante era hijo natural de un lord inglés que jamás lo había reconocido como tal. Terminados sus estudios en una mísera escuela pública de las afueras de Londres, a los catorce años se enroló en un carguero que se dirigía a Túnez; una vez allí y tras haberle despedido el capitán por golpear al contramaestre, acabó ejerciendo de camarero en un hotel en Gammarth. Después de deambular varios años como un vagabundo por todo el Medio Oriente, conoció a un experto arqueólogo de la Universidad de Oxford que necesitaba mano de obra para unas excavaciones cercanas de lo que antiguamente había sido Cartago. Aquello cambiaría su vida.

Poco a poco fue adquiriendo experiencia en la difícil tarea de desenterrar objetos perdidos en el tiempo. Comenzó con los simples pico y pala; continuó con la paleta, la brocha y la criba; aprendió a cuadricular el terreno y a manejar el teodolito para asegurar las concretas mediciones necesarias.

Así mismo, se bebió toda la información que caía en sus manos a través de libros y mapas, estudió los jeroglíficos, llegó a descifrar la escritura hierática y a dominar la demótica e inclusive el lenguaje copto.

Se unió también a expediciones por Egipto, Siria, Persia, Turquía y Grecia, lo que hizo que después de quince años de aprendizaje con varios maestros, se pudiera asegurar, que sin haber estudiado en ninguna universidad, se había convertido en un magnífico arqueólogo y por añadidura en un buen traficante de antigüedades.

No todos sus descubrimientos fueron a parar a museos, sino que a buen precio, determinadas piezas, siendo objeto de deseo de coleccionistas sin escrúpulos, acabaron en anaqueles y peanas para recreo y admiración de unos pocos elegidos. *Atlante* conocía muy bien los canales de compraventa del mercado negro para las antigüedades milenarias y por añadidura sabía sortear, incluso con el soborno, las aduanas más exigentes.

Había anochecido ya cuando la puerta principal se abrió dejando a la vista de todos la inconfundible maleta de *Waterloo,* el historiador belga. Su color rojo era su seña distintiva y como todos sabían, siempre viajaba con ella, fuere donde fuere.

—Señores, siento el retraso, pero como dijo un general de Napoleón, cuyo nombre no mentaré: «lo bueno se hace esperar», aunque ahora que recuerdo, creo que se refería a una mujer y éste no es el caso...

La broma del belga fue aplaudida por todos que inmediatamente se levantaron para saludar al recién llegado.

Su pasión por las campañas napoleónicas era bien conocida por sus compañeros de hermandad, así como el buen humor que lo caracterizaba. Era profesor en la Universidad de Lovaina en donde su prestigio era reconocido por todos y especialmente por los alumnos, dada la vehemencia con la que impartía sus clases y la amplitud de conocimientos de los que les hacía partícipe.

Sin embargo, sus verdaderas investigaciones jamás llegaron a la vista ni a oídos tanto del claustro como de sus estudiantes. Sus descubrimientos históricos formaban parte de su secreto del que únicamente eran conocedores los integrantes de la *Societé Hermes.*

Una vez que se hubieron reunido todos en el salón, se pusieron en pie y con sus copas utilizaron el saludo ritual que tenían por costumbre pronunciar la primera noche:

—Elevemos nuestras copas para que Hermes nos siga guiando en el sendero de lo que en el mundo aún está oculto y por descubrir. ¡Por ti, Psicopompo!

Tras el consabido apóstrofe hacia el dios griego, continuaron la tertulia de una forma animada y trivial hasta que el cansancio y el vino les conminaron a todos a retirarse a sus respectivas habitaciones en busca de un merecido descanso tras la agotadora jornada.

La calma de la oscura noche no parecía augurar los terribles acontecimientos que horas después iban a suceder, truncando el destino de la Societé Hermes y, especialmente, de alguno de sus componentes.

12

El despertador sonó con insistencia en la mesilla, pero Christelle tardó varios minutos en percatarse de ello.

Entornó los ojos y alargando un brazo, lo apagó semidormida.

Aquél no había sido un buen fin de semana y aunque había deseado en varias ocasiones que el lunes llegara, ahora no le parecía tan buena idea comenzar el día ensayando en la Cité de la Musique. Sólo quería refugiarse bajo las sábanas y olvidar que más allá de la ventana de su habitación el mundo la estaba esperando.

Escuchó a su tío preparar el desayuno y pensó, con un bostezo, que ya iba siendo hora de levantarse.

Se dirigió al cuarto de baño y se miró en el espejo. Sus ojeras y su palidez delataban las continuas noches de extrañas pesadillas que había sufrido tras tocar el violín «prohibido». Aquella experiencia la marcó profundamente y el silencio de su tío respecto a ese tema, dificultaba su comprensión de todo cuanto había sucedido aquella tarde.

Se vistió apresuradamente y cogiendo el estuche con su violín, bajó las escaleras.

—Buenos días —dijo Bernard con rostro risueño—. ¿Has desayunado ya?

—No tengo tiempo, ¡llego tarde a clase!

—Tienes mal aspecto, ¿seguro que te encuentras bien?

Christelle no pudo evitar fijarse en el chaise-longue que ocultaba el acceso al sótano, donde reposaba el violín negro.

—Sí. He pasado una mala noche, eso es todo.

Su tío la miró con ojos preocupados.

—No te inquietes —le aseguró la joven con una sonrisa algo forzada, mientras le daba un beso en la mejilla—, estoy bien; además, hoy no volveré muy tarde.

Después de salir de casa y tras llegar al metro de la estación Bastille, se encontró con un verdadero hormiguero de personas dirigiéndose a sus respectivos trabajos.

Christelle aceleró sus pasos y entró en él, segundos antes de que sus puertas cerrasen de forma automática.

No había un sólo asiento libre, por lo que tuvo que conformarse con asirse en una de las barras metálicas que compartía con otros viajeros.

Nunca le había gustado demasiado el metro a aquellas horas de la mañana. El ajetreo de aquella masa bulliciosa de gente abriéndose paso a toda velocidad e incluso empujando sin miramiento alguno, no era precisamente de especial agrado para ella. Su carácter más bien introvertido estaba en total discrepancia con cualquier tipo de aglomeración o tumulto.

Pensó, mientras su cuerpo se mecía al ritmo del suburbano, en el poco tiempo que había dedicado a ensayar aquellos días, tal y como le había sugerido el maestro Boldizsár; sin embargo confiaba firmemente en su propia habilidad con el violín y trató de no darle mucha importancia.

«Seguro que todo saldrá bien. Únicamente debo esforzarme un poco más en los andantes.»

Cuando salió del metro, en Porte de Pantin, agradeció la caricia en su rostro de la fresca brisa que llegaba del Norte y que despejó todos sus sentidos.

Al llegar a La Villette, distinguió, entre diversos estudiantes, a su amiga que la esperaba desde hacía un buen rato. Su altura, su pelo corto y rubio, su bohemia forma de vestir siempre con pantalón vaquero y un chaleco de mil colores, eran la perfecta impronta de su carácter alegre y desenfadado.

—Ya era hora, dormilona, ¡creí que ya no vendrías!

Siempre quedaba con Cloe en la entrada de la Cité para continuar juntas el trayecto hasta su lugar de ensayo.

Christelle se disculpó sonriendo, mientras trataba de evitar la mirada de escrutinio de su amiga.

—¿Y esa cara? Parece que no hayas dormido en toda la noche.

La joven se quedó en silencio mientras caminaban. Sentía la angustiosa necesidad de contarle todo cuanto le había sucedido, deshacer aquel nudo gordiano que la había perturbado durante el fin de semana, pero...

¿Podía confiar en su amiga?

Conoció a Cloe cuando ambas eran niñas. Habían sido compañeras de juegos y estudios desde que podía recordar y aunque debía reconocer que era un tanto alocada, siempre había contado con su ayuda y amistad, tanto en los buenos como en los malos momentos.

Curiosamente, eran dos amigas bien distintas. La personalidad de Cloe se distinguía por su extroversión y su elocuencia mientras que en Christelle siempre primaba la timidez y la quietud, rasgos que hacían que se compenetrasen a la perfección.

Tocaba el violín, al igual que ella, pero no contaba con esa sensibilidad propia de los buenos músicos; para Cloe, el violín era tan sólo un instrumento con el que podía ejecutar de mejor o peor manera, una partitura.

Aun así, Christelle la adoraba y compartía con ella todo cuanto le sucedía.

Pero en aquella ocasión, dudó. En su foro interno reconocía que lo que había tenido lugar aquella tarde de viernes era una locura y bastante difícil de creer.

¿Cómo podría confiárselo a su amiga sin que surgiesen las más curiosas preguntas?

—A ti te ocurre algo, ¿verdad?

Christelle apretó fuertemente los labios sintiendo como la sangre acudía a ellos; la presión podía con ella.

—Vamos, suéltalo ya —le apremió Cloe con un leve empujón amistoso.

—Prométeme que si te lo cuento todo, no se lo dirás a nadie ni te reirás de ello.

—Christelle, somos amigas desde hace mucho tiempo; por supuesto que te lo prometo. Puedes confiar en mí.

Detuvo sus pasos ante el Conservatorio Nacional de Música y mirando fijamente a su amiga, comenzó a narrarle los extraños sucesos acontecidos la misma tarde en que se despidieron.

Al principio, su voz sonaba firme y segura; sin embargo conforme avanzaba en su relato, las pausas se repitieron con mayor frecuencia y el volumen de su voz fue decayendo hasta constituir un mínimo susurro.

Le habló del violín negro, de las abrumadoras visiones, de la inquietante sensación que emanaba de ellas, del silencio de su tío...

Cuando finalizó, Cloe abrió la boca muy despacio y con los ojos desproporcionadamente abiertos le preguntó:

—Seguro… ¿seguro que no lo soñaste?

—¿Cómo se supone que voy a quedarme dormida de pie, en medio del anticuario, tocando sin saber exactamente qué música, un violín que no es mío? —Tras un breve silencio volvió a hablar con rotundidad—. Además, tengo la prueba, y es la existencia de ese violín. Mi tío lo guardó en el sótano y allí debería quedarse para siempre.

Christelle pudo percibir por su forma de mirarla que su amiga no sabía muy bien qué decir. Fue en aquel momento cuando se dio cuenta de su error. No debería haberle contado ni una sola palabra.

«Ésta es una de esas cosas que no deben airearse tan fácilmente. Seguro que ahora Cloe me toma por loca.»

—Sabía que no me creerías —le confesó con desánimo.

—No digas eso. Únicamente es difícil de comprender, eso es todo. ¡Quizás estabas demasiado cansada! Los ensayos con el señor Boldizsár son agotadores…

—Sí, puede que fuera eso… —Christelle tenía que terminar aquella conversación cuanto antes. Se sentía un tanto incómoda y abatida—. Vamos —dijo con tristeza observando su reloj—, llegamos tarde.

Cloe no dijo nada. Se limitó a seguirla hasta su aula correspondiente. Para ella, el cansancio era el causante de la experiencia de su amiga, nada más.

Cuando entraron en la sala, el maestro Boldizsár ya estaba en ella. Les señaló el reloj en la pared con un gesto de desaprobación y les indicó que podían tomar sus respectivos asientos.

—Muy bien, ya estamos todos. Retomemos el Concierto número tres para violín de Mozart. Esta vez, ejecutaremos el Rondo en Sol mayor.

Todos los alumnos comenzaron a afinar sus instrumentos, y como de costumbre la sala pareció enloquecer con aquellas notas discordantes y caóticas. Constituía el mismo ritual de iniciación antes de un ensayo o incluso de un concierto.

Christelle extrajo el violín de su estuche con celeridad y lo colocó en posición. Ella era «el primer violín» y sabía que el Rondo era una de las piezas que debía interpretar casi exclusivamente sin acompañamiento; pero súbitamente percibió que algo no iba del todo bien. Sus manos temblaban al sostener el instrumento y su corazón se aceleraba por momentos.

Boldizsár echó un rápido vistazo a su *particella* y golpeó dos veces su batuta contra el atril; se hizo el silencio y tras unos segundos en los que todos estuvieron pendientes de él, dio la orden a sus alumnos de atacar la pieza.

Las flautas comenzaron a tocar uniéndoseles los alegres pizzicatos de los violines.

Sin embargo, la música se detuvo.

Todos los ojos se dirigieron a Christelle, que se había quedado inmóvil, con el violín en el mentón y la mirada perdida.

Era plenamente consciente de cuanto sucedía a su alrededor, pero no lograba concentrarse. Las notas en negrita de su propia partitura saltaban ante sus ojos y se percató de que sus manos no obedecían a su cerebro.

—Mademoiselle Christelle —pudo escuchar la voz del maestro mientras seguía luchando por tocar su parte.

—Señorita Christelle —volvió a insistir—, ¿qué ocurre? ¿Algún problema?

La joven movió la cabeza agitadamente, como si saliera de un mal sueño, y miró a su profesor sin saber muy bien qué decir.

—¿Quiere tocar sus acordes usted sola durante un momento, por favor?

Christelle asintió, aturdida.

Trató de poner su instrumento en posición y cuando se dispuso a tocar fue como si una densa niebla se apoderara de sus sentidos, produciéndole de nuevo un ataque de pánico...

Sus manos temblaban sin control siendo incapaz de crear una sola nota.

A su mente acudían sin cesar las imágenes que había engendrado el violín negro y el miedo a tocar una vez más, se generalizó en todo su cuerpo.

—Parece que tenemos un problema —dijo Boldizsár con voz grave—, ¿quiere venir un momento, por favor?

Christelle exhaló aire tratando de normalizar su respiración.

Depositó el violín encima de su estuche y con paso poco firme, se dirigió hacia su profesor, situado tras el atril.

Pudo escuchar los susurros de sus compañeros mientras caminaba y se lamentó de que sus nervios le estuvieran jugando una mala pasada.

¡Ella que siempre había hecho gala de su serenidad y pericia con el violín!

El maestro Boldizsár la estaba esperando de pie mientras jugaba con la batuta entre sus dedos.

Su semblante mostraba signos de preocupación.

Christelle no pudo evitar bajar la cabeza, avergonzada.

—¿Qué le ha ocurrido, Christelle? Lo que acaba de tener lugar no es propio de usted —le dijo con voz queda, tratando de este modo que nadie del aula pudiera escucharle.

La joven no sabía qué responder; intentó sostener la mirada a los indagantes ojos de su profesor, sin éxito.

—Yo... no sé qué me ha pasado. Estaba muy nerviosa. —Sintió la súbita necesidad de huir. Boldizsár era su maestro predilecto, ¿le había decepcionado? ¿Cómo podía explicarle lo que realmente le sucedía?

—¿Nerviosa? Usted siempre se ha caracterizado por su ánimo tranquilo y su seguridad. Además, esto no es un examen, ni siquiera un pequeño concierto; no hay lugar para los nervios.

Christelle comenzó a sentir un leve dolor de cabeza y náuseas en el estómago; se estaba mareando.

—Lo siento. Podría... ¿podría salir de la clase un momento, por favor?

—No tiene buen aspecto —dijo con intranquilidad su profesor—. Bien, puede irse, pero regrese en cuanto se sienta mejor y pase por mi despacho. Seguiremos hablando.

La joven asintió y salió corriendo precipitadamente hacia la puerta con su violín bajo el brazo. Todos sus compañeros la observaron con asombro mientras abandonaba la sala.

Sin saber exactamente hacia donde se dirigía, atravesó La Villette y acabó de nuevo en el metro casi sin percatarse de ello. Su mente estaba abotargada, repleta de confusos pensamientos que no le permitían esclarecer mínimamente sus ideas. Comenzó a percibir que las lágrimas recorrían suavemente sus mejillas, y observó que algunas personas del vagón, no dejaban de observarla con una expresión interrogante.

Trató de controlarse y haciendo caso omiso de las miradas de curiosidad, fijó su vista en la oscura nada a través del grueso cristal.

Había decidido dónde dirigirse.

El lugar que había determinado le había servido en muchas ocasiones para tranquilizar sus incertidumbres y temores clásicos de juventud: el puente de Notre Dame.

Cuando llegó, los pequeños puestos de libros antiguos al lado del Sena habían abierto ya sus singulares puestos de venta, lo que siempre daba una nota alegre a los antepechos que limitaban el cauce del río. Los libros antiguos con sus colores demacrados por el paso del tiempo, la diversidad de pósters y láminas, las nuevas y viejas postales sobre París... Todo ello conformaba un típico cuadro de las riberas del afamado río.

Christelle se apoyó unos instantes y contempló aquella estampa que tan bien conocía desde niña. Ante ella, los clásicos bateaux-mouches atravesando lentamente con sus quillas las oscuras aguas, dejando tras de sí una espumosa estela. En uno de ellos, pudo distinguir a varios turistas fotografiando el grandioso Palacio de Justicia con sus cónicos chapiteles. Siguiendo el trayecto del barco, no pudo evitar elevar su mirada y distinguir las góticas torres mochas de Notre Dame bañadas por el sol de mediodía, lo que confería a su piedra una tonalidad especial que resaltaba magníficamente entre los demás edificios.

El intenso tráfico que circulaba a sus espaldas no atenuó la abstracción que en aquellos instantes poseía a Christelle. Revivió los maravillosos paseos que por allí daba con sus padres, la calidez de sus manos, la sonrisa de su madre y su aterciopelada voz llamándola cada vez que se separaba de ella para observar de cerca la diversidad de objetos que ofrecían los puestos de libros antiguos.

La lejanía de aquellos años no había mermado la viveza de unos recuerdos que ahora afloraban a su memoria como fragmentos imborrables.

Durante unos largos minutos, la placidez y la tranquilidad habían invadido el espíritu de Christelle. En su rostro se reflejaba serenidad, lo que indicaba que al menos de momento, su inquietud por lo que acababa de suceder en La Villette había desaparecido.

Se dispuso a caminar lentamente con el violín entre sus brazos cuando una musiquilla familiar surgió en el interior de su bolso. Sobresaltaba, cogió su móvil y comprobó que era su amiga Cloe quien la llamaba. Por unos segundos estuvo tentada de contestar, pero sin saber por qué dejó que la musiquilla continuara sonando. No tenía ganas de hablar con nadie. Deseaba estar sola y que aquellos momentos fueran únicamente suyos.

Al otro lado del teléfono, Cloe advirtió que la voz de Christelle salía en su buzón de voz. Un tanto contrariada, le dejó un mensaje para que la llamara en cuanto pudiese.

Su amiga se dirigía hacia la cafetería del Conservatorio cuando la voz del maestro Boldizsár interrumpió sus pasos.

—Señorita Cloe, quisiera hablar con usted un momento.

13

Verano, 1910

Leroux se despertó aquella mañana con el ánimo dividido.

Percibió los tenues rayos de sol filtrándose a través de las hendiduras horizontales de la ventana y con un bostezo, cogió su reloj de bolsillo de la mesilla cercana a su cama comprobando que ya eran las ocho de la mañana.

Sólo quedaban dos horas antes de la acostumbrada reunión que solía tener lugar el primer día de estancia en aquel caserón.

Tras levantarse, abrió con fuerza el atrancado ventanillo dejando que la fresca luz penetrase en la habitación y aspiró, cerrando los ojos un instante, el aire limpio del mediterráneo.

Aunque trataba de admirar el magnífico paisaje que tenía ante sí y dejarse llevar por el madrugador graznido de las gaviotas, su mente estaba librando una encendida batalla.

Giró su cabeza para observar el maletín que yacía cerca del escritorio y con un gesto de seriedad, meditó acerca de lo que éste contenía.

¿Debía hacer partícipes a sus compañeros de hermandad de su hallazgo o por el contrario mantenerlo en secreto?

¿Sería capaz de enfrentarse a las múltiples preguntas que de seguro surgirían?

Y si callaba... ¿podría seguir perteneciendo a la Societé Hermes sin sentir una punzada de arrepentimiento y vergüenza?

¿No habían confiado siempre entre ellos para desvelar sus investigaciones? ¿No habían creado para dicha meta su secreta y hermética hermandad?

Siendo incapaz de encontrar la decisión acertada, se vistió y salió al pasillo central.

Dirigió sus pasos hacia la escalera para bajar al piso inferior, cuando escuchó la voz del italiano *Mantegna*, que entonaba una canción típica de su país.

«Seguramente está preparando el desayuno», pensó Leroux esbozando una leve sonrisa.

Mantegna siempre era el encargado de la cocina, no solamente por sus aptitudes culinarias, sino porque realmente le agradaba poder hacerlo.

Leroux se sentó lentamente ante la gran mesa principal y extrayendo un pequeño pañuelo de su bolsillo, comenzó a limpiarse sus redondos anteojos.

Su interior permanecía debatiéndose en una guerra de opiniones cruzadas.

Un tanto nervioso, encendió un cigarrillo y aspirando profundamente, procuró calmar sus vertiginosos pensamientos.

Quizás no fuera demasiado tarde para guardar silencio; quizás fuera mejor que el secreto que le transmitió el Daroga siguiera oculto, al menos hasta que él pudiera exprimir cada uno de sus posibles significados, estudiar sus maravillosas entrañas y descubrir su auténtico mensaje.

Contemplaba abstraído las delicadas volutas de humo que se formaban en el aire y a través de ellas, vislumbró a varios de sus compañeros, que como él, acudían con energías renovadas a la reunión de la Societé.

Al verlos, Leroux dudó de nuevo.

Se atusó el bigote, pensativo.

«Por otro lado...», se dijo, «es un descubrimiento único, fascinante. Sería una deslealtad mantenerlo en las sombras del desconocimiento por más tiempo.»

Suspiró. ¿Qué se suponía que debía hacer?

Tras observar que poco a poco los demás iban acudiendo al desayuno, determinó postergar su decisión para más tarde.

Todavía con los cafés humeantes, *Esperanto* se levantó y mirando su reloj dijo a todos los presentes:

—Caballeros de esta Hermandad, es la hora de renovar nuestro juramento por el que cada uno debe revelar sus secretos descubrimientos y jurar que, salvo con la aquiescencia de todos, jamás serán manifestados al resto del mundo. Juremos.

Al unísono, de la boca de cada uno de ellos salió la misma expresión.

—¡Lo juramos!

Esta salutación se repetía siempre al comienzo de cada reunión y después de ella, cada uno comenzaba a exponer el fruto de sus investigaciones.

Waterloo fue el primero en hablar.

—En esta ocasión no os puedo traer las pruebas definitivas. Estoy a punto de descubrir la traición que un diplomático francés perpetró ante la inminente invasión de Napoleón a Inglaterra. Creo estar seguro de que los planes estratégicos del pequeño corso fueron infiltrados a un cónsul inglés previo pago de una fuerte suma en oro. La cuestión es que tengo a dos posibles sospechosos y hasta que no posea un documento que permanece bien guardado en cierto castillo al oeste de Londres, no podré concluir y por lo tanto desvelar, el nombre de dicho diplomático. Espero y deseo que en la próxima reunión os pueda mostrar incluso el documento.

Tras escuchar en silencio las palabras del belga, surgieron los comentarios habituales sobre el tema que se acababa de exponer.

Acto seguido, fue *Mantegna* quien tomó la palabra.

—Hace más de un año, estuve en Amberes invitado por un marchante de obras de arte para reconocer la dudosa firma de un autor italiano del Renacimiento cuyo cuadro acababa de adquirir. Entablé buena amistad con aquel comerciante holandés y durante los días que estuve allí, como es de suponer, conversamos sobre los pintores de la escuela flamenca que tanto renombre han tenido en la historia del arte pictórico. Fruto de la confianza que había nacido entre ambos, me hizo partícipe de unos documentos que había comprado meses atrás a un marchante alemán. Se trataba de una serie de bocetos que un pintor de origen supuestamente flamenco había realizado en el siglo XVII. En él puede contemplarse una escena de lo más curiosa: el personaje principal está sentado sobre un majestuoso palanquín sostenido por unos diablillos lujosamente ataviados que sonríen de una manera burlona a una multitud famélica que con expresión de angustia observa el macabro paso de aquella comitiva. Lo más significativo era que la obesa figura a la que portaban, iba adornada de joyas y rodeada por diversas cornucopias que le arrojaban monedas de oro y piedras preciosas. Alrededor de su cuello, un enorme toisón dorado con el símbolo de El Vaticano y sobre su cabeza la ojival tiara papal engarzada de perlas, rubíes, esmeraldas, etc. Tras ellos, el pintor había dibujado una guardia personal fuertemente armada con espadas y lanzas, a lomos de unos corceles que emanando fuego de sus hocicos, parecían amenazar furiosamente a la pobre y hambrienta multitud que extendía sus huesudas manos en actitud de petición hacia ellos —*Mantegna* calló unos segundos para recuperar el aliento y tras observar la atención que sus compañeros le estaban prestando, continuó—: lamentablemente, estos bocetos no llevan firma alguna por lo que me imagino que mi investigación para descubrir si esos dibujos llegaron a plasmarse en un lienzo, va a ser un reto difícil, pero a cualquier investigador le llenaría de satisfacción el poder llegar a descubrir el nombre de su autor y el paradero del cuadro. Creo que todos habréis podido comprender el significado del mismo y la irónica intención del artista.

Una vez que el italiano hubo terminado su exposición, los comentarios al respecto fueron elevando el tono de la conversación que poco a poco fue derivando hacia el tema de la influencia que El Vaticano había ejercido durante siglos.

Mientras todos estaban inmersos en la discusión y cada uno aportaba sus opiniones, Leroux se mantenía en silencio y con la mirada perdida en el paisaje que podía ver a través de una de las ventanas.

Por su mente y como si de una exposición rápida de cuadros se tratase, iban apareciendo imágenes del pasado: sus primeras investigaciones sobre los hechos ocurridos en la Ópera Garnier, sus contactos con el director de la misma, su conversación con el Daroga y aquel misterioso libro rojo del que le había hecho entrega y que en esos mismos instantes permanecía oculto en uno de los bolsillos de su americana.

El mismo libro, que con su lomo cosido a mano y con sus páginas escritas y dibujadas en tinta roja, parecía gritarle con desesperada súplica que no desvelara su contenido a nadie y que su secreto permaneciera así para siempre.

Leroux no quería traicionar la confianza que el Daroga había tenido en él haciéndole depositario de aquel libro, pero por otra parte también debía lealtad a la Societé Hermes y era sabedor desde hacía meses que el Persa había fallecido, lo que de alguna manera le hizo pensar que tenía ya plena libertad de acción.

Inmerso en sus pensamientos, permanecía sin participar en el debate generado por sus compañeros cuyas voces llegaban hasta él como un monótono murmullo.

Repentinamente, se levantó de su asiento y exclamó:

—¡Caballeros! Les ruego me presten atención.

Todos los allí presentes alzaron la vista hacia él y lo miraron con asombro.

Parecía notablemente nervioso, pero muy seguro de sí mismo, lo que les hizo intuir que iban a ser partícipes de un hallazgo extraordinario.

—Como ya sabéis, en estos últimos tres años mis investigaciones han girado en torno a una leyenda generada en las entrañas de la Ópera Garnier de París. Su historia, me permitió comenzar una novela que durante este tiempo me ha obsesionado. El llamado Fantasma de la Ópera ha constituido todo un reto para mí y aunque realicé varias pesquisas y entrevistas con trabajadores de la Académie de Musique y su propio director, este mito seguía siendo un enigma sin resolver.

Tras una breve pausa en la que pareció dudar acerca de lo que iba a narrar a continuación, prosiguió hablando:

—Hoy puedo deciros que he concluido mi novela, aunque en ella no se halla reflejada toda la realidad de los hechos. Y ello es debido a un juramento que le hice a un extraño personaje. Éste, conocía muy bien al Fantasma y me aseguró que no tenía nada de sobrenatural, confesándome no sólo la existencia de este hombre, sino su prodigiosa naturaleza e inteligencia.

Mi libro será publicado dentro de unos meses y podréis leer la asombrosa historia que este misterioso confidente compartió conmigo; en él afirmo la existencia de Erik, el nombre del Fantasma, sin ningún tipo de dudas. También os puedo decir que en algunas partes del mismo, he empleado nuestro singular lenguaje del Canto de los Pájaros, aunque supongo que pocos serán aquellos que puedan comprender su significado. Mi seguridad respecto a este tema proviene de una excepcional prueba de la que soy poseedor.

Diciendo estas palabras, introdujo una mano en su americana y extrajo el pequeño libro de cubierta roja, exhibiéndolo a todos los integrantes de la hermandad.

—En este insólito libro de notas, reside el juramento que le hice a la persona que me confió los secretos del Fantasma. Sus páginas son la prueba real de que este ser existió ya que se hallan escritas de su puño y letra. Es, por así decirlo, su cuaderno de viaje. Aquí dejó constancia de sus diversos hallazgos, conocimientos, vivencias, planes, razonamientos...

Aunque juré no mostrarlo nunca a otros ojos que no fuesen los míos, también me debo a esta hermandad y por lo tanto, os he hecho partícipes de su existencia. Si embargo, permitidme que no desvele su contenido por ahora.

Deseo estudiarlo y desentrañar sus entresijos en profundidad, lo que me imagino me llevará tiempo y esfuerzo, dado que parte de él parece que ha sido escrito de una forma encriptada y algunos de sus dibujos son inexplicables. De todo esto deduzco que el así llamado Fantasma poseía una inteligencia muy superior de lo que podamos imaginar: hay partes en el libro escritas en griego antiguo, otras en ruso e incluso en árabe. Indistintamente de las lenguas que pudiera saber, os puedo asegurar por mis investigaciones anteriores, que el lenguaje de la música era su pasión más ferviente y que su vehemencia por alcanzar la perfección en este campo era toda su vida. Según pude averiguar estos años atrás, y gracias a mi secreto confidente, dominaba la música en todos sus campos tanto a nivel de historia como de ejecución, siendo un prodigioso compositor, un maestro de la voz y un experto en todos los instrumentos musicales conocidos.

Leroux hizo un inciso encendiendo un cigarrillo mientras contemplaba como todos los presentes permanecían atentos a su monólogo.

—Así mismo también os puedo decir que sus conocimientos en el campo de la construcción y la arquitectura estaban muy por encima de algunos profesionales tan afamados hoy en día.

»Sin duda era un ser fuera de lo común. Se desconoce su procedencia exacta aunque todos los indicios apuntan a alguna aldea cercana a Rouen. Este dato no he podido confirmarlo todavía. Parece ser que nació con una deformidad en su rostro lo que le marcó psicológicamente durante toda su vida, teniendo incluso que portar una máscara para evitar el rechazo de la gente y por añadidura las burlas más sangrientas.

»Ignoro por completo dónde pudo adquirir tales conocimientos, si fue ilustrado por maestros en cada campo o su superior inteligencia le dio la capacidad de ser el perfecto autodidacta. Sí en cambio puedo asegurar, y ello está reflejado en mi novela, que lo que jamás pudo alcanzar fue el amor de aquella de quien se enamoró perdidamente tras haberle enseñado a cantar magistralmente en la Ópera Garnier.

»Os he comentado anteriormente que no quiero desvelar todavía todo el contenido de este misterioso libro en el que en ocasiones están escritos maravillosos poemas y vivencias muy íntimas y es en estas dos formas literarias en donde curiosamente he podido advertir que siempre termina con una frase enigmática:

«La clave de mi existencia está en mi violín...»

—¿La clave? —*Atlante* sorprendió a todos con su exclamación—. ¿A qué se refiere con esa frase?

—Realmente no lo sé —contestó Leroux—. Tendría que estar en la mente de este hombre extraordinario para poder interpretar su significado. Como os he dicho, la repite en varias ocasiones a lo largo del libro. Os leeré un fragmento.

Dicho esto, cogió el pequeño libro y buscó entre sus páginas hasta encontrar unos párrafos concretos.

Oculto a la humanidad, a salvo de su mirada lacerante, de su infernal mundo... así deseo morir. ¿Cuánto tiempo he dedicado a este templo de Apolo? ¿Cuántas noches mi sombra ha surcado sus entrañas para construir en ellas mi morada?

La Ópera se ha convertido en mi secreto y sagrado santuario. Bajo sus innumerables escaleras, esbeltas estatuas, marmóreas columnas y crueles espejos, mi reino de la oscuridad se yergue como una gigantesca criatura cuyo doloroso parto ha consumido mi vida durante largos años.

Me siento extrañamente satisfecho de permanecer aquí, atrincherado en mi propia tumba, entre mi música, esperando ver pasar ante mí los pocos años que intuyo me quedan. Sin ella, mi miserable vida no tendría sentido. Bajo su efecto bienhechor, el mundo desaparece y con él mi propia existencia. Mi música... ¡qué mejor lugar para engendrar sus notas que en la Ópera que yo mismo ayudé a diseñar!

Es irónico pensar que mis partituras nunca verán la luz del sol. Qué importa. Los hombres no están preparados para ellas y yo mismo no deseo compartirlas con nadie. Aunque quizás no esté siendo sincero conmigo mismo... Mi música es la razón de que aún siga respirando... y es también mi condena. Me hallo prisionero de cada pentagrama, cada clave de sol, cada armónico... Pero debo terminarla, componer hasta que se agote mi escaso tiempo o mi alma quedará irremediablemente perdida en un mundo inexistente.

Necesito tener la certeza de que podré descansar una vez que ya no pertenezca a esta sombría realidad.

Por ello, debo seguir componiendo aunque cada nota sea tan dolorosa como una gota de sangre que emana de mis propias heridas.

La clave de mi existencia se halla en mi violín...

El silencio inundó toda la estancia.

Leroux cerró el libro y comprobó que todos los presentes tenían la mirada fija en él, con los interrogantes reflejándose en sus rostros, como pidiendo una explicación a lo que acababa de leer.

—Quisiera hacerte una pregunta —se aventuró a decir *Normando*—, según lo que acabamos de escuchar, el enigmático autor de ese libro ¿nos está queriendo decir de alguna forma que fue él quien diseñó el Palais Garnier? Si es así, creo que convendréis todos conmigo en que este personaje peca de pretencioso o está loco de atar, pues todos sabemos que fue Charles Garnier quien ganó el concurso imperial para la construcción de la nueva Ópera.

La conclusión de *Normando* hizo que todos aprobaran su observación.

—Estoy totalmente de acuerdo —exclamó *Esperanto*—, este hombre debió haber perdido la cordura a lo largo de sus años y de sus fantasiosos viajes; además, ¿qué pruebas tenemos o podría aportar él para sostener dicha afirmación?

Dálibor, el músico moldavo, tomó la palabra con su acostumbrado aire de superioridad.

—Yo estuve en la Ópera de París hace algunos años invitado por Monsieur Gailhard, director de la misma; fue para la inauguración de la temporada y creo recordar que se representó el *Orfeo* de Gluck. Es cierto que entre los chismorreos clásicos que se originan en estos actos, escuché a modo de comentario jocoso, la expresión Fantasma de la Ópera refiriéndose a una leyenda que había pervivido durante muchos años en dicho edificio. Pero esto no es un hecho aislado ni insólito puesto que en muchos teatros de Europa suele darse el mismo fenómeno y no deja de ser sino simplemente un mito basado en supersticiones de actores, bailarinas, etc. Os puedo dar un ejemplo: en el Royal Albert Hall de Londres, existen varios espíritus errantes. El más célebre es Henry Willis, también conocido como «padre Willis», que en vida diseñó el órgano de ciento cincuenta toneladas que alberga la sala de conciertos. Se dice que vaga por las noches vestido con traje victoriano recorriendo las vastas extensiones del edificio. Y de esta forma, os podría referir más casos, pero creo que no será necesario. Estaréis de acuerdo conmigo en que este tipo de supercherías y leyendas de escenario, las acaba creyendo la gente como realidades absolutas, en parte para tener algo de qué hablar que no sea de sus anodinas vidas y por añadidura, porque este tipo de fantásticas historias les encantan a todo el mundo.

Leroux volvió a encender otro cigarrillo manteniendo el semblante serio y sin dejar de observar a sus compañeros de hermandad. Su ánimo se había sentido terriblemente contrariado por las opiniones allí vertidas, tanto que en un gesto casi de rabia, retiró el libro de la mesa y se lo guardó.

En ese momento fue *Atlante* quien se levantó y dirigiéndose a todos exclamó:

—Estoy de acuerdo hasta cierto punto, ya que mi experiencia me ha demostrado en varias ocasiones que toda leyenda tiene una base de realidad, por mínima que ésta sea. ¿Y si lo que nos ha mostrado *Gargantúa* fuera cierto? ¿Y si en realidad ese hipotético Fantasma hubiera sido real? ¿Qué me decís de esa última frase tan reiterativa...?

Dálibor le cortó bruscamente.

—¿Y si...? ¿Y si...? ¡Estás hablando sólo de conjeturas sin valor histórico alguno! Aunque conociéndote como te conozco, quizás estés pensando en otra cosa posiblemente más lucrativa para ti.

Atlante se volvió hacia él en una actitud amenazadora.

—¡Señores, por favor! —exclamó *Mantegna* interponiéndose entre los dos—. Mantengamos la calma, somos caballeros.

—Unos menos que otros —repuso *Dálibor* con ironía dando la espalda al inglés. Éste, por su parte, le ofreció un gesto de desprecio y fue en busca de una copa de vino.

Leroux, que había permanecido en absoluto silencio, tomó la decisión de no hablar más del tema y pidiendo excusas a todos, subió hacia su habitación.

Una vez allí, se quitó su chaqueta y con el libro rojo en sus manos, se sentó frente a su pequeño escritorio. Sin abrirlo, lo contempló durante largos minutos mientras en su cabeza resonaban todavía las palabras de incredulidad que acababa de escuchar por parte de todos los miembros de la Societé. En realidad se sentía decepcionado por aquella actitud que le habían demostrado, pero en un momento determinado, un razonamiento le hizo sonreír levemente.

«He cumplido mis dos juramentos: revelar la existencia de este críptico y maravilloso libro a unos escépticos, por lo que creo que ya he cumplido con ellos. Y por otro lado, aunque sólo en parte, sigo manteniendo la palabra que le di al Daroga, puesto que el otro secreto que me confió sigue estando bien guardado.»

Abrió delicadamente el libro y buscó entre sus páginas un fragmento que aunque había leído en varias ocasiones, siempre lograba fascinarle.

He conocido la crueldad del mundo en mi propia piel. Su desmedido odio y repulsión han dibujado una estela de rencor que permanecerá indeleble en mi alma.

Quizás sea esa la razón de mi creciente ira... un sentimiento que nunca se apaga y del que se nutre todo mi ser.

Pero, ¿acaso se puede recriminar mi comportamiento a lo largo de mi existencia? ¿No soy sino el fruto de una sociedad que aplasta a los más desfavorecidos?

En mis viajes he podido apreciar de cerca la inhumanidad y el desprecio hacia todos los marginados.

Reyes sentados sobre tronos de oro que observan imperturbables cómo muere su pueblo en guerras inútiles o roídos por el gusano del hambre. Magnates que se enriquecen con la sangre y el sudor de trabajadores que subsisten con sueldos miserables que apenas les da para mal comer. Seres bastardos que niegan su ayuda a otros sólo por el hecho de ser ciegos, lisiados o simplemente enfermos.

Puede que Dios no estuviera en el vientre de mi madre cuando yo fui creado, pero tampoco está presente en la humanidad, dejando que se produzcan toda clase de iniquidades, a veces, en su nombre.

¿Creo yo mismo en Dios? Sinceramente no lo sé. ¿Cómo puede existir alguien que permite tales atrocidades en un mundo que él mismo ha creado? Quizás no sea Dios el culpable, sino nosotros, pobres mortales, que en ocasiones nos creemos dioses y por tanto con derecho a juzgar y sojuzgar a nuestros semejantes.

A mi memoria regresan en ocasiones amargos recuerdos, como si de lacerantes agujas se tratasen. Uno de ellos ocurrió en Egipto hace años...

Me había dirigido a Saqqara, un lugar que me interesaba sobremanera por su célebre pirámide escalonada, la llamada Pirámide de Zoser. El monumento en piedra más antiguo del mundo y su constructor el primer arquitecto reconocido: Imhotep. Sus múltiples facetas: arquitecto, médico, mago, músico, etc. me habían fascinado quizás porque yo mismo parecía seguir sus pasos...

Fue en ese pueblo cercano al Nilo, cuando lo vi.

Un niño de aproximadamente unos diez años se hallaba labrando la tierra bajo un sol abrasador. Su constitución era dramáticamente débil y observé con un nudo en la garganta como sucumbía una y otra vez al cansancio, derrumbándose en el fango con un lamento de dolor.

Por aquel entonces mis habilidades médicas se hallaban muy avanzadas y pude certificar sin mucha dificultad que ese niño estaba siendo víctima de una grave enfermedad, posiblemente la malaria.

Un hombre se acercaba de vez en cuando para comprobar el trabajo realizado por el niño. Cuando observé que comenzaba a azotarle con una larga vara, sentí como la furia se apoderaba de mis sentidos.

Todavía hoy sigo pensando por qué lo hice. Quizás por entonces aún creyese en las buenas acciones...

Me acerqué rápidamente y le grité a aquel despreciable tipo si era su hijo.

Haciendo caso omiso, levantó su vara de nuevo para golpear al niño que estaba caído sobre el barro. Con un fuerte movimiento arranqué la vara de su mano y lo derribé. Ya en el suelo y aunque yo llevaba un litham que cubría prácticamente mi rostro, pude percibir como miraba aterrado mi máscara. Con sus manos hizo gestos para que no lo golpeara más.

Desde el suelo y desafiante, confirmó mis sospechas: aquel niño era un esclavo que había comprado hacía un par de años a una caravana de mercaderes.

El pequeño permanecía completamente empapado por el barro y mirándome con ojos enrojecidos, parecía agradecer mi intervención.

Con mi mano izquierda en uno de mis bolsillos, había cogido ya el Lazo del Punjab dispuesto a hacerlo silbar en el cuello de aquel ser despreciable.

Hubiera sido tan fácil acabar con su vida...

Sin embargo, me abstuve de hacerlo. No quería manchar mis manos de nuevo, y menos delante del niño.

Le pregunté secamente cuánto pedía por él.

Al principio no pareció entender la pregunta, pero al cabo de unos segundos la codicia apareció en sus ojos haciéndolos brillar obscenamente. Cinco mil piastras. Ese fue el precio por su libertad.

Recuerdo que mientras él se relamía contando el dinero, yo alcé al niño en mis brazos y lo llevé a mi campamento constituido por una sola tienda de campaña.

Sus espasmos y alta fiebre, no me dejaron muchas dudas: efectivamente era malaria.

Estuve a su lado tres días y tres noches, administrándole quinina intentando bajar la temperatura de su cuerpo. Llegué inclusive a susurrarle canciones para que permaneciera dormido y lo más tranquilo posible.

Desgraciadamente, había llegado demasiado tarde y la enfermedad se había apoderado de aquel pequeño sin que mis cuidados surtieran el efecto deseado.

Murió en mis brazos un atardecer.

Creo que ha sido una de las escasas veces en mi vida que he derramado lágrimas por alguien. Espero sea la última.

He recordado este episodio de mi existencia a más de cuatro pisos bajo tierra, escondido como una alimaña, prisionero de un mundo que no es el mío. Un mundo que destierra a los suyos por el mero hecho de ser diferentes.

¿No acabarán nunca mis días? ¿Hasta cuánto he de sobrevivir siendo una sombra con un cruel pasado y un incierto futuro?

Ni siquiera puedo tener la certeza de que descansaré tras mi muerte.

Por eso, y más que nunca, debo recordar que mi existencia se halla en mi violín...

La lectura de aquellos párrafos dejó a Leroux inmerso en sus propios pensamientos.

«Realmente resulta curioso. Estoy seguro de que ninguno de los trabajadores con los que hablé en la Ópera hubiera podido imaginar que el supuesto Fantasma que tanto les atemorizaba pudiera ser un crisol de contradicciones. Únicamente suponían que se trataba de un ser viviendo entre las sombras y que vagaba por los subterráneos del edificio en busca de nuevas víctimas a las que atacar. Un espíritu despiadado que sólo lograba apaciguarse cuando se sumía en su propia música. Nadie se percató de que este hecho era ya de por sí extraño: ¿asesino durante la luz del día, magistral compositor en la oscuridad de su morada?

»¡Ingenuos! No era un fantasma errante, ni un sanguinario ente surgido de la nada. Sólo era un hombre ávido de conocimiento, respeto... y esperanza.

»Su extraordinaria sensibilidad lograba disipar la amargura nacida tras largos años de sufrimiento y rechazo. Su visión de la realidad le impulsaba a defender a los más desprotegidos, a los marginados que, como él, deambulaban en este mundo frío y clasista.

»Quizás él mismo creyera que todo su ser se hallaba revestido con los atavíos propios de un espectro; que su sola existencia era un doliente error y el apodo de fantasma, que los hombres le habían otorgado, únicamente constituía una triste verdad.

»Cuán equivocado estaba... Su alma era tan bella como debería haber sido su rostro.

»Puede que aquella a quien amó se percatase de ello. Él puso su vida a sus pies en un último intento por dejar atrás los espejos que arañaban sus entrañas. Es posible que ella lo abandonase sabiendo que no estaba preparada para esa clase de amor, pero yo conseguiré que su historia perviva en la memoria del mundo. Desafiaré al tiempo y al olvido y rescataré su recuerdo de la nada.»

Acto seguido y muy lentamente, Leroux introdujo el libro en su escritorio, acariciándolo.

Casi sin darse cuenta, de su boca salió un susurro:

—Mi querido Fantasma, yo te sacaré a la luz.

14

Verano, 1910

Tras una excelente comida a cargo de *Mantegna*, decidieron dirigirse a su lugar de visita ritual, el monasterio de Cimiez, situado a pocos minutos de la mansión. Aquello constituía una excursión obligada para los integrantes de la hermandad que gustaban de contemplar el esotérico enclave religioso e incluso tomar algunas fotografías no sólo del monasterio, sino de todos ellos.

Ya se disponían a salir, cuando *Atlante*, con voz quejumbrosa y el rostro un tanto demacrado, les alertó de que no se encontraba bien, posiblemente a causa de la abundante comida que había ingerido regada con un buen vino.

—Id a Cimiez sin mí, no me pierdo nada nuevo; os estaré esperando aquí —dijo con una mueca de dolor mientras llevaba una mano a su estómago.

Se despidieron de él y emprendieron el paseo.

El camino que debían recorrer era tan enigmático y bello como el monasterio en sí. Tras una vasta vereda de verdes olivos, les aguardaban las pétreas ruinas de una ciudad romana incendiada en el año 800 después de Cristo.

A Leroux siempre le agradaba rezagarse de sus compañeros y contemplar más de cerca aquellos muros derruidos llenos de historia. Caminaba entre escombros y vegetación, agachándose de vez en cuando para admirar alguna losa con curiosas inscripciones en latín o examinar ciertas entradas semiocultas entre ladrillos blancos y rojos.

Aceleró sus pasos al escuchar la voz de *Waterloo* llamándole a cierta distancia.

Cuando se reunió con ellos, pudo vislumbrar al final de una extensa hilera de frondosos árboles, la rojiza fachada de la iglesia.

Leroux nunca supo con certeza a qué estilo arquitectónico pertenecía aquel monasterio, pero sus arcadas centrales coronadas por un inmenso arco apuntado rebosante de sinuosos relieves y tres esbeltas agujas, siempre le habían parecido fascinantes.

Al entrar en el monasterio, todos guardaron silencio, como sumergiéndose en el recogimiento de aquel lugar.

El eco de sus pasos podía escucharse nítidamente, y poco a poco sus leves murmullos fueron adueñándose de la nave principal, cuando divisaron los coloridos frescos situados en los muros superiores.

Todos ellos eran conocedores de los secretos que ocultaban aquellas extrañas pinturas y no podían evitar sentirse momentáneamente hechizados por su hermético significado.

Alzaron su vista hacia la nívea bóveda de arista que se hallaba sobre sus cabezas y observaron detenidamente los dibujos creados en sus cuatro costados: en su extremo derecho un sol en forma de rostro parecía mirarlos con su único ojo, mientras una parte de él era consumida por un eclipse. Al otro lado se hallaba una media luna flanqueada por dos estrellas rojas.

—El Sol negro... —murmuró Leroux conocedor del significado que los alquimistas le habían otorgado al astro rey.

En el centro de la bóveda, pudieron admirar un nuevo fresco: una cruz alegórica a la redención del ser humano, se hallaba rodeada por un círculo anaranjado, símbolo de la Tierra.

—Según los sabios alquimistas, en el centro de esta cruz se halla un misterioso planeta, desconocido por el hombre —dijo en voz queda *Esperanto*—. Nadie sabe lo quiere representar en realidad.

Bajo la cruz, divisaron las siglas I.N.R.I.

—Recordad que no significan únicamente las iniciales del título en latín que Poncio Pilatos escribió sobre la cabeza de Jesucristo en la cruz, *Iesus Nazarenus Rex Iudaeorum* —señaló de nuevo *Esperanto*—, su significado esotérico va más allá: Igne Natura Renovatur Integra. Es un lema de los Rosacruces, que significa la naturaleza renovada por el fuego.

Todos asintieron admirados por el secretismo de aquellas imágenes.

Había transcurrido media hora desde su entrada al monasterio cuando súbitamente, escucharon una exclamación proveniente de *Dálibor*.

—¿Qué ocurre? —preguntó *Mantegna*.

—Es la cámara de fotos... la he olvidado en la mansión —repuso el moldavo elevando sus manos en actitud de disculpa. Se trataba de una antigua cámara de fuelle Kodak

Brownie que había adquirido en uno de sus viajes a Estados Unidos.

—Te esperaremos aquí —intervino *Waterloo*.

Dálibor sujetó su bastón con fuerza y salió del edificio en dirección al caserón.

Aun a pesar de su cojera, provocada al caerse de un caballo en su juventud, su paso era bastante firme y tardó poco en llegar.

Con alguna dificultad subió los empinados escalones apoyándose en el pasamanos en dirección a su habitación. Antes de entrar, observó que la puerta de Leroux estaba abierta y le pareció escuchar la voz del inglés en su interior.

—¡Fantástico...! ¡Increíble...!

Silenciosamente se asomó y descubrió a *Atlante* con el libro rojo en sus manos; comprobó así mismo como las pertenencias de Leroux estaban esparcidas por toda la habitación, señal inequívoca de que el inglés había estado buscando profusamente lo que estaba leyendo en ese mismo instante.

—¡Rata de cloaca! —le increpó duramente *Dálibor*—. Has montado la escena de tu malestar con el único propósito de leer el libro... ¡No...! ¡Ahora lo entiendo! La idea del violín del Fantasma de la Ópera ha hecho brillar la codicia en tus ojos, ¡te conozco demasiado bien, sigues siendo un rastrero ladrón asalta tumbas! ¡Lo que pretendes es robar el libro!

En un primer momento, *Atlante* se sintió sobresaltado, pero se sobrepuso rápidamente y con el libro todavía en las manos le mostró una irónica sonrisa.

—Estúpido moldavo, no puedes ni imaginar lo que contienen las páginas de este pequeño cuaderno. Tu vida y tu cerebro están tan vacíos como la música que compones o la que descubres y así será tu vejez, rodeado de viejas partituras que no sirven para nada. Quizás te entierren con ellas y así serás feliz en la otra vida.

El rostro de *Dálibor* enrojeció de ira y en su cuello comenzaron a dibujarse abultadas venas a punto de estallar.

—Sí, viejo carcamal —continuó el inglés—. Mientras tú paseabas tu pequeña fama por los Cafés de Viena, yo pasaba hambre en los bazares de Estambul. Mientras sentabas tu trasero en el palco de alguna Ópera, yo arrastraba el mío en algún catre infecto de Rabat. Cuando llenabas tu estómago con alguna especialidad del Café de la Paix en París, yo comía ratas en el Cairo. Mi experiencia como arqueólogo la he obtenido con mi sudor, mi sangre y alguna que otra inmunda cárcel y te puedo asegurar que allí es donde más aprendí. Me propuse hace años que no quería terminar mis días en este cochino mundo tal y como vine a él y por tanto, que haría lo que fuese necesario para abandonar la miseria que me ha tocado vivir durante demasiado tiempo. Si es cierto lo que ha escrito en este libro el supuesto Fantasma, ese violín negro vale una fortuna y nada ni nadie me impedirá conseguirlo. Ni siquiera tú.

—¿Violín negro...? —En el rostro del músico se reflejó la sorpresa. A su memoria acudieron imágenes de una escena sucedida pocos años atrás en un anticuario de París.

Aquello no pasó inadvertido para *Atlante*, quien con su perspicacia habitual, pudo intuir en los ojos de su oponente que aquel instrumento no era desconocido para él.

—Tengo la impresión, viejo zorro, de que tú ya conocías la existencia de este violín... ¿no es así?

El silencio de *Dálibor* corroboró las palabras del astuto inglés.

—Por tu expresión veo que he dado en el blanco. Dime, ¿dónde lo has visto?

El moldavo permaneció impasible clavando su mirada en el libro.

—¡No seas estúpido! —continuó *Atlante*—. ¡Si podemos conseguirlo, tendremos una fortuna a nuestro alcance! Me imagino lo que podría valer ese instrumento...

—¡Miserable! —gritó súbitamente *Dálibor* fuera de sí, amenazándole con su bastón—. ¡Nunca te diré nada! ¡Jamás he confiado en ti y no lo voy a hacer ahora! ¡Este libro pertenece a Leroux, y se lo voy a devolver ahora mismo!

Con un movimiento inesperado, arrancó el libro de las manos del inglés y se dirigió hacia las escaleras. Casi había conseguido su propósito cuando sintió que el inglés le agarraba por su espalda. Con un gesto de rabia, se volvió hacia él alzando amenazadoramente su bastón para golpearle. Los reflejos de *Atlante* actuaron con rapidez y arrancando bruscamente el bastón del moldavo, éste perdió el equilibrio y como si de una marioneta se tratase, se precipitó rodando por las escaleras hasta quedar en una posición grotesca.

Atlante permaneció inmóvil observando durante unos segundos aquel cuerpo que yacía inerte al final de los escalones.

La adrenalina que había recorrido por unos instantes todo su cuerpo, no impidió que su cerebro trabajara con la celeridad a la que ya estaba acostumbrado para poder salir de situaciones semejantes.

Descendió hasta *Dálibor* y comprobó que estaba muerto: se había roto el cuello.

En ese momento le asaltó una disyuntiva: si permanecía allí hasta la llegada de los demás miembros, podría convencerles de que lo sucedido había sido un dramático accidente, pero en ese caso, tendría que devolver el libro al escritorio de Leroux y por tanto, perderlo. Por otro lado, si huía con él, lo más probable es que la policía le persiguiera tanto por asesinato como por robo, pero si se escondía durante un tiempo, tendría la oportunidad de encontrar el supuesto violín que le haría rico pudiendo comenzar una nueva vida sin penurias en algún país lejano en donde la justicia no le pudiera alcanzar.

«Quizás Sudamérica... o tal vez Australia.»

Sus dudas devoraban los minutos con avidez, minutos que podían decidir un giro total en su vida.

Su vista se posó en el libro caído al borde de las escaleras. Parecía llamarle con un mudo grito de suplicante deseo.

Instintivamente lo recogió del suelo. Sin percatarse realmente, acababa de tomar su crucial decisión.

Ya en la habitación, introdujo en su maletín de viaje todas sus pertenencias precipitadamente. Suponía que la tardanza de *Dálibor*, sería advertida por todos y por tanto tenía poco tiempo para su huída.

Pocos instantes después, *Atlante* abandonaba la mansión con el cuaderno del Fantasma en su poder.

El libro rojo había marcado su destino.

Habían transcurrido tres días desde aquel terrible acontecimiento y Leroux se dirigía en tren hacia París. En esta ocasión viajaba solo, dado que Leblanc había decidido quedarse unos días más en Niza donde había contactado con un importante editor.

Sin nadie más en su compartimiento, su mirada se hallaba perdida en las gotas de lluvia que dibujaban surcos en el cristal de la ventanilla, pero sus pensamientos permanecían inmersos en todo lo sucedido.

Recordó cómo habían regresado de Cimiez al atardecer pensando que *Dálibor*, debido al calor sofocante que hacía aquel día y al posible cansancio, se habría quedado en la mansión.

En la retina de todos quedó grabada la imagen del cuerpo sin vida del músico moldavo al pie de las escaleras.

Posteriormente, la llegada de la policía y las consabidas preguntas para la investigación del caso. ¿Accidente o asesinato?

Curiosamente fue él mismo quien dio con la pista que llevaría a la resolución de esta duda al descubrir que su habitación había sido registrada y que faltaba el libro de notas que todos habían visto aquel mismo día. La extraña desaparición de *Atlante* así como de su equipaje, llevó a la policía al convencimiento de que el autor del asesinato y el robo eran la misma persona.

Había sentido la pérdida de *Dálibor* aun sin tener una especial amistad con él, dado su austero e introvertido carácter, pero valorando en su justa medida, los trabajos e investigaciones que había desarrollado por y para la música durante toda su vida.

Posiblemente este infortunado hecho haría que debiera pensar en abandonar la Societé Hermes o si todos estaban de acuerdo, disolver la misma.

En cierta forma, se sentía culpable de lo sucedido. A fin de cuentas, fue él quien, traicionando su propio silencio, desveló el descubrimiento del libro a la hermandad, centrándose en la curiosa mención de un extraño violín. No albergaba la menor duda de que aquello fue el detonante que llevó al inglés a cometer su delito. Y ahora, el libro estaría en su poder. ¿Cómo podría una persona así desentrañar los ocultos misterios del Fantasma? ¿Entendería acaso su más profundo significado? ¿Se desharía de él cuando se percatase de que no le servía para sus propósitos? ¿O conseguiría descifrar su misterio y hallar tan singular violín?

Leroux negó con la cabeza amargamente. Había sido un necio confiando la existencia del libro a sus compañeros. De haber seguido el consejo del Daroga, el cuaderno aún seguiría en sus manos.

Encendió un cigarrillo con cierto nerviosismo.

Al menos la otra parte del secreto que el Persa le transmitió, permanecía a salvo. Exhaló el humo lentamente mientras meditaba sobre lo que le convendría hacer al llegar a París. Con el libro fuera de su alcance, no podía perder ni un valioso minuto en decidir lo que debiera hacer para salvaguardar definitivamente el núcleo esencial de aquel misterioso arcano.

«Si *Atlante* lee el contenido del libro, no me cabe la menor duda de que irá en mi busca. Soy la clave que une su secreto con el propio Fantasma... Estoy seguro de que no tardará en percatarse de ello» pensó Leroux mientras cruzaba los brazos en un gesto de preocupación. «El segundo misterio que el Persa me entregó no está seguro en mi casa. Debo hallar otro lugar donde ocultarlo... El Destino deberá jugar un papel decisivo en el desenlace de esta historia ya que parece ser, que Él decidirá el cuándo y el cómo, sin que yo pueda hacer nada más que ser una mera pieza transmisora del mensaje oculto.»

Extrajo de su chaqueta una pequeña petaca con coñac y le dio un pequeño sorbo.

Durante las largas horas que duró el viaje, Leroux meditó concienzudamente en las múltiples posibilidades que se le presentaban, rechazando unas ideas, escogiendo cuidadosamente otras.

El número de sus cigarrillos mermaba cada hora que pasaba, encendiendo el último de ellos al anochecer, cuando el tren se hallaba próximo a detenerse en la Gare de Austerlizt. Para entonces, ya sabía con certeza los pasos que debía seguir para mantener a salvo el secreto del Daroga y del Fantasma.

En su rostro se reflejó la satisfacción mientras observaba por la ventanilla las luces nocturnas de la ciudad. Cogió su maleta y antes de que el tren se detuviera por completo, dijo para sí mismo:

—Quizás aún no esté todo perdido.

15

A la mañana siguiente, Christelle se dirigió al Conservatorio dispuesta a no dejarse intimidar por el pánico del día anterior. Así mismo, quería dar explicaciones al maestro Boldizsár por no haber acudido a su despacho. Había sido una irresponsabilidad irse sin comunicárselo a nadie, era consciente de ello, pero aquel día se sentía con renovadas energías y estaba dispuesta a hacer buen uso de ellas.

La pasada noche su amiga le había llamado de nuevo para saber qué le había ocurrido.

Fue algo embarazoso decirle la verdad y disculparse por no haber contestado al móvil, pero Cloe comprendió rápidamente sus deseos de estar sola durante aquella mañana y con voz alegre se despidió de ella quedando al día siguiente en la Cité.

Cuando Christelle salió del metro, pudo verla dirigirse hacia ella con el rostro sonriente.

—¿Qué tal te encuentras hoy? Mejor, ¿verdad?

—Sí... ¡siento mucho lo que pasó ayer!

—No te preocupes, pero intenta no darme esos sustos, ¿de acuerdo?

Christelle se rió mirando a su amiga.

—No seas tan dura conmigo; ahora tengo que hablar con Boldizsár y contarle qué me sucedió... ¡no sé ni cómo empezar!

—Pero, ¿no te acuerdas? Él mismo nos comunicó que hoy tenía que dar una conferencia en Munich. Creo que no volverá hasta mitad de semana.

Christelle no pudo evitar respirar aliviada.

«Así tengo más tiempo para pensar qué voy a decirle.»

—Deberíamos ensayar después de las clases, hay unos cuantos compases en el Allegro que se me resisten.

—Me parece bien.

La mañana transcurrió lentamente.

Christelle comenzó a pensar que el timbre que anunciaba el fin de las clases no sonaría nunca. El maestro Thierry era un pésimo sustituto comparado con alguien tan apasionado como Boldizsár. Sus enseñanzas consistían en tediosos repasos teóricos. Su voz grave y pausada, lograba que los alumnos bostezasen sin muchos reparos. Aunque de todos era sabido y muchos lo habían padecido, que aquella parsimonia ocultaba un mal carácter que al exteriorizarse podía hacer temblar a cualquiera. Su altura y corpulencia impresionaban a cualquiera, así como sus ojos marfileños en un áspero semblante que parecía denotar cierta amargura crónica.

Christelle había comentado alguna vez con Cloe lo increíble que le parecía que aquel hombre pudiera tocar el violín con las enormes manos que poseía.

La rumorología entre el alumnado lo situaba en una familia de músicos y compositores de cierta talla a la que nunca había podido llegar él, quedando en un plano que lo había relegado básicamente a la enseñanza, como *modus vivendi* y de vez en cuando a dirigir algún concierto. Se daba por seguro que su temple de fácil excitabilidad era consecuencia de aquella situación que parecía haberle dejado una cicatriz indeleble. Probablemente sus aspiraciones de haber podido llegar a ser alguien importante en la música se habían visto truncadas a lo largo de su vida.

Todos observaban con aburrido semblante el reloj del aula; parecía que sus agujas se habían detenido sin avanzar ni un ápice.

Cuando por fin se vieron libres, salieron de la sala con no disimulada rapidez y dejando escapar palabras de desánimo, pensando que al día siguiente volverían a repetir tan monótona experiencia con aquel profesor.

Aprovechando la calma que reinaba en el aula vacía, Christelle extrajo su móvil del bolso y llamó a tío Bernard para comunicarle que se quedaría a comer en la Cité ya que por la tarde se quedaría para ensayar con Cloe.

Tras una comida ligera en el restaurante del Conservatorio, se dirigieron a una de las salas donde estuvieron ensayando exhaustivamente durante más de dos horas el *Allegro* del Concierto número tres de Mozart.

En un momento determinado, Cloe exclamó mirando el reloj del aula:

—¡Mira qué tarde es! ¡Debemos irnos ya!

Recogieron todas sus pertenencias y salieron del Conservatorio.

—Podríamos tomar algo en algún Café cercano, ¿qué te parece? —le sugirió su amiga.

Christelle estuvo muy tentada de seguir aquella idea, pero prefirió dejarlo para otro día. Estaba algo cansada y aún le quedaba un largo trayecto en el suburbano antes de llegar a casa.

—Como quieras —dijo Cloe despidiéndose de ella con dos besos en la mejilla—, nos vemos mañana en el Conservatorio, ¡que descanses!

Cuando por fin llegó a su destino, bajó del metro y al salir a la superficie pudo ver la gran iluminación que envolvía a la Ópera Bastille. Por los afiches que había, comprobó que se estaba representando *Un Ballo in maschera* de Verdi.

Por unos instantes pensó en lo maravilloso que debería ser poder formar parte de la orquesta que ejecutaba aquella noche en la Bastilla. Ella lo hubiera aceptado aun siendo la última de los segundos violines y poder vivir la suntuosidad de la sala, sentir en la piel el calor del público y que la magia de la música se apoderara de uno.

Dejó sus pensamientos atrás y cruzó la plaza con presteza dispuesta a llegar pronto a casa. La noche se había vuelto fría y el viento comenzaba a silbar aires de oscuros presagios.

En su camino tuvo que apartarse de la estrecha acera al ver dos hombres corriendo que se cruzaron con ella. En un momento determinado, se detuvieron y fijaron la vista en la joven que habían dejado atrás. Acto seguido, se perdieron en la negrura de la noche.

Christelle poseía una insólita sensibilidad que en ocasiones se manifestaba con una extraña sensación que anidaba en su garganta. Aquella era una de ellas.

Este sexto sentido le hizo acelerar el paso. Con el eco de sus tacones martilleando el suelo llegó a la *Rue des Tournelles*.

Extrajo las llaves de su bolso mientras caminaba, sabiendo que su tío habría cerrado el anticuario a esas horas de la noche.

Al introducirlas en la cerradura, comprobó, perpleja, que la puerta se hallaba abierta.

Cuando entró en el oscuro establecimiento se cubrió la boca con las manos en un gesto que denotaba su desagradable sorpresa, dejando caer su violín al suelo. La imagen que tenía ante sus ojos era desoladora.

Con el rostro desencajado vislumbró muebles volcados, estatuas hechas añicos, relojes de pared destrozados junto a varios lienzos y candelabros...

—Dios mío, ¿qué ha ocurrido aquí?

Asustada, comprobó que todo permanecía en el más absoluto silencio.

Con mano temblorosa, encendió todas las luces y comenzó a gritar.

—¿Tío?

Nadie le respondió.

—¡Tío, por favor, contéstame! ¿Dónde estás?

Súbitamente escuchó un leve gemido procedente del mostrador.

Presa del pánico, Christelle sorteó varios objetos hechos pedazos y se dirigió, casi sin respiración, al lugar donde surgía aquel quejumbroso lamento.

Nada podría haberle preparado para lo que presenció.

Sintió que su corazón iba a explotarle en el pecho cuando vio a su tío desplomado en el suelo, bañado en un gran charco de sangre.

Con un grito desolador se arrodilló y sollozando con angustia, intentó que abriera los ojos llamándole desconsoladamente. Comprobó que la sangre brotaba de una profunda herida en su cabeza.

Cogió su móvil con rapidez y llamó a la policía pidiendo, con la voz entrecortada por el llanto, una ambulancia.

Al colgar, pudo distinguir cómo los labios de su tío pronunciaban lentamente su nombre, como si en cada sílaba se desprendiese un sorbo de vida.

—¿Eres tú, Christelle...?

—Estoy aquí... ¿qué te ha ocurrido? —balbuceó la joven entre lágrimas.

Bernard abrió con gran dificultad sus ojos y tratando de mover su mano, la posó en el brazo de su sobrina.

—El violín negro... Protégelo... —su quebrada voz era un sonido casi imperceptible, lo que hizo que ella acercara más su rostro a los labios de su tío.

—No hables, la ambulancia está en camino y llegará pronto.

Pero Bernard en un esfuerzo imposible, tomó una mano de Christelle y susurró:

—Christelle, el violín... uno, ocho, nueve, seis... no la olvides...

—Tío, no entiendo lo que me quieres decir, ya sabes que ese violín...

El anticuario la interrumpió poniéndole dos dedos en sus labios.

—El padre Claude, Christelle... habla con él... —musitó con un hilillo de voz antes de volver a perder el conocimiento.

El sonido de las sirenas la alertó de que la policía y la ambulancia acababan de llegar. Entraron dos gendarmes seguidos por dos enfermeros del Servicio de Urgencias, que inmediatamente se aproximaron al cuerpo de Bernard. Uno de los policías retiró a Christelle de allí intentando calmarla dado su estado de nervios.

En esos momentos aparecieron dos hombres sin uniforme.

—A sus órdenes, señor comisario.

El más alto preguntó sin preámbulos:

—¿Qué ha ocurrido?

—Todo parece indicar que se trata de un atraco —contestó el gendarme.

—¿Hay alguna víctima?

—Sí, señor comisario, lo están tratando de reanimar, aunque parece grave. Ha recibido un fuerte golpe en la nuca y ha perdido mucha sangre.

El comisario fijó su vista unos segundos en la joven y se dirigió hacia los enfermeros. Uno de ellos se giró poniéndose en pie y le dijo directamente:

—Lo siento, lo hemos perdido, acaba de fallecer.

Christelle emitió un gemido sobrecogedor e intentó llegar al cuerpo de su tío, pero el sanitario la detuvo como mejor pudo.

—Lo lamento mucho, no hemos podido hacer nada por él.

En ese instante, sintió que sus piernas flaqueaban y su vista se perdía en una negra nebulosa.

Acto seguido se desmayaba en brazos del enfermero.

16

La policía realizó sus pesquisas con meticuloso rigor dictaminando que aquel crimen era fruto de un robo. Así parecía indicarlo la caja registradora, que había sido vaciada. No obstante, los atracadores no se habían adueñado de ningún objeto del anticuario, quizás movidos por la celeridad con la que huyeron del lugar, aunque habían destrozado varias antigüedades. Igualmente la policía llegó a la conclusión de que el dueño les había hecho frente, puesto que por línea general, este tipo de delincuentes trata de ejercer su robo de la forma más rápida posible y salir cuanto antes del local.

Christelle no podía comprender por qué su tío les opuso resistencia. Él era una persona tan razonable y pacífica... ¿por qué se había enfrentado a ellos...?

Habían pasado tres días desde aquel terrible suceso. Tres días que para ella habían sido una auténtica pesadilla en la que sus declaraciones ante la policía, la autopsia de su tío, el farragoso y burocrático papeleo necesario en estos casos, se habían amalgamado en un caótico vórtice del que sabía que le costaría salir.

Durante aquellas delirantes setenta y dos horas, había agradecido sinceramente la compañía de Cloe y del sacerdote amigo de su tío. Pero en su fuero interno, una cruda realidad se iba apoderando de su mente arrasando cualquier otro pensamiento: se había quedado sola en la vida.

Un manto de negras nubes se derramaba en forma de plúmbea lluvia sobre el bosque de ángeles y cruces del cementerio Montparnasse obligando a los asistentes a resguardarse bajo sus paraguas tras el funeral oficiado en una pequeña capilla.

Amigos y conocidos de su tío habían acudido allí como muestra de amistad y duelo. Christelle sabía muy poco de ellos pero aun en aquellos tristes momentos le agradó comprobar que tío Bernard había sido una persona querida y respetada por mucha gente. Incluso su maestro Boldizsár, junto con otros profesores del conservatorio, había acudido al sepelio después de haber recibido una llamada de Cloe refiriéndole lo ocurrido.

Oía vagamente las condolencias sin tan siquiera saber quien las pronunciaba; sentía el roce de labios en sus humedecidas mejillas sin percatarse de quien la besaba; cuerpos extraños le daban sentidos abrazos que ella agradecía inmersa en un estado de total abstracción.

Cuando salieron al exterior de la capilla, sintió la lluvia en su rostro mezclándose con sus lágrimas mientras contemplaba, temblorosa, el ataúd en el que reposaba su tío Bernard.

Posteriormente la comitiva se dirigió al lugar donde sería enterrado junto a la tumba de sus padres.

Cloe permanecía a su lado cobijándola bajo su paraguas, observándola con tristeza, y cogiendo una de sus heladas manos.

Christelle se sentía profundamente sola. Su interior se había transformado en un negro abismo en el que se precipitaba una y otra vez sumergiéndose en una oscuridad que la engullía sin remedio y la alejaba cada vez más de la realidad.

Todos sus sentidos se hallaban bloqueados por una aflicción que la envolvía en un lacerante abrazo.

No quería estar allí; no quería despedirse por última vez de su tío ni contemplar el descenso lúgubre del ataúd que se le hacía interminable. Sólo deseaba salir de aquel mal sueño, abrir los ojos, encontrarse de nuevo en casa y escuchar la voz de Bernard pronunciando su nombre una vez más.

Rompió a llorar desconsoladamente mientras Cloe la abrazaba en silencio, intentando sorber las lágrimas que ya habían comenzado a inundar sus ojos.

Los allí presentes, una vez que el mausoleo quedó cerrado, se acercaron a ella y el sacerdote musitó una oración que fue acompañada por todos.

Christelle se separó de su amiga y tratando de encontrar el aire que le faltaba alzó su mirada al infinito.

Fue entonces cuando le vio.

Enfundado en una larga gabardina negra, un hombre permanecía inmóvil observándola, junto a unos árboles cercanos. No llevaba paraguas, pero la lluvia, que empapaba su oscuro cabello no parecía importunarle.

La joven pudo sentir su férrea mirada clavada en ella, aun a pesar de que sus ojos todavía permanecían borrosos.

Como si se hallase bajo un enérgico hechizo, advirtió que no podía apartar la vista de aquel hombre que apoyado en un árbol, mantenía las manos cruzadas por delante del cuerpo en una actitud serena y contemplativa.

Christelle percibió una extraña sensación que no supo identificar. Tras un repentino escalofrío, una agradable ola de calor comenzó a extenderse por sus venas penetrando suavemente por todo su ser, llegando a invadir placenteramente todos sus sentidos.

Se preguntó quién podía ser y por qué sus ojos se mantenían fijos en ella.

Sus miradas se cruzaron, sin que ninguno de ellos cediera al escrutinio del otro.

—¿Christelle? —pudo escuchar la suave voz de Cloe.

Parpadeó vivamente, como si regresara de un estado hipnótico.

—¿Te encuentras bien?

—Sí...Yo... No se qué me ha pasado...

—Estabas erguida y petrificada, como una estatua.

—Cloe... ¿No has visto ese hombre joven, apoyado en un árbol cerca de...?

No pudo concluir. Cuando volvió a mirar hacia el lugar que señalaba, descubrió sorprendida que aquel personaje ya no se encontraba allí.

—¿A quién te refieres? —Cloe paseó su vista por los alrededores, sin encontrar a aquél a quien Christelle se refería.

—¡Te aseguro que estaba justo allí! Un hombre de unos treinta años, con el pelo oscuro, una gabardina negra... No apartaba los ojos de mí. Estaba justo entre esos árboles, de verdad.

Cloe le acarició la mejilla en un gesto cariñoso y con la cabeza le señaló a una persona que se dirigía hacia ellas.

—Se acerca Boldizsár —susurró.

Así era; el maestro se aproximó y tomando una de las manos de Christelle, le dijo en tono solemne:

—Lamento mucho tu pérdida, Christelle. Pero quiero que sepas que no te encuentras sola en estos duros momentos. Cuenta conmigo para cualquier cosa que pudieras necesitar.

La joven reconoció, con una agradecida sonrisa, la ayuda que su maestro le ofrecía.

Sintió el cálido apretón de manos de Boldizsár, que sin apartar los ojos de ella, dijo:

—Cuídala bien, Cloe.

Su amiga asintió y acercándose aun más a Christelle, la tomó del brazo.

—Vivirá en mi casa todo el tiempo que quiera. No voy a permitir que pase este mal trago ella sola.

Cloe vivía en un pequeño ático, cerca del Centro Pompidou, que podía costearse junto a sus estudios gracias al dinero que todos los meses le enviaban sus padres desde un pueblo cercano a Dijon y trabajando por las tardes como camarera en un elegante bistro.

Christelle no sabía qué decir. Se sentía felizmente abrumada por la preocupación de su maestro y la generosidad de su amiga.

Cuando Boldizsár se hubo marchado, varios amigos de Bernard, comenzaron a acercarse a ella ofreciéndole su más afable apoyo. Todos le recordaron cuánto la quería su tío y la enorme pérdida que suponía para cada uno de ellos. Distraídamente, Christelle observó cómo su maestro se detenía a hablar con el padre Claude. Supuso que la conversación tendría algo que ver con el entierro que acababa de concluir.

En un momento determinado, Cloe le dijo con voz queda:

—Creo que ya va siendo hora de irnos; no te conviene permanecer mucho más tiempo aquí.

Christelle asintió, entristecida.

Cuando comenzaban a dirigir sus pasos hacia una de las múltiples veredas que conducían a la salida del cementerio, el padre Claude se aproximó hacia ellas.

—Mi querida niña... —le dijo mientras la abrazaba—. Sabes que tu tío y yo éramos viejos amigos y así deseo que suceda con nosotros. Puedes confiarme tu dolor y tus dudas, yo estaré siempre velando por ti.

Christelle le sonrió sintiendo un incómodo nudo en la garganta. No podía evitar que las últimas palabras de su tío regresasen a su mente con rotunda claridad.

«El padre Claude, Christelle... Habla con él...»

El sacerdote volvió la vista a Cloe, que permanecía asiendo el brazo de su amiga.

—Cloe, por favor, ¿puedes dejarnos solos un momento? Es importante.

La joven hizo un ademán de protesta, pero Claude confirmó su decisión con una significativa mirada, lo que hizo que se apartara a pocos metros.

—Christelle —comenzó a decir el sacerdote casi en un susurro—, necesito hablar contigo en privado urgentemente. Es algo que te atañe a ti sola y no puedo silenciarlo por más tiempo. Si no es mucho inconveniente, podríamos vernos mañana en mi iglesia, Sainte Rosalie, a esta misma hora, ¿qué te parece?

Ella se quedó pensativa durante unos segundos. Recordó la conversación muda que había presenciado en el Café Bazart días atrás entre su tío y el sacerdote. Su instinto femenino le alertaba de que la reunión que el padre Claude le proponía sin duda tenía algo que ver con el violín negro. En ese instante, cayó en la cuenta de que el misterioso violín seguía estando en el pequeño sótano del anticuario.

Por fin, le respondió:

—De acuerdo, mañana estaré allí sin falta.

Con el semblante serio, se despidió del sacerdote de la manera más afectuosa posible en aquellas tristes circunstancias.

Acto seguido se refugió bajo el paraguas de su amiga y se encaminaron hacia la salida del cementerio de Montparnasse.

La monotonía de la lluvia seguía acompañando sus pasos.

17

Ella nunca había estado en Sainte Rosalie y ahora, tras lo sucedido, le extrañaba que su tío no le hubiese hablado más acerca de aquella iglesia.

La joven empujó el portón central que rechinó con un eco de antaño y penetró en su interior subiendo por las estrechas escaleras principales.

Al hallarse en la nave central, le conmovió la hermosa simplicidad de aquel enclave religioso. No pudo evitar fijarse en los arcos apuntados que confeccionaban las arcadas laterales, las sobrias vidrieras de azuladas tonalidades, las múltiples sillas de rústica madera y el pequeño altar, sin grandes ornamentaciones, pero cubierto de flores silvestres, que parecía esperarla al final del corredor.

¡Qué diferencia con la majestuosa Notre Dame o la suntuosa Sainte Chapelle!

Y sin embargo, Christelle se percató de que aquella sencillez poseía un cierto encanto, una armonía difícil de explicar, un sentimiento de dulce austeridad que invitaba al recogimiento personal.

Había dado unos pasos hacia el altar, atraída por su luminosidad, cuando escuchó la voz del padre Claude que la llamaba.

El sacerdote se aproximó a ella y agradeciéndole su presencia, la invitó a pasar a su despacho parroquial tras las arcadas de piedra.

Sus ojos contenían un misterioso brillo, una vidriosa intranquilidad que no pasó desapercibida a Christelle.

La joven se sentó en silencio. La inquietud comenzó a apoderarse de ella, pero trató de disimularla lo mejor que pudo.

El padre Claude tomó asiento tras la mesa central y entrecruzándose las manos en un gesto de nerviosismo, dijo:

—Christelle, sabes que tu familia y yo éramos muy buenos amigos. Nos conocíamos desde hacía mucho tiempo, incluso puedo decir que fui yo quien ofició la boda de tus padres —al escuchar esto, Christelle se irguió aún más en la silla—. Cuando ellos fallecieron fue una gran pérdida para tu tío y para mí... Prometimos no perder nunca el contacto y por supuesto mantener nuestra amistad. Durante todo este tiempo nos hemos reunido en infinidad de ocasiones, hemos compartido nuestras vivencias, confiado nuestras dificultades, hemos hablado de ti, de tus progresos como violinista, de tu futuro...

En ese momento, el sacerdote hizo una breve pausa.

Christelle le vio abrir uno de los cajones de su mesa y extraer dos sobres.

¡Uno de ellos era la misiva lacrada que advirtió a través de los cristales del Café Bazart!

La joven intentó enmascarar su sorpresa bajo un sereno semblante, pero por cómo la miraba el padre Claude supo que no lo había logrado.

No obstante, el sacerdote no dijo nada y prosiguió hablando con el rostro grave, en un rictus de seriedad absoluta.

—Pocos días antes de su trágica muerte, vino a verme directamente a Sainte Rosalie. Me pareció que le envolvía una misteriosa intranquilidad que sólo podía ser fruto de algún problema que necesitara de una profunda resolución. No me equivoqué. Tu tío me pidió que, en caso de que algo pudiera sucederle, te entregase esta carta —al decir estas palabras, le tendió uno de los sobres a Christelle.

«No es el lacrado», pensó ella con cierta contrariedad.

La joven lo cogió y preguntó con la mirada si era el momento de abrirlo y leer su contenido. El sacerdote asintió.

Abrió el sobre y extrajo una larga carta escrita a mano y dividida en dos hojas. Pudo reconocer la característica letra de su tío.

Cerró los ojos unos instantes.

Estaba segura de que lo que iba a ver a continuación le revelaría muchas incógnitas.

Tras respirar profundamente, comenzó a leer en silencio.

Mi querida Christelle,

Te escribo esta carta en la soledad de mi despacho, acuciado por un terrible presentimiento que me consume.

Si ésta ha llegado a tus manos, es que algo ha debido sucederme, ya que he dado unas disposiciones concretas al padre Claude para que te la entregase llegado el momento.

Me veo en la necesidad de escribirla envuelto en oscuros pensamientos, que espero no lleguen a materializarse, pero en el caso de que así sea, quiero que leas esta misiva con atención y sepas toda la verdad, Christelle.

La verdad de tu familia, de tu nombre... de ti misma.

Estoy completamente seguro de que recordarás, hace muchos años, cuando eras pequeña, aquella tarde en que leíste con avidez un libro... un libro muy especial escrito por un autor llamado Gastón Leroux.

Finalizaste tu lectura con los ojos invadidos por las lágrimas y me dijiste que era la historia más sobrecogedora y hermosa que habías leído hasta entonces. Aquel libro era El Fantasma de la Ópera y su historia no es sólo una antigua leyenda rescatada de la memoria de bailarinas y tramoyistas... hay algo más tras ella, mucho más.

Recuerdo que me preguntaste acerca del parecido existente entre el apellido de uno de los protagonistas y el tuyo propio. Yo te dije que sería una simple casualidad.

Mentí.

No sé muy bien por qué lo hice. Quizás me movió el hecho de verte a salvo de preguntas que por aquel entonces no podía contestar.

Debes creerme, mi querida niña, ahora que estás leyendo esta carta puedo asegurarte que no es casualidad el apellido «Chagny» que aparecía en aquel libro.

El vizconde y la cautivadora soprano de quien se enamoró, son tus tatarabuelos, Christelle.

Aquella trágica historia de amor, celos y venganza fue real.

Puede que su autor, dejándose llevar por el genio de la literatura, cometiese alguna licencia dramática que no voy a detallar...

Sin embargo, todo cuanto acontece en sus páginas es cierto. Tú y tu apellido sois la prueba viviente de cuanto te estoy diciendo.

No obstante, si las dudas consiguen anidar en tu interior, quiero que seas conocedora de una prueba final. En el segundo cajón del escritorio de mi despacho, encontrarás en una pequeña caja de coral negro, una serie de antiguas misivas escritas de puño y letra por Christine Daaé.

Sí, Christelle, ella era la hermosa cantante de quien se enamoró tan obsesivamente el Fantasma... Tu tatarabuela.

Tus padres eligieron para ti un nombre similar en homenaje a su persona. Eras la única mujer que había nacido desde entonces. Sé que es difícil de creer, pero por algún misterio del destino, así fue.

Lee esas cartas y te convencerás por ti misma de que todo cuanto te digo es verdad.

Así mismo, deseo referirme al violín negro.

Siento mucho haberte reprendido tan duramente al confesarme que lo habías tocado. Cuando me dijiste que habías sido presa de caóticas visiones, esconder ese instrumento me pareció la mejor opción, por tu propia seguridad.

Ahora, que yo ya no estaré para protegerte, quiero detallarte de dónde procede y qué le une a ti.

Ese violín es único. No existe otro igual en el mundo.

Hablarte de su dueño me resulta muy complicado, pero es necesario que seas conocedora de él y de su vida.

¿Recuerdas el nombre del Fantasma de la Ópera, Christelle?

Él es su verdadero propietario.

Erik. Así se llamaba realmente.

¡Cuántas personas se han preguntado acerca de su existencia, de su realidad o mito!

Y ahora tú tienes su pertenencia más preciada, su violín. Un violín que construyó él mismo y que lleva su marca grabada. No sé qué significa ese dibujo exactamente, pero estoy seguro de que tú lograrás averiguarlo.

Te hallas conectada a ese instrumento, Christelle. No puedo decirte muy bien la razón porque la desconozco, pero puedo aventurar que el alma de Erik se hallaba inmersa en él y tú la despertaste al tocarlo.

¡Por eso viste aquellas imágenes! ¡Te fundiste con su alma, encerrada allí durante tanto tiempo! No sabría explicarlo de otra manera...

Recoge el violín, protégelo con tu vida si es necesario. Él te ha escogido y debes estar preparada para averiguar el motivo.

Estoy seguro de que ese violín esconde algún misterio que yo soy incapaz de descifrar... ni tan siquiera puedo imaginar lo que subyace en sus cuerdas.

Quizás te preguntes por qué deseo revelarte todo esto ahora...

Ayer entró en el anticuario un hombre y para gran sorpresa por mi parte, me preguntó directamente por el violín negro.

¿Cómo podía él saber de la existencia de ese instrumento?

Vi en sus ojos una ávida maldad, una codicia sin medida que me hizo sentir una profunda inquietud.

Ni aunque me hubiese ofrecido todas las riquezas de la tierra hubiera yo accedido a entregárselo.

Intenté hacerle ver que no sabía de qué me estaba hablando, pero pude intuir que no me creyó.

Presiento que regresará muy pronto y no querrá irse con las manos vacías.

Sé prudente, Christelle, no confíes en nadie, no abandones el violín en otras manos que no sean las tuyas. Déjate guiar por él y por tu propio instinto.

Es mi deseo que el padre Claude te entregue cierto documento que encontró en Sainte Rosalie. Se halla firmado por Gastón Leroux, pero no sabemos si realmente es cierto. Quizás puedas verificarlo en la Bibliothéque Richelieu, donde se encuentran almacenados los «fondos» de este autor: sus manuscritos, artículos, correspondencia... Y comparar así ambas caligrafías.

Aunque algo me dice que el violín negro tiene mucho que ver, tanto Claude como yo no hemos podido desencriptar el mensaje que escribió en esa nota. Estoy seguro de que tú lo lograrás.

Si esta carta ha llegado hasta ti, significa que yo ya no estoy en este mundo...

Sé fuerte, mi pequeña Christelle, sigue adelante. Yo velaré por ti allá donde esté y donde tú estés.

No me olvides nunca.

Te adora, tu tío Bernard.

Christelle apartó sus humedecidos ojos de la carta y secó sus lágrimas con el reverso de su mano.

Estaba realmente emocionada y al mismo tiempo confusa por todo cuanto acababa de leer.

El Fantasma de la Ópera, ¿no fue una simple leyenda?

Ella, ¿una descendiente de sus protagonistas?

¿El violín negro alberga un alma oculta? ¿Gastón Leroux escribió una nota encriptada?

El padre Claude intuyó los caóticos pensamientos que vagaban por la mente de la joven y con rostro afable, trató de serenarla.

—Lo sé, Christelle; es demasiada información para digerirla en tan poco tiempo.

La joven lo observó sorprendida.

¿El sacerdote era también conocedor de sus orígenes?

Él pareció comprender su mirada.

—Sí, supe acerca de tu procedencia hace muchos años. Tu tío y yo convinimos en que guardar silencio respecto a este tema era lo mejor para ti. Quizás nos equivocáramos...

Christelle intentó contener su llanto y con voz entrecortada, susurró:

—Pero, ¿cómo es posible...?

Claude sonrió.

—Nuestros antepasados son parte de nosotros. Y los tuyos, mi joven violinista, poseen una historia que ha perdurado a través de los años. Una historia que ha crecido con el paso del tiempo y se ha hecho fuerte —tras una breve pausa, prosiguió—. Convendría que leyeses las misivas de tu tatarabuela, Christelle. Estoy seguro de que despejarán muchas de tus dudas.

La joven asintió en silencio, mientras guardaba la carta de su tío en su bolso.

—Posiblemente también quieras leer esto —dijo el padre Claude entregándole el sobre lacrado.

Ella lo cogió y tragando saliva lo abrió con mucha delicadeza.

En su interior encontró aquel papel de color sepia que había visto aquella noche en el Café Bazart.

Sus ojos devoraron la nota en pocos segundos.

Con la perplejidad reflejándose en su rostro, volvió a mirar al sacerdote.

—¿Qué significa? —preguntó.

—No lo sé —contestó Claude, negando con la cabeza—, lo encontré en el interior del órgano de la capilla gracias a una insólita casualidad. No entiendo la explicación por la que esta nota se encontrase allí... —repentinamente su semblante mudó de expresión—. A no ser que... —su agitación aumentó por momentos— ese fuera el órgano de ¡claro! ¡Ahora recuerdo que el anterior párroco me comentó hace muchos años, cuando yo me hice cargo de esta iglesia, que había oído decir que este órgano procedía de los antiguos almacenes de la Ópera Garnier! ¿Ves la conexión, Christelle? Posiblemente Leroux introdujera este misterioso mensaje en el órgano por alguna razón concreta... Quizás quisiera marcar un camino hacia algo que por ahora escapa a mi entendimiento.

La joven hizo todo lo posible por comprender sus palabras y con los ojos muy abiertos leyó por segunda vez la nota.

La muerte de un inocente por cientos fue sentida.

Sin vida, su arte y su fuerza son pasto de los gusanos.

La osamenta vacía recoge el sufrir del mundo y su reino de terror se yergue frío e imperturbable sobre el cráneo de la Humanidad.

En su escudo protector, la marca torcida que te conducirá hacia el reposo de su sangriento recuerdo.

Gastón Leroux

El violín contiene su misterio...

18

Los orígenes de la Biblioteca Richelieu se remontaban a la que poseía el rey Carlos V en el Palacio del Louvre. Durante un largo periodo fue trasladada a Blois y más tarde a Fontainebleau, quedando finalmente asentada en París en 1568 donde no sería abierta al público hasta 1692.

Tras varias mudanzas más y sufrir la tempestuosa Revolución Francesa, se instaló definitivamente en la tranquila calle Richelieu.

Christelle, conmocionada por la carta de su tío y el sobre lacrado que le había entregado el padre Claude, no quiso perder un minuto en despejar la nebulosa de incertidumbres que se habían formado en torno a ella y tras la reunión con el sacerdote, acudió con presteza a la biblioteca.

Quería, tal y como le aconsejaba su tío a través de su misiva, comparar la letra de la pequeña nota encriptada con la caligrafía de Leroux; cerciorarse de que aquello iba en serio y que aquel mensaje oculto en un órgano no era una amarga broma. Ya había tenido suficientes sorpresas por un día. Aunque desconocía su utilidad y significado, albergaba la esperanza de que fuera auténtico, de que Leroux realmente lo hubiera creado siguiendo un propósito. Y para ello, primero tenía que asegurarse; ya intentaría descifrar su contenido más adelante.

Había estado en aquella biblioteca en infinitad de ocasiones, y siempre le agradaba aquella plaza inicial adoquinada, salpicada de curiosas esculturas y rodeada por el magnífico edificio de ladrillo rojo plagado de ventanales.

Al entrar por la puerta principal, pudo ver la famosa Sala Oval. Se aproximó hacia ella y empujando el portón de entrada, penetró en su magnífico interior.

«¿Cuántas horas habré pasado en esta inmensa sala estudiando en los últimos años?»

No pudo evitar admirar una vez más su extraordinaria estructura bañada en ecos de la antigüedad. Respiró profundamente. Allí el aire era distinto; se respiraba arte, filosofía, literatura, música, historia... Todo ello contenido en los miles de libros ordenados perfectamente en las estanterías de los cuatro pisos que rodeaban la estancia.

Alzó la cabeza para contemplar su dorada cúpula y dejó que su vista se posara sobre las arcadas de medio punto decoradas por múltiples pinturas de coronas florales, que circundaban la sala. Cada uno de estos arcos estaba construido sobre blancas columnas jónicas que le otorgaban cierto aire de bella fragilidad.

Por último, se fijó en las largas mesas unidas de color caoba que se mantenían en un orden exquisito. Cada una de ellas, poseía una lamparilla verde encendida; un hermoso toque de exotismo luminoso que ayudaba a sumergirse en la sutil atmósfera de recogimiento y estudio.

Realmente adoraba aquel lugar embriagado de cultura y ciencia milenaria.

En aquellas primeras horas de la tarde no había mucho ajetreo y pudo acceder sin problemas a uno de los pequeños despachos abiertos al público para diferentes consultas. En él, permanecía sentada una mujer de unos cuarenta años, transcribiendo en su ordenador varios documentos afincados en la mesa.

Al ver aproximarse a Christelle, alzó la vista y con una sonrisa afable preguntó:

—Buenas tardes, ¿puedo hacer algo para ayudarle?

La joven entró en el despacho con cautela. Temía que interesarse por los «fondos Leroux» le acarrearía múltiples preguntas.

—Sí, verá... Estoy interesada en tener acceso a los llamados Fondos Gastón Leroux; ya sabe, su correspondencia, manuscritos, artículos...

La mujer la observó durante unos instantes y abriendo uno de los cajones situados tras ella, extrajo varias hojas que le entregó sin preámbulos.

—Antes, deberá cumplimentar estos formularios. Una vez rellenados, nosotros le avisaremos en unos días.

Christelle se mordió el labio inferior en un acto de impaciencia. Sabía que ocurriría algo así. En cuántas ocasiones había querido ver unas partituras o textos antiguos y había tenido que rellenar esos tediosos formularios donde se había visto obligada a especificar para qué lo necesitaba, donde estudiaba, si quería hacer alguna copia, durante cuánto tiempo los requería y un largo etcétera.

Las bibliotecas de Francia son magníficas, pero su burocracia es agotadora.

Esta vez no iba a consentir aquello tan fácilmente. No estaba dispuesta a esperar varios días para acceder a esos fondos.

—Creo que no me ha entendido —dijo con la voz más convincente que pudo—. Necesito ver esos documentos hoy mismo. Es urgente.

Por supuesto, no podía confesar sus verdaderos motivos, pero tampoco se iba a dejar convencer fácilmente por aquella burócrata de rostro anodino.

—Lo siento, ya le he dicho que la única forma de verlos es rellenando esta serie de formularios.

Christelle se reclinó en su asiento.

—Me gustaría hablar con el jefe de departamento, por favor.

La mujer hizo una mueca que representaba su negativa, pero ante la insistencia, se levantó y se dirigió a uno de los despachos cercanos, que permanecía con la puerta cerrada.

Christelle esbozó una sonrisa de complacencia.

El jefe de departamento era buen amigo suyo. Durante muchos años ella había acudido a la Biblioteca Richelieu no sólo para estudiar, sino para consultar diversos archivos de su interés personal y aquel hombre siempre había sido un salvoconducto para ella. Quizás le ayudaba movido por la amistad que había surgido con el tiempo entre ellos, o bien por el ímpetu que ella siempre demostraba cuando le pedía ver una partitura centenaria o las notas manuscritas de algún músico célebre. Había tenido acceso a multitud de documentos musicales inéditos gracias a su ayuda y la joven estaba segura de que esta ocasión no constituiría una excepción.

Cuando el señor Gustave Alagnon se presentó en aquel despacho, se levantó y con no disimulada alegría la saludó con dos besos.

—Mi querida Christelle —comenzó a decir Gustave con el brillo reflejándose en sus ojos grises y una de sus encantadoras sonrisas—. ¿Qué te trae por aquí? ¿No querrás volver a intentar encontrar aquella sinfonía inexistente de Beethoven, verdad?

—No, esta vez tengo una «cita» con Gastón Leroux.

—¿Leroux? ¿Te refieres al escritor? ¿Qué es lo que buscas?

—Para ser exacta, los fondos. Y no me gustaría complicarme una vez más con esos aburridos formularios. ¿Crees que podrías ahorrármelos, por favor?

—No creo que haya problema... —contestó pensativo—. ¿Y qué te lleva a estudiar a este autor?

La pregunta no pilló desprevenida a la joven.

—Digamos que es interés personal. Me han comentado que era un gran amante de la ópera clásica —«qué ironía», pensó Christelle con la imagen de la Ópera Garnier en su mente— y he leído varios de sus libros. Sólo quiero averiguar más detalles de su vida y su obra.

—Me parece muy bien. Siempre me ha gustado la juventud que se interesa por nuestros autores autóctonos. Espérame en la sala de lectura de manuscritos occidentales. Te llevaré lo que necesitas en unos minutos.

—Muchísimas gracias, Gustave, no sabes el favor que me haces.

—Y con éste, ¿cuántos van? —preguntó jocosamente.

Christelle se sonrojó. Aquel hombre tenía razón. No podría enumerar la cantidad de ocasiones en que le había echado una mano buscando libros o partituras.

Agradeciéndoselo, se encaminó hacia el piso superior, sintiendo el rechinar de las viejas escaleras a su paso.

No era la primera vez que visitaba aquella sala de lectura. Sus continuos estudios e investigaciones musicales le habían llevado a ella en varias ocasiones.

Se trataba de una gran sala rectangular un tanto estrecha, pero increíblemente larga.

Christelle la observó durante breves instantes.

A su izquierda, se hallaba una gran estantería plagada de libros e iluminada por una hilera de focos amarillentos que ocupaba toda la pared, hasta el final de la estancia. Su peculiar aroma siempre la transportaba a tiempos remotos y le hacía preguntarse qué secretos guardaba cada uno de aquellos ejemplares en sus innumerables hojas.

La zona de su derecha estaba destinada a los lectores, con mobiliario relativamente nuevo y algunos ordenadores. La luz no era del todo artificial, ya que amplias ventanas permitían que la luminosidad exterior inundase la sala.

A Christelle le agradó comprobar que esa tarde no había mucha gente en aquella sección de la biblioteca. Únicamente podían distinguirse en las mesas del fondo varias personas que parecían hallarse inmersas en sus respectivas investigaciones.

«Genial; así estaré a salvo de miradas curiosas.»

Se sentó cerca de la ventana dejando el bolso a su lado y esperó, tratando de poner sus pensamientos en orden.

No podía dejar de pensar en la carta de su tío.

¿Realmente era ella una descendiente del vizconde y la cantante?

¿El Fantasma de la Ópera existió? ¿Era cierto que el violín negro era una de sus posesiones más valiosas? ¿Por qué? ¿Por contener su alma? ¿Cómo era eso posible?

Entonces, las visiones que tuvo al tocarlo... ¿eran fruto de aquella alma encarcelada?

¡Increíble!

Christelle sacudió la cabeza, como negándose a creer las teorías de su tío y las suyas propias.

Además, si todo ello era verdad, ¿por qué Bernard no se lo dijo antes? ¿A qué había estado esperando?

Y la misteriosa nota de Leroux, ¿sería auténtica? ¿Cuál era su significado? ¿Por qué razón la escribió y la ocultó en aquel órgano?

Quizás el padre Claude estuviera en lo cierto y ese órgano fuera propiedad del Fantasma... de Erik... Al menos eso tendría sentido.

Entonces, ¡la misiva de Leroux tenía algo que ver con él, no había duda!

Su cabeza no conseguía salir de aquel torbellino de preguntas sin respuesta.

Al cabo de diez minutos, uno de los asistentes de Gustave, entró en la sala transportando una caja metálica de grandes proporciones.

—¿Los fondos de Gastón Leroux, no es así, señorita?

Christelle asintió y dándole las gracias le siguió con la mirada mientras salía de la estancia, cerciorándose de que la dejaba a solas.

Se giró para coger su bolso y extrajo de él la misteriosa nota que el padre Claude había encontrado en el órgano de Sainte Rosalie.

La dejó encima de la mesa, al mismo tiempo que contemplaba la gran caja que habían depositado ante ella.

La abrió con celeridad y comprobó su contenido. Parecía que todo se hallaba en buen estado, pero un tanto desordenado.

—Veamos qué tenemos aquí... —susurró para sí misma introduciendo su mano—. Una copia mecanografiada de *L'Épouse du soleil*... No, necesito una carta o un manuscrito donde pueda encontrar su firma y su caligrafía.

Súbitamente su vista encontró lo que ella estaba buscando.

«Un artículo del *Le Matin* escrito a mano... Perfecto.»

Parecía la versión manuscrita de lo que posteriormente se publicaría en el periódico.

Christelle lo ojeó con rapidez, descubriendo que el artículo en sí no le era desconocido.

Se trataba de una célebre exclusiva por la que Leroux fue aclamado en su tiempo: la entrevista a un preso. Christelle recordaba haberlo leído en alguna parte: el periodista se hizo pasar por un antropólogo para poder acceder al interior de la prisión y rodeado por fuertes medidas de seguridad, conseguir las declaraciones de un sujeto sometido a proceso. Cuando la entrevista apareció en Le Matin al día siguiente, el director de la prisión fue destituido y el jefe de policía duramente amonestado. Sin embargo, Leroux asentó su creciente fama como reportero sagaz e intrépido.

La joven centró su atención en el último párrafo, donde el autor detallaba su conclusión final y firmaba.

«Esto es precisamente lo que necesito.»

Acercó la extraña nota y la colocó paralela al manuscrito de Le Matin.

La joven contuvo la respiración.

«Dios mío, la letra es idéntica... esas «d» tan peculiares, las «a»... y la firma es exactamente la misma, ¡incluso los rasgos de la rúbrica!»

Christelle no salía de su asombro.

¡Realmente era la caligrafía de Leroux!

Por consiguiente, ¡la nota era auténtica!

19

—¡Insensatos! ¡Os dije que lo asustarais, no que lo mataseis!

La voz cavernosa atronó en toda la estancia.

Los dos hombres a quienes iban dirigidas estas palabras se quedaron mirándose entre sí, sin saber muy bien qué responder.

En aquellos instantes de silencio sintieron que el salón se empequeñecía en torno a ellos, como si los fuera a aprisionar de un momento a otro y quedar engullidos por aquellas tapizadas paredes.

Iluminado tenuemente, el decorado parecía haber surgido de alguna película de época. Estatuas, cuadros e instrumentos musicales se mezclaban formando una extraña amalgama de sabor rancio. Incluso el olor de la madera del suelo y de los muebles exhalaba antigüedad por sus poros.

Una amplia librería caoba rezumaba libros de música y partituras en un desorden que parecía premeditado. Junto a ella, una larga mesa sostenía una babel de papeles dando la impresión de estar a punto de caer al suelo derribados por un soplido anónimo.

Curiosamente, el escritorio desde el que provenía la increpación, era un desierto encuerado, presidido únicamente por un insólito objeto en forma de pirámide que sostenía una batuta de plata. Tras él, se erguía una alta figura que permanecía en la penumbra mientras golpeaba con un abrecartas de ornamentación medieval, la palma de una de sus manos, dando muestras de nerviosismo e impaciencia.

Uno de los hombres, el más delgado, dio un paso adelante.

—No tuvimos otra salida. Aquel estúpido anticuario opuso resistencia, ¡incluso nos amenazó con llamar a la policía!

Ambos personajes se sobresaltaron cuando escucharon un fuerte golpe en la mesa.

—¿Y os dejasteis intimidar por eso? —estalló la voz.

La otra figura, fornida y corpulenta, contestó gangosa:

—Ya sabe de nuestros antecedentes. Si la policía hubiese intervenido, ahora mismo estaríamos en chirona. Pensamos que lo más rápido era liquidar al viejo y encontrar el dichoso violín.

—¡Yo no os pago para pensar, atajo de inútiles! —les espetó la oculta voz a gritos—. ¡Os pago para que me traigáis ese instrumento según mis órdenes! Y creo que fueron bastante claras: amedrentar al anticuario y conseguir el violín. ¡Y no habéis hecho ninguna de las dos!

Aquellos tipos hicieron un ademán de protesta, pero callaron súbitamente cuando su jefe siguió hablando.

—La maldita policía no me preocupa. Pero ahora no sólo ese viejo está muerto, sino que apuesto mi vida a que la mocosa de su sobrina intuye que no fue un simple robo.

—Imposible —asintieron los dos hombres al unísono, como intentando defenderse.

El alto prosiguió:

—Destrozamos el local y vaciamos la caja como hemos hecho en otros trabajitos. ¡Incluso los periódicos han dicho que fue un atraco!

La voz tras el escritorio volvió a dar signos de violenta alteración.

—¿Creéis que eso fue suficiente? ¿Estáis en un anticuario, lleno de objetos valiosos y sólo se os ocurre llevaros el dinero?

El silencio se apoderó de la estancia.

Se oyó un repentino y sonoro chasquido de lengua que anunciaba la impaciencia del personaje envuelto en las sombras.

—Lo más lamentable es que ese viejo ya sospechó algo cuando le pregunté acerca del violín. Creo que me precipité al insistirle demasiado. Pude ver en sus ojos la alarma y el miedo. Por eso estoy seguro de que avisó a su sobrina.

—Pero de eso no tenemos la culpa —se aventuró a contestar el tipo fornido.

—¡Callaos! ¿Acaso os he pedido vuestra opinión?

Tras una breve pausa en que la tensión era prácticamente palpable, la sombra siguió hablando, sin perder ni un ápice de su autoridad.

—Os daré una segunda oportunidad. Seguid a la chica y no la perdáis de vista, ¿entendido? Mi intuición me dice que volverá al anticuario para recuperar el violín... Debería ser el momento propicio para apropiaros de él. ¿Está claro? No creo que sea muy difícil arrebatarle el instrumento a una simple estudiante.

Los dos hombres asintieron, un tanto nerviosos.

—¿Y bien? —preguntó con furia en la voz—. ¿A qué estáis esperando?

Ante estas palabras, salieron con rapidez de la sala, tropezándose ridículamente con una esbelta estatua de Hebe.

La figura tras el escritorio negó con la cabeza en un gesto que denotaba su ansiedad.

«Si esos necios fracasan de nuevo, seré yo mismo quien tenga que apoderarme de ese violín.»

Acto seguido se reclinó en su sillón y abrió uno de los cajones extrayendo de él un pequeño libro con las tapas de un color rojo intenso. Parecía desgastado y sus bordes estaban a punto de rasgarse, por lo que se podía deducir que se trataba de un libro bastante antiguo.

Tras depositarlo en la mesa, lo observó con una siniestra sonrisa.

Se inclinó hacia él y con sus gruesos dedos lo abrió en una página concreta, señalada con un marcapáginas azul.

Con ojos inquisidores leyó de nuevo aquel fragmento que ya sabía de memoria y que había ocupado toda su vida en los últimos meses.

Ahora que ella se ha ido para siempre, sólo puedo esperar que la muerte condenadora acuda solícita a mi encuentro. No puedo entender cómo la amé tan desesperadamente; cómo mi ser se hallaba a merced de una sola de sus sonrisas. Mi alma ya no me pertenecía, y sin embargo, hubiera dado mi vida por ella.

Aquel beso suyo me despertó a una nueva realidad, destruyendo las cadenas que me atenazaban al dolor y al temor.

Toda mi existencia ha sido una ardua batalla, una pesadilla interminable de la que nunca confié escapar. Únicamente su amor venció ese vacío existente en mi espíritu.

Sigo soñando con sus dorados cabellos, con su delicado rostro, su inocente mirada, con su voz... una voz que yo modelé, que creé con mi amor... ¿Amor? ¿Cómo puede ser eso posible? Aún no puedo explicármelo. Pensé que ese sentimiento estaba vedado para mí, que sólo era un ideal onírico no destinado a cumplirse.

La dejé partir con él... Ese fue mi último deseo y no me arrepiento, ni siquiera ahora que estoy a las puertas del otro mundo. Quizás eso signifique que aún posea retazos en mi interior de ese alma prisionera y que no todo esté perdido...

Ese violín maldito sigue en mis manos. Soy completo conocedor de su oscuro secreto y, sin embargo, no puedo separarme de él. ¿Cómo hacerlo si posee las llaves que conducen al otro lado? ¿Cómo desprenderme de este instrumento, que yo mismo construí, si sé que sin él no soy nada ni podré serlo?

Aquella profecía sólo se ha cumplido en parte.

Aunque sea cierto que no he concluido mi gran obra, bien conozco mi destino.

Nadie logrará encontrar nunca ese violín... mi alma está perdida.

Mi postrer anhelo en este mundo de desdichas es que no sea jamás descubierto por unas manos a las que no esté destinado.

Mi violín es el único que puede abrir sus puertas.

La respuesta de mi existencia se halla en él...

«Ese violín debe ser mío» —pensó la sombra con codicia —«no me importan los medios que deba emplear para ello.»

20

Christelle no había asistido a las clases del Conservatorio desde el trágico suceso de la muerte de su tío.

Permanecía en casa de Cloe, tratando de encajar el duro golpe y poner en orden sus pensamientos. Meditabunda, salía a dar largos paseos, que sin saber muy bien por qué, generalmente desembocaban en la Ópera Garnier. Al principio, la joven no se percataba de aquella causalidad, pero no tardó en llegar a la conclusión de que sus pasos estaban guiados por un poder que escapaba a su comprensión. No podía existir otra razón por la que siempre terminaba en aquella gran plaza, apoyada en la barandilla de piedra, contemplando el magnífico edificio una y otra vez, como si la hipnotizara con su irresistible magnetismo.

Fue aquella tarde, en la que la intensa luz del atardecer se reflejaba más que nunca en las doradas esculturas de la Ópera y su marmórea fachada parecía cobrar vida, cuando Christelle tomó una decisión.

Se hallaba sentada en las escalinatas de entrada al edificio, observando con plácida quietud la vasta avenida que se perdía en el horizonte, repleta de hormigueantes luces del tráfico y del sonido de la ciudad. Sentados junto a ella, se hallaban varios turistas que descansaban tras un día agotador, un joven que tocaba la guitarra con rítmicos compases y una pareja que contemplaba la romántica vista entre besos y caricias.

Christelle sentía que aquel palacio dedicado a la música le transmitía ciertas sensaciones que no podía explicar. Era cierto que en ocasiones había acudido allí para ver ensayar alguna obra o simplemente para visitar su maravilloso interior. Pero nunca había experimentado aquella fuerza inexplicable, aquella energía casi telúrica que emanaba del lugar.

¿Sería tal vez por todo lo que ahora conocía?

Christelle cerró los ojos y respiró profundamente.

En realidad, ¿qué sabía con certeza?

Confiaba plenamente en las palabras que su tío le había escrito antes de fallecer, pero tenía que comprobarlas por sí misma. Si ella era la verdadera descendiente de aquellos protagonistas del libro, quería demostrarlo; si aquel violín negro contenía un secreto que iba más allá de su entendimiento, debía descubrirlo; si su tío murió por defenderlo, quería saber por qué y por quién.

Se había mantenido al margen todos aquellos días, dándole la espalda a la infinidad de preguntas que ardían en su interior como furiosa lava.

No podía seguir impasible. Tenía que embarcarse en aquel viaje y comprobar hasta donde podía llegar.

Se levantó del peldaño en que se hallaba sentada y con determinación avanzó hacia el metro de la Ópera, que le conduciría a la Bastilla.

Había perdido demasiado tiempo en lamentaciones. Necesitaba entrar de nuevo en su casa y rescatar ciertas cosas que entrañaban el misterio de su pasado... y su futuro.

Estaba ya anocheciendo cuando llegó al anticuario.

Al encender las luces y ver el establecimiento de nuevo, tras varios días de ausencia, sintió una aguda punzada de doloroso desconsuelo.

La policía había concluido sus investigaciones y desprecintado la casa.

Decidió subir primero a su habitación y coger varias prendas que había dejado olvidadas cuando se fue a vivir con Cloe. Las metió en su mochila y se giró buscando con la vista algo en su estantería: el libro de *El Fantasma de la Ópera* que leyó cuando era pequeña.

Era una edición bastante antigua, con una foto en blanco y negro de la versión cinematográfica de 1925 en la portada. En ella Lon Chaney, ataviado con una larga capa y su singular máscara, guiaba a una atemorizada Mary Philbin a sus dominios subterráneos.

Christelle lo introdujo también en la mochila con intención de volverlo a leer más adelante. Si quería saber algo más de su ascendencia y de la misteriosa figura del Fantasma, tenía que recordar aquella historia, revivir de nuevo sus páginas.

Bajó corriendo las escaleras y abrió suavemente la puerta del despacho de Bernard.

Según su carta, en el segundo cajón de su mesa yacían las misivas de la bella soprano... de Christine Daaé, su supuesta tatarabuela.

Encontró allí lo que buscaba: una cajita adornada con sinuosos dibujos de coral negro. Comprobó con un suspiro de alivio que las amarillentas cuartillas seguían allí y las guardó junto a los demás enseres en su mochila.

Al salir del despacho, dirigió su mirada a la alfombra que permanecía bajo el Chaise-longue. No pudo evitar pensar en la suerte que había supuesto el hecho de que los asaltantes no encontrasen el sótano subterráneo. De haber sido así, en aquellos momentos el violín estaría en manos extrañas.

Con toda la fuerza de que fue capaz, movió aparatosamente el largo sillón y apartó la descolorida alfombra dejando al descubierto la trampilla de acceso.

Había estado en el sótano en muy contadas ocasiones, pero aquélla le pareció especial.

Sentía que su vida estaba a punto de emprender una larga travesía de la que desconocía su desenlace, pero ello no le importaba: tenía que seguir adelante. Se lo debía a su tío y a ella misma. Como apuntaba un viejo proverbio, lo esencial era siempre recorrer el camino y llegar hasta el final.

Y ella ya había dado el primer paso.

Encendió la pequeña bombilla que pendía del techo y sin prestar atención a las antigüedades que su tío había guardado allí, se aproximó a la caja fuerte.

Cuando vio la cerradura de combinación, se sintió contrariada y súbitamente bloqueada.

Intentó pensar en las fechas señaladas como los cumpleaños, la boda de sus padres, el año en que tío Bernard le dijo que abrió la tienda... pero ninguna conseguía activar la cerradura numérica.

Christelle resopló con desánimo.

«¿Y ahora qué?»

Repentinamente, como un luminoso destello, las palabras que su tío le susurró antes de fallecer acudieron a su mente.

«Christelle... Uno, ocho, nueve, seis... No la olvides.»

¡Cómo se había podido olvidar de aquellos números!

Giró la ruleta y escuchó el característico sonido de apertura.

Sonrió con satisfacción y pensó por unos segundos el significado de aquella cifra. 1896... Demasiado concreta para ser casual (curiosamente, el tío de Christelle había escogido aquella combinación por corresponder los dígitos al año de la caída de la lámpara en la Ópera Garnier: 26 de Mayo, 1896).

Su pulso se aceleró cuando vislumbró entre las sombras el estuche del violín negro.

Las imágenes que tan nítidamente había vivido cuando lo tocó todavía no se habían desvanecido de su memoria haciendo que se estremeciera al cogerlo.

—Su alma está presa en el violín... —musitó con voz queda.

Aquella esotérica teoría escapaba a su comprensión. Al menos, de momento.

«Este violín es el causante de la muerte de mi tío...» —pensó con amargura al observarlo—. «Él me instó a través de su carta a protegerlo y así lo haré, pero quiero averiguar qué oculta en su interior para que sea tan especial.»

Este último pensamiento había tensado su rostro en un gesto de rabia contenida.

Tras haber leído el mensaje de su tío estaba convencida de que su muerte no había sido consecuencia de un robo, sino de un asesinato motivado por aquel maldito instrumento.

Cuando salió del sótano, volvió a cubrir la trampilla con la alfombra por simple inercia. ¿Quién le aseguraba que aquel tipo que buscaba el violín no regresaría en otro intento desesperado por hacerse con él?

Apagó las luces y cerró el establecimiento pensando en regresar a casa de Cloe. Allí podría revisar con tranquilidad las cartas de Christine y echar un vistazo al libro del Fantasma. Con suerte su amiga estaría trabajando, por lo que no sospecharía nada.

Ya habían pasado las ocho de la tarde cuando Christelle se encaminó hacia la Place des Vosges. Para ella constituía un perfecto atajo que la llevaría a la Rue Rambuteau en menos de diez minutos.

Las calles estaban tenuemente iluminadas por las típicas farolas parisienses y su luz, silueteaba a la joven que con paso rápido, se acercaba a la plaza.

La noche era fría y húmeda; una fina neblina se iba apoderando de los oscuros edificios confiriéndoles un aspecto lóbrego y solitario.

Cuando llegó a las arcadas de piedra que circunvalaban la Place des Vosges, sintió que algo no iba bien. Su sexto sentido no le había fallado nunca y percibía un tenso cosquilleo en todo su cuerpo. Quizás fuese un temor ficticio, fruto de las últimas e intensas experiencias vividas, pero advirtió, un tanto asustada, que el largo túnel que formaban los arcos de medio punto, estaba desierto. Las tiendas habían cerrado y el ajetreo diario había dejado paso a una inquietante calma. Christelle agradeció que al menos, el pasaje se hallara iluminado por los pequeños focos que los establecimientos dejaban encendidos.

Cambió de mano el estuche del violín acelerando el paso y se introdujo en aquella solitaria galería con el miedo reflejándose en sus ojos.

Súbitamente los escuchó.

El eco de unos pasos que no eran los suyos iban aproximándose hacia ella por el mismo pasaje. Se aventuró a pensar que pertenecían a dos personas.

Al principio intentó no concederles mucha importancia, pero sus pupilas se contrajeron de pánico cuando aquellas pisadas comenzaron a intensificar su ritmo.

Su pulso se disparó y con él la escasa serenidad que le quedaba.

Aferró con fuerza el violín y sin mirar atrás, echó a correr por la estrecha galería.

Aun a pesar de su agitada respiración, pudo advertir que aquellos pasos la seguían con desbocada rapidez. No era consecuencia del miedo o de la imaginación: era conciente de que aquellos quienes fueran querían alcanzarla a toda costa.

¿Pero cómo avanzar más rápido con la pesada mochila a sus espaldas y el violín en sus manos?

Sintió que el terror agarrotaba sus músculos, pero no podía detenerse o estaría perdida.

Escuchó las fuertes pisadas tras ella, acercándose, ganando terreno alarmantemente. Giró la cabeza y vio entre las sombras a dos hombres corpulentos que casi la alcanzaban.

Apretó los dientes y trató de correr con todas sus fuerzas, pero era demasiado tarde... Ya sentía la respiración de ellos en su nuca.

Todo sucedió muy rápido.

Había llegado a la esquina del pasaje, cuando sintió un brusco empujón en la espalda que la hizo caer al suelo.

Automáticamente, abrazó el estuche del violín para que éste no sufriera ningún daño.

No le importó el dolor que le causó la caída ni los metros que rodó por el suelo; el pánico surgido al pensar qué ocurriría a continuación, se hallaba muy por encima de eso.

Sabiéndose alcanzada, como una presa indefensa, trató de encogerse en un ovillo y salvaguardar el violín entre sus brazos.

«Protégelo con tu vida si es preciso» le había dicho su tío a través de su carta. Quizás no pudiese vengar su muerte, pero sí cumplir esa promesa.

Aterrada, escuchó las siniestras risas de aquellos dos tipos que permanecían ante ella y cerrando los ojos se preparó para recibir el golpe definitivo.

Uno de ellos gritó al otro:

—Rápido, coge el violín de una vez y larguémonos.

En aquel instante, como materializado de entre la niebla, surgió una oscura figura que se interpuso entre los asaltantes y ella. Con un fugaz movimiento, asestó una certera patada en la rodilla de uno de los perseguidores, haciendo que éste se desplomara con un aullido en el empedrado.

El otro personaje se detuvo atónito ante lo que acababa de ocurrir, pero no le dio tiempo a reaccionar. La sombra se giró con asombrosa rapidez y le propinó un golpe directo con el antebrazo en el cuello, hundiéndole la nuez en una agónica asfixia.

Christelle, que había permanecido hasta entonces en posición fetal, se incorporó para contemplar la escena. Lo que vio le dejó perpleja.

Los tipos que la perseguían hacía tan sólo unos instantes yacían en el suelo, semi-inconscientes. Ante ella, una silueta se recortaba entre la densa bruma. Casi sin respiración, alzó su vista, y observó a su repentino protector.

No podía ser... ¡Era el hombre que había visto en el cementerio!

Su altura, su gabardina negra, ¡no había duda!

Christelle, aturdida, no supo reaccionar. Pero él no perdió ni un segundo. Preguntándole si se encontraba bien, le ayudó a levantarse y cogiéndole de la mano, le apremió a correr en dirección oeste, hacia la calle Rivoli.

Siguieron su carrera en silencio, como si las palabras sobrasen en aquel momento.

Sintió la energía que emanaba de la mano de aquel hombre y percibió que poco a poco y aun a pesar de hallarse agotada, la calma se apoderaba de su angustiado espíritu como si se tratase de un tibio elixir.

Sin detenerse a tomar aliento llegaron a la estación de metro de Saint Paul.

La joven creyó entender los planes de su acompañante: llegar a un lugar donde hubiese gente y que ella pudiera sentirse a salvo.

Pero él no pareció conformarse.

Sin soltar su mano, le indicó a qué estación debían dirigirse:

—Vamos a la Madeleine.

Christelle comenzó a preguntarse qué pretendía aquel hombre que había salvado su vida y pensó con cierto remordimiento que ni siquiera le había dado las gracias.

Durante el trayecto, él guardó silencio, pero aquel detalle no molestó a la joven. Se sentía a salvo con él; su sola presencia le transmitía seguridad y confianza.

De soslayo y a la luz del vagón comenzó a observarlo.

De facciones bien proporcionadas, su semblante permanecía impasible, sereno, mirando a través del cristal de la ventanilla.

Aparentaba alrededor de treinta años. Su pelo se deslizaba suavemente sobre su frente y sus ojos, intensamente oscuros, contenían un brillo extraño, atrayente. Vestía completamente de negro, con un jersey de cuello alto que se ceñía perfectamente a su esbelto cuerpo y unos pantalones del mismo color.

Mientras comprobaba que le sacaba varios centímetros de altura, sus miradas se entrecruzaron.

No pudo evitar sonrojarse levemente.

Definitivamente aquel hombre lograba desconcertarla.

«Ni siquiera sé quién es» pensó mientras se daba cuenta de que durante todo aquel recorrido no le había planteado la pregunta.

Se sentía bien a su lado y aunque este hecho le asombrara, intentó no interrogarse así misma. Había salido ilesa de su encuentro con unos matones (quizás tan sólo con algunos rasguños), el violín permanecía a su lado y ya no estaba sola. No deseaba pensar en otra cosa. Ya habría tiempo para las explicaciones.

Al llegar a la parada de la Madeleine, su acompañante pareció mostrarse algo más tranquilo y con un leve gesto, la invitó a salir de la estación..

Ella asintió y se limitó a seguirlo.

Al caminar frente a la iglesia, la joven alzó la vista.

Quizás sus sensaciones se viesen impregnadas con los inquietantes acontecimientos que había vivido aquella noche, pero lo cierto es que sus ennegrecidas columnas griegas nunca le habían parecido más siniestras ni su altura tan imponente.

Para su sorpresa, se detuvieron en el Café Madeleine, un lugar donde Christelle ya había estado en alguna ocasión. Solía estar muy concurrido, aunque en aquella noche había muy poca clientela. Era un lugar perfecto para poder hablar.

Eligieron una mesa alejada de los grandes escaparates de cristal y se sentaron el uno frente al otro.

Depositó su mochila y el estuche en la silla contigua y se mantuvo en silencio, mirando a su misterioso protector.

Cuando por fin se decidió a hablar, se vio interrumpida por el camarero que hizo acto de presencia preguntándoles qué deseaban tomar.

Su compañero hizo un gesto con la mano indicando que no iba a consumir nada y señaló amablemente a Christelle, que pidió un café bien cargado.

Cuando el camarero se hubo alejado, el hombre la miró a los ojos con una expresión que ella no supo identificar.

—Supongo que te preguntarás quien soy.

La joven asintió con la cabeza sin dejar de observarlo fijamente. Se asombró de la serenidad que había mantenido desde el encuentro con aquellos dos hombres. Serenidad y seguridad que se veían reflejadas en un rostro de tez muy blanca, casi lívida, donde curiosamente no había ningún atisbo de arruga alguna.

—Conocí a tu tío hace algunos años y mantenía con él una buena amistad basada en nuestro amor por las antigüedades y todo lo referente a la historia de cada una de ellas. Soy experto en este trabajo y Bernard siempre acudía a mí en busca de opinión y consejo a la hora de comprar una nueva adquisición de la que tuviera alguna duda acerca de su autenticidad o procedencia.

Su voz clara y nítida daba la sensación de sinceridad. Su tono suave pero firme le confería casi un timbre musical.

Christelle se irguió en su asiento.

«Realmente mi tío era una caja de sorpresas» pensó mientras cogía la humeante taza de café para darle un pequeño sorbo. «Además, no recuerdo haber visto nunca a este hombre en el anticuario...»

Él pareció leer sus pensamientos.

—Quizás te preguntes por qué jamás nos hemos encontrado antes. Es lógico teniendo en cuenta que no vivo en París desde hace tiempo. Tu tío y yo nos comunicábamos a través del teléfono y pocas han sido las ocasiones en que he ido a visitarle a su establecimiento. No obstante, él siempre me hablaba de su sobrina, de sus magníficos progresos como violinista, de su prometedor futuro... Estaba profundamente orgulloso de ti.

Christelle fijó su vista en el café sintiendo como una amarga tristeza iba invadiéndola, pero se abstuvo de manifestarla. Recordar a su tío era siempre algo doloroso para ella, descubriendo día tras día que aún no había asumido su muerte.

Tras una breve pausa, aquel misterioso interlocutor siguió hablando.

—Bernard me llamó hace unos días y me comentó sobre un extraño instrumento que había adquirido recientemente. Un violín negro. Ante la rareza del mismo, quiso que yo viniera a verlo y le asesorara sobre su procedencia, época en que se había construido, la clase de madera... Aunque no quedamos para una fecha exacta, percibí que sus palabras denotaban cierta inquietud y le pregunté por ello.

Christelle se sorprendió de que su tío hubiese compartido con alguien el hallazgo de aquel violín, pero ¿acaso su vida no se había convertido en una consecución de sorpresas tras su aparición?

Aquel hombre volvió a observarla intensamente como intentando adivinar qué contenían sus pensamientos y con las manos cruzadas encima de la mesa, prosiguió:

—Me hizo partícipe de su intranquilidad y me instó a prometer que si algo grave le ocurría, yo debía proteger lo que él más amaba: a ti, Christelle.

La intensidad de su mirada era tal que la joven apartó la vista, turbada.

No sabía qué responder. Para ella era demasiada información que procesar.

¿Podía confiar en aquel hombre salido de las sombras cuando, según parecía, existían ciertas personas dispuestas a matar por el violín?

Finalmente, se decidió a preguntarle:

—¿Cómo me has encontrado esta noche?

—Supe del fallecimiento de tu tío por los periódicos y viajé inmediatamente a París aquel mismo día. Acudí al anticuario, pero lógicamente no sólo no había nadie, sino que estaba precintado por la policía. No podía averiguar donde estabas, así que me dediqué a realizar ciertas pesquisas por mi cuenta. Fui al entierro de Bernard, pero no permanecí allí demasiado tiempo.

—Yo te vi —le cortó Christelle con una mueca de extrañeza—. ¿Por qué no me dijiste nada?

—No me pareció el momento oportuno —se limitó a explicar de forma cortante—. Esta noche, guiado por un mal presentimiento, regresé al anticuario a tiempo para descubrir que dos tipos te estaban siguiendo. El resto... ya lo conoces.

—Te... te estoy muy agradecida —tartamudeó con azoramiento— sin ti ahora mismo seguramente estaría en el hospital y sin el violín.

—Digamos que estoy cumpliendo la promesa que le hice a tu tío. A partir de ahora ya no estarás sola —exhibió unos dientes perfectos y blancos al sonreír, pero sus oscuros ojos permanecieron inescrutables.

—¿Es eso otra promesa? —preguntó Christelle con un repentino brillo en la mirada.

Él se inclinó hacia ella y a media voz, le dijo:

—Así es.

La joven sonrió levemente.

Ya no era una cruzada en solitario. Al menos tenía un aliado y eso le inspiraba esperanza y tranquilidad.

—Por cierto... Ni siquiera sé tu nombre.

—Kyriel.

—¡Nunca había escuchado un nombre así!

—¿Te disgusta? —preguntó ofreciéndole un gesto de asombro.

—No, al contrario, es realmente curioso y único —Christelle lo pronunció mentalmente percatándose de su melodioso sonido.

En ese momento, la serenidad del rostro de Kyriel se desvaneció y el tono de su voz pareció endurecerse.

—Debemos pensar qué pasos dar a partir de ahora. No creo que haya detenido a esos tipos definitivamente. Es más, mis deducciones me llevan a pensar que simplemente sean simples peones de ajedrez de quien verdaderamente ansía el violín. No tardaremos en volver a tenerlos tras nuestros talones.

La joven suspiró con un imperceptible gemido de preocupación.

—¿Qué tiene ese violín para que maten por él? —replicó con desagrado al recordar las visiones que había experimentado al tocarlo días atrás y probablemente haber sido la causa de la muerte de su tío.

—Lo averiguaremos juntos, ¿de acuerdo? Ahora lo más urgente es pensar dónde vamos a pasar la noche y planear nuestros futuros movimientos.

Ella se acordó involuntariamente de Cloe, pero rechazó la idea con rapidez. No podía seguir yendo a su casa sin ponerla en peligro.

«Piensa, Christelle, piensa.»

Súbitamente, alzó la cabeza con satisfacción en la mirada.

—Espera un momento —le dijo a Kyriel mientras extraía su móvil de la mochila.

Marcó con decisión y esperó a que contestasen al otro lado de la línea.

—¿Gilles? Sí, soy yo, Christelle, ¿qué tal estás? Ya sé que hace tiempo que no nos vemos, no me lo reproches... Escúchame, necesito tu ayuda. ¿Podrías acogernos a un amigo y a mí unos días en tus... dominios? ¡Claro que no planeamos una ceremonia ocultista! No bromees, esto es serio. Necesitamos protección, te explicaré todo cuando nos veamos. Ah, y lleva provisiones. ¿Dentro de media hora en las escalinatas del Panteón? De acuerdo, perfecto, allí estaré.

Al colgar, se percató de que Kyriel la observaba con curiosidad.

—Gilles es un buen amigo mío. Confío en él plenamente y seguro que nos proporciona un buen escondite allí abajo —explicó dejándose llevar por nuevas energías.

—¿Allí abajo? —preguntó él enarcando una ceja—. ¿Qué quieres decir?

—Gilles es cata... ya sabes, un catáfilo, un amante de los subterráneos de París y sus misterios. Esta ciudad está asentada sobre cientos de antiguas galerías subterráneas y él es todo un experto en ellas. Conoce los pasadizos más profundos y estudia no sólo su construcción y mantenimiento, sino también su historia. Estoy segura de que él conoce algún lugar bajo tierra que pueda protegernos y que nos permita pensar con tranquilidad.

Kyriel asintió en silencio. No era una mala idea después de todo. A nadie se le ocurriría buscarles en los laberínticos pasajes subterráneos de París y eso les daría cierta seguridad.

—Deberíamos irnos ya —musitó al cabo de unos minutos—. Quiero llegar antes de que lo haga tu amigo e inspeccionar la zona. Tenemos que estar seguros de que todavía no nos siguen.

Tras enlazar varios metros, llegaron por fin a la estación Luxemburgo, cerca del gran parque parisino del mismo nombre.

Al encontrarse en la superficie, pudieron contemplar, elevándose sobre los edificios, a unas cuantas calles de distancia, la bella cúpula blanca del Panteón. La iluminación nocturna le daba un aspecto sobrecogedor.

—¿Sabes una cosa? —preguntó Christelle mientras caminaban hacia el edificio—. Una vez al año siempre vengo aquí a depositar una rosa en la tumba de Víctor Hugo, mi escritor favorito.

—Es un hermoso gesto —dijo Kyriel con su voz tan distintiva, sin dejar de mirar al frente.

Ella sonrió. A pesar de la misteriosa seriedad de su acompañante, ya no sentía miedo o inseguridad alguna en su interior. Le resultaba extraño que aun habiéndose conocido pocas horas antes, tuviera la sensación de que podía confiar en él plenamente.

Siguieron andando en silencio hasta llegar a las escaleras del Panteón.

Conforme pasaban los minutos, ambos comenzaron a impacientarse.

—¿Estás segura de que vendrá? —preguntó Kyriel mientras comprobaba la hora.

—Nunca me ha fallado... —murmuró la joven mientras escrutaba nerviosa las oscuras calles que rodeaban al edificio.

En ese momento, una tenue figura se dejó adivinar en la densa neblina. Se aproximó con rapidez al tiempo que agitaba una de sus manos en señal de saludo.

—¡Allí está! —exclamó ella con alivio.

Era un joven de elevada estatura y fuerte complexión, con el pelo raso y una incipiente barba sin afeitar en varios días.

Gilles se acercó acelerando el paso hasta ellos exhibiendo una pesada mochila.

—Siento la tardanza —comenzó a explicar dirigiéndose a Christelle—, pero tenía que prepararme, ¡no pretenderás que emprendamos un viaje subterráneo sin linternas, alguna que otra herramienta y tus dichosas provisiones!

La joven le abrazó cariñosamente y le dio un beso en la mejilla. Aquel gesto le recordó la breve relación que mantuvo con él dos años atrás y que comenzó de la forma más casual y delirante posible: ella se hallaba en la plaza ajardinada del Conservatorio ensayando unos últimos acordes de violín, dado que tenía en breves minutos un examen. De repente vio cómo una de las losas metálicas del suelo se abría dejando salir a un joven con un casco de minero en su cabeza. La sorpresa fue mayúscula hasta que él le explicó que era un estudiante de Geología y que estaba investigando los subterráneos de París. Desde un principio le cautivó su alegre personalidad y comenzaron a congeniar de tal forma que se siguieron viendo días más tarde; sin embargo, tras salir juntos varios meses, fue Christelle la que determinó no seguir adelante para dedicarse de lleno a sus estudios, sin perder la buena amistad que tenían. Gilles, muy a su pesar, aceptó aquella decisión aunque sus sentimientos hacia ella no habían cambiado.

—Sigues siendo una mujercita encantadora —dijo el cata guiñándole un ojo.

Dicho esto, miró a Kyriel con un gesto interrogante.

—Dime, ¿quién es tu amigo?

Christelle hizo las presentaciones oportunas estudiando con precaución el rostro de Gilles. Los catas no aceptaban fácilmente a un extraño en su selecto grupo y la joven sabía que sería complicado que Kyriel agradase a su amigo en un principio.

Gilles se acercó a ella y le susurró en voz baja:

—Puedes estar segura de que esto lo hago exclusivamente por ti, querida.

—Por favor, Gilles, no seas tan quisquilloso. Te prometo que te explicaré todo con detalle cuando nos hayas puesto a cubierto.

Él se limitó a mirar el estuche del violín.

—¿Quieres entrar allí abajo con eso?

—Sí, es absolutamente necesario.

Gilles emitió un pequeño gruñido de resignación y girándose hacia Kyriel, habló con rotundidad.

—De acuerdo, debemos dirigirnos a la Rue Saint Jacques; está a unos cuantos metros de aquí, cuando lleguemos os indicaré qué hacer.

El grupo partió sin mediar palabra dejando que Gilles fuera quien guiase sus pasos a través de diferentes calles y con la niebla rodeándoles.

Aun a pesar de su frío encuentro, Kyriel no parecía contrariado. Comprendía la posible desconfianza de Gilles hacia él, pero su instinto le decía que podía ser un buen tipo aquel cata. De cualquier forma se mantuvo lo más cerca posible de Christelle girando su cuerpo de vez en cuando para confirmar que nadie les seguía.

Varios minutos después, Gilles se paró en seco y dejó su gruesa mochila en el suelo.

—Bueno, aquí es.

Christelle miró a su alrededor.

—¿Dónde?

Gilles se agachó e hizo palanca con una barra de hierro que había sacado de su mochila y posteriormente, con fuerza, agarró con ambas manos la trampilla del alcantarillado, desplazándola hasta que descubrió su negra boca de entrada.

Christelle y Kyriel se inclinaron para vislumbrar unas oxidadas escaleras que descendían a la oscuridad.

—Os presento la puerta principal a las entrañas de París —dijo ceremoniosamente con una socarrona sonrisa—. Sed bienvenidos.

21

La sala permanecía iluminada por la tenue luz de una antigua araña de cristal suspendida del techo. Las polimórficas sombras que provocaba a su alrededor daban un aspecto tenebroso al lugar, pero para aquellos dos hombres que permanecían de pie delante de una mesa, el verdadero miedo procedía de aquel cuya reacción esperaban nerviosamente.

Tras unos segundos de tensión, comenzaron a dar explicaciones atropelladamente, intentando disculparse por lo que había ocurrido unas horas antes.

—Se lo juro, jefe, ese tipo apareció de la nada justo cuando ya teníamos el violín a nuestro alcance —dijo con voz ronca el más alto de ellos mientras se acariciaba con angustia el cuello.

—Nos pilló totalmente desprevenidos... ¡Y qué fuerza! ¡Era sobrehumano! —exclamó entre aspavientos su compañero—. No tuvimos ni una sola oportunidad frente a él y la verdad, no me gustaría toparme con ese hombre de nuevo.

La figura a quien dirigían sus palabras estaba sentada tras su escritorio con los brazos cruzados y respirando aceleradamente.

—¡Estúpidos! —les increpó en un ataque de furia—. ¡El violín era ya vuestro!

—Pero… —comenzaron a tartamudear.

—¿Una sola persona puede con dos tipos como vosotros? ¡Es inaudito!

Ambos guardaron silencio, observando un tanto avergonzados al personaje que entre la penumbra había comenzado a dar grandes zancadas por la habitación.

—Describidme al salvador de la chica. No os olvidéis de ningún detalle.

Tras mirarse entre ellos, fue el más corpulento quien tomó la palabra:

—Todo fue tan rápido que casi no distinguimos nada…

Ante la mirada colérica de aquél a quien dirigía sus palabras, se atragantó y prosiguió haciendo acopio de toda su memoria.

—Pero recuerdo que era muy alto y delgado… Y vestía completamente de negro.

El personaje en sombras los observó con súbita atención.

—Proseguid.

El otro tipo se arrascó la cabeza en actitud pensativa y continuó con la descripción:

—Es cierto, vestía de negro, con una larga gabardina que le llegaba hasta las rodillas.

—¿No recordáis nada más?

Los dos negaron al unísono.

—Esto sí es interesante… —murmuró para sí la misteriosa silueta.

Dirigió su vista con determinación a sus dos subordinados y les dijo secamente:

—Bien, quiero que averigüéis dónde se encuentra la chica ahora, no puede habérsela tragado la tierra. Cuando lo hagáis, seguid sus pasos y no la perdáis de vista. Todo cuanto veáis me lo comunicáis de inmediato, ¿está claro?

—¿Y si lleva el violín con ella?

—No os entrometáis más. A partir de ahora sólo me informaréis, seréis mis ojos y mis oídos.

Los dos hombres asintieron mientras salían de la sala cabizbajos y murmurando frases ininteligibles.

La oscura figura permaneció unos instantes meditabunda, jugando con el pequeño libro rojo entre sus manos.

—Delgado, alto y vestido completamente de negro... —murmuró con la mirada abstraída—. No hay duda, se trata del mismo hombre que vi en el entierro del tío de la mocosa. ¿Quién será ese individuo y por qué la está ayudando?

Se sentó lentamente en el sillón de piel y dejó el libro encima de la mesa, observándolo fijamente.

«No importa» —se dijo—. «A partir de ahora seré yo quien se encargue de conseguir el violín. No puedo permitirme más retrasos inoportunos por culpa de esos dos inútiles. Si la chica tiene un ángel de la guarda, haré que baje a los infiernos. Ya va siendo hora de intervenir personalmente en el juego.»

Acto seguido, giró el sillón hacia las tupidas cortinas que tenía a su espalda y con un gesto de rabia las abrió contemplando la luminosidad nocturna de París.

Apretando un puño gritó:

—¡Ese violín será mío!

22

Julio, 1858

Caminaba lentamente escuchando sólo el ruido que producían sus pasos al pisar el sendero pedregoso que lo conducía a la Vía Sacra. Aquel sonido acompasado era el único compañero de sus dubitativos pensamientos en aquella tarde calurosa de verano.

Se detuvo un instante y se giró para contemplar la impactante puesta de sol que se divisaba a través de las rocosas montañas que rodeaban Delfos. El astro rey parecía ser engullido por ellas, dejando tras de sí sus últimos destellos rojizos que brillaban con furiosa intensidad realzando las bellas ruinas de la mítica ciudad griega. Las tonalidades anaranjadas habían empapado aquel esotérico lugar configurando una magnífica imagen que sus ojos recogían tras su máscara.

Todavía no podía asegurar con cierta exactitud cuales habían sido las razones por las que había viajado hasta allí.

Recordaba su estancia en Turquía y su precipitada huída de aquel país por causas que no deseaba traer de vuelta a su memoria. Cuando el barco en el que viajaba atracó en el puerto del Pireo supo, como si de una revelación se tratase, que debía dirigirse a Delfos.

Tras su estancia en Atenas durante algunos días en los que pudo visitar la Acrópolis, siguió sintiendo la acuciante sensación de que no era su destino final. Un magnetismo inexplicable le impulsaba a dirigir sus pasos hacia la región de Sterea Ellas.

Quizás desease contemplar los restos de lo que había sido durante siglos el centro del mundo, imaginar su esplendor perdido, revivir su glorioso pasado... o simplemente visitar un lugar más, sintiéndose de nuevo un excéntrico vagabundo, un amargado fugitivo sin rumbo fijo.

Así había sido siempre su vida, un trayecto eterno y solitario sin ningún hogar al que regresar.

En una aldea cercana a Ilion, compró un caballo negro con el que podría realizar su viaje de la manera más rápida posible dada la considerable distancia que debía recorrer. Nunca se separaba de su violín, llevándolo una vez más bien sujeto a la espalda.

Después de cabalgar durante tres días, dejando a su paso monasterios bizantinos y antiguas ruinas centenarias, llegó al paraje que los hados le habían deparado.

Alzó la cabeza observando con embeleso la colina que se elevaba ante sus ojos y respirando profundamente descendió de su montura y prosiguió andando por el empedrado sendero.

Mientras caminaba dejaba que su vista se posase por las derruidas y arcaicas columnas dejando tras de sí la estatua de Filopoime, la exedra de los *nauarkoi*, los reyes de Argos, el pequeño templo de Sición…

Paulatinamente permitió que una extraña sensación invadiera todo su cuerpo aventurándose a imaginar con un irónico rictus, que se trataba de la mística esencia que poseía aquel enclave elegido por los dioses.

Por unos instantes rememoró la historia que envolvía aquellas devastadas ruinas.

La leyenda mitológica narraba la encarnizada batalla que libró Apolo con una gigantesca serpiente llamada Pitón. Tras su victoria, el dios de la música y la belleza adquirió el don de la profecía y decidió que aquel lugar, situado en la mágica belleza de la ladera del monte Parnaso, fuera el idóneo para asentar su oráculo al que acudirían peregrinos de todas partes del mundo para confiarle sus más recónditas dudas.

El oráculo de Delfos quedó a cargo de la sacerdotisa de Apolo: la denominada Pitia o Pitonisa, en honor al nombre de la serpiente que él mismo mató. Su misión era profetizar, sentada sobre un esbelto trípode, los acontecimientos futuros que interesaban a todos aquellos que acudían al santuario para realizar sus consultas.

Y ahora él se encontraba en aquel enclave divino, cruzando la vía pítica que conducía al célebre templo de Apolo, clave central de aquellas ruinas.

¿Acaso no estaba recorriendo la Via Sacra deteniéndose en los lugares de culto con el corazón rebosante de confusas preguntas que a lo largo de su vida no habían obtenido respuesta alguna? ¿No le convertía eso en una de aquellas personas que acudieron en tiempos remotos a aquel mítico asentamiento de los dioses para pedir consejo a Apolo?

Negó sobriamente con la cabeza.

Aun a pesar de haber viajado a lejanos países, visitado innumerables ciudades, aprendido cientos de culturas y ritos diferentes, aquel lugar lograba trastornarle.

Había llegado a pensar que ya nada podría sorprenderle, pero tuvo que admitir que comenzaba a equivocarse.

Las arcaicas piedras pertenecientes a diversos templos y estatuas, las solitarias y fantasmagóricas columnas esparcidas como extraños símbolos entre la verde maleza, el recuerdo etéreo de lo que una vez fue hermoso y sagrado... todo ello lograba impregnar su espíritu de una sensación de difuso respeto y seductora embriaguez que le impulsaba a seguir caminando por aquella vereda rodeada de misterios del pasado.

A su paso hallaba infinidad de sombras creadas por los agonizantes rayos que poco a poco iban perdiendo su intensidad, desapareciendo entre los inmensos peñascos que rodeaban aquel paraje como si de colosos guardianes se tratasen.

Se detuvo fascinado por la belleza de la esfinge de Naxos, construida sobre una columna dórica cercana al templo de Apolo. Su rostro borrado por el paso del tiempo y sus alas curvadas le daban un aspecto sobrecogedor.

Sonrió con amargura.

Aquella estatua lograba recordarle su propia existencia. Una faz desdibujada, unas alas perfectas para alzar un vuelo que nunca iba a suceder, y un cuerpo anclado a una realidad solitaria y sombría.

Observó los decrépitos escalones de piedra que conducían a lo que antaño fue el gran templo de Apolo, centro de aquel paraje en ruinas y comenzó a subir por ellos, taciturno.

Conocía el ancestral ritual que los peregrinos llevaban a cabo antes de entregar sus dudas a la pitonisa del templo y no pudo evitar rememorarlos cuando se hubo hallado a las puertas del mismo.

Antes de cada consulta, se debía ofrecer un sacrificio a los dioses...

Un angustioso nudo se aferró a su garganta.

¿No había sido toda su vida un miserable sacrificio?

Al huir del hogar materno siendo un niño para aventurarse en las entrañas del mundo y correr la aciaga suerte que padecían todos los que como él, tenían una deformidad y eran rechazados por la sociedad, ¿no había consumado ya su propio sacrificio en vida?

La noche se había presentado silenciosamente sobre el lugar, devorando todo con su oscuro y denso manto protector.

Encendió una pequeña hoguera en el destruido pronaos del templo de Apolo y se sentó a la luz de la lumbre.

En sus recónditos ojos se reflejaban las crepitantes llamas con voluptuosa intensidad.

Aquel fuego le hizo rememorar tiempos que prefería enterrar para siempre en el fondo de su memoria. Como súbitos destellos, pudo verse de niño aferrado a los barrotes de una sombría jaula. Amargas lágrimas surcaban su enmascarado rostro mientras asistía impasible a la burla y escarnio de un grupo de niños que gritaban a su alrededor, tras haber sido testigos de cómo había sido fustigado con un látigo por aquel que entonces era su dueño.

Ante él, ardía una gran fogata cuyas llamas ascendían hacia el cielo estrellado donde se habían reunido los integrantes del campamento gitano, que alzando sus alegres risas a la noche, celebraban las espléndidas ganancias que aquel pequeño cadáver viviente les había proporcionado a lo largo del día, después de haber sido expuesto al populacho de los pueblos cercanos.

Sus lacerantes voces, sus amorfas sombras, sus ebrias carcajadas...

Aquellas imágenes vividas le hicieron estremecer aun sintiendo en su cuerpo la cálida brisa que recorría la superficie de Delfos.

Observó con ojos humedecidos el estuche de su violín y embargado por una afligida melancolía lo abrió suavemente para recoger el instrumento mientras se erguía frente a la hoguera.

Durante unos breves segundos pareció quedarse paralizado, contemplando el violín negro en sus manos y recordó cuándo lo había construido.

Fue en la ciudad italiana de Cremona siendo mucho más joven. Había llegado allí con la intención de tener su propio violín, pero no quería adquirir uno, sino que le construyeran el suyo; que fuera genuino, único.

Después de preguntar en varios talleres comprobó que la suma que le pedían era excesiva y que su máscara generaba una desconfianza recelosa en los maestros artesanos; finalmente, el desánimo se apoderó de él.

Recorriendo las estrechas calles, acabó con su vista anclada en el escaparate de un taller cuyo letrero rezaba:

Emilio Di Lorenzo
Maestro Luthier

Tras el cristal, se mostraban varios hermosos ejemplares de violas y violines navegando en un sinuoso mar de ondas sedosas. Se mantuvo allí, inmóvil, contemplándolos con ávido deseo sin percatarse de que, en el interior del establecimiento, el maestro Di Lorenzo le estaba observando con no disimulada curiosidad. Al cabo de unos minutos, abrió la puerta y mirándole directamente a los ojos le preguntó:

—Joven, ¿desea algo?

Él alzó la vista sorprendido; su máscara no parecía importunar a aquel anciano.

—Sí... —comenzó a decir, cabizbajo—, desearía conseguir un violín... pero no tengo el dinero suficiente. He estado ya en varios talleres y es imposible...

El viejo artesano se fijó en sus manos y pudo comprobar que eran extremadamente pálidas, de dedos largos y muy finos, pero bien formados.

—¿Sabes tocar el violín? —le preguntó súbitamente con los ojillos entrecerrados.

—Por supuesto —respondió con un súbito destello de orgullo en su voz—. Si no, ¿para qué querría uno?

La respuesta hizo sonreír maliciosamente al maestro italiano al reconocer en el joven su vehemencia.

—¿Podrías demostrármelo?

Penetraron en el taller y Di Lorenzo eligió uno de los violines de un estante entregándoselo como si de una joya se tratase.

Tras comprobar la tensión del cordaje y la largura del arco, se colocó el violín en posición y emitió unas leves notas. El instrumento estaba perfectamente afinado.

Miró a los ojos del anciano que parecían estar escrutándole y comenzó a tocar con la maestría que le era inherente, como si poseyera un don especial en sus manos.

La vivaz música invadió apasionadamente la estancia con un frenesí desbocado, pero con una armonía y una ejecución tan perfectas como nunca había escuchado el maestro Di Lorenzo.

Fueron unos minutos maravillosos en los que el violín pareció cobrar vida propia por la destreza de aquellos huesudos dedos, que saltaban hábilmente de una cuerda a otra mientras el arco extraía de ellas un abanico de bellas notas extraordinariamente conjuntadas.

Cuando el silencio reinó en el establecimiento, Di Lorenzo creyó discernir una sonrisa de satisfacción en su rostro. Su perfección había sido tal que logró despertar el interés ya creciente del maestro por aquel extraño muchacho que tenía ante sí.

—Veo que conoces la obra de Tartini —dijo el luthier—. *El Trino del Diablo* es una de mis piezas preferidas, buena elección.

Erik asintió mientras le devolvía el violín con una tristeza que no pasó desapercibida al anciano.

—Querías adquirir tu propio violín, ¿no es así? —le preguntó observándolo fijamente.

El joven alzó su mirada, esperanzado.

—Te ofrezco algo diferente. Necesito un aprendiz... Tu sueldo serían los secretos de la fabricación del instrumento que tanto anhelas, así como mis conocimientos como maestro Luthier. Aparte, cama y comida.

Los ojos tras la máscara parpadearon vivamente ante la proposición de Di Lorenzo.

—¿Y bien?

—¿Está realmente seguro de la propuesta que me ha brindado? —su mano derecha se encaminó hacia su máscara y la rozó recelosamente con la punta de sus dedos—. No deseo causarle problemas.

El anciano artesano intuyó que aquel joven había sufrido demasiado para su corta existencia y pudo sentir el miedo y la cautela rezumando en cada uno de sus movimientos.

El luthier se cruzó de brazos esperando la respuesta.

—Lo tomas o lo dejas, muchacho.

Erik dio un paso adelante con repentina resolución.

—De acuerdo, acepto su propuesta. Yo trabajaré en su taller y usted me enseñará a fabricar mi propio violín.

Di Lorenzo le ofreció la mano en un gesto para cerrar el compromiso.

Era la primera vez que Erik tenía ante sí una mano extendida que le invitaba a estrecharla entre la suya y al hacerlo tuvo la agradable sensación de ser aceptado por un ser humano. En su aciaga y recóndita existencia nadie le había ofrecido una muestra de deferencia como aquélla y recordó cómo en aquel momento le invadió una emoción de contenido agradecimiento teñido de cierto miedo e inseguridad. Durante todos aquellos años había procurado mantenerse oculto a la luz y los hombres, sintiéndose como un animal salvaje destinado a alejarse sempiternamente de toda huella humana. Creyó que la amistad, el amor, la bondad e innumerables sentimientos que alguna vez había oído nombrar, siempre serían para él palabras vacías de significado.

Pero aquel anciano no sólo parecía aceptarle, sino que le proporcionaba una oportunidad de demostrar su valía.

Permaneció bajo su tutela alrededor de un año, tiempo durante el cual adquirió los conocimientos necesarios para confeccionar su preciado violín.

Todavía guardaba en su memoria aquel pequeño taller: ordenado, con dos mesas de trabajo casi paralelas, los violines alineados en las paredes, varias violas recién barnizadas, diferentes cajas de instrumentos, diversos tipos de maderas apiñadas en los estantes, herramientas comunes y especializadas... todo ello delicadamente iluminado por varias lámparas de aceite y viejos candelabros colocados en lugares estratégicos que conferían la luz exacta para realizar las tareas más arduas.

Durante sus primeros meses como aprendiz tuvo que conformarse con los encargos más sencillos del oficio: cepillar, lijar y pegar las maderas, desbastar la cabeza, dar los primeros golpes de gubia...

Su impaciencia innata no fue un obstáculo para que su empeño se renovase día tras día. La imagen de su propio violín ya terminado en sus manos constituía una energía y obstinación tan poderosas que le impedían pensar en otra cosa. Su maestro llegó a preocuparse por su estado de salud en más de una ocasión: su alumno, dotado de unas manos prodigiosas y una mente privilegiada, parecía olvidarse con demasiada frecuencia de alimentarse y descansar. Su sustento era su trabajo que realizaba siempre en silencio, embebido por su propia constancia.

Di Lorenzo, conocedor de los misterios ancestrales para la construcción de los violines, seguía fielmente la tradición medieval por la que el dueño del taller debía mantener el silencio más absoluto a la hora de transmitir los secretos del oficio; creyó en un principio que su nuevo aprendiz sería fácilmente moldeable, como todos aquellos que ya habían trabajado en su taller años atrás. Pero su asombro crecía conforme avanzaban los días. Aquel escuálido muchacho solía formular preguntas que sólo los expertos artesanos hubieran pensado, no albergaba dudas en sus ojos, ni sus manos temblaban al tratar la madera.

Su trabajo era extraordinario y su habilidad con las herramientas casi insuperable.

La estupefacción del anciano maestro dio paso a una profunda admiración, que le llevó a confiar a su alumno todas las claves para la fabricación del instrumento. No le confería importancia ni su hermética personalidad ni la máscara que tan férreamente portaba en su rostro. Jamás le preguntó por ella. Sus formidables cualidades no podían diluirse en el desconocimiento. Debía ser portador y quizás algún día transmisor de su ciencia y sabiduría.

Durante aquellos meses, la construcción del violín absorbió toda su mente.

Y ahora lo tenía en sus manos.

En aquella noche estrellada de Delfos, junto a la pequeña fogata situada en lo que una vez fue la entrada del templo de Apolo, podía distinguirse su silueta acariciando con ternura el violín.

Sus ojos contemplaban con complacencia aquel instrumento fruto de su trabajo en el que las rojizas llamas se reflejaban vivazmente haciendo resaltar el brillo de su barniz.

Recorrió su superficie con la punta de los dedos.

Aquel barniz era muy poco común...

A su memoria regresó con nitidez la escena que tuvo lugar en el taller de Di Lorenzo el día que éste le indicó que únicamente era necesario un paso más para concluir la confección del violín.

—Dime, Erik —le dijo mientras abría un cajón de su mesa de trabajo—. ¿Qué clase de barniz deseas aplicar? Ya sabes que existen varias recetas procedentes del siglo XVI que pueden ser bastantes aconsejables. Veamos... —se ajustó sus gafas antes de extraer diversos frascos de varias formas y tonalidades— almáciga en lágrimas, benjuí, alcohol de vino ya colorado, aceite de espliego, esencia de trementina, agua regia clara...

—Me gustaría que mi violín tuviese un sello personal único, que no existiera otro como él en el mundo.

Di Lorenzo se detuvo para observarle con detenimiento.

—Maestro —prosiguió el joven aprendiz—, ¿existe un barniz especial para este propósito?

El anciano bajó la cabeza y se acarició el mentón en actitud pensativa.

En silencio, se dirigió de nuevo al cajón ya abierto y buscando en su interior, extrajo finalmente un pequeño frasco cubierto de un denso polvo grisáceo y sin etiqueta alguna.

—Nadie ha querido utilizar nunca este barniz —explicó con un tono de misterio en su voz que avivó la curiosidad de su alumno—. Por su pigmentación de color negro se dice que atrae la mala suerte a aquellos que lo utilizan.

Recordó con una leve sonrisa haberse acercado a su maestro y tomado aquel oscuro frasco en sus manos con una repentina determinación.

—Yo soy la mala suerte —repuso con voz lúgubre—. Mi violín tendrá el color de la noche, de la desesperanza y las tinieblas. No será comparable a ningún otro.

El anciano le miró con extrañeza. La insólita personalidad de su aprendiz, no dejaba de sorprenderlo.

—Creo recordar que lo adquirí a través de un comerciante procedente de Persia —dijo señalando el pequeño frasco.

—Persia... —murmuró Erik, pensativo—. Tengo que visitar sus tierras algún día.

Di Lorenzo parpadeó perplejo.

—Realmente es un barniz muy peculiar... —comentó al fin— ¿estás seguro de que éste es el color que deseas para tu violín?

El joven respondió mientras jugaba con el frasco entre sus manos.

—Sin ninguna duda.

El creciente sonido de las cigarras escondidas en la anárquica vegetación de Delfos, le hizo despertar de sus recuerdos y regresar a la realidad.

Con el violín todavía en sus manos, alzó la mirada para contemplar, con cierta melancolía, la solitaria luna argentada que reinaba en el espesor de la noche.

Su pálida luminosidad creaba extrañas sombras procedentes de las columnas derruidas del templo de Apolo, como arcaicos símbolos de la antigua magia que conservaba aquel lugar.

Como impulsado por una fuerza misteriosa, colocó su violín en posición con pausada delicadeza y con el arco preparado, cerró lentamente los ojos.

Intentó preguntarse las razones que le impulsaban a tocar en aquel paraje de tinieblas desoladas, pero no obtuvo respuesta alguna. Quizás fuese producto de su personalidad, hambrienta de lugares como en el que permanecía, solitario y umbrío, destruido por el tiempo y la ineptitud humana. No necesitaba público alguno para poder mostrar su música... sería un homenaje al dueño inexistente de aquel templo en ruinas; una ofrenda en forma de melodía al dios de la música, el sol y la belleza, que él tanto anhelaba en lo más profundo de su ser.

La música comenzó a fluir de sus manos, invadiendo el eco inescrutable de Delfos con el embrujo de su palpitante adagio.

Empapadas de amargura y dolor, las notas que albergaba su mente iban siendo engendradas por su violín permitiendo que sus afligidos recuerdos se deslizasen a través de ellas como un manantial de emociones perdidas.

Su alma, incansable y voraz, cantaba sus súplicas a la noche en un vago intento de ser escuchado por la fatalidad, terrible fuerza que manipulaba su vida con el poder de lo imperturbable.

El músico y su violín se fundieron en un solo elemento... un espejo insondable y roto que reflejaba destellos de su tristeza, de su pesar sombrío y desamparado, de sus negras lágrimas de incomprensión y odio.

Recónditas imágenes de lo que una vez fue, se cristalizaban en su memoria como un mosaico de punzantes reminiscencias. La mirada aterrorizada de su madre entregándole su primera máscara, el lacerante sonido del látigo fundiéndose en su piel, los gritos de cientos de voces amalgamadas en una estridencia de pánico y aprensión, el llanto de niños, innumerables dedos carcajeantes señalando su descarnada faz, su huidiza existencia, sus pasos en la oscuridad por calles desiertas, su talento desgranado y marchito por una sociedad que no ocultaba su rechazo, el rencor surgido del desconocimiento de lo que es amar, besar, acariciar a un ser humano...

Apretó sus dientes con fuerza en un intento de que sus incipientes lágrimas no rebasasen la prisión de sus ojos.

La música aumentó su ritmo transformando su agonizante dolor en un furioso crescendo permitiendo que su rabia contenida explosionase como un crisol de fuego y lava, como una tormenta de truenos cuyo eco retumbara con lúgubre fragor en el corazón vacío de la noche.

Su ávida necesidad de ser, de pertenecer, de existir plenamente, se materializaba en sus manos que aferrando fuertemente el violín, lograban transformarlo en un catalizador, un transmisor de sus propias pesadillas que le mantenían ligado contra su voluntad a una realidad maldita de la que no podría escapar nunca.

La rugiente melodía que irrumpía en la oscuridad de aquel templo, surgía del abismo de su mente, herida y torturada, consumida por sus propios espectros.

Con un grito de cólera, deslizó por última vez el arco sobre las cuerdas en un gesto de iracundo frenesí.

La música permaneció en el aire durante unos segundos, tiñendo con su furia las tinieblas en un intento desesperado de adherirse a las consumidas ruinas que le rodeaban.

Agotado, con la frente empapada de sudor y el violín todavía en sus temblorosas manos, intentó que el oxigeno regresara a sus pulmones respirando con profunda agitación.

De una forma extraña sintió que su cuerpo se iba sumiendo en una profunda laxitud que le obligó a cerrar los ojos y dejar que aquella placentera sensación le invadiera por completo...

Cuando pareció haberse calmado, miró a su alrededor con inquietud. Podía percibir con su extrema sensibilidad que algo estaba a punto de suceder en aquella misteriosa noche.

Un viento frío y siniestro invadió el lugar, arrastrando con él negros nubarrones que engulleron rápidamente la perfecta luna que hacía tan sólo unos instantes iluminaba tenuemente lo que había sido el mayor santuario de Grecia.

Las cigarras habían enmudecido y una bandada de pájaros estalló frente al templo levantando el vuelo con asustados graznidos.

Se giró con rapidez para comprobar, desconcertado, como la hoguera que había mantenido intactas las llamas hasta entonces, se apagaba bruscamente con un ruido sordo.

Un insondable silencio se apoderó del lugar; un silencio sobrecogedor, antinatural. Únicamente podía escuchar su propia respiración y el angustioso relinchar de su caballo en la lejanía.

Con la serenidad y la calma que le eran inherentes, permaneció impasible, intentando no romper aquella extraña quietud, prólogo indudable de que algún acontecimiento inesperado iba a tener lugar.

La experiencia le había demostrado que en circunstancias similares lo más conveniente era mantener sus cinco sentidos en una alerta máxima. Su lógica le hizo pensar que algún asaltante nocturno permanecía a su alrededor esperando el momento más oportuno para abalanzarse sobre él. Instintivamente, agarró la empuñadura labrada de su daga egipcia preparándose para su defensa.

Sin embargo, los minutos pasaban y el grávido silencio seguía imperturbable haciendo casi dolorosa la inexistencia de sonido alguno.

Una melodiosa voz femenina quebró el abrumador silencio de la noche.

—¿Eres tú el creador de esa maravillosa música?

Aquella voz embriagadora procedía de entre las sombras del templo que Erik tenía a pocos metros ante sí.

Ensimismado por aquella hermosa tonalidad vocal, se aproximó lentamente hacia el lugar de donde habían surgido aquellas palabras con una expresión interrogante en su rostro.

De nuevo resonó la misma frase envuelta en un inquietante eco que permaneció suspendido en aquella lóbrega atmósfera nocturna.

—¿Eres tú el creador de esa maravillosa música?

Ante la sorpresa de la misma demanda, Erik reaccionó con firmeza:

—¿Quién lo pregunta? ¿Quién se esconde en las sombras?

De entre las columnas dóricas comenzó a ascender una suave neblina blanca que paulatinamente invadió la naos del templo. En su centro fue conformándose una extraña forma difusa de luz que aumentando su intensidad, fue disipando las insondables tinieblas en las que el santuario se había sumergido.

Con el asombro reflejándose en su mirada, Erik dio un involuntario paso atrás y entornando los ojos, intentó asimilar el extraño proceso que estaba teniendo lugar ante él.

Súbitamente creyó verla.

Confundida entre la niebla y creada de la nívea luz que inundaba el lugar, emergió una esbelta silueta femenina cuyos rasgos no acababan de estar completamente configurados. Su rostro, desdibujado y espectral, contenía la borrosa huella de lo atemporal y eterno. Sus facciones parecían cambiar continuamente mostrando a veces los bellos atributos de la juventud y en otras, la demacrada faz de la vejez.

Sorprendentemente, el viento que soplaba con insistencia sobre sus cabezas, no parecía inhalar la errante niebla nacida en torno a ella.

Erik parpadeó vivazmente ante aquella perturbadora imagen surgida de la nada, ante la que cualquier mortal hubiera sentido la necesidad de huir o por el contrario el miedo hubiera paralizado todos sus miembros. Sin embargo, él se mantuvo impertérrito y expectante, como dominado por una fuerza inescrutablemente misteriosa que le conminaba a permanecer allí.

—Mortal, no has contestado a mi pregunta.

Su voz, esta vez impregnada de una sonora contundencia, estalló con poderosa fuerza en sus oídos.

—Soy yo, aquel que está ante ti —contestó Erik con rotundidad.

Intentando distinguir el mutable rostro de aquella etérea forma femenina, observó con estupefacción como sus ojos se hallaban carentes de pupilas, formando un simple punto que irradiaba una luz tan pura y blanca como él jamás había visto.

—¿Acaso es tu música una ofrenda al señor de este templo?

Erik pareció dudar durante unos instantes.

—En cierta forma, así es —respondió sin perder la seguridad en su voz—. He contestado ya a tu demanda —prosiguió—, por el contrario tú no has contestado a la mía. Te lo preguntaré de nuevo, ¿quién eres?

Los ojos de aquella figura incorpórea parecieron aumentar la intensidad de su luz, taladrando con su mirada la máscara de Erik.

—Soy aquella que transmite la voz de mi dios y mi dueño, ominando el incierto futuro de los hombres.

—Por tus palabras presumo que eres Sibila y que tu dios es Apolo, ¿no es así?

—Estás en lo cierto, mortal, y es él quien requiere tu música.

Aun a pesar de su imperturbabilidad en aquellos nocturnos momentos, Erik comenzó a preguntarse si aquello estaba sucediendo realmente o pertenecía a una extraña pesadilla que su subconsciente había creado.

Sin embargo, no deseaba romper la magia contenida en ese momento, sintiendo que formaba parte de un acontecimiento que cambiaría el rumbo de su existencia para siempre.

—Lo que he ofrecido esta noche ha sido sólo un pequeño fragmento de mi música, que permanece incompleta por tanto en cuanto es el espejo donde se reflejan mi alma y mi propia vida. No podré concluirla definitivamente hasta que mi sangre deje de afluir a mi corazón. Es mi destino.

Las palabras de Erik tuvieron una inesperada reacción en aquella vaporosa imagen que formaba la Sibila. El fulgor de sus ojos se tornó bruscamente, tiñéndose con un súbito brillo carmesí que poco a poco fue empapando la niebla que le rodeaba.

Su rostro se transformó en aquello que Erik jamás hubiera imaginado poder contemplar, haciendo que un estremecedor escalofrío recorriese todo su cuerpo. Aquella faz ya no mostraba signos de feminidad alguna, sino que se había metamorfoseado en el semblante de un hombre joven cuya intensa mirada se clavó en sus ojos. Sobrecogido, no pudo evitar que de sus labios brotara un solo nombre:

—¡Apolo...!

Una voz, armoniosa y rotunda, inundó la noche como un mar embravecido.

—Tu música ha sido como una caricia halagadora para mis oídos y es mi deseo que la completes para mí... Nunca había escuchado nada que se le pudiera comparar. Es digna de un dios... Por ello te pregunto: ¿Qué es lo que más anhelas en tu vida?

Con la perplejidad grabada en su rostro y en su mente, Erik mantuvo el silencio durante unos instantes, sin saber qué contestar.

El asombro y la confusión habían acorralado su cerebro ante los hechos que estaba viviendo en aquel templo en ruinas.

¿Cómo era posible que tuviera la imagen de Apolo ante sí? ¿Qué clase de magia ancestral había despertado con su música? ¿Cuál sería la respuesta adecuada para un significado y poderoso dios de entre los que habitaban en el Olimpo?

Conocedor de la mitología griega, recordó la singular dualidad inherente en Apolo: amante de la música, las artes y la belleza, portador del sol y protector de la medicina... Valores que contrastaban con su vengativa naturaleza, con su arrogancia e impaciencia ante aquellos que osaban competir contra él y oponerse a sus deseos, dejando que su ira se desbordase acabando en un trágico final.

Ante la discordante personalidad del hijo de Zeus, Erik llegó a la conclusión de que lo más sensato sería responder lo que su corazón siempre había deseado.

—Os agradezco profundamente que mi melodía os haya complacido de tal modo. Respecto a lo que me preguntáis, os diré que sólo poseo dos cosas en mi vida: mi violín, en el que pongo toda mi alma y mi música, en la que abro mi corazón. Mis únicos anhelos serían poder amar a alguien y que mi obra llegara a ver la luz una vez concluida.

El sereno rostro del joven Apolo esbozó una leve y misteriosa sonrisa. Acto seguido su voz volvió a materializarse entre la rojiza niebla:

—A partir de este momento, tu destino estará ligado a mí para siempre. Amarás, pero no serás amado en vida. Afirmas que tu música no se completará hasta tu muerte. Que así sea: sólo tu sangre podrá acabarla tras tu existencia. El violín albergará tu alma para que engendre la culminación de tu obra. No la recuperarás hasta que me sea consagrada. Sólo entonces tu música podrá ser conocida por el mundo y gozará de la inmortalidad.

Intimidado y perplejo por las confusas palabras de la deidad, Erik se atrevió a preguntar:

—¿Cómo podré terminar mi obra en muerte? ¿Cómo sabré que mi alma estará prisionera en mi violín?

Apolo señaló el violín negro, indicando a Erik que lo cogiera entre sus manos. Éste, comenzó a ver cómo en la oscura madera de su instrumento se grababa a modo de mágico fuego un extraño símbolo: una lira de tres cuerdas coronada por dos cabezas de serpientes pitón.

En ese momento, sintió un fuerte golpe en el pecho, como si del mismo, se extrajera hasta la última gota de oxígeno y sus pulmones se apergaminasen repentinamente.

Exhalando un gemido, dobló sus rodillas y cayó al suelo sin soltar su violín.

Mareado y con una desagradable nausea, comprendió que su postrera pregunta a Apolo acababa de ser respondida. Un refulgente halo empapó la madera del instrumento durante unos segundos. Su alma se había desprendido de él formando ya parte de su violín.

Alzó su nublada vista con un gesto doloroso e interrogante hacia la espectral figura que permanecía ingrávida ante él.

—Incrédulo humano, ¿acaso dudabas de mi poder? —tronó el dios—. Ahora escúchame con atención, son mis últimas palabras: sólo sangre femínea de tu desamor, logrará que revivas en muerte a través de tu violín.

Al finalizar su vaticinio, un estruendoso rayo golpeó el cielo y la tierra, haciendo que hasta las duras piedras de aquellas míticas ruinas retemblasen bajo su poderosa descarga.

Fue en ese momento cuando Erik, sobresaltado, abrió los ojos. Durante unos instantes le invadió la confusión.

¿Todo había sido un sueño? ¿Realmente se había quedado dormido?

Miró en derredor. Ya había amanecido sobre las ruinas y el sol comenzaba a formar sombras entre las columnas.

La percepción de la realidad le llevó al convencimiento de que había tenido una pesadilla tan intensa que incluso podía sentir un enorme cansancio en su cuerpo.

Poco a poco su mente volvió a ser tan aguda como siempre y comenzó a plantearse inquietantes preguntas.

¿Había sido testigo de un augurio por parte de la Sibila? ¿Qué misteriosa premonición había querido expresar Apolo? ¿Su alma había pasado a formar parte de su violín?

Instintivamente y ante esta última duda agitándose en su cabeza, dirigió la vista hacia el instrumento que yacía a su lado.

Su rostro mudó de expresión al poder contemplar una pequeña lira grabada en el cuerpo del violín.

¿Realidad y ficción se habían unido en su sueño…?

23

Gilles fue el primero en bajar por aquella oscura y vertical escalera metálica que conducía a los subterráneos de París. Era ciertamente curioso observar su vestimenta: un mono azul, unas gruesas botas y un casco blanco con una pequeña linterna encendida.

—Ten cuidado con ese instrumento que tanto has insistido en llevar —advirtió a Christelle, que ya comenzaba a sentir el vértigo en aquel peligroso descenso.

Una vez que pisaron suelo firme, Gilles encendió una vieja lámpara de acetileno que tiñó con su anaranjada luz el rocoso pasadizo en el que se hallaban.

—Y ahora seguidme con atención, no quisiera que os perdieseis en estas laberínticas galerías —dijo Gilles, en tono jocoso.

Christelle se giró para observar rápidamente a Kyriel que se había ofrecido a portar su mochila y tras afianzar de nuevo el violín en su espalda, comenzó a caminar por el angosto y empedrado túnel.

La joven nunca había estado en el submundo parisino y aquel puzzle de galerías ramificadas, cubiertas por el secreto atemporal de los siglos, logró asombrarla.

Le pareció estar sumergiéndose en un universo paralelo donde únicamente reinaban el silencio y las tinieblas. Aun así, no pudo evitar sentirse atraída por su misteriosa historia y su recóndita belleza.

Sus pasos, como espectrales ecos que rompían la quietud de aquel lugar, se iban adentrando paulatinamente en las profundas entrañas de la ciudad.

Gilles, no dudaba nunca en sus elecciones, guiándoles con experto conocimiento entre las diversas entradas existentes bañadas por las lúgubres sombras que creaba su lámpara.

Caminaban por un estrecho pasadizo construido sobre una perfecta bóveda de cañón que parecía engullirlos lentamente en sus negras fauces.

—Cuidado —dijo Gilles, deteniéndose súbitamente para escoger la galería que se encontraba a su izquierda—, será mejor que vayamos por aquí, es un buen atajo.

Cuando Christelle giró por aquel camino para seguir a su amigo, observó con sorpresa como la arcaica austeridad que había caracterizado los túneles anteriores se transformaba en una gran sala decorada con cientos de coloridos dibujos y socarrones graffitis.

Curiosamente, un letrero grabado en la roca informaba de los antiguos orígenes de aquel lugar con una fecha concreta: 1777.

Kyriel se mostró repentinamente contrariado.

—¿Qué significa esta desagradable exhibición? —preguntó sin dejar de contemplar aquellas desgastadas imágenes que parecían profanar las silenciosas piedras de aquel enclave.

—Son los cataclastas, me temo —contestó Gilles con una mueca de disgusto—. No todos los catas que caminan por estos túneles centenarios los respetan de igual modo. Es una auténtica pena. Ni siquiera la IGC puede detenerlos.

—¿La IGC? —preguntó Christelle.

—Sí, la Inspección General de Carrières. Su trabajo es proteger y mantener la seguridad en los subterráneos de París. Debo reconocer que no me agradan demasiado, teniendo en cuenta que son ellos los que bloquean nuestras zonas de entrada y las galerías que solemos utilizar aquí abajo, pero sí estoy de acuerdo con su propuesta de detener a esta clase de vándalos que destruyen los vestigios de historia de nuestra ciudad. Bien... ¿estáis preparados para seguir?

Ambos asintieron mientras avanzaban por una nueva galería dejando atrás la visión colorista de aquella sala.

Christelle posó una mano sobre las piedras que conformaban aquellos muros.

¿Cuántos siglos de historia albergaban aquellos pasadizos? ¿Cuántas personas habrían recorrido sus entrañas escapando de los horrores externos como la Revolución Francesa, la Comuna o la Segunda Guerra Mundial?

Súbitamente, su mano palpó una superficie de tacto diferente. Con los ojos entrecerrados, consiguió percatarse de que se trataba de un curioso letrero en forma de mosaico.

—J.C. Saratte... —leyó con dificultad.

Gilles la escuchó y girándose con energía iluminó el rótulo.

—El inspector de seguridad Jean Claude Saratte —dijo con cierto respeto reflejándose en su voz—. Es un gran hombre, toda una institución para los catas. Gracias a su lema «prevención en lugar de represión» supo establecer un clima de confianza con nuestras costumbres... ¡incluso él mismo paseaba por esta zona en horas fuera de servicio por pura diversión! Se jubiló en 1999... fue un duro golpe para nosotros, pero su memoria permanece intacta en estos muros, como puedes ver.

Christelle observó a su amigo admirada por su erudición. Realmente había sido una buena idea contar con su ayuda.

—¿Cómo se crearon estos túneles subterráneos? —preguntó la joven mientras se frotaba las manos intentando atenuar el intenso frío que reinaba allí abajo.

—Sus orígenes se remontan a la Edad Media —explicó el catáfilo—. Muchas de las construcciones de la superficie de París se hallan realizadas con las rocas extraídas del subsuelo... como Notre Dame, por ejemplo. ¿Ves esas marcas en el techo?

Ella asintió mientras distinguía una especie de oscura línea intermitente que se recalcaba en la amarillenta roca.

—Son señales que los obreros realizaban para no perderse en los laberintos que ellos mismos iban formando.

Christelle se sentía como un protagonista de las novelas de Julio Verne: descendiendo hacia lo desconocido, formando parte de una aventura increíble y misteriosa, recorriendo lugares históricos accesibles únicamente para unos pocos afortunados...

Tras caminar en silencio por un húmedo y resbaladizo corredor, tomaron la entrada que se hallaba a su derecha y siguieron avanzando guiados por el experto cata. Repentinamente, éste se detuvo alzando la linterna hasta que su luz inundó su rostro.

—Perfecto —dijo sonriente—, ya hemos llegado.

Christelle y Kyriel permanecieron expectantes mientras Gilles extraía de su pesada mochila otra lámpara que encendió con rapidez, colocándola paralela a la otra en la base de dos columnas.

La sala en que se hallaban pareció cobrar vida bajo la tibia luz que el cata había proporcionado. De nuevo los colores naranjas y ocres impregnaron las pétreas rocas.

—Os presento la Sala del Dragón —dijo ceremoniosamente—, no es una de las salas más grandes que existen, pero sí una de las más profundas y desconocidas. Si necesitáis la protección en los subterráneos, éste es el lugar idóneo.

Christelle observó aquella pequeña sala con curiosidad. Construida sobre varias columnas de piedra caliza, ofrecía un aspecto medieval, casi onírico, que la entusiasmó al instante.

Comenzaba a preguntarse por qué se llamaba la Sala del Dragón cuando al fin creyó vislumbrar algo en el muro derecho que flanqueaba la entrada: el relieve de un dragón alado esculpido en la piedra. La joven se acercó para contemplar mejor cada detalle.

—Es precioso —musitó mientras sus dedos recorrían su superficie.

—Me alegro de que te guste, querida —dijo Gilles mientras se sentaba en uno de los salientes rocosos—, pero ahora que ya estamos en un lugar seguro, me parece recordar que tenías que explicarme algo… ¿no es así?

Sus ojos se dirigieron a la joven con un brillo que denotaba su incipiente inquietud.

Christelle alzó su mirada hacia Kyriel que asintió levemente con la cabeza.

—¿Y bien? —preguntó el cata, impaciente.

La joven respiró profundamente y se dispuso a narrarle lo ocurrido días atrás después de la aparición del violín negro en la tienda de su tío.

—¿Qué tiene de especial ese violín? —interrumpió Gilles con súbito interés.

—Es un violín bastante antiguo... por eso me sorprendió su color negro. No creo que existan muchos como él. Además... —continuó— tiene un curioso grabado cerca del cordal: una lira coronada por dos cabezas de serpiente.

Kyriel se aproximó hasta ella y extendiendo la mano, le preguntó:

—Christelle, ¿me permites echarle un vistazo a ese grabado?

La joven asintió mientras abría con cuidado el estuche, mostrándole su contenido a Kyriel que se inclinó para verlo mejor.

—Es la lira representativa de Apolo —dijo —, sólo tiene tres cuerdas —el brillo en sus ojos se acentuó vivamente mientras proseguía hablando—. Las serpientes seguramente son símbolos de su oráculo en Delfos.

Ella lo observó con asombro.

—¿Qué puede significar esta alegoría en un instrumento así? ¿Se grabaría a modo de firma?

Kyriel se cruzó de brazos, pensativo.

—Es muy posible.

—Pero, ¿puedo saber qué tiene ese violín para que concentre tanta atención? —inquirió Gilles, visiblemente molesto.

—Lo siento —se disculpó Christelle cerrando el estuche—, terminaré de contarte todo.

—Eso espero —refunfuñó el cata.

Durante varios minutos la joven le estuvo relatando sus emociones al tocar el violín y las extrañas visiones que lo acompañaron.

—¿Visiones? —preguntó Gilles con la estupefacción reflejándose en su rostro.

—Ya sé que es difícil de creer, pero fue real. Esas imágenes no cesan de regresar a mi mente desde aquel día, como crueles pesadillas... —Christelle se pasó una mano por su frente, como intentando evaporar aquel recuerdo—. Era como estar en el cuerpo de otra persona, reviviendo escenas de su pasado, sintiendo lo mismo que ella sintió y creedme, si esa persona existió realmente, tuvo que sufrir mucho en vida.

Gilles estaba perplejo, pero permitió que Christelle prosiguiese con su explicación. Una vez acabada ésta le recriminó suavemente el hecho de no haberlo llamado por la muerte de su tío.

—Pero, ¿sabía alguien más de la existencia de ese instrumento? —preguntó el cata.

—Eso parece. Pero no sabemos quien.

—¿Sabemos? —Gilles miró con desdén a Kyriel— ¿Qué tiene que ver él con todo esto? ¿Y quién es, si puede saberse?

—Gilles, por favor, confía en mí. ¡Este hombre me ha salvado la vida hace escasamente unas horas!

El cata miró con el rabillo del ojo a Kyriel.

—¿Te ha salvado la vida? ¿En serio?

Christelle asintió.

El cata se giró hacia Kyriel y ofreciéndole la mano, dijo:

—Creo que no hemos comenzado con buen pie. Si eres amigo de Christelle, también eres amigo mío, por supuesto.

Kyriel apretó con fuerza la mano que tenía ante sí y le agradeció sus palabras con la mirada.

—Pero sigo sin comprender qué tiene ese violín en especial —insistió el cata.

—Al parecer —comenzó a explicar Christelle—, tiene algo que ver con el Fantasma de la Ópera.

—¿Qué? —la interrogante de Gilles resonó con estrépito en la sala.

—Según mi tío, éste fue su violín.

Gilles permaneció en silencio, acariciándose el mentón en actitud pensativa.

—¡Menuda historia...! —consiguió exclamar al fin.

—Siento no habértelo explicado antes... si he de ser sincera, pensé que no me creerías.

—¡Y por qué no iba a hacerlo! Estos subterráneos están llenos de supersticiones y leyendas y el Fantasma es una de ellas. No entiendo por qué alguien podría matar por un violín perteneciente a un mito, pero has hecho bien en acudir a mí. Aquí estaréis seguros y podréis pasar la noche con tranquilidad.

—Pero, ¿existió realmente el Fantasma? —preguntó Christelle.

—No lo sé... En el mundo cata existen varias versiones respecto a su historia. Unos dicen que se trata de una leyenda engrandecida por las numerosas versiones cinematográficas que se han creado en torno a él, otros afirman que verdaderamente existió un misterioso músico desfigurado viviendo en los recónditos subterráneos de la Ópera... Es toda una incógnita —dicho esto, se ajustó su casco—. Pasaréis aquí la noche. No os preocupéis, por esta zona no suelen venir muchos catas últimamente; podéis quedaros el tiempo que consideréis necesario. Volveré mañana por la mañana... y ni se os ocurra ir de paseo por estas galerías sin un plano, ¿de acuerdo? Encontraréis víveres en mi mochila y varios sacos de dormir en aquella cavidad entre las columnas. Los catas solemos dejar un par de ellos en este tipo de lugares por si algún despistado se ha olvidado de llevarlo consigo.

Christelle no tuvo tiempo de reaccionar. Despidiéndose, Gilles salió de la sala dejándolos solos. La joven pudo ver la luz procedente de su casco desaparecer paulatinamente por el estrecho corredor.

Kyriel avanzó hasta ella en silencio y se sentó a su lado.

—Christelle... ¿Cómo fueron aquellas visiones? ¿Qué presenciaste exactamente?

La joven bajó la mirada para observar con recelo el estuche del violín.

—Fue horrible... sombras, gritos, recuerdo estar en una jaula, sentir un dolor indescriptible... y todo con tanta intensidad... yo... no quiero volver a pasar por eso de nuevo, espero no tener que tocar este violín nunca más.

—Lo siento —murmuró Kyriel.

—No digas eso. Tú no tienes nada que ver. Además contigo me siento a salvo, como si fuéramos viejos amigos que se reencuentran de nuevo...

Con voz más baja, casi en un susurro, añadió:

—Te agradezco mucho que hayas decidido quedarte conmigo.

Christelle se mordió el labio inferior.

¿Por qué había sido tan sincera permitiendo que sus pensamientos escapasen de sus labios?

No podía evitarlo. Su sola presencia lograba que el corazón le palpitase con un ritmo inusual.

¿Cómo era eso posible? ¿Qué le estaba sucediendo?

Lo miró para ver su reacción y se encontró con sus ojos clavados en los suyos. Halló su propia imagen reflejada en ellos, como un ineluctable espejo de azabache, y se dejó absorber por su silenciosa mirada con un remolino interior de cálidas sensaciones que no fue capaz de explicar.

Temió que escuchase el enérgico latir de su corazón, que percibiese su extraña inseguridad, y sin embargo deseó con todas sus fuerzas que aquel momento no terminase nunca.

Fue él quien rompió el silencio.

—Deberías descansar, Christelle... hoy ha sido un día muy duro.

Su voz dulce y serena, consiguió que la joven despertase de su ensimismamiento.

Ruborizándose, asintió y se levantó para depositar cuidadosamente el estuche en uno de los huecos que formaban las rocas.

—Quizás necesites tu mochila —le indicó Kyriel.

—Sí, es cierto, gracias.

Al extender su mano para cogerla, la joven vio como la cajita de cristal que había guardado en su interior, se deslizaba por una pequeña apertura cayendo al suelo.

—¡Oh, no! —exclamó agachándose para recogerla— ¡Las cartas de Christine!

—¿De quién? —preguntó Kyriel con súbita extrañeza.

—Menos mal, parece que la caja no ha sufrido daño alguno... —suspiró aliviada Christelle—; en ella están guardadas las cartas de mi tatarabuela —explicó mientras abría la tapa de cristal y coral negro para comprobar su contenido.

—Entiendo... —murmuró él—. ¿Se llamaba Christine?

Ella lo observó unos instantes antes de contestar.

—Así es... según mi tío, ella era la soprano de quien se enamoró el mítico Fantasma.

—¿Estás segura? —los ojos de Kyriel parpadearon con perplejidad.

—No completamente... quiero decir... hace poco que soy conocedora de este secreto, por denominarlo así y... todavía no sé que pensar acerca de él. Todo es muy confuso.

—¿Crees en la leyenda del Fantasma? —le preguntó con curiosidad a la joven.

—No lo sé. Hace unas semanas hubiera dicho que se trataba sólo de un mito, de una superstición creada por las bailarinas de aquella época, pero ahora... comienzo a pensar que quizás no fuese una simple leyenda después de todo —introdujo la mano en su mochila y extrayendo de ella el libro que había recogido en su casa, se lo mostró a Kyriel—. Es la novela original escrita por Gastón Leroux. Recuerdo muy bien el día en que mis padres me regalaron este libro. Lo leí hace muchos años, pero supongo que por aquel entonces me apasionó tanto que no he podido olvidarlo. Si realmente el Fantasma existió, tuvo que ser un hombre excepcional.

—¿Has tenido ocasión de leer las cartas de tu tatarabuela? —preguntó Kyriel cambiando de tema.

—En realidad... no —admitió Christelle—, no he tenido tiempo.

—Tal vez fuera buena idea que las leyeras ahora —opinó él—, puede que en ellas encuentres algo que te ayude a disipar las dudas.

Christelle asintió con entusiasmo mientras deshacía el lazo negro que unía las pequeñas cuartillas.

«¿Qué misterios esconden estas cartas?» —pensó— «¿Por qué las escribió? ¿Quizás desease crear una prueba de la existencia de aquel que la amó tan desesperadamente? ¿Demostrarse a sí misma que lo que vivió en los subterráneos de la Ópera no fue un sueño?»

Las desdobló con cuidado y sentándose junto a una columna, escogió la primera de ellas y comenzó a leerla en voz alta.

Mi titubeante corazón infantil no supo amarte nunca. No del modo en que tú me amaste a mí, sin temor, sin dudas..., sin condición. Intenté alejar tu rostro de mi miedo, anhelando apartar definitivamente el cruel reflejo de la niña asustada y vacilante que hay en mí, pero cuando me entregaste, sollozante y vencido, el anillo de compromiso como una ofrenda de libertad y amor eterno, supe que yo no podría pertenecerte nunca. No era merecedora de ti, un ser palpitante de belleza que había puesto a mis pies un universo nuevo e inimaginable... que creaba sólo para mí una realidad maravillosa, engendrada de una música y una pasión que únicamente tú podrías poseer.

Erik, no soy digna de tu amor que como un grito desgarrador en el alma perdida de la noche, suplica por ser hallado, por ser completo y así poder brillar huyendo del vacío inescrutable de su soledad.

Sólo puedo esperar tu perdón y rezar para que más allá de las fronteras de este mundo, nuestro amor vuelva a encontrarse de nuevo.

Cuando Christelle terminó de leer comprobó, emocionada, que sus manos estaban temblando.

«Así que es cierto... ¡existieron los dos realmente!»

Alzó la vista y observó que Kyriel tenía los ojos cerrados en una extraña actitud serena que demostraba el interés que había mantenido durante su lectura.

Ni siquiera sabía por qué había leído aquella carta en voz alta, ¿no debería ser algo privado? No obstante, se alegraba de haberlo hecho, aunque no dejaba de sentirse un tanto asombrada por ello.

—Es realmente triste... —musitó la joven al fin— Aunque en el fondo de su corazón ella lo amaba, mi tatarabuela nunca tuvo el valor de reconocerlo; fueron dos almas destinadas a separarse.

Christelle se atrevió de pronto a preguntarle:

—Kyriel, ¿te has enamorado alguna vez?

«Dios mío, ¿por qué le he preguntado eso?». Su subconsciente la traicionaba una vez más.

Él volvió su vista lentamente hacia ella y con voz entre sombría y melancólica le respondió:

—Sí... una vez, hace mucho tiempo. Pero, al igual que en esta historia, me dejó por otra persona... —tras una breve pausa, continuó—. Pertenezco al mundo de las antigüedades y gracias a ello, he viajado por muchos países... sin embargo, nunca he encontrado a nadie como ella.

Christelle se arrepintió de su indiscreción. Intentaba encontrabra las palabras adecuadas para disculparse, cuando Kyriel le sorprendió con la misma pregunta.

—¿Qué me dices de ti? ¿Has conocido el amor alguna vez?

Su voz había vuelto a ser la de siempre, pura e intensa al mismo tiempo.

—No... —murmuró ella negando con la cabeza—. O al menos no de esta forma —dijo señalando la carta que acababa de leer.

«Aunque quizás...», pensó sin apartar los ojos de Kyriel. «No, es imposible, ¡casi no lo conozco!»

Sintió como se sonrojaba repentinamente y trató de centrar su atención en otra de las cartas.

—¿Podrías seguir leyendo, Christelle? —la leve sonrisa de aquel hombre turbó todos sus sentidos.

—Sí... por supuesto —tartamudeó.

Nunca me atreví a regresar. No quería enfrentarme a mis temores de nuevo, volver a preguntarme cual sería la decisión correcta, sentirme una vez más perdida en una vorágine de sentimientos ocultos que luchaban por abrirse paso en mi trémula realidad.

No pude entregarle su alianza, tal y como le prometí. He decidido depositarla en las manos de aquel que lo vio por última vez...

—Creo realmente que Christine se arrepintió toda su vida de aquella decisión... Puedo intuirlo a través de sus palabras —opinó Christelle mientras releía de nuevo aquel fragmento mentalmente.

—Nunca lo sabremos con certeza —dijo Kyriel, pensativo.

Christelle comenzó a percibir que el cansancio iba apoderándose de ella. La tensión sufrida durante el día, se reflejaba en sus cansados ojos, cuyos párpados comenzaban a pesarle demasiado. Sin embargo, deseaba seguir leyendo, conocer todos los secretos que su familia había estado guardando durante años, averiguar qué misterio encerraba aquel violín...

—Christelle... deberías descansar.

—Sí, pero antes déjame leer esta última nota...

Kyriel sonrió mientras se sentaba a su lado.

—De acuerdo, comprendo lo importante que debe ser para ti.

La joven se pasó una mano por sus ojos en un intento por evaporar su fatiga y cogiendo la postrera carta, leyó:

El mundo parece detenerse para mí cuando le contemplo en su cuna.

Mi pequeño... mi hijo...

Su plácido sueño consigue que mis tormentos desaparezcan y sienta que renazco en su tierna inocencia.

Si hubiese combatido mis miedos, si mi corazón hubiese sido más fuerte, si todo hubiese sido diferente... él sería nuestro hijo.

¿Cuándo dejaré de interrogar a mi alma? ¿Cuándo cesará mi mente de reproducir su voz? ¿Cuándo podré descansar de su recuerdo?

Mi pequeño se despierta y ajeno a mi aflicción, me mira con sus ojos llenos de esperanza.

Mi hijo... podría haber sido el nuestro.

Christelle leyó las últimas líneas con la voz estrangulada por el llanto.

Las lágrimas se deslizaban por sus mejillas cayendo en forma de diminutas gotas sobre la amarillenta misiva.

Aquellas palabras habían atravesado la barrera que contenía todo el dolor y la tensión acumulados durante aquellas semanas. Sin poder evitarlo, pensó en sus padres... La sonrisa de su madre, la serenidad de su padre, su calidez, su protección...

La presión que sentía en su garganta estalló de golpe en un ardiente y silencioso llanto.

Kyriel, visiblemente afectado, pareció comprender su reacción y tomando delicadamente su rostro entre sus manos apartó sus lágrimas en una dulce caricia.

—Todo está bien, Christelle, tranquila... Ya no estás sola, no me alejaré de tu lado —sus ojos, trozos de sereno infinito, le transmitieron una extraña paz que inundó todo su espíritu.

La joven le devolvió una mirada de cristalina gratitud al tiempo que él la acogía entre sus brazos mientras acariciaba suavemente su pelo en silencio.

Las sombras de la cavernosa Sala del Dragón, fueron testigo de cómo Christelle se quedó dormida junto a su desconocido protector.

24

—¡Buenos días! —exclamó Gilles penetrando en la Sala del Dragón—. ¿Cómo habéis pasado la noche? No se duerme tan mal aquí abajo, ¿eh?

Su sonora carcajada contagió de risueña alegría a Christelle.

Recordaba vagamente haberse quedado dormida en brazos de Kyriel, lo que le provocó al despertar una turbación casi instantánea que le hizo mantenerse en silencio.

Como reminiscencias de un sueño lejano, todavía podía sentir el calor de su cuerpo, el movimiento acompasado de su respiración, su indescriptible aroma...

«¿Y si he pronunciado su nombre en sueños? ¿Qué me está sucediendo? No me reconozco a mí misma, ¿estaré realmente comenzando a sentir algo por él? ¿Puede alguien enamorarse en tan sólo unas horas?»

Kyriel había permanecido con su serenidad acostumbrada, sonriéndole en ocasiones con una expresión en sus ojos que ella no supo identificar. Sin saber muy bien por qué, agradeció la súbita llegada de Gilles.

—Os traigo el desayuno —prosiguió el cata entregándoles una pequeña bolsa llena de bollos de chocolate—. Y bien, ¿habéis llegado a alguna conclusión esta noche? ¿Cuál será vuestro siguiente paso?

«Siguiente paso...», pensó Christelle mientras daba un mordisco a uno de los bollos. «Siguiente paso... ¡Dios mío, la pista de Leroux! ¿Cómo he podido olvidarme de ella?»

Aquella revelación consiguió que se atragantara bruscamente.

—¿Qué ocurre? —preguntó Kyriel.

Cuando por fin logró calmarse, Christelle se dirigió con celeridad a su mochila.

—¡Lo siento, ayer me olvidé por completo de decíroslo! —exclamó mientras rebuscaba en los diversos bolsillos.

—¿Todavía hay algo más? —interrogó Gilles abriendo desmesuradamente sus ojos.

—Eso me temo... —repuso la joven, que había encontrado la nota—. Mi tío y su amigo, el padre Claude, encontraron esta nota supuestamente creada por el mismo hombre que escribió la historia del Fantasma, Gastón Leroux. Según mi tío, es una clase de pista, pero no sé con qué propósito.

—¿Un mensaje de Leroux? —el asombro del cata iba en aumento.

Kyriel la tomó en sus manos y leyó en voz alta:

—La muerte de un inocente por cientos fue sentida. Sin vida, su arte y su fuerza son pasto de los gusanos. La osamenta vacía recoge el sufrir del mundo y su reino de terror se yergue frío e imperturbable sobre el cráneo de la Humanidad. En su escudo protector, la marca torcida que te conducirá hacia el reposo de su sangriento recuerdo. Firmado: Gastón Leroux. El violín contiene su misterio...

Los tres guardaron silencio durante unos instantes, confusos ante aquellas palabras.

—¿Cómo podemos estar seguros de que realmente la escribió Leroux? —preguntó Gilles mientras releía el mensaje.

—Comparé su letra con sus manuscritos guardados en la Biblioteca Nacional. La firma es idéntica, no hay duda —constató Christelle—. ¿Qué pensáis que puede significar?

—Se halla escrita en el antiguo lenguaje de los pájaros —afirmó Kyriel con rotundidad.

—¿El lenguaje de los pájaros? —la joven nunca había escuchado ese término.

—Exactamente. Se trata de un lenguaje codificado con el fin de que únicamente los iniciados en su estudio puedan descifrar su contenido —explicó Kyriel—. Seguramente Leroux tenía conocimiento de este sistema y encriptó este mensaje con él.

—Es decir... —comenzó a preguntar Christelle— si no tenemos la clave de ese lenguaje, ¿nunca sabremos su significado?

—No necesariamente —dijo Kyriel negando con la cabeza—. No es un criptograma o un juego numérico... Es una metáfora continua, una alegoría. Es difícil de desentrañar, pero no imposible.

—¿Y por qué escribiría este mensaje? ¿A dónde conducirá? —Christelle permanecía sumida en la confusión.

Nadie supo contestarle.

—Lo cierto es que... —comenzó a murmurar Gilles pensativo mientras se acariciaba el mentón —hay ciertas frases que me suenan. Sé que las he visto antes en alguna parte.

—¿De verdad? —parpadeó Christelle.

—Sí... pero ahora no puedo recordar dónde...

La joven suspiró, desencantada.

—No te preocupes, seguro que daré con ello. Sólo tengo que pensar un poco, eso es todo.

Christelle comprobó que la caja que contenía las cartas de su tatarabuela permanecía en el mismo lugar donde la había depositado la noche anterior. Con un gesto casi inconsciente, la recogió y abrió su mochila para guardarla en su interior.

Fue entonces cuando vislumbró su móvil apagado.

—¡Cloe! ¡Debe estar preocupadísima! —exclamó con inquietud mientras intentaba encender el teléfono—. Conociéndola, ¡quizás haya llamado a la policía o a todos los hospitales de la ciudad!

—No servirá de nada que quieras hablar con ella desde aquí, recuerda que estamos a varios metros bajo tierra. No tendrás ni conexión ni cobertura alguna —le explicó Gilles—. Si ya habéis terminado vuestro desayuno, os conduciré al exterior; desde allí podrás llamar a Cloe sin problemas.

Christelle asintió brevemente al tiempo que guardaba el móvil en el bolsillo de su pantalón. Tras recoger el violín y acomodarlo en su espalda, dijo:

—Estoy preparada, ¿nos vamos?

—¿Pretendes ir a todas partes con él? —inquirió el cata, señalando el instrumento.

—No voy a separarme de él ni un segundo, es la clave del misterio que me rodea, la razón por la que esos tipos me persiguen, no pienso dejarlo abandonado en una recóndita sala subterránea.

Gilles refunfuñó mientras se colocaba de nuevo el casco y conectaba su linterna incorporada.

—De acuerdo —dijo al fin—, seguidme.

Una vez que desembocaron en la superficie de París por la misma trampilla de alcantarilla por la que entraron la noche anterior (habiendo sido por unos segundos el centro de las miradas de los transeúntes que pasaban), Christelle se apresuró a llamar a su amiga.

—¿Cloe? Soy Christelle, no te preocupes, estoy...

—¿Se puede saber dónde te habías metido? —le interrumpió su amiga con un grito que le obligó a alejar el móvil de su oído— ¡No he dormido en toda la noche pensando que te había ocurrido algo! ¿Tanto habría costado una simple llamada?

—De verdad que lo siento, Cloe, se me olvidó por completo. Yo...

—¿Te olvidaste? ¡No creas que te voy a perdonar tan fácilmente! Y ahora dime, ¿qué ha ocurrido? ¿Dónde has estado?

—Tranquila, estoy con Gilles y con un amigo...

—¿Con Gilles? —la voz del otro lado de la línea parecía desconcertada—. ¿Ese cata con aires de grandeza? ¿Por qué no has venido a mi casa, que hubiese sido lo más lógico?

Christelle trató de relatarle con sumo detalle lo acontecido el día anterior: cómo regresó a su casa para recoger ciertos enseres, la persecución que vivió en Place des Vosges, la intervención de Kyriel...

—Compréndelo, Cloe, si hubiese ido a tu casa, probablemente te hubiera puesto también en peligro.

—Pero Christelle, esto no es una película de ficción... ¿Has llamado a la policía? —su amiga estaba realmente alarmada.

—¿Y qué podría explicarles? ¿Qué me persiguen dos tipos a los que ni siquiera he podido distinguir el rostro y que van en busca de un violín que perteneció a un fantasma? ¿Quieres que me tomen por loca?

El silencio al otro lado de la línea fue una clara respuesta.

—Escúchame Cloe, estoy bien y... prometo llamarte para que podamos vernos y hablar con más tranquilidad, pero ahora necesito saber qué está ocurriendo y cual es el secreto que esconde este violín.

—Has mencionado que un amigo te ayudó cuando esos tipos casi te alcanzan... ¿quién es?

—No le conoces, era amigo de mi tío. Ya te lo explicaré más adelante.

—Por favor, Christelle, no hagas ninguna tontería.

—No lo haré.

—¡Incluso me ha llamado el maestro Boldizsár! Estaba preocupado por tu falta de asistencia a clase...

—Sí, creo que tengo una llamada suya reflejada en el móvil —admitió Christelle con un gesto de desazón.

—Llámame cuanto antes, estoy muy preocupada.

—De acuerdo, confía en mí.

—Por favor, cuídate —dijo su amiga antes de colgar.

Christelle volvió a introducir el móvil en el bolsillo de su pantalón y se dirigió hacia sus amigos, que la observaban esperando noticias.

—¿Qué te ha preguntado Cloe? —preguntó Gilles— ¿Sigue tan alarmista como siempre?

—En realidad, tenía un buen enfado... —musitó Christelle—. Pero es lógico teniendo en cuenta que no ha sabido de mí en todo el día de ayer.

—No te preocupes —prosiguió el cata—, lo importante es lo que hagáis a partir de ahora. ¿Tenéis algún plan? ¡No podéis manteneros escondidos eternamente, tendréis que actuar!

La joven interrogó con la mirada a Kyriel, que extendiendo sus manos en un gesto muy significativo, le dijo:

—Iré contigo, decidas lo que decidas.

La mente de Christelle comenzó a procesar los escasos datos que poseía: el extraño violín negro perteneciente al legendario Fantasma, las cartas de su tatarabuela, la nota de Leroux...

«¡Claro! ¿Por qué no lo pensé antes?» —pensó con repentino entusiasmo—. «¡Todo apunta a un mismo lugar!»

—Deberíamos ir a la Ópera Garnier —afirmó con resolución.

—¿A la Ópera? —inquirió Gilles— ¿Qué pretendes hacer allí?

—No lo sé exactamente, pero es el lugar dónde tuvo origen la leyenda del Fantasma. Es el punto clave que une al violín con todo lo demás —dijo la joven—; merece la pena hacerle una pequeña visita.

—Me parece una idea excelente —convino Kyriel, que dirigiendo su mirada al cata, prosiguió—. Es un buen lugar para empezar nuestra búsqueda.

Christelle le sonrió con satisfacción. Parecía que él había leído sus pensamientos.

Gilles se encogió de hombros.

—Como queráis —respondió—. Yo no puedo acompañaros, tengo que dar clases en la Universidad, pero si ocurre cualquier cosa, no dudéis en llamarme, ¿de acuerdo?

Ella asintió mientras apoyaba una mano en el brazo del cata.

—Gracias por todo, Gilles, te debo una.

—¡Me debéis muchas! —exclamó sonoramente al tiempo que comenzaba a alejarse por la Rue Saint Jacques—. ¡No sé qué hubierais hecho sin mí! ¡Llamadme cuando encontréis algo! ¡Y tened mucho cuidado!

Christelle se despidió de él agitando la mano.

—Vámonos ya —sugirió Kyriel comprobando su reloj—. La Ópera está a punto de abrir sus puertas y es mejor que entremos cuanto antes.

—Es cierto, a estas horas no habrá muchos turistas y podremos examinar el edificio con más tranquilidad.

Cuando llegaron a la Plaza de la Ópera, Christelle observó los densos nubarrones que paulatinamente habían cubierto con un frío húmedo las calles de París. Incluso el majestuoso Palais Garnier parecía haber ensombrecido bajo aquellos oscuros e informes cúmulo-nimbos que amenazaban lluvia.

El tráfico que rodeaba al edificio comenzaba a ser bastante denso y el molesto sonido de los coches se mezclaba con el murmullo de visitantes que, ensimismados, intentaban captar la suntuosidad del monumento en forma de numerosas fotografías.

Christelle había encaminado sus pasos hacia la entrada, cuando se percató de que Kyriel no permanecía junto a ella. Se giró buscándolo con la mirada y lo halló completamente estático, observando el Palais Garnier con el rostro serio y reflexivo.

—¿Qué ocurre? ¿Algo va mal? —preguntó, intranquila.

Él tardó unos segundos en responder. Su vista se explayó recorriendo la fachada desde su base hasta llegar a la figura central que la culminaba: Apolo sosteniendo su lira dorada.

—No... no te preocupes, yo... hacía mucho tiempo que no venía a París... y recuerdo una Ópera muy diferente a la que estoy viendo.

Christelle volvió a contemplar el edificio fijándose una vez más en sus esbeltas estatuas, los bustos de los compositores más emblemáticos, la infinidad de máscaras decorativas, sus imponentes arcadas...

—Es preciosa, ¿verdad? —comentó al fin—. Quizás te parezca distinta porque hace tan sólo un par de años reformaron su exterior. Limpiaron toda la fachada, cubrieron con pan de oro las musas del tejado y reconstruyeron algunas de sus estatuas, que estaban muy dañadas a causa de la contaminación y las palomas.

Kyriel asintió en silencio mientras parecía analizar cada detalle del monumento.

Christelle lo cogió del brazo tirando cariñosamente de él.

—¿Entramos ya? —le preguntó.

—Sí... vamos.

Hacía tiempo que Christelle no había visitado el interior de la Ópera y al traspasar las puertas que daban al gran vestíbulo principal, no pudo evitar sentir que se sumergía en un mundo diferente, viajando en el tiempo hasta encontrarse en un baile de máscaras del siglo XIX. Estaba segura de que si cerraba los ojos durante un momento, podría escuchar las risas de los invitados, la orquesta ejecutando valses y polcas, el sonido de copas al juntarse en un brindis... todo ello girando en torno a una vorágine de disfraces multicoloristas y variopintos.

—Creo que hay más visitantes de los que habíamos imaginado —le susurró Kyriel mirando a su alrededor.

—No importa, así nuestra búsqueda pasará inadvertida —dijo Christelle, aunque en su foro interno reconocía desconocer lo que buscaban realmente.

Se detuvieron ante la Grand Scalier, admirando su magnífica estructura semejante a una gran catarata de mármol marfileño. Las cuatro esculturas femeninas que la flanqueaban, parecían darles la bienvenida bajo los reflejos anaranjados producidos por los diversos candelabros que portaban.

Christelle alzó su mirada hacia los maravillosos frescos que decoraban la grandiosa cúpula, fascinada por la simbología mitológica que se hallaba representada en ellos.

Kyriel, que ya había comenzado a subir los escalones, le hizo un gesto para que lo siguiese.

—Lo siento —se disculpó Christelle cuando llegó a su lado—, me apasiona este edificio... es como entrar en una nueva dimensión.

—Esa es exactamente la sensación que Garnier se propuso conseguir.

—¿En serio? —la joven parecía realmente interesada en saber más acerca de los secretos que rodeaban la construcción de la Ópera.

—Por supuesto —dijo Kyriel señalando diversos elementos a su alrededor—. Fíjate en estas gigantescas cariátides, en las estatuas existentes a ambos lados de esta escalera, en los diversos mascarones, en los relieves que decoran cada rincón... Todo ello posee un significado. Sus materiales, sus laboriosos grabados, su color, su forma... todo cumple una función única que envuelve al visitante en un halo de magia y ensoñación del que no puede desprenderse. Incluso la iluminación está perfectamente estudiada para que se refleje en los numerosos espejos, creando así una sensación de ficticia pero de efectiva luminosidad.

La joven seguía fascinada por el entorno que la rodeaba.

—¡Realmente eres un experto en arte! —exclamó mientras seguía ascendiendo por la escalera.

Él sonrió con un sutil brillo en sus ojos.

—Digamos que éste es uno de mis edificios preferidos. Aunque no puedo visitarlo tanto como quisiera, siempre me ha gustado conocer su historia...

Y observando cómo Christelle había escogido las escaleras que conectaban con el ala oeste del edificio, añadió:

—Veo que has pensado visitar algún punto concreto.

—Sí... es un lugar muy especial que aparece con frecuencia en el libro de Leroux... ¡Ven, sígueme!

Tras subir las escaleras que daban al primer piso, se encontraron frente a la extensa hilera de puertas alineadas en semicírculo que daban entrada a los palcos.

Cada una de ellas poseía un número dorado en su parte superior y se hallaba separada de las demás por un busto en mármol perteneciente a célebres cantantes, compositores y dramaturgos.

Christelle avanzó por el pasillo izquierdo contemplando sin querer aquellos marmóreos rostros que parecían seguirla con sus ojos inertes. Al llegar a la última puerta, señaló su número.

—Si mi memoria no me falla, éste es el famoso palco número cinco... el palco del Fantasma. Según la novela, una de las columnas que lo flanquean se encuentra parcialmente hueca: ¡así es como el Fantasma podía entrar al palco sin ser visto!

—¿Crees que será cierto? —inquirió Kyriel, un tanto escéptico.

—Podemos intentar averiguarlo... Leroux expuso en su libro cómo él mismo comprobó dicha columna... ¡sería un lugar idóneo para esconder otra pista! Sin embargo, hay un pequeño problema —prosiguió Christelle—; como ves, únicamente se hallan abiertos un par de palcos para que los visitantes puedan contemplar el patio de butacas y la gran lámpara. El resto de las puertas permanecen cerradas.

Ambos se mantuvieron en silencio intentando idear un método que les permitiese entrar en el palco.

Súbitamente escucharon una exclamación a sus espaldas:

—¡Lo siento madame, sólo puede ser utilizado por el personal de la Ópera!

Se giraron a tiempo para ver cómo un hombre vestido con un elegante traje oscuro, apartaba, entre protocolarias explicaciones, a una mujer de mediana edad del antiguo ascensor situado entre las escaleras que conectaban los diversos pisos existentes.

Se trataba de uno de los inspectores de la Ópera, encargados de supervisar todo el edificio, vigilando su seguridad y perfecto orden.

—Espérame aquí —musitó Kyriel posando una mano sobre el hombro de la joven.

Ella lo observó con curiosidad dirigirse hacia aquel hombre.

—Buenos días —dijo amablemente.

—Bonjour, monsieur, ¿en qué puedo ayudarle?

—Me gustaría poder entrar en el palco número cinco.

La sonrisa afable que el inspector le había mostrado, se desvaneció repentinamente.

—¿El palco cinco? —preguntó como si intentara cerciorarse.

—Así es.

—Me temo que es imposible, señor... ése es un palco privado y no podemos abrirlo al público. No obstante, puede entrar en los palcos veintitrés y veinticinco —dijo señalándolos— son los palcos que hemos habilitado para que puedan ser visitados por...

—Me interesa el cinco —interrumpió Kyriel—, ¿no hay ninguna posibilidad? Sólo sería un momento.

—Lo siento mucho, ya le he dicho que no puedo hacer nada —dijo endureciendo su mirada.

—De acuerdo —Kyriel desistió en su intento—, es una verdadera lástima.

Cuando Christelle lo vio avanzar hacia ella, creyó percibir en sus ojos un misterioso brillo.

—¿Qué te ha dicho? —le preguntó, presintiendo una respuesta negativa.

—Parece que es imposible acceder a este palco... a no ser... —Kyriel siguió al inspector con la mirada hasta que éste desapareció por las escaleras— que tengas las llaves.

Acto seguido y con gran sigilo, extrajo de su bolsillo un pequeño manojo de llaves.

Christelle abrió la boca en un gesto que denotaba su sorpresa.

—¿Cómo has...? —balbuceó.

—Esos inspectores deberían ser más precavidos, ¿no crees?

La joven no pudo evitar mostrar una sonrisa de satisfacción.

Tratando de no ser vistos, encontraron la llave adecuada y la introdujeron en la cerradura del palco.

Una vez dentro, Kyriel cerró la puerta con cuidado; no querían recibir visitas inoportunas.

El interior del palco se hallaba tenuemente iluminado, permitiendo que pudieran moverse como livianas sombras, sin ser vistos por la gente que estaba en los palcos frontales. Cubierto bajo la monocromía de un intenso granate, Christelle se fijó en los complicados grabados florales confeccionados en la tela (posiblemente Damasco) que cubría sus paredes.

La joven se aproximó hacia la balaustrada y conteniendo su respiración, alzó la vista para contemplar durante unos instantes la gran araña de bronce y cristal que presidía con su majestuosidad el patio de butacas. Rodeándola, una corona a modo de iluminadas perlas le conferían una belleza tan espectacular que era difícil apartar la vista de ella.

El fabuloso techo circular pintado por Chagall, del que pendía la lámpara, era así mismo un regalo para los ojos de cualquier mortal. Sus llamativos colores daban vida a múltiples escenas pertenecientes a varias óperas y ballets, dibujadas en homenaje a catorce compositores: Wagner, Berlioz, Mozart, Debussy, Beethoven...

Junto a las hermosas estatuas de musas y heroínas mitológicas que parecían proteger aquella inmensa sala, vislumbró numerosas liras doradas que a modo de pequeños símbolos, adornaban el contorno de la lámpara.

«Liras de tres cuerdas... son idénticas a la que se halla grabada en el violín, salvo por las cabezas de serpiente» —pensó Christelle—. «Venir a la Ópera ha sido una buena idea... después de todo es el templo de Apolo; si existe una conexión entre este dios del Olimpo y el violín negro, deberíamos encontrarla aquí.»

Suavemente, depositó el estuche del violín en el suelo y se sentó en la butaca situada a su derecha. Acarició el aterciopelado tejido que la cubría mientras observaba con ensimismamiento el escenario y el foso de la orquesta.

Sintió un leve cosquilleo en su estómago al imaginarse a sí misma formando parte de los músicos, interpretando las partituras de los mejores ballets que la Ópera Garnier ofrecía, dejándose embriagar por su delicada música y los ardientes aplausos del público...

Kyriel había permanecido en silencio, observando con meticulosidad cada detalle de aquel habitáculo. Sus pasos sobre el suelo enmoquetado, no emitían ningún sonido, como si se encontrase en un pequeño santuario en el que el menor ruido pudiera perturbar su quietud.

—Así que éste es el palco del famoso Fantasma... —dijo al fin, acariciando la columna acanalada de capitel corintio.

La joven pareció despertar de su ensoñación y se volvió hacia él, encontrándose con su mirada.

El recuerdo de la noche anterior afloró de nuevo en su mente, logrando que únicamente pudiera hablar tras aclararse la garganta:

—Según Leroux... él solía escoger esta misma butaca para ver Fausto, su ópera preferida —dijo dando unos ligeros toques con sus dedos en el asiento donde se hallaba sentada.

—Quizás yo sepa algo de la historia de la Ópera, pero compruebo que tú conoces a la perfección su leyenda —comentó él con una sonrisa—. Y ésta debe ser la columna hueca, ¿no es cierto?

Christelle asintió levantándose para acercarse a ella.

Tras inspeccionarla en profundidad, buscar algún tipo de resorte y golpear levemente su mármol, salieron del palco completamente decepcionados por la falta de resultados.

—¡Si al menos supiésemos qué estamos buscando en realidad! —suspiró Christelle con cierta desilusión—. ¡La nota de Leroux no especifica nada!

—Ése es el problema —murmuró Kyriel—, si no conocemos el propósito de su mensaje, no avanzaremos mucho... Ven —añadió de pronto— quiero enseñarte algo.

Con la curiosidad reflejándose en sus ojos, la joven lo siguió entusiasta descendiendo por la Grand Scalier.

Las innumerables y polimórficas máscaras que adornaban cada recodo, observaban sus pasos con muda expresión. Sus ojos, henchidos de un aterrador vacío inmutable, eran privilegiados testigos de todo cuanto ocurría a su alrededor.

La Ópera se hallaba revestida con su impertérrita presencia y sus deformadas bocas abiertas parecían contener en su insondable interior, cientos de historias que habían presenciado en silencio durante largos años.

Siendo un fiel reflejo de los arcaicos dramas griegos, sus rostros mostraban diversas muecas de sonrisas y llantos fantasmagóricos, reflejando quizás su propia visión del mundo que, ajeno a sus suspicaces miradas, seguía su curso ante ellas.

En el antiguo Egipto, en Grecia, en Roma, en China... este peculiar objeto formaba parte de sus más ancestrales costumbres: en el teatro, en la guerra, en las ceremonias religiosas...

El ser humano siempre había recurrido a la protección de una máscara...

Pero, ¿cuál es la razón? ¿Por qué el hombre busca refugio tras algo que oculta su faz y por lo tanto su personalidad? ¿Quizás sea fruto de la inseguridad inherente a su espíritu? ¿Encuentra la fuerza y el valor para realizar actos que con el rostro al descubierto no se hubiera atrevido a llevar a cabo? Posiblemente forme parte de la esencia humana. No en vano en latín *máscara* significa persona...

¿Cuántos bailes y celebraciones habrán contemplado aquellas máscaras en lo alto de las bóvedas de la Ópera? ¿Cuántas historias podrían relatar sus lenguas inexistentes?

Su sino es permanecer en un sempiterno mutismo observando con sus cuencas oscuras y sin vida, el devenir de la sociedad que camina bajo sus dominios.

Una vez en la planta principal, Kyriel escogió los escalones que se hallaban a su izquierda y bajó por ellos penetrando en una nueva estancia. Sin detenerse, avanzó atravesando un sombrío pasillo hasta llegar a una gran sala circular rodeada por múltiples columnas jónicas, como si se tratase de un antiguo recinto sagrado.

Las paredes que circunvalaban el lugar, se hallaban revestidas de espejos que lograban multiplicar notablemente el número de columnas en un singular espejismo sensorial.

La luz que inundaba de belleza clásica aquella sala, provenía de su gran bóveda, donde además de diversos focos, colgaba una sencilla araña en forma de leve pináculo.

Christelle observó cómo Kyriel caminaba hasta alcanzar el centro de la rotonda, situándose debajo de la lámpara; a sus pies, un gran mosaico en forma de esfera rodeado por un sinfín de cenefas griegas, señalaba el núcleo exacto de aquella cámara.

La joven se aproximó hacia él observando su alrededor con embeleso. Había olvidado cuan hermosa era aquella zona.

—Esta es la Rotonda de los Abonados —explicó Kyriel cuando ella se hubo situado a su lado—. Antaño, los espectadores que venían en coche de caballos accedían a la Ópera por este vestíbulo que está construido justo debajo de la sala de conciertos. Su estructura le hace especialmente insólito ya que consigue crear un efecto que amplía el sonido de la música que se ejecuta en el piso superior.

—¿Qué clase de efecto? —preguntó Christelle.

—Adelante, compruébalo tú misma —sugirió él—, no tengas miedo de alzar la voz.

Christelle exclamó una palabra, que tal y como Kyriel le había expuesto, resonó con un vibrante eco en toda la estancia.

—Tenías razón —sonrió ella.

—Esta sala esconde muchas curiosidades... ¿Sabías que justo donde nos encontramos, en el centro de la rotonda, existía una estatua de mármol representando al dios griego Hermes?

—Creí que esta Ópera estaba dedicada a Apolo...

—Ambas deidades eran muy amigas, siendo Hermes quien le regaló la lira a Apolo, como instrumento sagrado. Hermes era el protector de los secretos y las palabras... ¿Recuerdas con qué nombre denominé la nota de Leroux?

—Sí... —respondió ella— el lenguaje de los pájaros.

—Hermes era el encargado de crear ese lenguaje y entregar su mensaje a los demás dioses.

—Es como si todo estuviera conectado... —murmuró Christelle.

—Ahora, quisiera enseñarte la firma de Garnier.

—¿Podemos ver su firma en este edificio? ¿Dónde? —la joven estaba realmente asombrada.

—Justo sobre nuestras cabezas.

Christelle alzó la vista encontrándose con una laboriosa bóveda circular circundada por numerosos rostros esculpidos en ella. En su interior, pudo ver un grabado de estilo oriental que representaba una serie de letras adornadas con diversos motivos florales que dificultaban su lectura.

Entornando los ojos, dijo:

—No puedo leer nada, todo parece estar amalgamado.

—Eso es debido a que Garnier deseó que su firma estuviese constituida por letras de estilo árabe. Debes leerlo de derecha a izquierda, comenzando por ahí —explicó mientras señalaba un punto exacto.

—Jean... Louis... Charles Garnier... 1861... 1875. Son las fechas de inicio y finalización de la construcción de la Ópera, ¿no es cierto?

Kyriel asintió.

—¿Por qué elegiría este lugar para esculpir su firma? —inquirió ella sin apartar los ojos de la bóveda.

—Nadie lo sabe con certeza…

—¿Y qué significan los rostros que la rodean?

—Configuran un zodíaco, creado por un escultor llamado Chabaud.

—¿Un zodíaco? —la joven contempló, a través de las luces de los focos, aquellos extraños relieves con forma de cabezas humanas.

—Así es —repuso Kyriel complacido por el interés que mostraba Christelle—. ¿Puedes ver los símbolos que cada rostro lleva esculpido en su frente?

—¡Sí, es cierto! —exclamó la joven con satisfacción—. Un escorpión, un león, un cangrejo, un toro… ¡Cada uno representa los signos del zodíaco! Pero, observo unos símbolos diferentes… —preguntó mientras indicaba con el dedo cuatro rostros en cuya frente se hallaba una estrella.

—Conforman una brújula. Las estrellas designan cada uno de los puntos cardinales. Sin embargo… no es totalmente exacto. Se desvía un par de grados de su verdadero Norte.

—¡Qué extraño! ¿Por qué habrían de esculpir una brújula imprecisa en un sitio como este? —exclamó sorprendida Christelle.

—Dicen que su Norte apunta al Louvre en homenaje a Napoleón III que vivía allí como emperador cuando Garnier comenzó a edificar la Ópera. Pero a mí me gusta afirmar que verdaderamente señala aquella suntuosa figura que tenemos ante nosotros.

Avanzaron varios metros hasta situarse ante la estatua de bronce de una mujer, emplazada en una cavidad que a modo de pequeña gruta, parecía cerrarse en torno a ella.

Los contraídos rasgos de su rostro, reflejaban cólera e ira y su boca entreabierta, parecía contener una expresión que sus labios nunca materializarían.

Su cabello corto y enmarañado se hallaba surcado por sinuosas serpientes, que le conferían un extraño aspecto en un ritual de erótico exotismo.

Se hallaba sentada sobre un pedestal en cuya base podían vislumbrarse diversas salamandras mordiéndose entre sí en una brutal vorágine. Ataviada con un voluptuoso vestido que ocultaba parte de sus esbeltas piernas, sus senos permanecían desnudos y uno de sus brazos, extendido hacia los que allí la observaban, parecía alertarles de algún oscuro secreto con su gesto de rechazo. Todo su cuerpo mostraba signos de tensión, como si tratase de reprimir una violenta reacción que alterase su broncínea inmovilidad.

La figura estaba tenuemente iluminada por dos espléndidos candelabros que hacían resaltar no sólo sus rígidas facciones sino los relieves florales y las sonrientes máscaras que confeccionaban aquel recargado alveolo.

Christelle nunca había comprendido la razón por la que aquella enigmática estatua se encontraba en la Ópera, pero sentía que encajaba perfectamente con la insomne magia que envolvía el lugar, formando parte de sus misterios.

Observando la ornamentación que rodeaba la figura femenina descubrió, entre las voluminosas columnas, múltiples liras que parecían proteger aquel extraño santuario invocando la imagen del dios de la Música.

«La Ópera está llena de liras como estas… me pregunto qué sentido tiene un símbolo así en el violín»

La suave voz de Kyriel la despertó de sus pensamientos.

—Te presento a la Pythie —dijo, extendiendo su mano hacia la estatua—; es una abreviación de *pitonisa*.

—¿Una pitonisa... en la Ópera?

—Su nombre deriva de la serpiente Pitón...

—¡Delfos! —exclamó ella adivinando su significado.

Los ojos de Kyriel centellearon con un repentino brillo.

—Exacto —convino sonriente—, es una de las pitonisas de Apolo en Delfos. Su trabajo consistía en predecir el futuro a todos aquellos que le otorgasen una ofrenda a su dios.

—Ahora comprendo su relación con las liras que la rodean... pero aunque sea una de las sacerdotisas de Apolo, no tiene mucho sentido que una estatua así se encuentre en la Ópera...

—En realidad, Garnier quería colocar en este habitáculo una escultura en mármol blanco de Orfeo.

—El hijo de Apolo, representante de su música...

Kyriel asintió.

—¿Y por qué cambió de parecer?

—Se dice que se encaprichó de la Pythie en una exposición en Roma y que la adquirió sin dudarlo aUn a pesar de su desorbitado precio.

—Qué extraño... ¿Y quién la esculpió?

—Su autor es otra de sus curiosidades. Se hacía llamar así misma Marcello, pero su nombre real era Adèle d'Affry, duquesa de Castiglione-Colonna. Se dice que fue la escultora más célebre del Segundo Imperio.

Christelle no podía apartar su mirada de aquella figura que rezumaba una extraña belleza salvaje.

Todo su conjunto parecía haber sido extraído de una leyenda atemporal perdida entre los siglos.

En silencio, se aproximó hacia ella atravesando los márgenes que a modo de fuente seca, circundaban la estatua como una advocación de mármol.

¿Por qué la autora había esculpido la cólera en su rostro? ¿Qué significaría su mano extendida? ¿Estaba intentando detener algo… o alguien?

Súbitamente se estremeció dando un paso atrás.

—¿Qué ocurre? —preguntó Kyriel.

—Sus dedos… —señaló Christelle— ¡he visto cómo se movían!

Él entró en el semicírculo que circunvalaba la estatua y se detuvo junto a la joven que permanecía observando intensamente aquellos dedos de bronce, tensos como una garra.

—Es imposible —le dijo—, debes estar muy cansada, eso es todo.

—Pero… —comenzó a explicar volviéndose hacia él —estoy segura de que…

No pudo concluir. Con el rostro desencajado, indicó a Kyriel que se girara.

Ambos contemplaron, atónitos, cómo los numerosos visitantes que paseaban en el exterior de aquellos límites de mármol, habían ralentizado su velocidad natural, transformándose paulatinamente en coloridos espectros desdibujados que parecían vagar con dolorosa lentitud ante sus ojos.

Christelle se cubrió la boca con las manos y sintiendo que los precipitados latidos de su corazón aceleraban su ritmo, gimió desconcertada:

—Dios mío, ¿qué está pasando?

Kyriel no tuvo tiempo de contestar.

Una espesa neblina surgió tras la estatua, apoderándose de la pequeña cavidad donde se encontraban al tiempo que la luz proveniente de los candelabros fue atenuando su luminosidad, cegando su visión casi por completo.

—Kyriel… —musitó Christelle, aterrada.

En la penumbra, sintió sus masculinas manos sobre sus hombros.

—Estoy aquí.

La joven trató de respirar hondo, sin éxito.

La figura de bronce de la Pythie comenzó a impregnarse de un paulatino resplandor; un halo de luz blanca y pura que cubrió completamente su sombría silueta.

Christelle sintió que la sangre abandonaba su rostro cuando vió cómo aquel brazo extendido de la sacerdotisa comenzaba a moverse con rotunda decisión hasta detenerse ante ellos, señalándoles inquisitoriamente con el dedo.

Sus ojos, que hacia unos instantes estaban inertes, parpadearon enérgicamente al tiempo que giraba su cabeza, observándolos sin que de su rostro se evaporase aquella mirada enfurecida.

En sus cabellos, las serpientes se retorcían y entrecruzaban en una insaciable confluencia y las extrañas salamandras que se hallaban a sus pies, parecían engullirse unas a otras entre la niebla, formando una imagen de pesadilla.

Christelle quiso gritar, pero el miedo atenazaba su garganta e inmovilizaba todo su cuerpo, obligándolo a asistir a aquella quimera imposible que estaba teniendo lugar ante sus aterrorizados ojos.

La pitonisa se irguió en su pedestal con voluptuosa ondulación, como si ella misma fuera parte de los reptiles que la rodeaban y con una dantesca expresión en su rostro, de sus labios brotó una sonora exclamación:

—¡Deteneos ante vuestro destino!

Su voz parecía surgir del abismo más profundo y su poderoso eco resonó en aquella cavidad con fuerte y atronador estrépito. Christelle creyó que su corazón había dejado de latir.

—¡Buscáis aquello que está escrito pero incompleto, aquello que sin ello, lo que portáis no tiene vida! ¡Seguid la senda ya marcada y que vuestra voluntad cumpla con el hado!

Sus palabras quedaron flotando en el aire y tras pronunciar su misterioso mensaje, comenzó a recuperar lentamente su posición original adquiriendo la rigidez que caracterizaba a toda estatua.

Christelle sintió un acerado escalofrío penetrando en su carne como un cuchillo de hielo, congelándole desde los pies hasta las sienes. En ese momento, cerró los ojos con fuerza y deseó que aquel aciago sueño se evaporase.

Cuando finalmente los abrió, comprobó que todo había vuelto a la normalidad.

Su cuerpo seguía tiritando más por miedo que por el frío que había envuelto aquella oquedad durante un tiempo que le había parecido infinito.

Con el rostro desencajado, observó la estatua que hacía tan sólo unos segundos les había comunicado tan crípticas frases. Todavía podía escuchar su rugiente eco resonando en sus oídos.

La luz había regresado a los candelabros y la neblina había desaparecido por completo devolviendo a la normalidad aquella cóncava zona.

Confusa y estremecida, se giró para ver cómo los visitantes no sólo no habían presenciado aquella especie de alucinación espectral, sino que seguían paseando con naturalidad deteniéndose de vez en cuando para realizar alguna foto.

Las manos de Kyriel permanecían sobre sus hombros, pero al igual que ella, su silencio era un signo evidente de su perplejidad.

Con la respiración agitada y el temor reflejándose en sus ojos, Christelle se volvió hacia él.

—¿Qué ha ocurrido? —exclamó con un gemido ahogado por la tensión—. Por favor, ¡dime que has visto lo mismo que yo!

Él asintió sin saber muy bien qué decir.

—Ha sido una alucinación... ¿verdad? —susurró la joven sintiendo como sus ojos comenzaban a humedecerse.

Visiblemente trastornado, Kyriel contempló durante unos segundos la estatua de bronce antes de responder con voz grave:

—No sabría que decirte, no tengo explicación alguna, probablemente tengas razón...

Christelle se pasó una mano por su frente, perlada de un desagradable sudor frío.

—Yo... creo que no me encuentro bien... —dijo, respirando con dificultad mientras sentía que las paredes de la Ópera se estrechaban a su alrededor— necesito salir de aquí.

Kyriel pasó un brazo por su cintura y sosteniéndola con firmeza comenzó a guiarla hacia la salida.

—Tranquila —le susurró—, fuese lo que fuese, ya ha terminado; estoy contigo, intenta respirar hondo.

En el exterior del edificio, la ansiedad de Christelle pareció remitir, pero él seguía preocupado y taciturno.

—¿Te encuentras mejor? —le preguntaba a cada instante.

Ella asintió mientras se apoyaba en una de las arcadas de la fachada, contemplando la fina lluvia que caía sobre París.

Un leve viento, húmedo y frío, acarició su rostro, consiguiendo que recuperara paulatinamente sus fuerzas.

—La Pythie... —murmuró débilmente mientras dirigía su vista hacia Kyriel— ella... nos ha hablado...

Parecía un intento por convencerse a sí misma de que aquello que había presenciado no había sido una falacia.

—Ha parecido tan real... —prosiguió.

Kyriel aspiró con fuerza una bocanada de aire frío que acto seguido exhaló, con una corta frase:

—A veces nuestras mentes pueden engañar a nuestros ojos.

Permanecieron en silencio durante unos instantes, observando la amplia avenida que se perdía en el horizonte.

Christelle bajó lentamente la cabeza, como si estuviera soportando una carga excesiva sobre sus hombros.

Él posó suavemente la mano debajo de su mentón y le hizo volver el rostro de modo que pudiera mirarlo de frente.

Con la preocupación reflejándose en sus ojos, la joven susurró:

—Mi vida ha cambiado desde que encontré este violín... No sé si podré llegar hasta el final de todo esto...

Kyriel hizo un dulce gesto para indicarle que guardara silencio.

—Este violín es más especial de lo que habíamos pensado y su influjo nos está arrastrando con él. Pero todo va a salir bien; confía en mí.

Ella asintió esbozando una sonrisa.

—¿Pero qué ha ocurrido? —preguntó al fin—. ¿Qué es exactamente lo que hemos presenciado? La estatua, la niebla, la luz...

Kyriel mudó de expresión mostrando un semblante serio y pensativo.

—No lo sé... parecía como si el tiempo se hubiera transformado para nosotros, por eso hemos sido los únicos en verlo... quizás hayamos accedido a una especie de burbuja espacio-temporal...

Christelle lo observó confusa y aturdida.

La teoría de Kyriel podría haber sido extraída de un libro de ciencia-ficción, y sin embargo era la explicación más lógica para aquella experiencia irracional.

—¿Y sus palabras? ¿Qué querían decir? —volvió a preguntar ella.

—«Aquello que sin ello lo que portáis no tiene vida...» —recordó Kyriel.

—¡El violín...! ¡Se refería al violín! —exclamó la joven mientras descolgaba de su espalda el estuche con el instrumento—. Pero eso quiere decir...

—Un violín no tiene vida... sin música —musitó Kyriel —y la música se halla contenida en...

—Partituras... —Christelle abrió desmesuradamente los ojos— ¡Nos ha indicado qué es exactamente lo que estamos buscando! ¡Unas partituras! ¿Pero de quién?

—«La senda ya marcada»... ¿la pista de Leroux? —la pregunta de Kyriel parecía una afirmación.

—Dios mío, ¿estamos buscando las partituras... del Fantasma? —Christelle entrecerró los ojos, como si buscara en su memoria algo perdido desde hacía muchos años—. Sé que su composición tenía un nombre concreto, pero no logro recordarlo en estos momentos. De todas formas es una locura pensar que...

Kyriel la interrumpió con la mirada absorta en los grisáceos escalones y como si de una reflexión personal se tratase, murmuró:

—En ocasiones la realidad se abre paso a través de las locuras más incomprensibles...

Christelle suspiró. No podía creer todo lo que le estaba sucediendo en tan pocos días desde la muerte de su tío.

Estaba inmersa en una serie de acontecimientos que superaban su capacidad de reacción y análisis, provocando en ella una sensación de terrible incertidumbre ante lo que le deparaba el futuro más inmediato.

Sintió que todo su cuerpo temblaba, pero no supo si era a causa del frío o del pánico.

¿Qué fuerzas extrañas envolvían al violín? ¿Qué clase de nuevas visiones y experiencias la estarían esperando? Ahora comprendía la aprensión de su tío cuando le confesó que lo había tocado... Quizás fuera cierto lo que escribió en su carta... quizás hubiese despertado el alma de Erik...

En esos momentos, el móvil que se encontraba en el bolsillo de su pantalón comenzó a sonar, sobresaltándola repentinamente.

Cuando descolgó, pudo escuchar una voz familiar que le habló atropelladamente:

—Christelle, soy Gilles, venid rápido al Louvre, ¡he descubierto el significado del mensaje de Leroux! Nos vemos en el vestíbulo principal, en las escaleras que conducen a la Sala Richelieu.

25

Septiembre, 1873

Garnier permanecía inmóvil, observando con gesto taciturno el gran boceto de la fachada de la Ópera que parecía presidir aquella oficina.

Las luces que emitían las diversas lámparas de gas proporcionaban un aspecto teatral a la desordenada estancia cubierta de innumerables apuntes, croquis, piezas en escayola de proyectos de estatuas, bocetos pictóricos, muestras de mármoles de Serramezza, Caunes, Sienne… La oficina de Garnier en la Ópera era sinónimo de un abandonado caos.

Su mirada perdida se deslizó hasta el amplio ventanal situado a su izquierda, contemplando cómo la luna llena reinaba en todo su esplendor aquella noche sobre el cielo de París.

De forma distraída miró su reloj y comprobó la hora: las once de la noche.

Cuando alzó la vista, dio un respingo. Ante él, se hallaba la sombría figura de un hombre alto, vestido de negro, con un sombrero de ala ancha que ocultaba parte de su rostro y una larga capa que llegaba casi hasta sus pies.

Garnier no pudo evitar sonreír reponiéndose del sobresalto.

—Siempre logras sorprenderme con tu sigilo —dijo un tanto aliviado, intentando no centrar demasiado su atención en la máscara que portaba su extraño visitante. En todas sus entrevistas, nunca le había preguntado por ella, quizás por temor a la respuesta, o porque ya imaginara lo que subyacía tras ella.

—Lo siento —dijo aquel hombre envuelto en las sombras. En su voz sonó un acento de curiosa diversión—. Pensé que ya te habrías acostumbrado.

Garnier le indicó con la mano que tomara asiento.

—Ya sabes que mis nervios se acentúan cada día que pasa, Erik… Cuando inicié la construcción de esta Ópera hace más de doce años, nadie supo predecirme que su finalización estaría tan lejos de mi alcance. Ahora únicamente se trata de un edificio semi destartalado y olvidado, que se sostiene en pie gracias a la providencia.

—No creo que la providencia tenga mucho que ver… —dijo la negra figura, mientras se quitaba el sombrero y negaba con la cabeza—. Si los confederados de la Comuna y el gobierno no han quitado ni una sola piedra de esta obra, no es sino gracias a tu esfuerzo. Me asombra que aún desees estar al frente de su construcción.

—¿Ves eso? —Garnier se giró para señalarle el boceto que minutos antes había contemplado—. Aunque en estos años yo haya envejecido el doble de lo habitual y me haya dejado la piel en el camino, ¡no pienso renunciar tan fácilmente hasta verla completada! ¡Es nuestro sueño! ¡Ambos hemos luchado para ver cómo se transformaba en una realidad!

—Sí, pero tú has sido quien se ha enfrentado cara a cara con aquellos que querían frenar su desarrollo —su voz se tiñó de amargura—, el único en defender nuestros intereses a la luz del día.

Garnier se sentó frente a él con la desaprobación reflejándose en su rostro.

—Creo que te subestimas, amigo mío. Sin tu ayuda, la Academia Nacional de Música no estaría en pie —cerró los ojos un instante y prosiguió—. Un sirviente... eso es en lo que me he convertido durante estos años. Un sirviente de los inspectores, del gobierno, del dinero, incluso de mis propios pensamientos.

Erik se irguió en su respaldo y cambió de tema.

—¿Conseguiste la estatua que te encargué?

La expresión de Garnier se tornó en asombro.

—¿La Pythie de Marcello? No creo que eso sea importante ahora...

—¿La compraste? —le interrumpió bruscamente.

Garnier suspiró.

—Sí, gracias a tu... donativo. Dudo que el gobierno me hubiese permitido abonar doce mil francos en plena guerra con Prusia... ese capricho tuyo me pudo haber costado dar demasiadas explicaciones. Gracias a Dios, nadie pareció extrañarse.

—No la has colocado aún...

—¿Con los comuneros rondando el edificio dispuestos a prenderle fuego en cualquier momento? ¡Por supuesto que no! Sigue en los almacenes, esperando en vano a que la Ópera se finalice... Por cierto —preguntó con cautela—, en estos últimos dos años... ¿dónde has estado? No diste señales de vida... cómo si se te hubiera tragado la tierra.

—Algo parecido... —murmuró Erik mientras unía sus manos en un gesto que denotaba su rechazo ante aquella pregunta.

Garnier se encogió de hombros.

—No es asunto mío, ¿no es cierto?

El silencio pareció contestar afirmativamente a su interrogante.

—¿Y bien? ¿Has hablado con el gobierno actual para que recapacite sobre la conclusión de la Ópera? —la voz de Erik sonó cortante.

Garnier se pasó una mano por sus rizados cabellos con inquietud.

—Así es. Sin embargo... tras la guerra con Prusia y la consabida guerra civil posterior, no quieren saber nada, por el momento, de este tema. Alegan que por ahora es un proyecto totalmente inviable y que por supuesto no concederán un sólo franco más para la construcción de un edificio imperialista.

Erik dio un sonoro golpe en la mesa.

—¡Maldita sea! —tronó con furia—. ¡Qué importa su procedencia! ¡Es un templo de la música, no una asamblea política!

—Te entiendo, pero lamentablemente no hay nada que hacer... Mientras la Ópera Peletier siga en pie, todo será inútil; un nuevo palacio de la Ópera es innecesario en estos momentos.

Erik guardó silencio durante unos instantes en los que Garnier creyó percibir un extraño brillo de ferocidad en los ojos tras la máscara.

—¿Qué puedes decirme de la bóveda? Veo que los planos que diseñé fueron bien acogidos —preguntó Erik.

—A Eiffel le parecieron sorprendentes y fue él quien nos ayudó con la estructura interna de hierro, un material inédito en la construcción de una Ópera... ¿Te satisfacen los resultados?

Erik asintió levemente.

—No sólo la configuración de la sala es un éxito, sino también la acústica.

Garnier le clavó su mirada.

—¿La acústica? ¿Quieres decir que la has probado?

—Puede ser.

—Pero, ¿cómo? ¿cuándo?

—Digamos que tengo mis propios medios... De nuevo te felicito, has creado una atmósfera auditiva excelente.

—Eres muy amable, pero —Garnier hizo un gesto mostrando la decepción en su rostro— me temo que nadie podrá comprobar su sonido en mucho tiempo. O quizás nunca...

Erik se levantó mientras se colocaba nuevamente el sombrero y dirigiéndose hacia la puerta, le dijo a modo de despedida:

—No te preocupes por la Ópera Peletier. Intuyo que encontraremos una solución muy pronto...

Al cabo de un mes, cierta noche cuando todo París dormía bajo un oscuro cielo sin luna, una escurridiza sombra se deslizaba como un misterioso espejismo en las angostas calles que rodeaban la Ópera Peletier.

El eco de sus pasos sobre el pétreo empedrado, constituía la única señal de su existencia.

Como si de un espectro inmaterial se tratase, se introdujo en el interior de aquel edificio, comprobando con satisfacción que no había sido descubierto.

Horas más tarde, La Peletier ardía en un infierno de llamas.

26

Kyriel y Christelle convinieron en no desvelar lo que habían presenciado en la Ópera. Nadie en su sano juicio les hubiera creído.

Durante su trayecto en metro hasta el Louvre, ambos permanecieron absortos tratando de ordenar sus pensamientos tras los hechos vividos hacía escasos minutos. Hechos que violaban y transgredían el razonamiento humano, divergiendo de toda lógica.

Christelle abrazaba el estuche del violín con fuerza, como si al sujetarlo impidiera que una energía anómala estuviera a punto de franquear la barrera existente entre este mundo y uno desconocido.

¿Lo que había visto en la Ópera era producto del violín, tal y como había sugerido Kyriel?

Todavía podía sentir el gélido frío del miedo en su cuerpo y eso era más que suficiente para demostrarle que todo había sido real. Pero de ser así, ¿qué clase de extraña dimensión se había despertado?

Ella siempre había considerado el violín como una forma de expresión, un creador de un lenguaje universal comprensible para todo aquel que lo escuchase... Pero aquel negro instrumento constituía algo muy diferente. Era capaz de generar por sí mismo una fuerza inexplicable, resucitar poderes ocultos y extraordinarios que habían estado perdidos durante años, invocar imágenes contenidas en la memoria de otro ser humano... todo ello sin necesidad de partitura alguna.

Comenzaba a comprender por qué podía existir alguien interesado en aquel violín...

La joven miró a Kyriel, cuyo rostro se hallaba serio e inescrutable y no pudo evitar alegrarse nuevamente de tenerle a su lado.

Se preguntó así misma si todo hubiese sido distinto de no haber entrado él en su vida. No se sorprendió al hallar una respuesta afirmativa.

El sonido de llegada a la estación la sobresaltó.

—Debemos darnos prisa —musitó Kyriel—, Gilles estará esperándonos.

Christelle colgó de nuevo el violín a su espalda y lo siguió mientras atravesaban el andén.

Siempre había admirado las múltiples antigüedades orientales, etruscas y romanas procedentes del museo, colocadas en las diversas vitrinas a lo largo de aquella estación. Pero en esos momentos, la confusión en la que se hallaba su mente le impedía prestarles la más mínima atención.

Se preguntaba qué habría descubierto Gilles y cual sería el significado de la enigmática frase creada por Leroux.

«Así pues, no mentía en su novela cuando afirmaba estar seguro de la existencia del Fantasma... ¡Él sabía mucho más de lo que escribió! ¡No sólo conocía la existencia del violín sino que posiblemente tuviera las partituras en su poder! ¿Por qué las escondió? ¿Qué misterio ocultan?»

Entraron al Louvre por la gran pirámide de cristal rodeada por diversas fuentes en la amplia explanada central del museo.

Cuando llegaron al gran vestíbulo principal no se asombraron al ver el gran número de personas que allí se congregaban para adquirir sus entradas y acceder al interior. Sabían que el Louvre siempre permanecía lleno de amantes del arte y la cultura en cualquier época del año. Se abrieron paso por entre la multitud y llegaron hasta la entrada Richelieu.

—¡Ahí está! —exclamó Christelle al ver a su amigo junto a las escaleras mecánicas.

Gilles sonrió cuando los vio aproximarse. Había sustituido su mono azul y su casco, por una camisa a cuadros y unos pantalones vaqueros.

—Ya me he encargado de comprar las entradas —dijo mientras se las mostraba—. Vamos, no hay tiempo que perder.

—¿Qué has descubierto? —la curiosidad de Christelle aumentaba a cada segundo. La tensión y el miedo habían dejado paso a una creciente necesidad de averiguar y revelar el sentido de aquella singular nota escrita años atrás por Leroux.

—Es mejor que lo veáis por vosotros mismos... una imagen vale más que mil palabras, ¿no creéis? Por cierto —preguntó al tiempo que subían las escaleras—, ¿habéis encontrado algo interesante en la Ópera?

Christelle se giró para mirar a Kyriel. Los dos permanecieron en un silencio cómplice.

—Vaya, ¿qué clase de secreto me estáis ocultando, parejita? —los ojos del cata brillaron con intensidad.

—Digamos que ya sabemos lo que estamos buscando —comentó Kyriel con prudencia.

—¿En serio? —las cejas de Gilles se elevaron denotando su sorpresa.

—Pero será mejor que antes nos muestres lo que has averiguado —la voz de Kyriel sonó cortante, pero serena.

—De acuerdo, de acuerdo —gruñó el cata—, estamos cerca, es por aquí.

Atravesaron un amplio pasillo que desembocó en la *Cour de Marly*, una extensa sala perfectamente iluminada en la que se hallaban expuestas esculturas de autores franceses de diversos siglos de antigüedad.

Dejando atrás al corpulento Neptuno y a la bella Amphitrite entre otras figuras, subieron unas escaleras laterales hasta llegar a la segunda planta. Gilles, que parecía estar muy seguro de sus propios pasos, los guió hasta el interior de uno de los gigantescos portones que flanqueaban la sala.

Christelle se fijó en el colorido cartel que señalaba su posición:

Sala Trece
Pasaje de la
Mort Saint Innocent

La joven lo observó un tanto confusa.

«¿El Pasaje de la Muerte?»

Ojeó con curiosidad la pequeña sala repleta de retablos y esculturas religiosas que reflejaban la muerte de Cristo, así como varios bustos de personajes anónimos con el rostro deformado por el destructivo paso del tiempo.

Fue entonces cuando la vio; se hallaba situada en una esquina, iluminada por un minúsculo foco anaranjado que resaltaba todas sus facciones.

El cata se detuvo frente a ella y extendiendo una mano, les dijo:

—He aquí lo que Leroux reflejaba en su nota... La anónima Mort Saint Innocent.

Pronunció su nombre con vehemencia, como si quisiera destacar su macabro significado.

Christelle alzó la vista para contemplarla más detenidamente, sintiendo un repentino escalofrío.

Se trataba de una macabra estatua cuyo oscuro bronce daba forma a lo que su nombre representaba: la Muerte.

Su esqueleto, no exento por completo de músculos, se erguía amenazante y rígido sobre sus pies desnudos. Uno de sus brazos permanecía en alto con el puño cerrado, como si aferrase algún tipo de lanza inexistente. Su otra mano, sostenía un grueso escudo que apoyado en su base, podría muy bien compararse con una lápida.

Semejante a unas cortinas rasgadas, el tórax mostraba su sombrío interior hueco, como una puerta que comunicase con su mundo de podredumbre.

Su calavera, salpicada por diminutos mechones de pelo, observaba con animadversión a todo aquel que se detuviera ante su tenebrosa mirada y su tétrica sonrisa transmitía el irónico sarcasmo con el que, conocedora de su poder, parecía mofarse de la humanidad y su inevitable destino.

—Maravillosa, ¿verdad? —preguntó Gilles, sonriendo.

Christelle no supo qué responder.

—Es una soberbia encarnación de la muerte —convino Kyriel.

—Pero... —la joven no era capaz de apartar los ojos de aquella lúgubre figura— ¿Estás seguro de que el mensaje de Leroux nos conduce aquí?

Gilles le señaló el escudo.

—Lee bien, querida —le aconsejó.

Ella aproximó su rostro al escudo, vislumbrando una serie de borrosas letras grabadas en él.

—*Sin vida, su arte y su fuerza son pasto de los gusanos...* —cuando concluyó, su rostro mudó de expresión.

—Exacto —dijo Gilles, triunfal—, se trata de la misma frase que pudimos leer en el criptograma de Leroux. ¡Por eso me sonaba de algo... esta imagen es una celebridad en el mundo cata!

—¿Es alguna especie de símbolo para vosotros? —preguntó Kyiel con interés.

El cata inspiró con fuerza, como si se dispusiera a relatar una historia muy extensa.

—Su nombre lo indica todo: Mort Saint Innocent, Muerte de los Santos Inocentes. Es una representación de la muerte que, en forma de enfermedad y peste, sesgó la vida de innumerables parisinos en el siglo XVI... sus cuerpos fueron enterrados en el cementerio de los Santos Inocentes, en el centro de la ciudad. Un par de siglos más tarde, su total colapso e insalubridad fueron el detonante por el que se decidió reubicar los restos en otro lugar: las catacumbas, en donde se encuentra el célebre osario que recoge los miles de esqueletos de aquel cementerio. Hoy en día es uno de los sitios turísticos más visitados de París. El resto, como ya sabéis, está prohibido para todo el mundo excepto para nosotros, los catas, que transgredimos las normas de continuo.

Una sonrisa irónica se dibujó en su rostro.

Los tres guardaron silencio durante unos instantes mientras seguían contemplando aquella cadavérica figura.

La mente de Christelle era un laberinto de cavilaciones.

Extrajo la nota encriptada de su bolsillo y comenzó a leer.

—*La muerte de un inocente por cientos fue sentida... Sin vida, su arte y su fuerza son pasto de los gusanos... La osamenta vacía recoge el sufrir del mundo y su reino de terror se yergue frío e imperturbable sobre el cráneo de la Humanidad...* Todo encaja —dijo al fin—, ¿no lo veis? ¡Es una alegoría que refleja exactamente lo que Gilles nos ha relatado! ¡Y esta estatua es un claro símbolo de ello!

Kyriel asintió, pensativo.

—Ya os lo dije —la satisfacción de Gilles era evidente—, sin embargo, no entiendo qué es lo que podemos encontrar aquí.

—El mensaje de Leroux terminaba con otra frase, ¿no es cierto, Christelle? —inquirió Kyriel.

—*En su escudo protector, la marca torcida que te conducirá hacia el reposo de su sangriento recuerdo...*

—Comprobémoslo de nuevo —señaló Kyriel—, parece que la respuesta se halla en él.

Los tres clavaron su mirada en el escudo que aquella representación de la Parca sujetaba, descubriendo que bajo aquellas ennegrecidas letras, se hallaba una extraña marca con forma de uve doble torcida.

—¿No dijiste que era anónima? —preguntó Kyriel.

—Y así es —Gilles se acarició el mentón—; no es la inicial de un nombre, debe tratarse de otra cosa.

Christelle releyó en silencio la nota. Analizó cada palabra, cada expresión... Si en verdad era el lenguaje de los pájaros, debía tener un significado especial...

Tras permanecer varios minutos en una ardua concentración, creyó haber encontrado la respuesta al enigma.

—Gilles nos ha mostrado la estatua correcta, pero ésta es únicamente la orientadora hacia algo más...

Los dos hombres miraron a la joven, esperando que continuase su explicación.

—Esta figura nos indica el camino a seguir. «El reposo de su sangriento recuerdo»... Si el cementerio de los Santos Inocentes ya no existe, eso quiere decir...

—¡Las catacumbas! —exclamaron al unísono.

Christelle asintió con entusiasmo.

—Esa marca debe ser alguna clase de señal, algo que debemos encontrar en...su reposo subterráneo...

Kyriel sonrió con satisfacción al tiempo que Gilles se cruzaba de brazos.

—¿Por qué no se me ha ocurrido a mi? —preguntó con voz socarrona.

La joven le dirigió una expresión agradecida.

—Sin ti no hubiésemos descubierto esta estatua y sin ella, nunca hubiéramos sabido qué camino seguir. A propósito... —prosiguió —antes nos has preguntado que es lo que habíamos averiguado en la Ópera.

Los ojos de Gilles se abrieron desmesuradamente.

—¡Es cierto! ¿De qué se trata? —preguntó dominado por la excitación.

—No puedo explicarte lo sucedido, pero si la respuesta.

El cata hizo un gesto con las manos indicando que no insistiría más sobre ese tema.

—La pista de Leroux conduce a unas partituras.

—¿Unas partituras? —el rostro de Gilles reflejaba sorpresa— ¿De quién?

—El mensaje hace referencia al extraño violín negro —comentó ella— y puesto que creemos que éste perteneció al Fantasma...

—¿Estamos tras la pista de unas partituras del...?

—Es posible —atajó Christelle sin dejar terminar a Gilles.

El cata se pasó una mano por su escaso pelo.

—Eso significa... ¿qué Leroux tuvo las partituras y las escondió? ¿Por qué?

—En realidad —comentó Kyriel con cierto desánimo—, no lo sabemos.

—¡Menudo lío! Así que, la persona que busca el violín, ¿tiene conocimiento de este descubrimiento?

—¡Gilles, no sabemos más que tú! —exclamó Christelle superada por la cantidad de dudas generadas por su amigo—. Pero pienso seguir adelante. Mi tío murió defendiendo este violín y quiero saber qué oculta, por qué son tan especiales esas partituras y la razón de que su ubicación se halle encriptada en el mensaje de un escritor —dijo con resolución.

—Lo siento y te entiendo perfectamente, ya sabes que cuentas con mi ayuda.

Christelle le sonrió.

—Lo sé, gracias, Gilles.

—¿Y bien? ¿A qué estamos esperando? ¡Conozco un pasadizo perfecto para entrar en las catacumbas sin ser vistos! —el ánimo del cata no pareció contagiar a Christelle, quien con un gesto de cansancio, le respondió:

—Estoy agotada y además es muy tarde... Me gustaría poder ir a casa, ducharme y descansar. Ha sido un día muy duro. Te llamaré mañana.

Gilles comprendió perfectamente el estado de ánimo de Christelle y aceptó su proposición sin poner reparo alguno.

Kyriel se anticipó a un posible ofrecimiento por parte del cata.

—Yo te acompañaré —dijo firmemente Kyriel—, es muy peligroso que regreses sola a tu casa.

Cuando llegaron al anticuario, las calles ya comenzaban a estar bañadas por la tenue luz del atardecer.

Al introducir las llaves, Christelle imaginó que todo cuanto había acaecido los últimos días hubiera sido un extraño sueño del que súbitamente iba a despertar. Pensó que, de ser así, su tío la estaría esperando al otro lado del escaparate iluminado, como si nada hubiera sucedido; le daría un cariñoso beso y le preguntaría, con su maravillosa sonrisa, cómo había transcurrido el día.

Dejó que un suspiro escapara de sus labios.

—Sé lo doloroso que debe estar siendo esto para ti... intentaré ayudarte en todo lo que pueda —prometió Kyriel, que permanecía a su lado con su perfecta silueta recortada por los postreros rayos del sol.

Christelle asintió, agradecida.

Durante todo el trayecto había estado eludiendo una pregunta que resonaba con insistencia en su mente, como si fuera a materializarse sin que ella pudiera controlarla.

«No me dejarás sola esta noche, ¿verdad?»

Aunque el miedo a quedarse en su casa, ahora desierta, le aterrorizaba, nunca llegó a formular su duda en voz alta.

—Si te parece bien, puedo quedarme contigo esta noche —comentó Kyriel cuando entraron al interior del local.

«¿Puede leerme el pensamiento?»

—Sí, por favor... Me sentiría mucho mejor... —dijo ella con dificultad—. Si ello no te supone una molestia...

—En absoluto —su voz sonó suave y apacible.

—Ven —dijo ella, animada—, es por aquí.

Subieron las escaleras que conectaban con el primer piso y Christelle le señaló el pequeño salón que se hallaba a su izquierda.

—Siéntate, ponte cómodo, yo voy a... ¡oh!

Su mirada había captado la señal luminosa del teléfono que le advertía de nuevos mensajes de voz.

—¿Quién habrá podido llamar aquí? —preguntó la joven con asombro mientras se dirigía a comprobarlo.

Pulsó el botón de lectura y escuchó el primero de ellos:

—*Christelle, soy Cloe, te he llamado varias veces al móvil pero lo tienes apagado. ¡Estoy muy preocupada! Por favor llámame cuanto antes...*

Christelle se mordió el labio inferior.

«Cloe... debería haber quedado con ella.»

—Voy a llamar y tranquilizarla —dijo mirando a Kyiel, quien permaneció en silencio—; quizás quieras tomar algo...

—Estoy bien, no te inquietes.

La joven marcó apresuradamente el número de su amiga y esperó con impaciencia hasta escuchar su voz.

—¡Christelle! ¿Dónde has estado? ¡Prometiste que me llamarías!

—Lo sé, yo... no he tenido mucho tiempo... lo siento, de verdad —se sentía verdaderamente avergonzada.

—¿Estás bien? ¿Seguro? ¡Me preocupa que pueda sucederte algo! —El elevado tono de voz de su amiga denotaba su enfado.

—Descuida, todo está bien.

—¿Y Gilles? ¿Estás con él?

Christelle observó cuidadosamente a Kyriel, intentando que éste no se percatase de su mirada.

—No... estoy con Kyriel... —dijo casi en un susurro.

—¿Ese nuevo amigo tuyo del que casi no sabes nada? Es increíble lo que estás haciendo... No te entiendo, Christelle.

La joven se sintió súbitamente bloqueada.

Cloe, de algún modo, tenía razón. En muchos aspectos Kyriel seguía siendo una incógnita para ella. Se había sentido tan protegida a su lado, que todo lo demás había pasado a un segundo plano.

—En realidad... él me está ayudando mucho... —todas aquellas preguntas comenzaban a aturdirle.

—¿Y está en tu casa... a solas contigo?

Christelle tragó saliva creyendo averiguar la dirección en que su amiga llevaría el asunto.

—Así es.

—¿No te estarás enamorando de él o algo así?

La joven percibió cómo sus manos se habían tornado heladas, como un cubito de hielo.

—¡Cloe! —consiguió exclamar tras aclararse la garganta.

—Sólo intentaba saber por qué razón has invitado a un desconocido a tu casa... no sueles hacer eso muy a menudo, por no decir nunca. Aunque estos días no te reconozco...

—No es un desconocido... no totalmente.

—¿Es guapo al menos?

—¡¡Cloe!!

—De acuerdo, confío en ti, espero que sepas lo que haces.

Christelle exhaló aire con fuerza.

—Tranquila. Te llamaré.

—¡Espero que eso sea cierto esta vez! —bramó su amiga.

—No te enfades, por favor... y no me chilles tanto.

Tras un breve silencio, Cloe murmuró con la voz más serena:

—No estoy enfadada… pero por favor cuídate, prométemelo.

—Por supuesto Cloe, sabes que te quiero.

Cuando Christelle colgó el teléfono, posó una mano en su frente con desazón.

—¿Estás bien? —le preguntó Kyriel.

Ella se volvió hasta encontrar su mirada.

—Sí… es sólo que nunca le había mentido y eso me hace sentirme a disgusto conmigo misma.

—Supongo que lo haces por su propia seguridad.

—Es cierto… No quiero involucrarla en este asunto tan extraño como peligroso. Bastante asustada estoy yo y no deseo que ella se vea implicada por mi culpa en algo que considero tan arriesgado. Intentaré no pensar más en ello. En fin —dijo extendiendo sus brazos a modo de bienvenida—, puedes considerarte en tu propia casa; yo voy a ducharme, no tardaré demasiado.

—De acuerdo, estaré inspeccionando la biblioteca —dijo él mientras indicaba con un gesto una de las estanterías donde podían contemplarse múltiples libros de arte e historia.

Christelle agradeció el contacto del agua caliente en su piel, como un bálsamo que intentara calmar sus nervios.

De cualquier modo, estaba intranquila. Las palabras de su amiga le habían afectado más de lo que imaginaba.

«¿No te estarás enamorando?» le había preguntado Cloe.

¿Acaso sabía ella misma la respuesta?

Se miró en el espejo mientras secaba sus cabellos empapados y trató de poner en orden sus pensamientos.

Nunca había sentido nada parecido hacia ninguna otra persona. No con tanta intensidad… Ni tan especial.

Quiso analizar la situación con lógica, pero no obtuvo ninguna respuesta satisfactoria.

¿Tenía algún sentido que se ruborizase de aquella forma tan infantil cuando sus ojos se encontraban? ¿Por qué su corazón parecía desatar su ritmo al más mínimo roce con su mano? ¿Cómo era posible que contuviera la respiración cada vez que él pronunciaba su nombre?

Imposible. No podía haberse enamorado en tan poco tiempo. Y sin embargo... Todo parecía indicarlo así. Comenzaba a creer que sin su sonrisa, sin su voz... sin él, el mundo carecería de sentido.

El espejo le devolvió una imagen melancólica y confundida. Los delirantes sucesos por los que había pasado, comenzaban a dejar huella en su rostro.

Se vistió rápidamente y se dirigió de nuevo al salón deteniéndose en la puerta. Apoyó parte de su cuerpo en las jambas y respiró hondo.

Allí estaba él, sin percibir su presencia, hojeando uno de los libros con interés. Christelle examinó con detenimiento su cuerpo bien formado, quizás un tanto delgado pero a la vez muy fibroso y fuerte. Se detuvo en su rostro, frío, casi hierático y al mismo tiempo pleno de una inconmensurable paz y amabilidad. Definitivamente era el rostro de la contradicción, del misterio y del que una mujer podría enamorarse fácilmente...

Quizás sólo fuera fruto del cansancio acumulado durante aquellos frenéticos días, pero sin darse cuenta, se visualizó así misma en sus brazos, como aquella noche en los subterráneos parisinos... acurrucada junto a él, sintiendo la protección de su cuerpo y su dulce aliento acariciándole el rostro.

Una repentina llamada de teléfono irrumpió en su ensoñación como un relámpago.

Kyriel alzó la vista al tiempo que Christelle se apresuraba a descolgar.

—¿Christelle?

La voz al otro lado de la línea no le resultaba totalmente desconocida.

—Sí, soy yo... ¿Con quién hablo?

—Soy Boldizsár Kiraly.

La joven se mostró sorprendida al escuchar aquel nombre. ¿Por qué la había llamado su profesor? No era normal que lo hiciera y menos a esas horas de la noche. Su instinto para detectar que algo inusitado estaba a punto de ocurrir se activó automáticamente.

—¿Maestro Boldizsár?

—¡Querida Christelle, por fin logro dar contigo! Tu amiga Cloe me ha comentado que estabas atravesando por unos difíciles momentos y que ésa era la razón por la que no has acudido al Conservatorio. ¿Qué te ocurre? ¿Estás enferma?

Durante unos segundos, la joven apeló a su capacidad de reacción.

—Le agradezco su llamada, pero no se preocupe, estoy bien.

Su contestación no pareció convencer demasiado a su interlocutor y ella lo percibió en su voz.

—¿Seguro? Me tenías muy intranquilo. Era bastante extraño que no acudieras a los ensayos. Por cierto —prosiguió sin cambiar el tono de su voz—, me gustaría hablar contigo sobre ese raro violín que parece ser ha llegado a tus manos y si fuera posible, poder verlo. Ya sabes que soy un apasionado de los instrumentos antiguos.

El shock que produjeron las palabras del maestro Boldizsár se reflejó inmediatamente en el rostro de

Christelle, que comenzó a tornarse lívido. Un agarrotador nudo en el estómago casi le impidió pronunciar su respuesta.

—Maestro —dijo balbuciendo sus palabras— ahora no puedo hablar... espero que en unos días podré volver a los ensayos... de todas formas le reitero que agradezco su llamada...

Boldizsár mantuvo un pequeño silencio antes de despedirse. Un silencio que a ella le parecieron horas.

—Bien Christelle, me alegro de que estés perfectamente y no quiero dudar de lo que me dices. Espero verte pronto. ¡Ah, no te olvides de ese violín, me encantaría verlo!

El semblante desencajado de Christelle no pasó desapercibido para Kyriel, quien preguntó alarmado:

—¿Qué ocurre? ¿Quién es Boldizsár?

La joven, con la mirada perdida, respondió:

—Es mi maestro en el Conservatorio: Boldizsár Kiraly, una eminencia en el mundo de la música...

Kyriel se aproximó hasta llegar a su lado y con expresión grave, volvió a preguntarle:

—Christelle, veo en tu rostro que algo no va bien, dime qué ocurre.

La joven bajó la vista.

—Lo sabe... —consiguió murmurar.

—¿El qué?

—Que tengo el violín negro.

Kyriel entornó los ojos y frunció el ceño.

—¿Estás segura?

—Me ha dicho que está muy interesado en verlo... que le apasionan esta clase de instrumentos antiguos...

El cuerpo de Kyriel pareció tornarse en fría piedra.

—¿Alguien más sabe que posees el violín?

Christelle dudó por unos instantes antes de reconocer que había contado su descubrimiento a su amiga.

—¿Crees que Cloe se lo haya podido decir a tu maestro?

—Es imposible... ella no haría una cosa así...

—Cerciórate; llámala —su voz, siempre aterciopelada, se había teñido de autoridad y recelo.

Christelle hizo lo que le pedía con prontitud.

—Cloe, acaba de llamarme el maestro Boldizsár...

—Te dije que estaba muy preocupado por ti —le interrumpió su amiga.

—Sí, lo sé...escúchame, necesito preguntarte algo: ¿le comentaste algo acerca del violín negro?

—¿A Boldizsár? Por supuesto que no, ¿Por qué iba a hacerlo? —Cloe parecía súbitamente ofendida.

—Si lo hubieras hecho, lo recordarías, ¿no?

—¡Te acabo de decir que no le he dicho nada y me vas a hacer enfadar!

—Cálmate, Cloe, te creo...

Cuando colgó, Christelle sintió cómo el pánico la dominaba.

—Así que Cloe no le dijo nada —constató Kyriel.

La joven negó con la cabeza, al tiempo que murmuraba:

—Pero... eso significa... que Boldizsár es... no, no puede ser...

Kyriel permaneció en un tenso silencio.

—A partir de este momento tendremos que ser doblemente precavidos —dijo al fin—. Si tu maestro intenta contactar contigo de nuevo, no contestes y por supuesto, no debemos desvelar nuestros movimientos... ni siquiera a Cloe.

—Pero ella no haría nada que pudiera perjudicarme... —replicó Christelle.

—Tenemos que afianzar nuestros pasos y no perder ni un minuto hasta dar con esas partituras. Si Boldizsár conoce la existencia del violín… ¿quién nos asegura que no persigue su música también?

Christelle trató de calmarse, sin éxito.

Su maestro preferido, ¿era el cerebro que había contratado a esos dos tipos para arrebatarle el violín? ¿Cómo podía saber de su existencia?

No se preguntó la razón. La espectral escena acontecida en la Ópera Garnier le había mostrado el extraño poder del que aquel instrumento era portador.

Y aunque no sabía con exactitud qué clase de magia lo envolvía, no dudó al pensar, que si esa información había caído en la persona equivocada, ésta haría todo lo posible por apoderarse de él.

Su cabeza en aquellos momentos era un remolino vertiginoso que devoraba momentos e imágenes de todo lo que le había pasado desde el fatídico día en el que descubrió aquel extraño y misterioso violín.

Sin ser demasiado consciente de sus actos, se desplazó lentamente hacia el sofá y se sentó en él sin dejar de pensar.

Comenzó a sentir cómo aquella situación la dominaba dejando fuera de juego toda su lógica y razonamiento.

Las visiones producidas por el violín, la nota de Leroux, la leyenda del Fantasma, la escena presenciada en la Ópera… intuir que el causante de la muerte de su tío fuera su maestro preferido… Todo conformaba un conglomerado gigantesco y desproporcionado contra el que se sentía incapaz de luchar. Y eso lograba enfurecerla.

Desde el fallecimiento de sus padres había aprendido a ser fuerte, a generar una especie de escudo protector que cubriera su propia fragilidad, permitiendo que pudiera hacer frente al mundo sin descubrir su extrema sensibilidad ni su vulnerabilidad.

Su carácter se había fortalecido con los años y aunque seguía siendo la misma muchacha soñadora y alegre, su introspección había crecido paralela a una templanza que nunca creyó poseer.

Y ahora... aquel escudo parecía resquebrajarse en cientos de profundas grietas que no soportarían la presión por mucho tiempo.

Su vida tranquila y apacible, había sido alterada por una situación que escapaba a su control y aunque trataba de no dejarse subyugar por el miedo, éste ganaba terreno en su interior de forma alarmante.

Siendo presa de estas emociones, apoyó la cabeza entre sus manos y contuvo las lágrimas que ya comenzaban a rebosar sus ojos.

Kyriel se sentó a su lado y cogió con suavidad una de sus manos.

—No llores. Pase lo que pase, estaré junto a ti.

Cuando Christelle lo miró, él le mostró una afectuosa sonrisa que le transmitió dulzura y ánimo. Pudo sentir un calor especial e intenso procedente del contacto con su piel que le hizo estremecerse.

—Lo siento... —consiguió murmurar—. Es sólo que... no sé cómo seguir adelante. Me siento sin fuerzas.

Kyriel apretó su mano entre las suyas y aproximó su rostro al de ella.

Christelle sintió que los latidos de su corazón se aceleraban y que la sangre acudía con celeridad a sus mejillas. Cuando él comenzó a susurrarle, contuvo la respiración.

—No tienes por qué luchar contra todo tú sola... déjame ayudarte —su voz lenta y melodiosa, estaba teñida de una dulce sensualidad—. Yo seré tu fuerza.

Aquella única frase consiguió evaporar el miedo y la aprensión que la atenazaban. Le pareció sentir que se liberaba de una carga excesivamente pesada y que volvía a ser ella de nuevo.

Sus ojos buscaron los de Kyriel con agradecimiento, pero no fue esa la sensación que obtuvo cuando sus miradas se encontraron.

Sus rostros se hallaban tan próximos, que ella podía percibir su respiración acompasada, su cálido aliento, su peculiar olor...

Su inescrutable mirada le transmitió nuevamente aquella paz hipnotizadora, aquel oscuro infinito de serenidad que a ella tanto le agradaba.

Como si se hallase embriagada de una nueva energía nacida de lo más profundo de su ser, Christelle posó una de sus manos en la mejilla de Kyriel, acariciándola con ternura al tiempo que aproximaba los labios a los suyos.

Dejando atrás vacilaciones e incertidumbres, sus antiguos espejismos, se sintió súbitamente segura de sí misma, como si aquel fuera el paso que extrañamente hubiera querido dar desde que lo conoció, sin que supiera la razón de tan misterioso sentimiento.

Sus labios presionaron suavemente los de Kyriel, que pareció sorprenderse en un primer instante.

Christelle cerró los ojos experimentando un estallido de felicidad en su interior cuando percibió la apasionada respuesta en el beso que él le devolvió. La sangre le hervía bajo la piel mientras le atraía hacia sí depositando su mano en la nuca con voluptuosa suavidad.

Al tiempo que sus bocas se fundían con ardor, las manos de Kyriel recorrieron su espalda provocando en ella un placentero escalofrío que le hizo estrecharse aún más contra su cuerpo. Aquellos acogedores brazos alejaban por completo la confusión y los miedos adolecidos en los últimos días, despertando en ella un deseo y una pasión que no había sentido jamás hasta entonces.

Ella despegó los labios de los suyos y con la respiración entrecortada comenzó a besar cada centímetro de su cuello.

No estaba preparada para la reacción de Kyriel.

Sus manos, que segundos antes la ceñían contra su cuerpo, parecieron tornarse repentinamente gélidas e insensibles mientras se separaba de Chistelle, que sin entender lo que estaba ocurriendo, le observó, confusa.

Él cogió sus manos suavemente, pero con firmeza y lo miró a los ojos con un atisbo de cierta alarma que ella no supo identificar.

—No podemos continuar —murmuró, como si estuviera hablando consigo mismo—. Esto no debe ocurrir...

Christelle se sintió avergonzada y perpleja, una combinación que la obligó a bajar la mirada y tratar de comprender aquella situación.

Nunca se había comportado así, no era propio de ella. Cloe tenía razón. Algo extraño le estaba sucediendo. Una fuerza inexplicable lograba atraerla a los brazos de aquel hombre que ahora sujetaba sus manos con ternura.

Y sin embargo... ¿qué había hecho mal? ¿Precipitarse, tal vez? ¿Dejarse llevar por unos sentimientos que escapaban a su control?

Durante aquellos días él se había mostrado tan interesado en ella... sus ademanes, sus palabras, su sonrisa... Todo parecía indicar que de algún modo la atracción era mutua. Entonces, ¿qué había ocurrido?

Las manos de Kyriel se posaron sobre su rostro, acariciándolo dulcemente mientras aproximaba su cuerpo hacia él concluyendo en un suave abrazo.

Con el semblante sumido en el cabello de la joven, Kyriel susurró:

—No quiero hacerte daño, Christelle, es lo que menos deseo. Siempre contarás conmigo, estaré junto a ti y te protegeré con mi vida si es necesario... —ella tragó saliva intentando que sus ojos no se humedecieran al escuchar su voz— Pero... este no es el momento, te ruego que confíes en mí una vez más.

Christelle permaneció apoyada en el hombro de Kyriel durante unos minutos que le parecieron realmente breves. No quería llorar, al menos no delante de él y sin embargo, el nudo que se había alojado en su garganta acentuaba su presión a cada instante. Kyriel la apartó de sí con delicadeza y posando una mano sobre su mentón para alzar su rostro, le dijo:

—Deberías descansar.

La joven asintió en silencio, permitiendo que él la besase tiernamente en la frente.

Cuando se dirigía a su habitación sintió cómo sus piernas temblaban y sus manos se hallaban heladas.

Cerró la puerta justo a tiempo de que aquel nudo en la garganta se transformase en un silencioso llanto.

27

Verano, 1910

Atlante había pagado una buena suma al capitán de un barco pesquero que regresaba a Génova para que lo llevara hasta allí.

Intuía que la policía francesa ya estaría tras sus huellas. Tenía que abandonar el país de forma inmediata.

Al amparo de la noche, viajó en aquella pequeña embarcación intentando reflexionar dónde debía dirigirse posteriormente.

Era conocedor de la existencia de un solitario monasterio muy próximo a Turín. Tenía que refugiarse una temporada, pasar inadvertido para la policía... y qué mejor lugar que un enclave religioso para salvaguardarse hasta que las aguas volvieran a su cauce.

Confirmó aquella idea cuando recordó haber leído en el cuaderno rojo que había robado, cómo el Fantasma construyó aquel misterioso violín en la ciudad de Cremona.

«No está excesivamente lejos de Turín. Puede que viaje hasta allí para comenzar mis indagaciones.»

Aquel extraño libro había sido el desencadenante de una obsesión que continuaba creciendo en su interior.

«El violín del mítico Fantasma... ¡qué tesoro!»

Se sentía incapaz de determinar hasta qué punto podía sentirse culpable de la muerte de *Dálibor*, lo que le había llevado a convertirse en un prófugo en pocas horas. Para él lo sucedido había sido un desagradable accidente y sin embargo nadie hubiera creído su versión de los hechos. De cualquier forma no tenía ningún sentimiento de culpabilidad e intentó no devanarse la cabeza con aquella idea. Había estado en situaciones muy parecidas, saliendo airoso de todas ellas. No en vano se consideraba un experto en superar las adversidades que en su azarosa vida se le habían presentado.

Únicamente necesitaba algo de tiempo. En unos meses, la policía habría perdido su pista y olvidado el caso.

Una vez en Génova, compró un billete de tren con destino a Turín.

En el trayecto no pudo evitar comenzar a leer el libro mientras se encendía un cigarrillo. Los relatos de viaje que había escrito su dueño eran apasionantes, pero lo que más lo sedujo fueron los innumerables dibujos, pentagramas y esbozos arquitectónicos que salpicaban aquellas páginas. Era como el cuaderno personal de un genio que dominaba aspectos tan variopintos como: la música, la magia, la arquitectura, la medicina... llegando a describir ideas y proyectos completamente inverosímiles para la época en que le había tocado vivir.

Llegó a Turín pocas horas antes del atardecer. Desde allí, consiguió que un taxi lo llevase hasta el pueblo más próximo al monasterio, situado en la base de los Alpes.

Tuvo que caminar los últimos kilómetros a pie, por lo que agradeció las calidas temperaturas veraniegas. Conocía aquellas montañas y sabía que en invierno, podrían ser una trampa de nieve y ventiscas.

Cuando llegó a su destino, alzó la vista, encantado con el paisaje.

Aquel monasterio benedictino era mucho mayor de lo que había imaginado y se erguía, como un coloso de piedra, entre las majestuosas cumbres que lo rodeaban.

Su única torre, situada en uno de los extremos de la nave central, le confería un aspecto medieval que lograba aislar al edificio de la modernidad que reinaba fuera de sus dominios.

Se dirigió al portón principal y llamó con fuerza varias veces.

Cuando se abrió, *Atlante* se presentó ante uno de los monjes como un historiador interesado en los diversos monasterios europeos. Aquel hombrecillo, de baja estatura, cabellos canosos y minúsculas gafas, no tuvo ningún inconveniente en darle cobijo; incluso se mostró realmente cautivado por el proyecto que el inglés parecía llevar a cabo.

Lo invitó a seguirle a través de las grandes arcadas de blanca piedra que constituían el claustro. En el jardín central, *Atlante* pudo ver un pequeño pozo coronado por una cruz latina, alrededor del cual crecían plantas y flores que dotaban aquel espacio de un hermoso colorido.

Ascendieron por una ancha escalera y después de recorrer un largo pasillo repleto de amplios ventanales, el monje le mostró su habitación y le explicó los horarios y las normas de aquel recinto religioso, que sin ser excesivamente estrictas, eran de obligado cumplimiento para cualquier viajero que desease permanecer allí.

Tras una breve conversación sobre sus supuestas investigaciones realizadas en otros monasterios, el religioso le dejó a solas, no sin antes avisarle que la cena era a las siete de la tarde.

Extrajo sus pertenencias de su desgastada bolsa de viaje y las ordenó meticulosamente en el arcaico armario que ocupaba parte de la austera estancia. A través de la pequeña ventana pudo contemplar el maravilloso paisaje que le ofrecían los Alpes en aquella estación del año. El manto verde de sus laderas ofrecía un bello contraste con las cumbres en las que dormitaban las nieves perpetuas.

Tras asistir a la cena que los residentes del monasterio celebraban en comunidad, regresó en silencio a su pequeño aposento y se dispuso a profundizar en aquel cuaderno rojo que tanto le había deslumbrado.

Estudió sus páginas y gráficos durante una semana, tiempo que consideró suficiente para que la policía francesa hubiera pospuesto sus pesquisas.

Su lógica le decía que París era la ciudad donde debía comenzar sus investigaciones y descubrir el paradero del violín. Pero desechó inmediatamente la idea. ¿Estaba seguro de querer regresar a Francia y tentar a la suerte? No deseaba sorpresas imprevistas y la imagen de su posible captura le convenció para olvidarse de la capital francesa y concentrar su búsqueda en las pocas pistas que el libro le ofrecía.

La primera de ellas era Cremona, donde el Fantasma había construido el violín en su juventud. Decidió dejar sus pertenencias en su habitación del monasterio, pensando que sería el lugar más seguro. No quería, bajo ninguna circunstancia, perder aquel libro que podía cambiar su vida.

Aunque habían transcurrido cincuenta años desde entonces, estaba seguro de que todavía podría encontrar en pie aquel local del luthier que el autor del cuaderno nombraba con tanto afecto.

Su intuición no le había fallado. Tras desplazarse hasta Cremona, ciudad situada al norte de Italia, sólo tuvo que preguntar un par de ocasiones para hallar el antiguo taller «Di Lorenzo».

Se detuvo un momento ante el escaparate y contempló la hilera de violines que colgaban de una esbelta vara metálica.

«¿Su violín sería parecido a estos? Lo dudo mucho...»

Cuando entró en el establecimiento, se encontró con un hombre de unos setenta años entregado a la tarea de pulir la superficie de madera de lo que sería un nuevo instrumento de cuerda.

Aquel anciano, de enormes pero expertas manos, se giró para saludarle.

Atlante no había planeado aquel momento. ¿Cómo podría interrogarle acerca de un joven enmascarado que confeccionó su violín allí tiempo atrás?

Tras aclararse la garganta, formuló vagamente su pregunta, temiendo escuchar una duda o una negativa por respuesta.

Sin embargo, el luthier reaccionó de una forma realmente curiosa. Entrecerró los ojos mientras observaba al inglés, como analizando su persona y quitándose lentamente sus lentes, inspiró antes de comenzar su relato.

Según su narración, aquel joven, portador de una máscara, fue el más significado de los aprendices que Di Lorenzo había tenido. El propio maestro había sido quien, poco tiempo después de su partida, le refirió su historia, ya que él mismo fue su aprendiz tras aquel joven enmascarado.

Di Lorenzo profesaba verdadera admiración por su enigmático ayudante que había sido tan inteligente y diestro como el más experimentado artesano.

Su máscara era tan sólo una peculiaridad más, que junto a su hábil manejo de las herramientas y la maestría al tocar el violín, daban a aquel sujeto un aire de extraña leyenda.

Su maestro le habló en diversas ocasiones de su silencioso trabajo, de su introspección y de aquel violín tan singular que había creado. No sólo era simétricamente perfecto, sino que lo había querido cubrir con un barniz negro procedente de Persia. Aquel no era precisamente un color muy normal para un violín, pero aquel joven lo había deseado así.

Atlante escuchó atentamente las palabras de el hombre que con el brillo del recuerdo en sus pequeños ojos, parecía haber rescatado una reliquia de su memoria.

Cuando salió del establecimiento ya había anochecido.

Se dirigió a una de las tabernas más cercanas y tras saborear un vaso de vino, preguntó al dueño dónde podría pasar la noche. Éste le aconsejó La Fontana del Duque, una pensión pequeña y barata situada en la entrada de la ciudad.

Al abandonar la tasca, no fue consciente de que tres hombres le seguían como silenciosos espectros. Dos de ellos le cortaron el paso apareciendo súbitamente ante sus ojos en una calle poco iluminada y peligrosamente estrecha.

Por sus palabras, *Atlante* comprendió que le habían identificado como un extranjero y que se trataba de un asalto en toda regla.

No era la primera vez que trataban de robarle, pero no pudo imaginar que sería la última.

Sus músculos se tensaron y se dispuso para defenderse del previsible ataque.

Los dos hombres se abalanzaron sobre él, pero sus movimientos eran más rápidos y logró zafarse de sus golpes.

Viendo cómo sus compañeros tenían problemas, el tercer hombre surgió de entre las sombras velozmente y con suma presteza sujetó a *Atlante* por la espalda.

Una navaja brilló a la luz de la luna antes de hundirse en su pecho. Con el corazón atravesado, la muerte fue prácticamente instantánea.

Aquellos tres se apresuraron en registrar su ropa encontrando dinero francés, su reloj y una pitillera de plata.

Poco tiempo más tarde, se deshicieron de su cuerpo arrojándolo al río Po.

Al pasar los días y no obtener noticias del viajero inglés, los monjes benedictinos comenzaron a impacientarse.

Después de varias semanas, dedujeron que había optado por marcharse sin decir nada y decidieron recoger sus pertenencias. Entre ellas, hallaron un pequeño libro rojo en el que comenzaban a percibirse los estragos del tiempo.

Una vez abierto, pudieron atisbar parte de su contenido descubriendo pasajes realmente inauditos e interesantes.

Se miraron entre ellos y asintieron al unísono. Sabían perfectamente dónde guardar aquella reliquia en su monasterio.

28

No pudo conciliar el sueño durante gran parte de la noche.

Se sentía extrañamente vacía y confusa, como si un oscuro abismo se hubiera abierto a sus pies y pudiera percibir, en forma de punzantes esquirlas en su estómago, el terrible vértigo y desazón que emanaban de él.

Lo que había ocurrido entre ellos momentos antes, se cristalizaba en su mente como estrellas de hielo, impidiéndole descansar.

Recordaba perfectamente cada una de las palabras que él le había susurrado y no encontraba una explicación lógica para otorgarles cierto sentido.

Quizás ella se hubiera enamorado realmente... pero ¿y él?

En ningún momento su negativa había estado relacionada con sus sentimientos. Todo lo contrario.

«Te protegeré con mi vida si es necesario...»

Puede que pasase por alto alguna pieza de vital información... algo que le ayudase a entender lo que había ocurrido.

Intentó averiguar qué estaría pensando él en aquellos momentos. Tal vez se sintiese tan entristecido como ella...

Ni siquiera cuando la tenue luz procedente del amanecer comenzó a bañar su habitación, pudo abandonar la imagen de aquel beso, de aquellos instantes en los que le pareció que el mundo había dejado de girar para ambos.

Se vistió con lentitud, como si cada prenda pesara el doble de lo normal y al mirarse en el espejo, descubrió que su rostro seguía enrojecido a causa del febril llanto.

Cuando salió de su habitación, se dirigió hacia la cocina y al entrar encontró a Kyriel colocando el último cubierto en la mesa. Había preparado el desayuno.

—Buenos días... —le dijo mientras le señalaba la mesa—. No soy un cocinero de prestigio, pero espero que te guste.

Su voz... su sonrisa... su mirada... lograron que la amargura pasada esa noche, se desvaneciese por completo de la mente de Christelle.

Se sentía incapaz de guardar hacia él ningún tipo de rencor o resentimiento.

«No en este momento» era lo único que él le había sugerido. Nada más.

Debía existir una razón importante por la que Kyriel no había querido prolongar aquel beso, pero estaba segura de que aquella razón no era ella.

No podía ignorar sus sentimientos hacia él, pero tampoco se sentía capaz de pedirle una explicación que intuía complicada.

Confiaba en su palabra y en aquel momento, eso le pareció suficiente.

Con una sonrisa, generada por sus nuevas energías, se sentó frente a él mientras le decía:

—Debemos ir a las catacumbas, ¿verdad?

Kyriel pareció asombrarse ante su semblante y asintió levemente.

—Entonces hay que darse prisa —continuó ella al tiempo que extendía mantequilla por una tostada—; si entramos a primera hora de la mañana, no encontraremos apenas visitantes y podremos buscar con más libertad.

—De acuerdo —respondió él—, además, seguramente será difícil encontrar aquel símbolo entre miles de calaveras... Por cierto, ¿has pensado qué vas a hacer con el violín? La humedad de las catacumbas constituiría un serio problema para el instrumento.

Christelle dudó por un momento. Él tenía razón, las catacumbas no eran el lugar idóneo para un violín.

—No te preocupes, tengo una idea —dijo la joven mientras se dirigía a recoger el estuche.

Pensó que el habitáculo subterráneo donde su tío lo había ocultado temporalmente sería un escondite realmente seguro.

Tras guardarlo en la caja fuerte (utilizando la misma numerología que su tío, 1896) y coger una pequeña linterna, salieron del anticuario con destino a la plaza Denfert-Rochereau, entrada central de las catacumbas situada al sur de París.

La hermosa rotonda presidida por un gran león de cobre negro y flanqueada por sus tres frondosos jardines, todavía permanecía con las huellas de la lluvia del día anterior. Sin embargo, aquella mañana lucía un espléndido sol otoñal.

Al llegar allí, descubrieron con cierto alivio que eran los primeros en entrar.

El recorrido comenzaba por unas empinadas escaleras circulares que ambos bajaron en silencio. La sensación de estar sumergiéndose en las entrañas de la tierra, no desagradó a Christelle, quien en esos momentos pensó automáticamente en Gilles.

«Debería haberlo llamado... a él le hubiera apasionado ser nuestro guía.»

Tras varios minutos de descenso, se encontraron con una estrecha sala rectangular cuyas paredes se hallaban repletas de litografías y cuadros explicativos de la historia de aquel lugar.

Atravesaron aquella zona perfectamente iluminada para encaminarse por un angosto túnel envuelto en tinieblas. Únicamente podían vislumbrar sus propias siluetas gracias a la escasa luz proveniente de diminutas bombillas situadas a ciertos metros de distancia.

Pudieron percibir el característico olor de la humedad materializado en forma de pequeñas gotas que de vez en cuando mojaban sus rostros.

El techo de medio punto construido en piedra, parecía no tener fin; no existía ninguna esquina, ninguna curva... como una misteriosa antesala de un laberinto aún mayor.

Sus pisadas, crujían sobre un lecho de minúsculas piedras esparcidas por el suelo y los numerosos charcos, los obligaban a caminar con máxima precaución.

Christelle, que avanzaba en primer lugar, pareció detenerse un instante y girándose hacia Kyriel, le dijo con ánimo:

—Creo que ya hemos llegado, veo una mayor intensidad de luz al final de este túnel.

No se equivocaba. Sus pasos desembocaron en una sala constituida por varias columnas de piedra pintadas con extraños motivos en blanco y negro tales como almenas, rombos, estrellas...

Al final de aquel habitáculo, en un cartel situado sobre sus cabezas, pudieron leer una lúgubre advertencia:

¡Detente! Aquí comienza el imperio de la Muerte.

Christelle nunca había visitado las catacumbas y aunque sí había visto fotografías de ellas, aquel aviso no le previno lo suficiente para lo que iba a contemplar a continuación.

Ante ellos, se abría un oscuro dédalo subterráneo cuyas paredes estaban formadas por millones de restos óseos.

La joven contuvo la respiración por unos segundos, impresionada por aquella visión tan tétrica.

Tibias, húmeros, clavículas, cráneos... todos ellos apiñados de diversas formas y composiciones macabras.

Colocados entre ellos, se hallaban diferentes inscripciones en piedra indicando el cementerio de procedencia de cada conjunto de esqueletos.

Boquiabierta, Christelle se mantuvo observando aquel sombrío cuadro con una mezcla de instintivo rechazo y gótica atracción.

La estatua que habían visto en el Louvre conformaba un simple ejemplo de lo que allí estaba expuesto.

La joven, quizás hipnotizada por la extraña belleza de la muerte, quiso tocar una de las calaveras. Sus dedos casi rozaban su pulido cráneo, cuando la voz de Kyriel la sobresaltó.

—Mira —dijo él mientras le indicaba una de las inscripciones—, estos parecen ser los restos del Cementerio de Saint Nicolas des Champs... Debemos encontrar Saints Innocents.

Las cuencas vacías de aquellas calaveras anónimas parecían seguir sus pasos con su fúnebre mutismo y su sonrisa de ultratumba.

Las sombras que nacían de la tenue luz en aquellos pasadizos conformaban un ambiente siniestro en donde el espíritu de los muertos reinaba en aquel submundo. El silencio que invadía el lugar era transgredido de vez en cuando por extraños ecos que reverberaban a lo lejos sobre las óseas paredes.

El frío se acentuaba conforme iban adentrándose en aquel laberinto sin vida lo que hizo que Christelle se abrochara hasta el último de los botones de su cazadora.

Al doblar una esquina, desembocaron en una rotonda muy particular en cuyo centro se hallaba un pedestal con una vela encendida. Los cráneos que la rodeaban parecían contemplar su resplandor con misteriosa adoración.

—Creo que Gilles me habló acerca de este lugar... —comentó Christelle—. La Lámpara Sepulcral. Según la leyenda, su luz es la guardiana de las almas que vagan por estos túneles.

Ambos permanecieron en silencio, observando la pequeña llama que tan poderoso trabajo desempeñaba.

Christelle se percató de varios carteles grabados en piedra que decoraban aquella estancia. El primero de ellos se hallaba escrito en latín:

Dispón de tus bienes porque no podrás vivir eternamente.

El segundo rezaba:

Venid, gentes del mundo, venid a estas residencias silenciosas y vuestra alma, ahora tranquila, será arrebatada de la voz que se eleva en su interior.

Kyriel señaló otra inscripción.

—Cementerio de Saint Laurent: parece que tampoco es aquí donde debemos buscar.

Siguieron avanzando hasta detenerse nuevamente ante un curioso relieve grabado en el rugoso muro de piedra, protegido por unas gruesas verjas que comenzaban a oxidarse.

Se trataba de una peculiar maqueta de un castillo.

—¿Qué significará? —preguntó Christelle.

En ese instante, escuchó una voz a su espalda.

—Es una pequeña decoración llevada a cabo por un soldado llamado Décure en 1782, contratado por la Inspección General de Carrières.

La joven se volvió para averiguar quién había pronunciado aquellas palabras. Comprobó que era uno de los guardas de las catacumbas.

Kyriel le agradeció la información y con un gesto significativo, indicó a Christelle que debían seguir caminando.

—No habíamos contado con los guardas —le susurró cuando se hubieron alejado unos metros—, espero que no nos vean inspeccionar la zona, no quiero preguntas inoportunas.

El silencio que inundaba aquellas cavidades era sobrecogedor.

Christelle no podía apartar la mirada de las calaveras que se encontraban a cada paso. Algunas de ellas se hallaban fracturadas, otras habían perdido parte de su mandíbula y otras, únicamente mostraban parte de su cráneo ciego.

Pensó en todas aquellas vidas sesgadas por la igualadora guadaña de la Muerte y en los acontecimientos que les llevaron a caer en su funesto poder: pestes, hambre, enfermedades… la Revolución Francesa…

Sintió lástima por ellos. No estaba plenamente convencida de que aquel lugar fuera el idóneo para su descanso eterno.

Se hallaba sumida en estas cavilaciones cuando Kyriel, que se había adelantado unos pasos, se giró hacia ella con una sonrisa.

—¡Aquí es! —exclamó a media voz señalando una inscripción.

Christelle se aproximó hacia ella y leyó en voz alta su grabado:

Osamentas del Cementerio de los Santos Inocentes, depositados en Abril, 1786.

—¡Genial! Pero...—la joven miró a su alrededor con desilusión—. en los corredores pertenecientes a este cartel hay miles de esqueletos, ¿cómo vamos a distinguir el símbolo que indicaba Leroux entre todos ellos?

—Tendremos que ser muy meticulosos —contestó él—. Yo registraré el muro de la izquierda, comprueba tú el lado derecho.

—De acuerdo.

Tras largos minutos examinando cada uno de los cráneos que allí se encontraban, Christelle comenzó a impacientarse.

Las calaveras parecían carcajearse de su búsqueda y la poca luz de que disponían no ayudaba en aquella minuciosa labor.

«Al menos» —pensó la joven— «no hay muchos visitantes hoy... me pregunto qué pensarían si nos vieran escrutar estos esqueletos con tanto ahínco.»

Suspiró cruzándose de brazos y comprobando que el lado que debía registrar se hallaba dividido por un pequeño portón de madera.

«Un momento...»

Entrecerró los ojos para ver mejor y con su linterna iluminó la dovela circular de piedra que enmarcaba aquella puerta.

—¡Creo que he encontrado algo! —exclamó.

Él se dirigió con rapidez hacia ella y se agachó para vislumbrar la clave central del dintel. Apartó una vieja telaraña y sopló sobre el denso polvo que cubría la piedra principal.

Allí estaba; era aquel extraño símbolo en forma de uve doble torcida que habían visto por primera vez en la estatua del Louvre.

Ambos se miraron y sonrieron en silencio, cómplices de su éxito.

—Todo este tiempo estábamos buscando esta marca en una calavera... —dijo Christelle— ¿quién nos iba a decir que se trataba de una puerta? Ahora la cuestión es... —prosiguió— cómo vamos a entrar.

Kyriel palpó su superficie y empujó levemente su madera.

—Es muy antigua —dijo al fin— y aunque está cerrada, no creo que tengamos problemas. Apártate un segundo.

Tras decir esto, dio una certera patada que abrió la puerta destrozando el deteriorado cerrojo que poseía.

El eco que generó, repercutió unos instantes por los oscuros pasillos.

—¿Y si nos han escuchado los guardas? —preguntó alarmada Christelle.

—Tenía que arriesgarme —dijo él encogiéndose de hombros y esbozando una pícara sonrisa—. Yo iré delante, quizás no sea un lugar seguro.

Christelle vio como se introducía por la pequeña apertura y desaparecía en la oscuridad.

Tras varios segundos de espera, escuchó su voz.

—Vamos, puedes entrar.

Cuando la joven penetró en su interior, encendió su linterna y trató de iluminar la estancia, descubriendo que aquella puerta comunicaba con un nuevo corredor sumido en la más absoluta oscuridad.

El sonido de sus pasos resonaba cavernosamente en aquel túnel hasta que Kyriel se detuvo, indicándole que iluminase el techo.

—Lo que imaginaba —comentó él señalando la bóveda.

Ante ellos y dividiendo el corredor en dos, se hallaba un deteriorado arco apuntado; los grandes bloques de piedra que lo formaban estaban completamente amalgamados en un caos arquitectónico.

—Este corredor es muy antiguo y por lo que veo, no muy seguro —prosiguió con preocupación Kyriel—, tendremos que ser precavidos.

Al traspasar las fronteras delimitadas por aquel arco, se encontraron con una pequeña sala donde el aire parecía haberse tornado denso y rancio.

Christelle enfocó la estancia con su linterna y lo que vio, le hizo dar un instintivo paso atrás.

Aquel habitáculo se hallaba repleto de restos óseos, de esqueletos humanos que cubrían desordenadamente todo el suelo y buena parte de las paredes, rozando la rugosa bóveda superior.

—No te asustes —dijo Kyriel— deben ser restos sin clasificar...

—No estoy asustada —respondió ella, sobreponiéndose a aquel macabro espectáculo.

Kyriel sonrió ante el aplomo que demostraba.

—Bien, es aquí donde debemos buscar... —dijo mientras se aproximaba con cuidado a los cientos de cráneos y tibias esparcidos por la sala —intenta iluminar todo cuanto puedas.

Christelle asintió al tiempo que procuraba alumbrar cada recodo.

Las fantasmagóricas sombras que la luz de su linterna creaba, le impulsaban a salir de allí y ver de nuevo las transitadas calles de la superficie.

—No vayas tan rápido —le indicó Kyriel—, casi no tengo tiempo para registrar cada zona.

—Lo siento...

El tiempo transcurría lentamente en aquella macabra cámara de almas olvidadas por los siglos. Parecían protegerse unas a otras para no caer en el aciago espejismo de lo que una vez fueron. Sin ojos en los que reflejar sus sueños de antaño, sin labios con los que besar a sus seres queridos, sin manos que pudieran ofrecer ternura y calor, sin voz con la que clamar sus palabras mutiladas por la angustia...

Eran tristes poseedoras de las sombras y del oscuro vacío en que se hallaban prisioneras. Atrapadas en aquella cueva de su destino final, únicamente podían permanecer silenciosas y desterradas, añorando sus días de luz.

Almas de muerte. Almas sedientas de plenitud. Almas sin descanso.

Kyriel persistía en su búsqueda, analizando cada muro, esquina, osamenta.... mientras Christelle iluminaba con la tímida luz de su linterna.

—¡Un momento! —exclamó él repentinamente—. Vuelve a enfocar aquella parte de la pared.

Christelle entornó los ojos, incapaz de distinguir algo entre tantos esqueletos.

—¡Justo ahí! Déjame ver...

La joven se aproximó hasta situarse junto a él.

Ante ellos, situada en el centro del muro principal y rodeada por cientos de huesos, se encontraba una calavera con la misma marca en forma de doble uve grabada en su frente.

Ambos se mantuvieron en silencio, contemplando aquel singular cráneo hasta que Christelle pronunció en voz alta sus dudas.

—¿Y qué se supone que debemos hacer ahora?

—No seas impaciente —el tono de Kyriel denotó gravedad—, supongo que lo que buscamos está en su interior…

—Entonces, vamos a averiguarlo —diciendo esto, alargó ambas manos y tiró de la calavera con todas sus fuerzas, arrancándola del lugar en que se encontraba.

—¡No! —gritó Kyriel.

Su grito de advertencia llegó demasiado tarde.

Se abalanzó hacia ella cubriéndola con su cuerpo al tiempo que los cientos de osamentas amontonadas en aquella pared, se precipitaban sobre ellos con un estrépito ensordecedor. Parecía una extraña venganza por separar a uno de sus hermanos del lugar al que pertenecía.

Permanecían sepultados bajo aquella vorágine de esqueletos cuando un sonido sordo llegó hasta sus oídos.

Súbitamente, las rocas que confeccionaban el arco apuntado que habían atravesado hacía escasamente unos minutos, comenzaron a desplazarse de su posición como resultado de aquella avalancha de muerte.

Kyriel abrazó con más fuerza el cuerpo de Christelle presintiendo lo que iba a ocurrir a continuación.

La bóveda que servía como introducción a aquella sala, se derrumbó estruendosamente y con ella, parte de los muros laterales, bloqueando la salida por completo.

Ella se mantuvo inmóvil bajo la protección de Kyriel, quien no redujo la presión de sus brazos hasta pasados unos segundos, cuando la sala pareció recuperar su calma.

—¿Te encuentras bien? —susurró él con la inquietud reflejándose en su voz.

La joven se sintió incapaz de articular palabra.

—S...sí... —logró musitar.

Creyó escuchar un suspiro de alivio procedente del pecho de Kyriel que paulatinamente fue relajando sus músculos hasta liberarla de su abrazo.

Con la energía que lo caracterizaba, comenzó a apartar el caótico conjunto de huesos bajo el que se hallaban sepultados, ayudándola a incorporarse.

Aun a pesar de lo ocurrido, la joven seguía aferrando la calavera marcada con el extraño símbolo.

Una vez en pie, comprobó que la apertura por la que habían entrado a aquella sala ya no existía.

Sintió que le invadía una gigantesca ola de culpabilidad mientras Kyriel se aproximaba hacia las piedras caídas para comprobar si era factible retirarlas.

—Es peor de lo que me temía —dijo él—. Aunque alguno de los guardas haya escuchado el ruido, dudo mucho que pueda sacarnos de aquí... tardarían varios días en apartar todos los bloques y afianzar el muro y la bóveda. Todavía me preocupa que puedan originarse más desprendimientos.

—Lo siento... —gimió Christelle, que permanecía en pie, todavía temblorosa por el susto.

Él se mantuvo en silencio.

—Y ahora... ¿qué vamos a hacer? —preguntó ella con el temor reflejándose en sus ojos.

Kyriel frunció los labios.

—Realmente no lo sé... —tras una breve pausa, prosiguió con gravedad—. No voy a mentirte, Christelle, no estamos en una situación fácil. Nadie sabe que estamos aquí y la salida se haya totalmente bloqueada. Lo que más me preocupa es que si no encontramos pronto una solución, tarde o temprano nos quedaremos sin oxígeno.

Sin querer, Christelle apretó sus dientes con fuerza.

«Todo esto ha ocurrido por mi total falta de sensatez» se decía a sí misma.

Kyriel, que comenzaba a percibir su nerviosismo, sujetó sus brazos con suavidad y le dijo:

—Debemos pensar con calma... Tiene que haber algo que podamos hacer para salir de aquí. No dejemos que el miedo nos domine.

Su rostro, tenuemente iluminado por el pequeño resplandor de la linterna, parecía contradecir sus serenas palabras de ánimo.

La mente de Christelle explosionó en un remolino de ideas sin sentido; buscaba frenéticamente una solución, algo que les diera una mínima oportunidad de salir ilesos de allí.

Él permanecía igualmente pensativo, con la intranquilidad reflejándose en su mirada.

«Si Gilles estuviera aquí...» —pensó la joven que súbitamente pareció recobrar el aliento— «¡Gilles! ¡Eso es!»

Extrajo de uno de sus bolsillos el móvil y trató de activarlo.

—¿Qué vas a hacer? —preguntó Kyriel con curiosidad.

—Intentaré llamar a Gilles, él sabrá resolver este problema, estoy segura.

Él negó con la cabeza.

—Recuerda que estamos a varios metros bajo la superficie de París... No tendrás mucha cobertura.

Christelle se pasó una mano por su cabeza con desazón.

—Entonces... —dijo— le mandaré un mensaje, quizás le llegue; tengo que intentarlo.

Con toda la rapidez de la que fue capaz, escribió:

SOS, atrapados catacumbas,
galería Inocentes. Christelle.

El primer intento fue en vano.

«Por favor...»

Cuando volvió a presionar el botón de Aceptar, comprobó aliviada cómo el mensaje había sido enviado a su destinatario.

—¿Crees que funcionará? —inquirió Kyriel— ¿Sabrá dónde estamos?

Christelle dudó por unos instantes.

—Confío en él; no le subestimes, Gilles es un genio de los subterráneos. Además, es nuestra única salida si no queremos morir aquí...

Mientras tanto, al otro lado del muro, uno de los guardas de las catacumbas se dirigía apresuradamente hacia aquella zona alertado por el fuerte ruido producido por el desprendimiento.

Al llegar al osario de los Inocentes, buscó con su linterna cualquier signo de destrozo en los cientos de huesos que se apiñaban en las paredes.

Pero todo estaba en orden.

Cuando se giró para iluminar el lado derecho de aquel corredor, vislumbró que el pequeño portón de madera se hallaba abierto.

Su serenidad profesional dio paso a una creciente de alarma.

Penetró y enfocó el estrecho pasillo que se encontraba ante sí, descubriendo con sofocada inquietud como la bóveda se había hundido y con ella, parte de los muros laterales.

Tomó con decisión su walkie talkie y llamó a sus compañeros de los pisos superiores.

Al cabo de unos minutos, todos se hallaban presenciando aquel desprendimiento. Temerosos de que alguien se hubiese quedado atrapado dentro, o que aquello ocasionase, hundimiento del suelo en la superficie, convinieron en llamar urgentemente a la Inspección General de Carrieres.

En ese mismo instante, a pocas calles de distancia, Gilles escuchó el sonido de un nuevo mensaje en su móvil.

Cuando comprobó el número al que pertenecía, pareció animarse pensando que posiblemente Christelle quisiera contar con su ayuda en su búsqueda por las catacumbas.

Su rostro cambió radicalmente de expresión al leer el contenido del mensaje. De su boca escapó una exclamación ininteligible.

Con toda la celeridad de la que fue capaz, se colocó su mono azul, cogió el casco provisto de linterna y recogiendo uno de los múltiples mapas de los subterráneos parisinos que poseía, así como su mochila llena de materiales y herramientas, cerró con fuerza la puerta de su casa. Una vez en la calle, se dirigió, siguiendo las anotaciones de su plano, a una de las bocas de alcantarillado más cercanas.

Sin importarle que varios transeúntes clavaran en él sus curiosas miradas, abrió la trampilla penetrando en su oscuro interior.

Sabía que las vidas de sus amigos dependían de su rapidez y pericia. Sólo esperaba no llegar demasiado tarde.

—Confiar y esperar... es lo único que podemos hacer ahora —opinó con resignación Kyriel.

Christelle miró a su alrededor con desánimo. Las amarillentas osamentas se hallaban esparcidas por el suelo, cubriéndoles hasta las rodillas. Se sentía cautiva de aquellos huesos a los que parecía haber perturbado con su impetuosa iniciativa y se culpó mentalmente una vez más por lo sucedido.

Habían registrado los muros, ahora desnudos, en busca de una posible salida, pero no obtuvieron éxito alguno.

La joven podía percibir cómo el aire se tornaba pesado y espeso impidiendo que respirase con normalidad. Parecía como si los esqueletos que allí se hallaban, inhalaran con sus inexistentes pulmones el escaso oxígeno que restaba.

—Al menos —dijo Kyriel señalando el cráneo que Christelle seguía sujetando— veamos qué es lo que esconde la razón por la que estamos aquí.

Ella giró la calavera para vislumbrar su interior sin advertir nada extraño. Sin embargo, al iluminarlo directamente con la linterna, observó que un pequeño papel enrollado estaba adherido en la pared interna del parietal.

Lo extrajo con delicadeza y se lo mostró a Kyriel, que no dudó en abrirlo para descubrir su contenido. Ambos se miraron con extrañeza cuando comprobaron el mensaje que ocultaba.

Se trataba de un dibujo en tinta negra confeccionado a pluma.

Sus trazos parecían formar una misteriosa cabeza de pájaro, provisto de un acentuado pico y de un ojo circular en su centro donde podía leerse la inicial «S». Bajo el dibujo, otro enigmático acertijo y una firma que ya conocían:

En lo más profundo de su femenina mirada, se muestra el sendero hacia lo inacabado.

Quien perdona los pecados del Astro Rey encierra la Omega de la Inmortalidad.

Gastón Leroux.

Dieron por hecho que el escritor quería seguir poniendo a prueba la inteligencia de aquellos que descubrieran dicha pista. Pero, ¿cómo continuar su búsqueda atrapados en aquella prisión de muerte?

¿Sabían acaso si podrían salir de allí con vida?

29

Christelle guardó la encriptada nota en un bolsillo de su pantalón y se apoyó contra la pared.

Poco a poco comenzó a perder el optimismo que había adquirido al enviar el mensaje al móvil de Gilles dejándose invadir por sombríos pensamientos.

«Quizás tenga apagado el móvil... o puede que no nos encuentre...»

Tras una interminable hora, la esperanza de Christelle comenzó a diluirse entre aquellas mudas calaveras, dando paso a una silenciosa resignación.

Kyriel, que había permanecido sentado junto a ella, percibió su desánimo, pero se abstuvo de pronunciar palabra.

Él también sentía el peso opresor de aquel aire denso y compacto en el que poco a poco se marchitaba el oxígeno aún existente.

La respiración de ambos se había transformado en un rítmico jadeo y a pesar del frío, diversas gotas de sudor perlaban sus frentes.

Christelle pensó con amargura que aquella sería una forma un tanto extraña de morir… al lado de los vestigios que la propia muerte había cosechado durante siglos.

Fue en ese momento y de una manera que no podía prever, cuando él la rodeó por la espalda entre sus fuertes brazos proporcionándole el calor humano que ella necesitaba. No se atrevió siquiera a moverse pensando que si aquellos podían ser sus últimos minutos de vida, al menos que fueran junto a él.

De pronto, escucharon un leve ruido, como si alguien estuviera arañando la piedra con algún objeto metálico.

Los dos cruzaron sus miradas durante unos segundos y observaron su alrededor intentando adivinar de dónde provenía exactamente.

Convinieron con un gesto en que se originaba sobre sus cabezas.

La joven iluminó con su linterna, pudiendo vislumbrar cómo una arenosa cascada de polvo caía sobre ellos. Sus partículas y la falta de oxígeno, hicieron que ambos comenzaran a toser con asfixiante dificultad.

Segundos más tarde, el extraño ruido se transformó en una convulsión violenta.

Se apartaron justo a tiempo de ver caer a sus pies una placa rectangular de metal. Alzaron sus miradas de nuevo descubriendo una oscura trampilla.

Súbitamente, una cabeza surgió de ella. Portaba un casco blanco con una pequeña linterna incorporada.

—¡Gilles!

La exclamación de júbilo de Christelle resonó en toda la estancia.

El cata le indicó que guardara silencio.

—Gracias a Dios que os encuentro. No habléis muy alto, cualquier sonido con unos decibelios de más puede causar desprendimientos —tendiendo una mano a la joven, prosiguió—. Vamos, no hay tiempo que perder.

La escasa distancia que les separaba del techo, hizo que pudieran acceder a la abertura cenital sin demasiadas dificultades.

Una vez en el piso superior, Gilles abrazó con fuerza a Christelle.

—Siento haber tardado tanto... mi plano de esta zona es un poco anticuado y la Inspección General de Carrières ha bloqueado algunas de las entradas más comunes que solíamos utilizar los catas. No ha sido fácil llegar hasta aquí —hizo una breve pausa y endureciendo el tono de su voz, continuó:

—Por supuesto, os pediré una explicación en cuanto salgamos a la superficie... ¿Seguro que os encontráis bien?

Christelle asintió para tranquilizar a su amigo, pero lo cierto era que sentía un desagradable mareo y sus ojos enrojecidos tenían serias dificultades para enfocar con claridad. Intentó no pensar en la posibilidad de que Gilles no los hubiera encontrado a tiempo y lo siguió por laberínticos corredores y estrechos pasadizos hasta llegar a un punto en donde unos escalones de hierro anclados en la rocosa pared los llevaron a la superficie.

Agradeció el aire fresco con el tibio sol en su piel y respiró con fuerza.

Una amplia sonrisa se dibujó en su rostro... No podía creer que estuviera viva.

—Es inadmisible que hayáis bajado a las catacumbas sin mí y más aún que os adentréis en galerías de ese tipo —protestó Gilles al comprobar la palidez y la intranquilidad en sus semblantes—. ¡Novatos! ¡Podíais haber muerto allí abajo!

A Christelle no pareció importunarle el enojo del cata; se sentía dichosa y enérgica, como si de algún modo hubiera asistido a su propio renacimiento.

Abrazó de nuevo a Gilles mientras le decía:

—Gracias... no te enfades, por favor.

Un beso en el rostro de su amigo pareció relajarle notablemente.

—Al fin y al cabo —dijo—, todo ha concluido siendo un buen susto, nada más... ¿Pero qué hubiera ocurrido si yo...?

Christelle interrumpió sus palabras con un mohín de disgusto disimulado.

—De acuerdo, está bien —el cata se acarició la incipiente barba—. Y decidme, ¿habéis conseguido encontrar algo después de todo?

La joven le enseñó la extraña nota que habían descubierto en el interior de la calavera.

Gilles la observó con detenimiento durante unos segundos.

—Vaya —musitó—, esta vez es mucho más complicada que la anterior... Parece ser que Leroux se tomó muy en serio su cometido. No debió ser fácil llegar a colocar esta nota dónde me habéis dicho...

Christelle frotó sus manos en señal de frío.

—¿Podríamos tomar un café y analizar mientras tanto su mensaje? —dijo, suplicante.

—Por supuesto —asintió el cata—, os sentará bien beber algo caliente.

Habían desembocado en la Rue Bezout, por lo que decidieron encaminarse a la avenida principal donde encontraron un bistro bastante tranquilo.

Christelle bebió con avidez un sorbo de su café sintiendo cómo le quemaba la garganta. Una sensación placentera recorrió su cuerpo al tiempo que cerraba un instante sus cansados ojos permitiendo que el calor la fuera reanimando.

Kyriel parecía no estar interesado en su café. Observaba con seriedad y abstracción la encriptada nota que Gilles sostenía en sus manos.

—Es todo un misterio —dijo éste al fin—, ni siquiera sé qué significa el dibujo. ¿Se supone que es un pájaro?

—Eso creemos —dijo Kyriel mientras miraba a Christelle—. Seguramente sea el símbolo de algo.

Discutieron acerca de la inicial existente en lo que afirmaban era el ojo del ave en sí, pero no llegaron a obtener una respuesta convincente.

Giraron el dibujo colocándolo en diversas posiciones, pero la idea principal prevaleció sobre las secundarias.

Por último, centraron su atención en la extraña frase que Leroux había escrito.

—«Su femenina mirada»... ¿el pájaro es hembra?

La pregunta del cata hizo sonreír a Christelle, que comenzaba a sentirse mucho mejor tras haber apurado su café. Fue en ese momento cuando se prometió a sí misma que nunca volvería a pisar las catacumbas.

—Está bien, listilla —le apuntilló Gilles—, dime qué ideas tienes.

Christelle releyó la nota y frunció los labios.

—Creo...que como bien ha sugerido Kyriel se trata de un símbolo que apunta a otra cosa... algo donde el adjetivo «femenina» cobre sentido. Sin embargo... por mucho que piense, no encuentro la solución a este acertijo.

—¿Y qué me decís de la segunda parte? —inquirió el cata—. Quien perdona los pecados del Astro Rey... ¡No tiene sentido!

Los tres guardaron silencio, sumergidos en el intrincado misterio de aquel mensaje.

—Kyriel —le interpeló Christelle—, ¿este dibujo forma igualmente parte de las técnicas del Lenguaje de los Pájaros?

—Es curioso —interrumpió Gilles señalando la nota—, pero incluso el nombre de esa clase de lenguaje parece referirse a esta figura.

Kyriel se acarició el mentón en actitud pensativa antes de contestar.

—Realmente desconozco si el Lenguaje de los Pájaros amplió sus fronteras utilizando imágenes, pero no existe razón alguna para que no fuera así. Una ilustración también puede contener secretos...

—Me recuerda a los poemas de Apollinaire... —musitó la joven que tras comprobar el interés en los rostros de sus amigos, prosiguió—. Estudié su literatura hace unos años... Guillaume Apollinaire era un excelente poeta francés de principios del siglo XX. Se caracterizaba porque muchas de sus composiciones se hallaban escritas en forma de dibujos que reflejaban lo que pretendía transmitir. Se denominan ideogramas».

Gilles, impresionado por la explicación, le pidió un ejemplo.

—Leí varios poemas que dibujaban con sus versos la Torre Eiffel, una fuente, gotas de lluvia al caer e incluso... un pájaro —al decir esto, la mirada de Christelle regresó al mensaje de Leroux.

—Creo que pediré un calvado —resopló el cata—, me ayudará a pensar.

Cuando el camarero le trajo el pequeño vaso de licor, Gilles continuaba manifestando su afán en resolver el enigma gráfico.

—Realmente no sé qué quiere decir este dibujo… ni a donde debemos dirigirnos para seguir buscando… estoy totalmente bloqueado.

El camarero, que había oído sus palabras, observó con silencioso disimulo la ilustración que habían depositado sobre la mesa.

Un súbito brillo se reflejó en sus ojos grisáceos.

—Disculpen… —comenzó a decir— siento interrumpir su conversación, pero no he podido evitar escucharles y… creo que puedo serles de ayuda.

Los tres lo miraron con curiosidad.

Christelle fue la primera en preguntarle a qué se refería.

—El dibujo del que hablan… estoy seguro de que se trata del parque Buttes-Chaumont —diciendo esto, señaló la imagen—. Su forma y contorno son idénticos… Yo vivo desde hace algunos años en una de las calles que lo rodean, por eso me resulta tan familiar.

La joven sintió una punzada de melancolía al escuchar ese nombre. Su memoria evocó vagamente cómo en una ocasión sus padres, siendo ella muy niña, la habían llevado allí. Pero ni siquiera podía recordar cómo era.

Kyriel indicó al camarero la inicial que se hallaba escrita en lo que parecía el centro de aquel pájaro.

—¿Qué puede decirnos de este símbolo? —le preguntó— ¿Lo reconoce también?

El hombre dudó por unos instantes antes de responder.

—Lo siento, señor. No sé qué significado puede tener esa inicial, pero sí puedo decirles que justo en este lugar, en un promontorio rocoso, se encuentra un templete de estilo antiguo…

Tras agradecerle la información, esperaron a que se alejase lo suficiente como para seguir con sus pesquisas.

—¿Creéis que es cierto? ¿El dibujo es un símbolo de ese parque? —preguntó Christelle, incrédula.

—Sólo hay una forma de averiguarlo —opinó Gilles levantándose de su asiento—. Esperadme aquí, vuelvo enseguida.

Varios minutos más tarde, apareció con un plano de París en sus manos.

—Lo he comprado en una librería cercana —dijo mientras lo desplegaba sobre la mesa—; veamos si el camarero está en lo cierto.

Los tres buscaron en él hasta que Christelle señaló el punto exacto.

La imagen verde del parque Buttes-Chaumont que aparecía en el mapa, era idéntica a la figura perteneciente a la nota que ellos poseían.

—Así que... no era exactamente un pájaro, después de todo... —musitó Christelle rompiendo el silencio.

—Además —añadió Kyriel en tono misterioso—, si no recuerdo mal, este parque fue construido en época de Napoleón III...

—El emperador que ordenó construir la Ópera Garnier, ¿no es cierto? —preguntó Gilles, que empezaba a encajar mentalmente todas las piezas del rompecabezas.

La joven asintió, todavía perpleja ante aquel descubrimiento.

—¿Y el templete del que nos ha hablado? —preguntó con curiosidad— ¿Es allí donde debemos buscar?

—Únicamente lo sabremos cuando estemos en Buttes-Chaumont —dijo Kyriel con convicción.

—Entonces, vámonos ya —la impaciencia del cata se reflejó en sus oscuros ojos—. Eso sí, esta vez no permitiré que vayáis solos.

La débil luz del crepúsculo ya había cubierto el inmenso parque con su otoñal belleza.

Los destellos dorados que se formaban en su lago circular eran surcados de vez en cuando por las estelas que dejaban tras de sí alguna pareja de patos o de garzas. Sus tranquilas aguas transmitían sosiego y serenidad.

Christelle observó casi hipnotizada el colosal promontorio rocoso sobre el que se erigía, poderoso y atemporal, un pequeño templo de proporciones clásicas. Los postreros rayos del ocaso se filtraban a través de sus esbeltas columnas, otorgándole cierta magia que parecía provenir de las deidades antiguas. Su silueta reinaba sobre el extenso parque, como si éste le perteneciese y su sola visión transportaba a tiempos remotos de grandiosidad divina y terrena. A sus pies, Buttes-Chaumont se postraba ante él, desgajado en cientos de laberínticos caminos que parecían dividir sus franjas verdes y ofrecer a los visitantes la oportunidad de perderse en ellos para así descubrir sus más secretas veredas.

Entre los frondosos árboles que lo decoraban, podían vislumbrarse a varias personas practicando deporte o a románticas parejas paseando cogidas de la mano.

Al verlas, Christelle no pudo evitar sentir un dolor sordo en su estómago.

Miró sin querer a Kyriel que permanecía abstraído contemplando el paisaje y sintió como un leve nudo anidaba en su garganta.

Alzó la vista y volvió a enfocar aquel templo, que parecía estar esperándoles.

La joven respiró hondo. Podía sentir la suave brisa sobre su piel y oler el dulce aroma de las flores y la hierba.

—¿Christelle? —la voz de Kyriel pareció despertarla de un sueño lejano—. Ven, preguntaremos en el kiosco de información.

Ella se apresuró en seguir a sus amigos.

—Buenas tardes, ¿podría decirnos cómo llegar al templo situado en lo alto de aquel promontorio? —preguntó Gilles a una mujer de mediana edad a través de una ventanilla. Ella extrajo un plano del parque y se lo mostró señalando el punto exacto al que querían dirigirse.

—Ése es el templo de la Sibila, Monsieur. Pueden llegar en pocos minutos siguiendo esta senda —dijo mientras marcaba a lápiz el camino—. Como verán, el puente que unía esta sección con la cima del promontorio se encuentra en obras... prosigan recto y aquí tuerzan a la izquierda.

Christelle y Kyriel se miraron con asombro.

—Perdone —interrumpió él—, ¿cómo ha dicho que se llama el templete?

La mujer le ofreció una amable sonrisa.

—El templo de la Sibila. Se dice que está construido a imagen y semejanza del templo de Vesta en Tívoli, pero créame, *monsieur,* éste posee una belleza inigualable.

Christelle lo comprendió todo.

De la Sibila... o también denominada pitonisa... la Pythie...

Toda su vida viviendo en París y nunca había sabido que aquel lugar estaba dedicado a una sacerdotisa...

«Supongo que es otra de las curiosidades que oculta esta ciudad...»

Kyriel posó una mano sobre su hombro y le susurró al oído:

—Así que, según parece, Leroux no escogió nada al azar.

Ella asintió.

—Espero —dijo al fin— que esta vez no tengamos ningún sobresalto antinatural.

Gilles, que ignoraba por completo su experiencia en la Ópera, se giró hacia ellos y exclamó:

—¡A qué estáis esperando, parejita! ¡El templo nos espera!

El empinado sendero por el que debían ascender al templete estaba bañado por cientos de hojas anaranjadas y ocres, extrañamente adornadas por las amorfas sombras que creaban las farolas.

El parque parecía haber efectuado un inquietante cambio al oscurecerse tras verse abandonado por el sol en aquellas horas otoñales.

Podían escuchar un rumor lejano procedente de una cascada artificial cuyas aguas se convertían en un minúsculo riachuelo que bordeaba el camino, desgranándolo en varias partes salpicadas de pequeñas rocas por las que se podía cruzar al otro lado.

Christelle se detuvo bruscamente. Había vislumbrado algo extraño entre la oscuridad.

—¿Qué ocurre? —preguntó Kyriel.

Sin contestarle, ella posó sus pies en una de las rocas rodeadas por el agua y trató de distinguir aquella figura inerte que tenía ante ella.

Descubrió que era una curiosa estatua de un fauno tocando una peculiar siringa. Su verdoso bronce parecía haberse derretido sobre aquel ser mitológico conformando en su rostro una expresión de extraña aflicción difícil de explicar. Estaba sentado sobre una gran piedra, confiriéndole un aspecto de mágica realidad, como si algún castigo divino le obligase a tocar su mística música, prohibida para los mortales, por toda la eternidad.

La joven se reunió con sus amigos que permanecían esperándola al borde de unas escalinatas.

Christelle alzó la vista con satisfacción. Ya casi habían llegado.

Los pétreos peldaños ascendían hasta el templo como si constituyeran un sagrado camino iniciático.

Permaneció inmóvil durante unos segundos admirando la belleza de aquella construcción que le parecía notablemente más grande de lo que había supuesto cuando entraron al parque.

Sus esbeltas columnas corintias se alzaban majestuosas para sostener sobre sus ornamentados capiteles, una hermosa cúpula circular en cuyo friso se divisaban diversas cabezas de león con las fauces abiertas. Le recordaron a los mascarones que decoraban la parte superior de la Ópera Garnier.

Había imaginado que en su interior, hallaría alguna estatua semejante a la que habían visto en la Ópera, pero en su lugar, únicamente se encontró con un asiento redondo de grisáceo mármol.

Su simplicidad le otorgaba un encanto especial.

La joven se apoyó en una de las balaustradas existentes entre las blancas columnas y contempló absorta, como si de un hechizo se tratase, las cientos de diminutas luces que a modo de firmamento terrestre, comenzaban a formar la nocturnidad de la ciudad de París. A lo lejos, cual distante espejismo, pudo admirar la Basílica del Sacré-Cœur, completamente iluminada.

La noche era tranquila y silenciosa, únicamente se podía sentir la fresca brisa que parecía susurrar palabras de antaño.

—Bueno —dijo Gilles, que ya había comenzado a inspeccionar el templo— ¿qué se supone que estamos buscando? ¿Un resorte oculto?

Los tres convinieron en que aquel lugar no presentaba demasiadas posibilidades de búsqueda.

Christelle examinó el mensaje de Leroux de nuevo.

—«En lo más profundo de su femenina mirada...» —murmuró.

—Si este templo se halla dedicado a la Sibila, el adjetivo «femenina» encaja perfectamente, así como la inicial dibujada por Leroux —opinó Kyriel, quien prosiguió—. «Su mirada» debe hacer referencia al dibujo con aspecto de ave. Estamos exactamente en su ojo. Por lo tanto... lo que buscamos debe encontrarse en su interior... bajo nuestros pies.

Todos miraron el centro de aquel templo donde solamente pudieron ver el asiento de mármol.

—¿Estás seguro? —le preguntó Christelle.

Kyriel le señaló la nota.

—«En lo más profundo...», supongo que quiere decir «bajo el templo».

—Esto es un promontorio, ¿no es un tanto extraño que aquí podamos encontrar un pasadizo subterráneo? —la joven se asombró de su propia impaciencia—. Ya sé que la nota parece referirse a eso, pero...

—En realidad —comenzó a decir Gilles, con cierta cautela—, según una leyenda urbana... No, imposible, sólo es una fantasía.

—Toda leyenda tiene su base de realidad —dijo Kyriel—; continúa.

El cata cruzó los brazos.

—Según he oído, existe una especie de gruta justo bajo este templo. Se dice que antiguamente, diversas sociedades secretas y grupos ocultistas, se reunían allí para llevar a cabo sus ceremonias.

Christelle abrió los ojos desmesuradamente.

Gilles se percató de ello.

—Ya os he dicho que sólo es una leyenda... —comentó con resignación— no hay ninguna prueba de su existencia.

—Nosotros la encontraremos —la convicción de Kyriel contagió a Christelle, que comenzó a analizar cada recodo con renovada energía.

Tras varios minutos de búsqueda, no encontraron ninguna pista satisfactoria.

Decepcionados, comenzaron a descender por las escaleras que desembocaban en un rellano.

Christelle miró a su alrededor. Habiendo llegado hasta allí y después de todo lo que habían pasado, no quería aceptar una derrota.

Pero, ¿y si aquel pasadizo fuera realmente una quimera?

O quizás existiera en tiempos de Leroux y su entrada se bloqueara posteriormente... en ese caso, encontrarlo sería una labor inalcanzable.

Sin embargo, su instinto le decía que aún no había llegado el momento de desanimarse.

—Esperad —dijo mientras se dirigía hacia uno de los extremos inferiores del templo.

Tenía que intentarlo, buscar en cada esquina de aquel peculiar paraje y asegurarse de que no dejaban ningún centímetro sin registrar.

No pudo evitar que un suspiro de desencanto saliera por su boca al advertir que se trataba de un camino sin salida. Pero, cuando ya se disponía a reunirse con sus amigos, vio algo oculto entre la maleza.

Apartó diversas ramas y vegetación antes de tocar lo que parecía una barra de acero fría y áspera. Recordó que aún tenía la pequeña linterna en el bolsillo de su pantalón.

La encendió y enfocó su descubrimiento.

—¡Kyriel, Gilles! ¡Venid, rápido! —gritó con entusiasmo.

Sus amigos acudieron con celeridad.

Todos sonrieron cuando vieron lo que se encontraba ante ellos.

Una verja oxidada cerraba el paso a unas arcaicas escaleras descendentes que se sumergían en las profundidades rocosas.

—He aquí nuestro pasadizo —dijo Christelle, satisfecha de su hallazgo.

Gilles se inclinó para analizar la cerradura y acto seguido descolgó la mochila de su espalda.

—Creo que esto servirá —dijo mientras extraía una pequeña ganzúa.

Christelle y Kyriel permanecieron atentos observando cómo las expertas manos del cata conseguían abrir el enverjado metálico.

—Adelante —les dijo con una sonrisa al tiempo que les señalaba las polvorientas escaleras de piedra.

La joven sintió cómo un repentino frío se apoderaba de su cuerpo. El recuerdo de aquellas horas encerrada en la oscuridad de las catacumbas no se había borrado de su mente.

Por un momento pensó en la coincidencia que poseían muchas de las pistas que habían seguido: les habían conducido hasta las profundidades de la tierra.

«No es tan extraño teniendo en cuenta que el propio Fantasma vivía bajo la superficie de París... supongo que Leroux debió tener este hecho muy presente...» pensó.

—Yo descenderé primero —se ofreció Kyriel.

Se sintió aliviada por la iniciativa de su amigo e intentando hacer caso omiso de sus propios temores, caminó tras él mientras iluminaba con su linterna el oscuro pasillo en el que habían comenzado a adentrarse.

No existía pasamanos alguno, por lo que la joven se vio obligada a apoyarse en las rugosas paredes.

Fue entonces cuando se percató de los extraños dibujos que se hallaban en la piedra.

Kyriel advirtió cómo ella se detenía para observarlos.

—Son pentáculos o pentagramas —comentó él—, símbolos paganos de la magia que envuelve el mundo.

—Pero, no todos son iguales —señaló Christelle—. Éste se encuentra al revés y éste se halla en el interior de un círculo.

—Cada uno posee un significado distinto, pero forman parte de la misma simbología. El pentáculo cuya punta se halla hacia arriba, representa la figura humana y sus cinco extremidades, así como los cinco elementos: Agua, Aire, Fuego, Tierra y Espíritu. Digamos que es un símbolo de la magia blanca ya que suele utilizarse como protección para uno mismo o sus seres queridos. Cuando el pentagrama está inscrito en un círculo, éste une todos los aspectos del hombre... Une el cuerpo con la mente, lo espiritual con lo profano... Nos recuerda que necesitamos todos nuestros aspectos, buenos o malos, para satisfacer nuestras vidas como seres humanos. Todo es un ciclo: no experimentaremos alegría sin dolor, pero el dolor nos llevará otra vez a la alegría. Pitágoras lo usaba como un símbolo de salud y sus seguidores lo mostraban para reconocerse entre ellos. En tiempos medievales, algunos caballeros cristianos usaban el pentagrama como su símbolo representando las cinco heridas de Jesucristo... Existen cientos de ejemplos. El pentagrama con la punta de su estrella hacia abajo significa algo muy distinto —la voz de Kyriel se endureció—. Es un símbolo tradicionalmente satánico. Se dice que usan el símbolo al revés, lo cual coloca los elementos de Fuego y Tierra hacia arriba, y Espíritu, hacia abajo. No siempre significa lo mismo; existen culturas para las cuales esta clase de pentagrama es benigno...

—Me pregunto qué tipo de ceremonias se realizarían aquí abajo —murmuró Christelle sintiendo un súbito escalofrío.

Prosiguieron su descenso por aquel misterioso corredor, inmersos en sus propios pensamientos, que giraban en torno a lo que les estaría aguardando al final de los escalones.

No tuvieron que esperar mucho para descubrirlo.

Aquella escalera desembocaba en una enorme cripta construida sobre la roca.

Los tres permanecieron inmóviles, contemplando aquella cavidad de aspecto salvaje, pero de extraña belleza.

Ella comenzó a pensar que se trataba de una gruta natural, dada la cantidad de estalactitas de piedra que parecían amenazarles desde la bóveda, pero el arco de medio punto diseñado a modo de entrada y el suelo, completamente pulido, le indicaba que el hombre también había colaborado en la creación de aquel singular habitáculo.

Por alguna razón, la joven había imaginado encontrarse con una cripta decorada con los objetos más característicos que una hermandad pudiera utilizar: antiguos candelabros de siete brazos, extraños símbolos como los que habían visto minutos antes, un altar para los rituales...

Sin embargo, aquel lugar se hallaba completamente vacío, sin señal alguna de haber servido como punto de encuentro para celebrar ceremonias secretas.

Únicamente pudo advertir cómo la bóveda y parte de los muros laterales se hallaban cubiertos por un color más oscuro. Dedujo que sería el ennegrecido resultado del humo que desprendieran antorchas y velas.

«Si aquí realmente tuvieron lugar reuniones ocultas, tuvieron mucho cuidado en no dejar rastro alguno.»

La cueva exhalaba un aliento de tumba y humedad.

—¡Mirad! —exclamó Gilles señalando el suelo.

Christelle lo enfocó con su linterna descubriendo en él ciertos colores borrosos.

—Puede que dibujasen algún tipo de símbolo, como los pentagramas que hemos visto antes —dijo el cata—, lo he visto en varias películas.

Ella reprimió una sonrisa.

—Puede ser... —dijo la joven—. ¿Tú que opinas, Kyriel...? ¿Kyriel?

Miraron a su alrededor sin encontrarlo.

Christelle trató de iluminar cada recodo de aquel habitáculo hasta que dieron con él.

Permanecía en silencio, observando con gravedad uno de los muros laterales.

—¿Qué ocurre? —preguntó la joven, pero no obtuvo respuesta.

Se acercó hasta él y dirigió su vista hacia lo que parecía captar su atención.

—¡Dios mío! —exclamó sorprendida.

En aquella pared de piedra, se hallaban grabadas unas extrañas palabras:

Chemin du Quinconce
W
G.L.

—¿Qué crees que puede significar? —le preguntó a Kyriel, pero él guardó silencio.

La joven estudió su rostro grave y circunspecto con cierta preocupación. Sus ojos seguían anclados en aquel grabado, pero su semblante mostraba una expresión que le inquietó. Incluso su mirada había perdido la serenidad. Un extraño brillo emanaba de ella, como un misterioso aviso de las palabras que pronunció a continuación:

—Debéis recuperar el violín— dijo él.

Su voz se había teñido de tensión y su cuerpo había adoptado un estado de rigidez tras leer aquello.

Christelle se sintió súbitamente alarmada. Nunca le había visto así. Él siempre había representado para ella la confianza, el aplomo, la protección... Ahora, todo aquello parecía haberse desvanecido por completo. Percibió aquel cosquilleo tan característico que la invadía cuando algo no iba bien.

—¿Debemos? —preguntó con desazón—. ¿A qué te refieres?

—Gilles y tú —contestó él de forma tajante—. Ahora.

Por un momento la joven no supo qué responder.

Kyriel había sido su más firme apoyo desde que murió su tío. No podía concebir aquella búsqueda sin él. Recordó en una fracción de segundo todo por lo que habían pasado...Y pensó que aquella sensación, aquel sentimiento de inexplicable atracción en torno a su persona, aún no había desaparecido para ella sino todo lo contrario. Se sentía fuertemente unida a ese hombre surgido de la niebla aquella noche en la Place des Vosges y seguía sin saber la razón. Sin embargo, no le había importado hasta ahora. Quizás llegó a pensar que nunca tendrían que separarse...

—¿Y tú? —consiguió preguntarle—. ¿No vienes con nosotros?

Él negó con la cabeza, sin devolverle la mirada.

—¿Por qué? —Su voz resonó en la gruta con un gutural eco—. ¿Qué es lo que quiere decir ese grabado? ¿Él es la razón de tu decisión?

—Este mensaje conduce a un lugar al que debo acudir yo solo.

—Pero…

—Lo siento —la interrumpió él mientras se giraba en busca de sus ojos.

Al verlos, Christelle supo que no tenía otra opción. Debían separarse.

—Nos vemos dentro de dos horas en la entrada principal de la Ópera. Gilles —añadió volviéndose hacia el cata con la mano extendida—, necesito la ganzúa y la linterna, por favor.

Tras aquellas palabras, Kyriel se encaminó con paso firme hacia la salida de la cripta.

Sabía perfectamente a dónde dirigirse.

30

Cuando la silueta de Kyriel se perdió en silencio al ascender las pétreas escaleras, Christelle permaneció inmóvil durante unos instantes en los que únicamente pudo percibir los violentos latidos de su corazón y la voz alterada de Gilles, que llegaba a sus oídos de forma ininteligible.

Sólo podía pensar en sus propias dudas.

¿Por qué había decidido ir sin ellos? ¿No le prometió estar siempre a su lado? ¿Qué había cambiado?

Daba por seguro que la resolución adoptada por Kyriel tenía que ver con el secreto mensaje inscrito en la roca, aunque su mutismo sobre su significado la había dejado descolocada.

¿Por qué no quiso compartirlo?

En su fuero interno Christelle era un mar de dudas respecto a él; no podría definir de una forma concreta su perfil psicológico. Su manifiesta frialdad se rompía en ocasiones dejando paso a una dulce ternura; la gravedad en su rostro contrastaba con la belleza del profundo océano de sus ojos negros; el perpetuo hielo de sus manos se tornaba en cálida caricia cuando cogía las suyas... Definitivamente era un hombre impenetrable e insondable. Quizás el crisol de su personalidad fuera el potente imán que la atraía hacia su misterioso hechizo.

Su corazón no deseaba plantearse las incertidumbres que su mente le ofrecía y aquella lucha interna entre su lógica y sus sentimientos, comenzaba a transmitirle una inseguridad que no quería asumir bajo ningún concepto.

Prefería confiar en él plenamente.

De pronto sintió una mano sobre su hombro que la hizo sobresaltarse.

—¿Te encuentras bien?— preguntó el cata.

Ella asintió muy despacio intentando salir de su ensimismamiento.

—No quiero que te preocupes por él, ¿de acuerdo? Sabe cuidarse solo... Lo que no entiendo —prosiguió— es por qué nos ha dejado al margen. ¡Es inaudito!

Christelle guardó silencio.

—Vamos —la animó su amigo—, debemos salir de aquí. Hay que recoger el violín, ¿recuerdas?

Gilles prosiguió exponiendo su disgusto a lo largo de todo el camino de vuelta a través del parque.

—Me pregunto qué pudo descubrir en aquel galimatías grabado en el muro... y cual sería la razón por la que no compartió su significado con nosotros... ¡No deberíamos haber confiado en él desde un principio!

Aquella última frase no gustó a la joven y su reacción no se hizo esperar.

—Por favor, no digas eso —dijo, cortante—. Confío plenamente en él. Es más, le confiaría mi propia vida.

El tono apasionado de su réplica desconcertó al cata.

—Christelle, ¿qué te ocurre? Te conozco demasiado bien y no creas que has conseguido despistarme... cuando él está cerca de ti ¡todo tu semblante cambia de expresión!

La joven no supo qué contestar.

Su tío siempre le decía que ella era como un libro abierto... Y aunque había querido disimularlo, parecía que su amigo no se había dejado engañar tan fácilmente.

—Es... como si para ti, él fuera el centro del mundo —la voz de Gilles intentaba teñirse de serenidad, sin demasiado éxito—. Una mirada suya y tus ojos deslumbran.

Christelle se mordió el labio inferior.

—Y aunque te cueste aceptarlo, querida, no sabemos nada de él.

—Me dijo que era amigo de mi tío, que se consideraba un experto en antigüedades e historia...

—¿Acaso eso es suficiente? —el cata trató de controlar su tono—. Reitero que ese hombre sigue siendo un misterio. No sabemos de dónde procede, en qué trabaja exactamente, cuánto hace que conocía a tu tío... y apuesto a que Bernard nunca te habló de él.

El silencio fue una prueba irrefutable.

—Lo sabía —resopló Gilles.

—Pero... debes admitir que me ha ayudado mucho y sin él... yo no estaría aquí.

—Como quieras —gruñó Gilles—, pero en lo que a mí respecta, sigo insistiendo en que no debemos fiarnos. ¿Y si todo se hubiera tratado de una estratagema para que confiaras en él?

Christelle suspiró y negó mudamente con la cabeza. No tenía fuerzas para entablar una discusión. Y mucho menos sobre Kyriel.

Visualizó sus ojos oscuros, de inescrutable belleza... y volvió a sentir cómo su mirada la envolvía en aquella serenidad y quietud que lograban transportarla a otra realidad.

Sus sentimientos hacia él no podían engañarla.

La joven alzó la vista hacia el cielo estrellado y se estremeció al sentir el frío de la noche.

Debía existir una razón muy poderosa por la que no los había dejado acompañarle.

Caminaba despacio, como si el tiempo se hubiese detenido y le perteneciera por completo. No quería precipitarse, no había prisa. Podría decirse que había esperado una eternidad para llegar a ese momento tan anhelado... tan decisivo.

La niebla nocturna se expandía como un mudo espectro entre los cientos de tumbas que conformaban aquel lugar de descanso eterno. Sin embargo, él no sentía ni el frío, ni la humedad. Sus firmes pasos eran guiados por el febril deseo de alcanzar su destino.

Había recorrido la extensa avenida principal observando las inquietantes esculturas que adornaban los diversos mausoleos y tumbas. Bellas figuras femeninas ataviadas con largas túnicas le seguían con su marmórea mirada mientras velaban en silencio a aquellos que ya no pronunciarían palabra alguna. Su soledad y la oscura sombra de su olvidado recuerdo, parecían reflejarse en sus rostros como espejos de una realidad sombría y moribunda de la que se habían convertido en obligados testigos.

Su mirada suplicante parecía perderse en el bosque de cruces que los rodeaba.

Creyó escuchar, por un momento, el eco de sus voces desnudas y lacerantes, gimiendo su tristeza y postergación.

Sus bocas entreabiertas en un gesto de dolor, parecían lanzar un último grito en aquella negra noche.

Súbitamente detuvo sus pasos. Ante sus ojos se erguía con macabra majestuosidad, el Monumento a los Muertos.

Alzó la vista y contempló su corta pero desgarradora dedicatoria: *Aux morts*.

Varios escalones rodeaban un imponente pilono, en cuyo centro se divisaba una puerta abierta. A ambos lados de ella, se encontraban esculpidas diversas figuras afligidas y demacradas que parecían despedirse entre amargas lágrimas de dos personas apoyadas en las jambas de aquel portal en cuyo interior reinaban la oscuridad y las tinieblas... La entrada que separaba la vida de la muerte, penetrando hacia lo ignorado y lo desconocido.

Kyriel no pudo evitar emocionarse al ver aquella puerta...

Recordó haber contemplado aquel grupo escultórico en alguna visita que había realizado con anterioridad al cementerio Père Lachaise, pero en aquella ocasión lo percibió de forma totalmente diferente.

Inspiró con fuerza y se dispuso a rodearlo.

Desembocó en una calle estrecha, donde las tumbas parecían fundirse unas con otras en un caos de fúnebre soledad.

Los árboles ya desnudos, cuyas hojas alfombraban el suelo con un color otoñal, se mantenían inmóviles y amenazantes, como si rechazasen su presencia en el camposanto aquella noche sorda y muda.

El sendero empedrado que debía atravesar se perdía en la lejanía, difuminada por aquella voraz niebla que iba empapando todo con su blanquecina humedad.

Mientras caminaba, a su mente regresó la extraña nota grabada por Leroux bajo el Templo de la Sibila. Su encriptado simbolismo había sido la clave para comprender cual era el siguiente paso... el definitivo.

La cruz latina. Ahí radicaba el significado que envolvía todo lo demás.

En un principio pensó en la posibilidad de que se tratase de una iglesia, pero al recordar las misteriosas palabras del mensaje anterior, encontrado en la calavera de las catacumbas, desechó aquella hipótesis.

«Quien perdonó los pecados del Astro Rey...»

Como un repentino relámpago, lo vio todo claro.

El Astro Rey... una forma realmente hermosa para referirse a Luis XIV, cuyo célebre apodo era el Rey Sol. Su confesor fue el jesuita François d'Aix de la Chaise, también conocido como... Pére Lachaise.

No había duda. La nota dirigía sus pasos hacia aquel cementerio.

El símbolo de la Omega había supuesto un nuevo reto:

«...encierra la Omega de la Inmortalidad».

No sólo era la última letra del alfabeto griego... señalaba el desenlace de un proceso, su conclusión terminante.

El final de su búsqueda acababa de comenzar.

—No creo que a estas horas de la noche encontremos un taxi libre por esta zona —comentó Gilles observando el escaso tráfico con gesto de desaprobación.

Habían permanecido en aquella plazoleta, frente a la entrada de Buttes-Chaumont, durante más de diez minutos y la paciencia del cata comenzaba a resquebrajarse.

Christelle introdujo sus manos en los bolsillos en un intento de entrar en calor.

—Quizás deberíamos coger el metro. Creo que hay una parada al final de esta calle —dijo ella señalando la avenida que se encontraba a sus espaldas.

—De acuerdo —convino su amigo con resignación.

Tras varios minutos caminando en silencio, Gilles reanudó la conversación que había iniciado en el parque.

—Aparte de nuestro misterioso Kyriel, debo comentarte algo… Ayer por la noche releí el libro de *El Fantasma de la Ópera*. Estaba perdido en una de mis estanterías y lo rescaté para echarle un vistazo.

La joven le miró mostrando su interés.

—Si lo que me comentasteis en el Louvre es cierto y estamos buscando las partituras que el propio Fantasma compuso, estaríamos ante un verdadero tesoro. Según Leroux, su obra se llamaba Don Juan Triunfante y tras leer la descripción que sobre ella hace, estoy seguro de que se trataba de una auténtica maravilla.

—¡Don Juan Triunfante! ¡Eso es! —exclamó Christelle, que ante el asombro de Gilles, explicó—. En todo este tiempo no lograba recordar su título…

—La verdad es que es un nombre bastante curioso para una composición musical —comentó el cata— ¿Por qué el Fantasma lo bautizaría así?

Christelle dudó por unos instantes antes de contestar.

—Quizás se refiera a Don Juan...

Los ojos del cata la observaron con curiosidad.

—Estoy segura de que conoces la famosa ópera de Mozart, Don Giovanni… o el libro del mismo nombre escrito por Lord Byron.

—Sí, por supuesto – admitió Gilles.

—Son ejemplos de las muchas adaptaciones que ha sufrido la historia de Don Juan…

Su amigo insistió en conocer más datos acerca de aquel personaje.

—Si no recuerdo mal —comentó Christelle— su nombre completo era Don Juan Tenorio. Cuando era pequeña, tuve que leer el libro en clase.

Gilles mostró un semblante pensativo.

—Me pregunto qué tendrá que ver todo esto con las partituras del Fantasma.

—Es sólo una suposición —dijo Christelle—, pero... quizás ese título sea una amarga ironía por parte de su compositor.

—¿A qué te refieres?

—Piénsalo. Don Juan era un noble dotado de un fuerte atractivo físico, por esa razón lograba enamorar a todas las damas de la ciudad. Según la leyenda del Fantasma, éste era su más completa antítesis. Deforme, sin familia, sin amigos y sin amor... Tal vez desease plasmar sus sueños en su obra. Que su música hiciera realidad todos los anhelos que no había podido realizar en vida. *Triunfante...* —murmuró para sí misma antes de continuar—. Como si desease mostrar su propio triunfo ante la sociedad que tanto lo repudió. El triunfo del amor sobre la fealdad... No sabría decirlo con seguridad, quizás estoy haciendo hipótesis absurdas basadas en hechos que nunca sabremos si han sido reales.

Gilles asintió mientras bajaban por las escaleras que conducían al metro en la Avenue Secrétan.

Tras comprar sendos billetes, esperaron en silencio la llegada del suburbano.

Cada uno estaba sumido en sus propios pensamientos que giraban en torno a la leyenda de Don Juan y su implicación con la misteriosa obra del Fantasma de la Ópera.

—De todos modos —puntualizó Gilles mientras se levantaba al escuchar el sonido procedente del tren que se acercaba—, es una completa locura. Hemos estado siguiendo los pasos marcados por unas extrañas notas y ni siquiera sabemos si el Fantasma realmente existió.

Christelle entró en el vagón meditando sobre las palabras del cata. Éste desconocía la existencia de las misivas de Christine y de alguna forma tenía perfecto derecho a mantener sus dudas.

Recordaba perfectamente las cartas escritas por su ascendiente y alejó cualquier interrogante respecto a la realidad de Erik, aquel a quien tanto amó y al que no pudo corresponder.

Se acomodó junto al cata en uno de los asientos y bajó la mirada hasta encontrarse con sus manos en su regazo.

Quizás no estuviera de acuerdo con las palabras de su amigo respecto a la posible realidad o mito del Fantasma... pero sí le había afectado en gran medida su opinión acerca de Kyriel.

Tuvo la súbita sensación de haber abierto una caja de Pandora en su interior. Ahora que él no estaba presente, un vertiginoso caos de preguntas sin respuesta que habían permanecido ocultas desde que lo conoció, se agolpaba en su mente.

Gilles y su amiga Cloe, habían coincidido en la misma advertencia.

«¿Qué te ocurre Christelle?» le habían dicho «No sabes nada de él.»

La joven apretó los labios.

Tenían razón. Pero no pudo culparle a él o a sí misma.

Cuando Kyriel estaba con ella, le envolvía el deseo de no separarse de su lado. Nunca había sentido algo así. Él constituía su centro de gravedad en torno al cual ella giraba sin cuestionarse qué era lo que le sucedía. No existía lugar para las dudas cuando le sonreía...

Se había sumergido con él en una búsqueda surrealista de la no conocía su desenlace. Pero no parecía haberle importado. Su compañía, su ímpetu, su protección... formaban parte de la energía que le había impulsado a seguir.

Nada de eso había cambiado, incluso cuando él no estaba junto a ella.

Y sin embargo... ahora podía interrogarse con más libertad.

¿Era realmente lógico sentir algo así por alguien en tan poco tiempo? Imposible.

Sintió un escalofrío al percatarse de que aquel sentimiento era mucho más fuerte que el amor hacia otra persona. Se sentía literalmente parte de él, como si sus almas se hubieran fundido.

Cerró los ojos, intentando escapar de sus propios pensamientos.

¿Qué le estaba ocurriendo?

Además, Gilles estaba en lo cierto: no sabía gran cosa de él, ni de su vida.

Toda su persona estaba envuelta en una nebulosa de misterio.

Hasta ahora, no había sentido la necesidad de preguntarle acerca de su pasado o su presente... ¡Qué inocente había sido!

Abrió los ojos repentinamente cuando se percató de un detalle.

No sólo su vida era un misterio... sino también sus actos.

Nunca le había visto dormir, ni comer...

Recordó con perplejidad los diversos momentos en los que de una forma o de otra, no había probado bocado: su primera charla en el Café de la Paix, los *pain aux chocolat* que Gilles les había traído tras pasar la noche en las carrières, el desayuno que él mismo preparó en su casa, el café que pidió tras salir de su encierro en las catacumbas...

Se hallaba tan inmersa en sus cavilaciones que no escuchó la voz de Gilles.

—Christelle, ¿me estás escuchando?

Ella lo miró, un tanto confusa.

—Estamos llegando —comentó el cata—; la siguiente parada es la Bastille.

Ya en la superficie, observó la magnífica iluminación de la nueva Ópera.

Desde la fatídica noche en que pasó por aquella plaza, le pareció que hubieran transcurrido meses. La muerte de su tío no sólo fue un duro golpe para ella, sino el desencadenante de todo cuanto le había sucedido.

Cuando llegaron al anticuario en la Rue Tournelles, Gilles se mostró apesadumbrado.

—No conocí a tu tío, pero por lo que me has contado debió de ser un buen hombre...

Christelle agradeció el comentario.

Extrajo las llaves de su bolsillo y se dispuso a abrir la puerta del establecimiento sin percatarse de que, a escasos metros de distancia, varios ojos escrutaban con voracidad cada uno de sus movimientos.

Kyriel se detuvo en la intersección que formaba una nueva calle.

Examinó el pequeño plano del cementerio que había conseguido en la entrada del mismo y confirmó que se hallaba en la dirección correcta: *chemin du Quinconce.*

Guardó el plano en su cazadora negra y se encaminó hacia el interior del sendero. Su solitaria figura comenzó a desdibujarse entre la ya espesa niebla que cubría el camposanto.

No sabía qué era exactamente lo que debía encontrar, pero aquello no fue óbice para que perdiera el acuciante deseo de hallar lo que tan concienzudamente había estado buscando.

Sus lentas pisadas producían un eco extraño sobre las piedrecillas de aquel paseo flanqueado de viejas tumbas.

En muchas, la huella del tiempo había hecho mella en sus epitafios, borrándolos casi por completo y dejando de este modo anónimos a sus desgraciados ocupantes.

Su vista se posó ante una que le llamó la atención. Entre todas aquellas tumbas de color blancuzco y grisáceo, resaltaba una cuya lápida estaba construida de pulido mármol rosado. Alentado por la curiosidad se aproximó a ella. Su inscripción rezaba: *A mi esposa Marie Elene, a quien no pude demostrar en vida todo mi amor.*

Sin saber exactamente el por qué, sus pensamientos volaron hasta los dulces ojos de Christelle. Quizás fuese aquella frase: «demostrar en vida...» la que resonó con aflicción en su cabeza haciendo que el rostro de la joven se le apareciera tal y como lo vio en aquel triste momento en que la rechazó. Su interna lucha lo había obligado a tomar aquella decisión, aun sin desearlo verdaderamente. El sentimiento que había crecido hacia ella le estaba superando y por desgracia, no podía permitírselo. No en sus aciagas circunstancias.

Sólo con su mirada podía demostrarle lo que comenzaba a sentir por ella y aunque en un determinado momento se dejó llevar por una pasión que no había «sufrido» en mucho tiempo, intentaba por todos los medios que su frialdad fuera la guía de sus actos para no mostrar su verdadero interior.

Christelle había llegado a ser una luz vital en su tortuoso camino, una referencia en el tránsito hacia su destino...

Tras permanecer unos breves instantes ante aquella tumba, continuó alumbrando con la luz de su linterna las postreras moradas de todos los que allí dormían el sueño eterno.

La noche, la niebla y la escasa iluminación conformaban un siniestro cuadro digno del pincel de un pintor romántico del siglo XIX.

Súbitamente, enfocó algo que le llamó poderosamente la atención.

En el tímpano de uno de los mausoleos, había creído vislumbrar un símbolo distinto sustituyendo al típico anagrama familiar.

Se acercó entrecerrando los ojos para distinguirlo mejor.

«Increíble» pensó.

Ante su atónita mirada, se encontraba grabada la imagen de una omega griega.

Dio un paso atrás y volvió a contemplar aquel mausoleo con más detalle, pero no encontró ningún aspecto en él, que lo diferenciase de los demás. De estructura neo-clásica, estaba afianzado por dos columnas jónicas ennegrecidas por el paso del tiempo. Éstas, flanqueaban una puerta metálica cuya parte superior se hallaba rejada. Sobre su diminuto tejado a dos aguas, reinaba una esbelta cruz latina.

Parecía un templo romano construido a escala.

Aquella omega en su tímpano era la única seña de identidad que le confería un significado especial.

Kyriel permaneció inmóvil durante unos segundos preguntándose quién descansaría allí eternamente.

«¿Por qué razón Leroux escogió este mausoleo? ¿Qué misterio contiene en su interior?»

Extrajo la ganzúa de su cazadora y trató de abrir la oxidada cerradura.

Pocos instantes más tarde, el eco de un chasquido resonó en todo el sendero. Kyriel miró en ambas direcciones temiendo que aquel sonido hubiera despertado la curiosidad de algún guarda del cementerio. Cuando comprobó que nadie se aproximaba, dirigió su vista de nuevo hacia la puerta y la abrió con cuidado.

El quejido de los goznes al girar, le hizo percatarse del tiempo que había transcurrido desde que aquel mausoleo fuera visitado por última vez. Quizás demasiado...

Ya dentro, se fijó en el pequeño altar de piedra sobre el que se hallaba un sencillo crucifijo y un jarrón vacío y polvoriento.

Alumbró toda la estancia para concentrarse posteriormente en el suelo, descubriendo unas estrechas escaleras.

Imaginó que eran la antesala de una cripta.

Descendió por ellas con agilidad desembocando en una sombría sala.

La luz de la linterna le mostró dos sepulcros de blanco mármol, elevados sobre un pedestal del mismo material.

Se aproximó hacia uno de ellos y enfocó su base. El nombre que leyó, grabado sobre ella, le heló la sangre.

Raoul, Vizconde de Chagny

La linterna comenzó a temblar en sus manos.

Contuvo la respiración mientras dirigía su mirada hacia el sepulcro contiguo.

No puede ser...

Cerró los ojos brevemente antes de leer el nombre:

Christine de Chagny

Un sudor frío comenzó a deslizarse por sus sienes.

Intentó tranquilizarse mientras iluminaba la superficie de ambas tumbas, donde vislumbró el escudo familiar. Volvió a leer aquel nombre, como si hubiese sido víctima de un mal sueño y deseara cerciorarse de nuevo.

«No hay duda; es ella.»

Se apoyó en el muro que delimitaba aquella cripta, pasándose una mano por sus enrojecidos ojos.

Permaneció absorto varios minutos en la aprensiva oscuridad que le rodeaba, procurando hacer frente a la realidad que tenía ante sí.

En ese momento una pregunta invadió su mente.

¿Por qué no habían sido enterrados junto a los demás Chagny en el mausoleo familiar?

La misma situación compartían los padres y el tío de Christelle, que se hallaban en otro diferente...

Pensó en la posibilidad de que, a raíz de la publicación de la novela de Leroux, sus familiares deseasen que su linaje pudiera descansar lejos de aquel mito, de aquella publicidad molesta que se generaría en torno a ellos. Quizás fuera debido a ello, el hecho de que en su fachada no figurara nombre o apellido alguno.

Inspiró con fuerza aquel aire seco y polvoriento y alzó su vista para encontrarse con un nuevo hallazgo.

Frente a él y detrás de los dos sepulcros, se hallaba la estatua de un ángel de piedra.

Su sola presencia inspiraba respeto, como si fuese el guardián que custodiara en silencio aquellas tumbas.

Kyriel se aproximó hasta él sintiendo un estremecimiento cuando contempló a la luz la hermosa escultura.

Aquel ángel se hallaba tocando un violín.

Su rostro, con el pelo cayendo en cascada sobre sus hombros y los ojos entrecerrados, transmitía sosiego e inspiración.

Sus finos dedos sujetaban el instrumento de piedra con extrema sutileza.

La técnica escultórica del «paño mojado» hacía que la túnica que portaba hasta sus desnudos pies, modelara perfectamente todo su cuerpo.

Unas bellas alas se abrían sobre su espalda, simulando emprender el vuelo hacia el más allá.

«El Ángel de la Música.»

En su base, rozando sus pétreos pies, se encontraban esculpidas, semejando un libro abierto, unas partituras.

Kyriel se inclinó sobre ellas y las alumbró con la linterna.

La música recogida en aquellos grisáceos pentagramas no le era completamente desconocida...

Una exclamación escapó de sus labios al reconocer las notas musicales de *La Resurrección de Lázaro*, la melodía que el padre de Christine solía tocar para ella con su violín cuando aún era una niña.

Volvió a contemplar aquella estatua envuelta en un halo de extraña belleza.

Fue entonces cuando se percató de una minúscula llave, que atada a una finísima cadena, pendía del arco del violín.

Alzó el brazo y la cogió con sumo cuidado preguntándose para qué serviría...

Christelle giró la ruleta con los cuatro números elegidos por su tío para la combinación de la caja fuerte donde reposaba el violín.

«Uno... ocho... nueve... seis.»

Gilles permanecía tras ella ojeando brevemente los diversos objetos que se encontraban en el almacén subterráneo.

Al coger el estuche sintió un repentino escalofrío; aquella sensación tan extraña que emanaba de él había regresado con más fuerza que nunca. Parecía estar envuelto en un manto eléctrico que lograba transferir sus pequeñas descargas atravesando su piel.

«Es como si el violín tuviese vida propia… como si reclamase ser tocado», pensó la joven con asombro.

Recordó el instante en que descubrió la existencia de aquel singular instrumento… de su inefable música, del pánico que invadió su cuerpo tras haber presenciado aquellas extrañas visiones…

Sólo habían transcurrido unos días desde aquel suceso, pero estaba convencida, de que no solamente había cambiado su anterior vida, sino ella misma.

Ni siquiera se reconocía a sí misma.

Su propia identidad, su forma de entender las cosas, incluso sus sentimientos… todo lo que ella creía conocer parecía haberse diluido.

En realidad, era antes cuando desconocía quién era ella.

«Descendiente de la protagonista de una historia que hasta hace bien poco consideraba una ficción…»

Aún no podía creerlo.

Visualizó los rostros de sus padres, de sus abuelos… ¿Por qué nadie le había contado la verdad de su procedencia? ¿Querían protegerla? ¿De qué?

No lograba encontrar la respuesta. Todo seguía siendo muy confuso.

El libro del Fantasma de la Ópera había formado parte de su infancia. ¿Cómo podía imaginar, cuando leyó aquella romántica historia, que estaba basada en hechos reales?

Erik… un nombre hecho leyenda a través de los años… personaje principal de tantas versiones teatrales y cinematográficas... Y ahora ella poseía algo que podía demostrar su existencia: su negro violín.

Un violín que parecía ser codiciado por su maestro preferido... Boldizsár.

Esta era una cuestión que le había atormentado desde su última conversación con Cloe y aunque trataba de convencerse de lo contrario, la prueba de que preguntara insistentemente por su misterioso instrumento, evidenciaba de un modo casi absoluto que su profesor tenía algo que ver en la muerte de su tío y el ataque que sufrió en la Place des Vosges.

Diversas preguntas se cristalizaron en su mente.

¿Sabría Boldizsár algo acerca de las partituras que estaban buscando? ¿Por qué las escondió Leroux? ¿Cómo llegaron a sus manos? ¿Qué le llevó a ocultar las pistas que ellos habían seguido?

Despertó de su ensimismamiento y respiró profundamente.

—Sé que todavía es pronto, pero... ¿podríamos irnos ya a la Ópera? Este lugar sigue trayéndome malos recuerdos.

Gilles asintió.

Cuando salieron del anticuario, unas sombras les observaban al otro lado de la calle. Una de ellas, extrajo un móvil y marcó apresuradamente al verlos dirigirse hacia la Place de la Bastille.

—Acaban de salir y el hombre de negro no está con ellos. ¿Cuál es nuestro siguiente paso?

Una voz grave se materializó al otro lado del teléfono:

—No los perdáis de vista. Averiguar a dónde se dirigen y comunicádmelo de inmediato.

Tras colgar, su severo rostro se tornó en un rictus de malévola satisfacción. Por fin tenía a su alcance aquello por lo que no dudaría en matar a quienes se interpusieran en sus planes.

Apretando los puños en un gesto de poder, exclamó ante su ventana:

—¡Ya los tengo!

Kyriel observó con curiosidad la pequeña llave que yacía en la palma de su mano.

Intentó razonar con lógica. Si la había hallado en aquel ángel, debía formar parte de él.

Analizó cada recodo de la estatua, cada hueco de su perfecto relieve... pero no halló ninguna abertura; nada donde aquella llave pudiera encajar.

Bajó la mirada para descansar sus fatigados ojos que se encontraron con las partituras de *La Resurrección de Lázaro* grabadas en la piedra.

Aquella era una música tan bella... Cada uno de sus acordes reflejaba la alegría y el poder del renacimiento, el júbilo de Lázaro al volver a la vida, la esperanza hecha realidad en forma de milagro.

Parpadeó con perplejidad. Había creído ver algo extraño en aquellas notas.

Se inclinó y las inspeccionó de nuevo pasando sus manos sobre ellas.

Súbitamente la encontró. La nota final de la última partitura... ¡estaba hueca!

Introdujo cuidadosamente la llave y comprobó que encajaba a la perfección. La giró sobre sí misma y escuchó un sonoro «clic» al tiempo que la superficie de la partitura se desencajaba de su posición original.

La cogió con ambas manos y la desplazó hasta descubrir la abertura que había en su interior.

Iluminó con su linterna. Allí se hallaba una caja de madera lacada de color rojizo con una rosa dibujada en su cubierta.

La abrió con suma delicadeza y sintió cómo un fuerte nudo se aferraba a su garganta cuando comprobó lo que se hallaba dentro de ella.

Estaba contemplando varias reliquias pertenecientes a Christine Daaé.

Colocó suavemente la linterna sobre la caja y sin percatarse de su propia reacción, cogió una pequeña foto color sepia, que tembló bajo su nervioso pulso.

En ella se encontraba la bella soprano, sonriendo serenamente, con un melancólico brillo en sus grandes y expresivos ojos. Sus manos descansaban sobre su regazo y su pelo formaba un exquisito recogido.

Pasó con ternura la yema de los dedos por su superficie, como acariciándola, antes de devolverla al interior del cofre.

Por un momento, se giró hacia los dos sepulcros, observándolos con tristeza.

Según las fechas que había leído en la base de ambos, Christine había fallecido años antes que su marido. Quizás aquellos enseres hubieran sido colocados en la estatua del ángel por el vizconde, en un último homenaje a su amada.

Dirigió de nuevo su vista hacia la caja, apartando una antigua biblia en cuyo interior reposaba un delicado rosario de nácar y cristal de roca.

Bajo ella se hallaba un pañuelo ya amarillento por el paso del tiempo. En una de sus esquinas podían distinguirse las iniciales bordadas: C.D.

Colocó las reliquias a un lado de la arqueta y se fijó en una especie de paquete envuelto por una tela de terciopelo negro.

Sintió una fuerte descarga de adrenalina cuando lo tuvo en sus manos.

Casi sin respirar, desenvolvió la tela que lo cubría, descubriendo un conjunto de hojas unidas por un cordel rojo que las cruzaba con varias lazadas.

En su cubierta pudo leer, en tinta carmesí, *Don Juan Triunfante.*

Una sonrisa de triunfo se dibujó en su rostro.

Por fin; allí estaban las partituras que tanto había anhelado recuperar.

Leroux había jugado bien sus posibilidades, sin ninguna duda.

Su semblante cambió de expresión al descubrir que había algo más sujeto por aquel cordel.

Una pluma de ganso. En su punta tenía un corte cuidadoso al sesgo, hecho seguramente con un cortaplumas.

Kyriel apretó con fuerza sus mandíbulas.

«Ese novelista sabía demasiado bien cual era su cometido.»

Sus dedos, que todavía sujetaban aquellas partituras, rozaron algo frío en su dorso.

Giró la particella y descubrió que el cordel rojo atravesaba un anillo... Deshizo la cinta con celeridad, dejando caer al suelo un sobre lacrado. No se había percatado de su presencia hasta ese momento. Lo recogió sin abrirlo de momento. Aquella alianza era lo único que importaba.

Cuando la tuvo en su mano, la contempló con desgarradora aflicción.

No pudo impedir que unas mudas lágrimas recorrieran sus mejillas mientras su borrosa vista trataba de leer las palabras grabadas en el interior del anillo.

L' Ange de la Musique

El eco de sus sollozos resonó en la soledad de aquella lúgubre cripta. Como reflejo de un recuerdo aprisionado en su mente, creyó escuchar un canto lejano procedente de una voz fantasmal, delicada y sutil al mismo tiempo.

Miró a su alrededor, desconcertado, esperando encontrar a alguien en la oscuridad.

Negó sombríamente con la cabeza.

Trató de llenar sus pulmones de aire y se pasó el dorso de su mano por sus cansados ojos.

Contempló una vez más el anillo de oro antes de guardarlo en su cazadora.

Sobreponiéndose de aquel descubrimiento, abrió la carta rompiendo su lacre rojo y leyó su contenido.

31

Abril, 2005

Aquella llamada telefónica le había alegrado la mañana. Había pasado algún tiempo desde la última vez que le contrataron para dirigir una orquesta en un país extranjero.

Según parecía, el director principal se hallaba enfermo, por lo que habían decidido contar con él para sustituirle en un concierto que se debía celebrar en Turín.

Aquella posición secundaria no le agradaba demasiado, pero no pudo evitar sentir una punzada de grato orgullo cuando le ofrecieron aceptar la proposición... y escuchó la nada despreciable suma del contrato.

No había estado nunca en Turín. Sus compañeros de profesión siempre le habían hablado de la sencillez y belleza que envolvía la ciudad.

Cuando se presentó en el Teatro Regio para llevar a cabo los ensayos no se impresionó demasiado por su austera fachada propia del Renacimiento, sin embargo se dejó seducir por aquellos carteles donde podía ver anunciado el concierto que él mismo se encargaría de dirigir.

Tras varios días de ensayo, por fin tuvo lugar el evento.

La sala del Teatro se hallaba completamente llena, lo que le inspiró cierto grado de altivez y suficiencia, sentimientos que ya creía perdidos.

El sonido de los aplausos al finalizar le pareció oro líquido para sus oídos. Con excesiva teatralidad, estrechó la mano al primer violín y saludó a la audiencia con una cortés reverencia.

Entre bambalinas, los componentes de la orquesta se felicitaban unos a otros mientras se dirigían a sus respectivos camerinos.

Enrico, uno de los violinistas, entabló una animada conversación con él.

—Por sus palabras en los ensayos de estos últimos días, deduzco que es usted un apasionado de las partituras antiguas —le dijo—. Debería visitar un monasterio cercano a esta ciudad. Estoy seguro le merecerá la pena.

«¿Por qué no?», pensó, recordando que aún permanecería en Turín un par de días más.

Le pidió las señas de aquel genuino monasterio y se dispuso a emprender el viaje al día siguiente. Alquiló un coche y siguiendo la ruta que Enrico le había proporcionado, no tardó demasiado en llegar a su destino.

El paisaje que rodeaba el monasterio le dejó sin respiración.

La nieve caída aquel invierno todavía podía contemplarse en las cumbres de aquellas montañas formando un cuadro de típica postal.

Tras llamar varias veces al portón, salió a recibirle uno de los monjes benedictinos. Aquel hombre enjuto, pero de mirada entrañable le preguntó la razón de su visita.

Con toda la amabilidad de la que fue capaz, le explicó su condición de profesor de música así como director de orquesta, comentándole cómo a través de una recomendación había decidido hacer una pequeña visita al monasterio y quizás descubrir entre sus muros alguna partitura olvidada en el tiempo.

El monje asintió, invitándole a entrar.

—Le han aconsejado bien —comenzó a decirle mientras caminaban—. Aquí encontrará diversas *particellas* y cuadernos musicales tan remotos como la historia misma. Nuestra biblioteca es una de las más antiguas de Italia y nuestro oficio nos ha brindado la oportunidad de encontrar algún que otro tesoro literario... Aunque yo creo que la inteligencia es el gran tesoro de los hombres.

Acto seguido añadió con una pícara sonrisa:

—Y también el buen vino.

Al preguntarle qué clase de trabajo ejercían con los libros, el religioso le explicó que restauraban los más deteriorados por el paso de los siglos, al igual que manuscritos y algunos incunables que habían podido conseguir de otros monasterios y abadías que habían dejado de existir.

Al ver ante sí la magnífica biblioteca sintió que el asombro le invadía por completo.

La colección de libros y manuscritos que allí se encontraban era increíble.

El monje le indicó la sección que buscaba y se alejó, dejándole solo en aquel laberinto del conocimiento.

Tras varias horas consultando diversas partituras y analizando su contenido, resopló con desilusión. La mayoría se trataba de cantos religiosos de siglos pasados de valor innegable, pero que no podían serle de ninguna utilidad.

En realidad, no sabía qué era exactamente lo que estaba buscando... ¿Algo nuevo o diferente, tal vez?

Cuando ya se disponía a abandonar la biblioteca, vio como el monje entraba en ella dirigiéndose hacia él.

—¿No encontró lo que buscaba? Es usted exigente, ¿eh? Creo tener algo que le puede interesar.

El religioso le hizo un gesto de espera con la mano y desapareció entre los múltiples corredores.

Comenzaba a perder la paciencia. Aquel había sido un viaje inútil después de todo.

No obstante, volvió a sentarse en aquella vetusta silla y esperó en silencio el regreso del monje. Éste, apareció pocos minutos más tarde con un pequeño cuaderno en sus manos.

—Hemos conservado esta reliquia durante largo tiempo. Parece ser que fue un historiador inglés quien lo trajo aquí hace casi cien años. Abandonó sus pertenencias en este monasterio y nunca regresó.

Le entregó un libro de cubiertas rojas y prosiguió.

—Se halla escrito no sólo en francés sino en múltiples idiomas. Sus páginas son un verdadero enigma y están salpicadas de dibujos y diversos pentagramas verdaderamente singulares. Seguro que alguien tan docto en música como usted sabrá otorgarles el valor que merecen.

Bajo la atenta mirada del monje, echó un ligero vistazo a sus páginas.

Lo que encontró en ellas le dejó perplejo. Nunca había leído música igual.

Alzó la vista encontrándose con la del religioso que sonrió, como entendiendo su reacción.

Aquel libro tenía que ser suyo.

Cuando salió del monasterio con el cuadernillo en sus manos tras haber dado una generosa donación, estaba convencido de haber encontrado una enigmática joya literaria y musical que debería desentrañar para extraer su verdadero significado. A pesar de su habitual seriedad, la excitación interna que estaba teniendo hizo cambia el rictus de su rostro obteniendo un atisbo de sonrisa. Sin saber por qué exactamente, estaba seguro de que aquel libro iba a cambiar su anodina vida.

Varios años después, había desentrañado la casi totalidad de los misterios que encerraba aquel libro rojo y su obsesión por lo que había descubierto le consumía vorazmente.

Tras la llamada de sus sicarios intentó templar sus nervios y pensar cómo iba a actuar en las horas posteriores. Aquellos últimos días la lectura del enigmático cuaderno le había absorbido por completo.

Era fascinante.

Había estado estudiando cada una de sus páginas, traduciéndolas él mismo con mucha dificultad, analizando sus imágenes, comprobando sus símbolos, interpretando sus cortos pentagramas...

Cuando llegó a la conclusión de que aquel increíble cuaderno se hallaba escrito por el que hasta entonces había considerado una leyenda, no pudo creerlo.

Y sin embargo... era cierto. Tenía en sus manos el libro personal del llamado Fantasma de la Ópera. Había escuchado su historia muchas veces, pero nunca le otorgó la más mínima veracidad.

Él se consideraba una persona objetiva y empírica. ¿Cómo podía creer en semejante mito?

Pero aquel libro había cambiado su racional forma de pensar de la que había hecho gala hasta entonces.

Unos meses antes recordó algo que había leído años atrás en el diario de su bisabuelo que como él, también había sido músico.

Su antepasado estuvo a punto de adquirir un hermoso violín negro con el mismo símbolo grabado que se describía en el cuaderno rojo y al intentar ejecutar una pieza, no pudo extraer más que horribles sonidos y desistió de su compra.

Su bisabuelo había anotado el nombre del anticuario que quiso venderle aquel extraño instrumento: *Corenthin et fils*. Era el año 1907.

Hacía tiempo que había llegado a la conclusión de que ambos violines, el mencionado por su bisabuelo y el referido en el cuaderno del Fantasma, eran el mismo.

Lo que no podía entender era la causa por la que aquel violín, en manos de un experto músico como su ascendiente, no sonara como debiera hacerlo. El misterio parecía envolver su oscura madera y él estaba ansioso por desentrañarlo.

No había revelado sus intenciones a nadie y aquellos subordinados suyos, a los que mantenía bien pagados, no hacían preguntas. Aquel violín iba a cambiar su vida y estaba dispuesto a todo por conseguirlo.

Había sido bastante fácil dar con su paradero. El anticuario *Corenthin* acababa de cerrar, traspasando todos sus enseres a otro establecimiento… *Atenea*, en la Rue Tournelles.

La reacción de su dueño al preguntarle por el violín fue bastante esclarecedora. Los nervios de aquel anticuario le delataron. Aunque quiso dar rotundidad a la negativa de su posesión, sus ojos decían lo contrario. ¡Qué lástima que se negase a querer vendérselo!

No había contado con su muerte, pero tampoco le inquietaba demasiado. De todos modos, aquel accidente no interfería en sus planes.

Lo único que le preocupaba eran aquellas partituras tan peculiares que el propio Fantasma parecía haber escrito. No le cabía la menor duda de que aquella música estaba conectada con el extraño violín, pero ¿cómo?

Esa pregunta le había mantenido muchas noches en vela y estaba seguro de que la sobrina del anticuario y su misterioso acompañante buscaban la misma respuesta...

Hacía días que parecían haber sido tragados por la tierra, al menos así lo afirmaban sus dos sicarios y sin embargo él estaba convencido de que iban tras la pista de algo verdaderamente valioso.

¿Aquellas partituras, quizás?

De todos modos el violín seguía siendo su máxima prioridad y aunque había intentado conseguirlo por sus propios medios, finalmente volvía a necesitar la ayuda de aquellos dos inútiles.

En ese momento, su móvil sonó de nuevo.

—¿Alguna noticia? Entiendo... Así que están en la Ópera. No, no os precipitéis. Voy para allá.

Dicho esto, abrió uno de los cajones de su escritorio extrayendo de él un objeto que guardó junto con el libro en uno de los bolsillos de su chaqueta y salió precipitadamente tras un sonoro portazo.

32

Christelle y Gilles llevaban esperando ya varios minutos en las escalinatas que precedían la entrada a la Ópera Garnier.

—Creo que ha escogido un mal lugar para reunirnos esta noche, ¿no te parece?

El cata señaló varios grupos de personas que se dirigían, con trajes de gala, hacia el interior del edificio. Aquella noche la Ópera ofrecía una representación del ballet *Giselle* anunciado en los ornamentados postes de publicidad.

La joven sujetaba con fuerza el estuche del violín. Le parecía que aquella multitud los miraba con demasiada curiosidad al pasar cerca de ellos y no pudo evitar acordarse de aquellos dos tipos que la abordaron en la Place des Vosges. Entre aquella diversidad de gente, no pudo advertir que la estaban vigilando a escasos metros.

Mientras aguardaban la llegada de Kyriel, contempló la maravillosa iluminación que bañaba el edificio.

Focos procedentes del Grand Hotel y de la misma Ópera proyectaban su brillante luz sobre la suntuosa fachada, otorgándole una belleza mágica.

Las doradas esculturas que la decoraban parecían más grandes y sus umbríos reflejos creaban un fantasmagórico encanto que atraía y embelesaba los sentidos.

Todo el monumento se nutría de aquella luz, resplandeciendo como un titán de oro y al mismo tiempo se recreaba en aquellas inquietantes sombras surgidas por doquier, como oscuras reminiscencias de un mismo ser.

Paulatinamente la entrada de la Ópera fue quedándose desierta.

Christelle comenzó a pensar que tal vez le hubiese ocurrido algo a Kyriel, pero intentó expulsar tan pesimista idea de su mente. No quería considerar aquella posibilidad bajo ningún aspecto.

Repentinamente sus ojos captaron una oscura figura que, tras salir del metro de la Place de l'Opéra, se dirigía con paso firme hacia el lugar donde ellos se encontraban. La joven sonrió al reconocerlo.

Si había albergado alguna duda o interrogante en torno a él, se diluyó cuando volvió a verlo cerca de ella.

No obstante, con sólo un ligero vistazo a su rostro, supo que algo le ocurría. Su mirada, que siempre le había transmitido serenidad y sosiego, ahora se hallaba invadida por un extraño brillo que no supo identificar. Todo su semblante permanecía serio y tenso, como si se dispusiese a librar una intensa batalla, que posiblemente estuviera teniendo lugar en su interior.

En sus manos, el violín había vuelto a vibrar, transfiriéndole aquellas turbadoras descargas que la estremecieron.

¿Qué estaba pasando? ¡Aquel instrumento parecía haber cobrado vida!

Kyriel observó el estuche por un momento, como si fuese consciente de aquella reacción que tanto asustaba a la joven.

Christelle y Gilles lo miraron expectantes, intrigados por conocer dónde había estado y observaron que tenía en sus manos una especie de paquete envuelto en una tela aterciopelada; pero él se limitó a decir:

—Debemos entrar en la Ópera, no hay tiempo que perder.

Antes de que pudieran contestar, se dirigió hacia la entrada principal y se giró para comprobar que ellos lo seguían. Estos, cruzaron una mirada de perplejidad antes de encaminarse hacia el interior.

El siniestro personaje les entregó un pequeño sobre bajo la inerte mirada del busto de Charles Garnier, situado en uno de los exteriores de la Ópera.

—Vuestra parte del trabajo ya ha concluido. Aquí está vuestro dinero —dijo con rictus circunspecto—. Olvidad que me habéis conocido.

Los dos matones abrieron el envoltorio y miraron con satisfacción su contenido.

—¿Seguro que no nos necesita? —preguntó uno de ellos.

La figura clavó en él sus voraces ojos.

—No; a partir de este momento, actuaré yo solo.

Acto seguido, penetró en la Ópera.

Kyriel compró tres entradas para el ballet, los más baratos que pudo encontrar.

—Los necesitamos si queremos acceder al interior de la Ópera en una noche de representación —comentó con gravedad.

Una vez que los empleados comprobaron la validez de sus tickets, Kyriel avanzó hasta la Gran Escalera, descendiendo por su derecha. Constató que los inspectores no se fijaban en ellos y haciendo un gesto a Christelle, le señaló que debían dirigirse al piso inferior.

Cuando atravesaron el corredor de la Pythie, la joven cerró los ojos inconscientemente. No deseaba volver a ver aquella escultura en mucho tiempo.

Sintiendo los violentos latidos de su corazón, vio cómo él se detenía en la Rotonda de los Abonados, frente a uno de los espejos que conformaban parte de la pared frontal.

Desde allí, podían escuchar la música proveniente de la Sala de conciertos situada sobre sus cabezas. Su eco se propagaba en aquella estancia con un sonido casi espectral.

Kyriel se mantuvo expectante, cerciorándose de que nadie los había seguido hasta allí, lo que provocó la alarma en Christelle, que lo observaba completamente desconcertada.

¿Por qué habían entrado de nuevo en la Ópera? ¿Qué era exactamente aquella envoltura...las partituras, tal vez? ¿Las había encontrado? Entonces, ¿cuál era la causa de tanto silencio? ¿Por qué los había obligado a dirigirse a aquella sala redonda bajo el patio de butacas?

Todas estas preguntas comenzaban a inquietarla.

Habían pasado juntos por tantas experiencias... ¿qué era exactamente lo que iba a ocurrir ahora?

Miró a Gilles, consternada, pero en sus ojos únicamente encontró recelo.

—¿Y bien? —preguntó el cata malhumorado—. ¿Qué estamos haciendo aquí?

Kyriel le indicó que hablara más bajo.

—Lo que usted ordene, «Mister Misterio» —ironizó Gilles—. Pero no me gustan estos secretos. Exijo una explicación de inmediato.

Christelle recordó la desconfianza que Gilles siempre había mostrado hacia él, algo que le había desagradado por completo. Y sin embargo... se mantuvo en silencio observando la reacción de Kyriel en espera de una respuesta. Ella también deseaba saber qué estaba sucediendo.

Ni siquiera les había explicado lo que había estado haciendo durante las últimas dos horas.

—Todo a su tiempo —dijo Kyriel al fin.

Incluso su voz había cambiado. Seguía siendo igualmente bella, pero había perdido su aterciopelado acento... ahora sonaba severa, casi metálica.

—Pero, ¿qué se propone? —le susurró Gilles al ver que Kyriel se encaramaba en uno de los salientes decorativos de la Rotonda en cuyo interior se hallaba un ornamentado jarrón.

Extendió completamente el brazo e introdujo la mano en la boca abierta de un gran mascarón que coronaba aquel motivo artístico.

Su rostro ofreció una enigmática expresión cuando escuchó un sonido muy característico que llegó, en forma de eco sordo, a los oídos de Christelle.

Al mismo tiempo, el espejo rectangular frente al cual se hallaban, comenzó a girar, abriéndose hacia un oscuro pasillo.

La joven observaba su lento movimiento de rotación boquiabierta mientras trataba de sujetar el violín, cuyo extraño magnetismo eléctrico parecía haber redoblado sus impulsos.

Kyriel bajó del saliente y se aproximó hacia la abertura del espejo.

Ella lo miró, confusa.

¿Cómo conocía que en aquella máscara se ocultaba un mecanismo que descubría aquel pasadizo?

Ya habían estado antes en la Ópera, ¿por qué no se lo dijo entonces?

Gilles también parecía alterado.

—Pero, ¿qué truco de magia es éste? ¿Cómo sabías...?

Kyriel lo interrumpió mientras extendía una mano hacia él.

—Gilles, ¿tienes cerillas?

—¿Qué?

El semblante del cata se endureció.

—Ya tienes una maldita linterna —protestó cruzándose de brazos—. Y por lo que a mí respecta, no pienso ir a ninguna parte mientras no me expliques qué está sucediendo aquí.

Kyriel lo observó, impertérrito.

—No te he pedido que nos acompañes —dijo lentamente, como si su convicción se plasmase en cada palabra—. De hecho, preferiría que en esta ocasión nos esperaras aquí, por favor.

La indignación de Gilles explosionó finalmente en un sin fin de exclamaciones inconexas, todas ellas dirigidas hacia la persona que deseaba mantenerlo al margen.

Kyriel no se inmutó ante aquella demostración de enojo, aunque Christelle advirtió cómo la impaciencia comenzaba a dibujarse en su rostro.

—Puedes decir cuanto quieras —añadió con voz seca y cortante—. Mi decisión está tomada. Christelle y yo debemos proseguir solos.

El cata le mostró una expresión híbrida entre la cólera y la incomprensión.

Ella presenciaba la escena conmocionada. De alguna manera siempre supo que aquellos caracteres tan dispares acabarían chocando. Pero nunca imaginó que fuera en aquella situación.

Además, ¿por qué quería prescindir del cata siendo éste un experto en aquella clase de pasadizos ocultos?

El desconcierto bloqueaba su capacidad de razonamiento.

—Es mi última palabra —concluyó Kyriel, lanzando a Gilles una mirada tajante.

Gilles permaneció en silencio durante unos instantes en los que la tensión era más que palpable.

—¿Y Christelle? —preguntó, como si rescatase una excusa perfectamente válida.

Kyriel se posicionó al lado de ella.

—Está bajo mi protección.

Gilles clavó sus ojos en su amiga, esperando una respuesta de su parte, pero ella se hallaba inmóvil, con la opinión completamente dividida.

Confiaba en Kyriel, pero no comprendía su decisión. Sin embargo, algo la empujaba a seguirlo... una poderosa sensación que escapaba a su entendimiento.

El cata bajó la cabeza y gruñó al sentirse derrotado.

Introdujo la mano en el bolsillo trasero de su pantalón y extrajo una pequeña caja de cerillas que siempre llevaba consigo para una emergencia subterránea. Se las tendió con una mueca de descontento.

—No te preocupes por ella. —La voz de Kyriel sonó llena de seguridad y de cierto agradecimiento—. No permitiré que nada le ocurra.

Acto seguido, se volvió hacia Christelle.

—Camina siempre siguiendo mis pasos y la luz de la linterna. No te separes.

Ella asintió con nerviosismo antes de adentrarse en la penumbra.

Una vez dentro, se giró justo a tiempo para observar cómo el espejo rotaba rápida y silenciosamente a su posición original, encerrándolos en aquel tenebroso habitáculo.

Kyriel encendió la linterna. Aquel era un estrecho corredor sin salida.

Enfocó el suelo al tiempo que se agachaba para palparlo.

Christelle comprobó con asombro cómo abría una trampilla que había pasado desapercibida a sus ojos. Quiso preguntarle acerca de aquel descubrimiento, pero él le devolvió una mirada cuya intensidad hizo que guardara silencio.

—¿Estás preparada?

El violín parecía asentir con cada hormigueante sacudida, como si únicamente reaccionase con su voz.

Un tanto atemorizada, logró responder:

—Sí, te sigo.

Él acarició levemente su mejilla intentando inspirarle ánimo. La joven se estremeció; su mano estaba helada.

—De acuerdo, yo iré siempre primero, no tengas miedo.

Iluminó la trampilla abierta y ágilmente comenzó a descender por ella.

Christelle se asomó para vislumbrar unas estrechas escaleras de piedra que conducían hacia la oscuridad. Tragó saliva antes de introducir su cuerpo en aquel hueco y comenzó a bajar con cierta inseguridad en sus piernas.

Kyriel la esperaba pacientemente en el último tramo.

Se miraron unos instantes antes de que él se volviese hacia lo que parecía un infranqueable muro de piedra.

La joven no podía ver con claridad, pero se percató de que Kyriel estaba buscando algo en sus rugosos laterales. Segundos más tarde, escuchó un sonido similar al que había producido la boca de la máscara del piso superior.

Poco a poco, parte del muro comenzó a moverse y Christelle observó, con los ojos desmesuradamente abiertos, cómo un nuevo mecanismo lograba abrir aquella puerta de maciza piedra presentándoles una salida.

Él miró a ambos lados.

—Supongo que todos los trabajadores estarán en los niveles superiores, demasiado ocupados con la representación de ballet, pero seamos cautos, no podemos permitir que nadie nos vea.

—Kyriel, por Dios, ¡dime a dónde vamos! —le apremió ella—. ¡No entiendo nada de lo que está ocurriendo! ¿Cómo puedes conocer con tanta exactitud la existencia de estas trampillas? ¿Hacia dónde nos dirigimos?

El tono de su voz pasó de ser una angustiada súplica a una exigencia interrogante.

Con un dedo en los labios le indicó que guardara silencio y cogiendo suavemente su mano la atrajo hacía sí, saliendo por aquella abertura en la pared, que se cerró lentamente tras ellos.

Gilles había comenzado a dar grandes zancadas en círculos, sin alejarse demasiado de aquel espejo por el que habían desaparecido sus amigos.

Miraba el reloj constantemente comprobando que cada minuto que pasaba, su impaciencia iba en aumento, al igual que sus dudas.

Comenzó a preguntarse por qué había dejado a Christelle en compañía de aquel hombre que no le inspiraba la más mínima confianza.

Para Gilles, Kyriel era como un libro que encerraba más interrogantes que respuestas. Demasiadas interrogantes...

Y aquel misterio tan desconcertante que envolvía todas sus acciones... Definitivamente había cometido un error al permitir que Christelle fuera con él.

¡Ni siquiera le había dicho a dónde se dirigían!

Detuvo sus nerviosos pasos y chasqueó la lengua.

Había tomado una decisión.

«No me importan las consecuencias» se dijo «No esperaré aquí como un iluso hasta que regresen.»

Observó con resolución la máscara que se alzaba sobre el ornamentado jarrón y apoyándose en el saliente, introdujo la mano en su boca abierta, tal y como había visto hacer a Kyriel.

Curvó los dedos y encontró el resorte.

Escuchó con satisfacción un sonoro «click» al tiempo que comprobaba cómo el espejo volvía a abrirse ante él.

No podía saber el camino que habían tomado, pero no le concedió demasiada importancia. Su instinto como experto explorador subterráneo le conduciría correctamente hasta ellos.

Penetró lentamente en la abertura y entrecerró los ojos para acostumbrarse a la oscuridad.

Súbitamente sintió un fuerte golpe en la cabeza que le hizo perder el conocimiento, derrumbándose en aquel lóbrego habitáculo.

El espejo se cerró rápidamente, con dos hombres más en su interior.

Kyriel apagó su linterna mientras comprobaba con sigilo que nadie les había visto. Aquella nueva estancia estaba tenuemente iluminada por pequeños focos situados en la bóveda, lo que permitió a la joven contemplar por unos instantes el lugar donde se hallaban.

Se trataba de una colosal rotonda conformada por una doble arcada de columnas de ennegrecida piedra separadas por arcos de medio punto.

Situada en los siniestros subterráneos de la Ópera, parecía un primitivo espejismo de la Rotonda de los Abonados, bajo la que se encontraban realmente.

Todavía podían escucharse melodiosos ecos pertenecientes a *Giselle*, que en aquellos momentos estaba deleitando al público varios pisos sobre sus cabezas.

El sonido de la música parecía cobrar una nueva dimensión en aquel lúgubre dédalo, como si formase parte de un mundo que allí abajo hubiera perdido todo su sentido.

Kyriel, que no había soltado su mano, le indicó que debían continuar.

Caminaron rápidamente por un amplio corredor donde la joven pudo observar varios arcones con el nombre de diversos ballets; seguramente contuviesen en su interior los múltiples atrezzos que requería cada representación.

Un nudo de cables recorría aquellos muros, como una anacrónica muestra de modernidad. Christelle, al verlos, comprendió la advertencia de Kyriel: en aquel nivel debían trabajar diferentes técnicos de luz, calefacción... que aquella noche estarían demasiado ocupados en otras secciones del edificio.

Tras girar en varias ocasiones encontrándose con nuevos pasillos interminables, finalmente se detuvieron ante una puerta metálica.

Christelle trató de tomar aire y serenar su ánimo, sin mucho éxito.

El estuche con el violín parecía quemarle en la mano, pero continuó aferrándolo con firmeza.

Kyriel abrió el portón sin muchos problemas y mirando por encima del hombro para estar seguro de que no les habían descubierto, permitió que ella accediera la primera a unas escaleras que descendían zigzagueantes, hacia una nueva oscuridad.

No podía imaginarse lo que estaba a punto de hallar en aquellas profundidades.

Había logrado penetrar por aquel extraño mecanismo gracias a la actuación de aquel hombre que ahora yacía a sus pies, inconsciente.

Encendió su linterna y examinó el lugar.

«Maldita sea.»

Aquel era un habitáculo sin salida.

¿Cómo habían desaparecido la mocosa y su misterioso acompañante?

Percibió como sus nervios aumentaban, obligándole a permanecer alerta y emplear sus cinco sentidos para distinguir cualquier movimiento, por pequeño que fuese.

En ese momento llegó hasta sus oídos el eco de una conversación.

Pero, ¿de dónde provenía exactamente?

Cerró los ojos e intentó concentrarse. No había duda. Las voces provenían del piso inferior, lo que quería decir...

Se agachó iluminando el suelo.

«Aquí está», pensó mientras abría cuidadosamente una trampilla...

Christelle se detuvo unos instantes, impresionada por el indescriptible cuadro que tenía ante sí.

La luz de su linterna le ofrecía sombrías imágenes que le hicieron contener la respiración.

Avanzó unos pasos, aproximándose al borde de un extenso lago que perdiéndose en aquella oscura inmensidad, parecía rozar un lejano horizonte.

Sus negras aguas se mecían lentamente al son de una música invisible que únicamente ellas podían escuchar. De sus extremos surgían imponentes columnas de ladrillo alineadas en perfecta simetría, como soldados guardianes que custodiasen aquel lóbrego lugar. La joven pudo vislumbrar cómo extendían sus dominios en diversos pasadizos sin aparente final, sosteniendo una enorme bóveda que le otorgaba un aspecto de aterradora opresión.

Aquel olor a humedad limpia le sorprendió dado que siempre había pensado que en las cavidades subterráneas donde hubiera agua y no llegaran los rayos del sol, el ambiente sería casi irrespirable.

Christelle sólo podía escuchar el frenético latido de su corazón; en aquel reino de tinieblas, el silencio era sobrecogedor.

Aquel lago parecía manar del mítico Infierno y sus eternas tinieblas invocaban a un esquelético Caronte a punto de surgir.

Recordó haber leído acerca de aquella enorme balsa de agua; según parecía, Garnier se encontró un grave impedimento en la construcción de la Ópera. El lugar escogido para su edificación estaba atravesado por un riachuelo, posiblemente un afluente del Sena que provocaba frecuentes filtraciones. El arquitecto consiguió aislar el suelo con un doble muro, creando un lago subterráneo rodeado de hormigón y cemento.

El frío y la humedad hicieron tiritar a la joven que se giró para comprobar que Kyriel estaba con ella. Él se había mantenido a su lado, expectante, como si desease analizar su reacción.

Cuando Christelle le iluminó con la linterna, dio un paso atrás, sobresaltada. La sombra que la luz había creado en el muro no era la suya. Aquella oscura silueta era la misma que había visto en aquellas visiones producidas por el violín: un hombre que parecía ataviado con un sombrero de ala ancha y una amplia capa.

La linterna tembló en sus manos y el desconcierto se mostró en su semblante lívido.

—¿Christelle? —La voz preocupada de Kyriel hizo que parpadease inconscientemente.

Al enfocarle de nuevo, el negro contorno de aquella figura había desaparecido.

La joven inspiró aire con dificultad.

Aquella sombra pertenecía al Fantasma y ellos se hallaban en sus dominios.

El lago que se extendía como un opaco manto negro ante sus ojos, había sido durante años el mudo testigo de sus viajes subterráneos, de su solitaria existencia.

¿Por qué habían bajado allí? ¿Cuáles eran las razones que impulsaban a Kyriel? ¿A dónde se dirigían? ¿Con qué propósito?

No podía seguir adelante con tantas dudas asaltando su mente. Necesitaba respuestas de inmediato.

Kyriel se había aproximado hacia ella, observándola con inquietud.

Christelle alzó la vista, encontrándose con la suya.

—¿A dónde vamos? —preguntó, escuchando el eco que sus propias palabras habían generado—. Necesito saberlo.

—Estamos llegando, confía en mí —respondió Kyriel.

Ella lo miró desconcertada antes de inquirir, casi en un susurro:

—¿Quién eres? —su voz sonó suplicante.

Kyriel cogió suavemente su rostro entre sus manos mientras esbozaba una cálida sonrisa.

—Me recuerdas a ella.

La joven lo miró confusa.

Aun sin entender el significado de sus palabras, su serena voz lograba siempre tranquilizarla, parecía tener un componente mágico e hipnótico que penetraba en su mente apaciguando sus nervios y sus dudas. Para ella, él era un dulce misterio que deseaba desvelar.

De nuevo y con la suavidad que le caracterizaba, tendió una mano hacia ella para que le siguiera.

Seguir sus pasos en aquellos interminables pasadizos no había sido tan sencillo como él esperaba. No obstante, había dado con el camino correcto gracias al eco que producían sus pisadas y sus palabras. Había llegado a un punto en el que podía visualizarlos y de esta forma, poder seguir acechándolo sin ser visto.

Se preguntaba hacia dónde la estaría conduciendo aquel hombre que días atrás había frustrado sus planes de hacerse con el violín. Desde su aparición en la Place des Vosges había constituido un serio problema. Estaba seguro de que sin su ayuda, la joven se habría encontrado desprotegida y por tanto, hubiera conseguido su tan ansiado instrumento.

¿Por qué la estaba ayudando? ¿Qué buscaban en los subterráneos de la Ópera? ¿Estarían allí también las partituras descritas en el libro rojo?

Un brillo de codicia asaltó sus ojos al mismo tiempo que en su boca se dibujaba una perversa sonrisa. Podía tener lo que ambicionaba al alcance de su mano, sólo era cuestión de no perderlos de vista.

Caminaban en silencio, bordeando aquel lago surgido de las tinieblas.

Christelle sólo deseaba saber a dónde se dirigían, pero no se atrevió a interrogarlo de nuevo.

Aquella pregunta sobre su identidad había escapado de sus labios por sorpresa, como si hubiera dormitado en su subconsciente todo aquel tiempo, esperando la oportunidad para salir a la luz.

No se arrepintió de haber formulado aquella cuestión que vagaba por su mente, pero tampoco estaba preparada para la respuesta que obtuvo.

Intentó conferir algún sentido a sus palabras mientras caminaban a paso vivo entre aquellos subterráneos perdidos, pero desistió al poco tiempo.

Todo cuanto la rodeaba, impedía que pudiera pensar con claridad.

Él aferraba su mano y sin detenerse, continuaba avanzando con resolutiva seguridad, como si ya conociese el camino.

El eco cavernoso de sus pasos resonaba con fuerza entre los oscuros corredores y las sombras que la luz de la linterna emitía, hicieron que Christelle apretara los dientes.

No había podido alejar de sus pensamientos la figura del Fantasma, que en aquel laberinto parecía más viva que nunca. Visualizó a su tatarabuela guiada en aquellos mismos pasadizos por aquel misterioso ser enmascarado y sintió un escalofrío al comprobar cuan semejante era su situación en aquellos momentos; se encontraba en manos de un hombre que lograba apasionarla y desconcertarla al mismo tiempo, dirigiéndose hacia un lugar completamente desconocido.

¿La historia se repetía de nuevo?

Kyriel, advirtiendo cómo los pasos de ella se habían ralentizado, se giró para decirle:

—Vamos, ya queda poco.

Ella no contestó. Su confusión iba en aumento.

«Sé fuerte, Christelle» se exigía a sí misma.

Sus caóticos pensamientos comenzaron a girar en torno a lo sucedido en los últimos días. Había superado tantas experiencias, tantos peligros... No podía rendirse ahora.

Súbitamente, recordó la llamada de Boldizsár. Todavía le costaba creer que fuese él quien ordenase la muerte de su tío. ¿Sabría ahora su paradero? ¿Les estaría siguiendo?

Unos instantes más tarde, Kyriel se detuvo ante un muro. Alzó una mano y palpó la piedra, como si quisiera comprobar sus condiciones.

Christelle miró en ambas direcciones: a su izquierda, reposaba el lago del que de vez en cuando surgía un pequeño chapoteo... ¿habría peces? A su derecha, pared de ladrillo. No había salida, estaban ante un corredor ciego.

Suspiró, desencantada. Sin embargo, el violín que sujetaba parecía advertir que aquel era el camino correcto. En su mano, pudo sentir las rítmicas convulsiones que emanaban del estuche. Tragó saliva al percatarse de que eran semejantes a los latidos de un corazón.

Kyriel se había aproximado al lago. Ante la atónita mirada de la joven, se remangó hasta alcanzar la zona superior de su codo y se agachó justo en el límite que separaba las aguas del pavimento donde se hallaban.

Acto seguido, sumergió el brazo en el lago.

Christelle había avanzado unos pasos hacia su posición, intentando descubrir cual era su propósito.

Él había alcanzado una pequeña argolla de la que tiró con fuerza antes de incorporarse. El muro que parecía cerrarles el paso, comenzó a vibrar con un sonido rocoso. Segundos más tarde, se deslizó hacia su derecha abriendo una oscura entrada.

—Un muro falso —murmuró Christelle, perpleja.

Kyriel se giró hacia ella y le sonrió mientras le indicaba que podía entrar.

La luz de la linterna que portaban la había guiado hasta ellos, sin que se percataran ni de su presencia ni de su velocidad.

Cuando los dio alcance, se ocultó en las tinieblas que ofrecía el lugar, observando la escena a una distancia prudencial.

Aunque la imagen de la piedra deslizándose como una simple puerta corrediza le había parecido fascinante, no dejó que le asombrase en exceso. Después de todo, estaban en los dominios del Fantasma, ¿qué otra cosa cabría esperar que no fueran laberínticos pasadizos y trampillas escondidas?

Vio cómo él animaba a la joven a penetrar por el hueco que se había abierto y frunció el ceño.

Aquel hombre sabía demasiado... ¿dónde había adquirido el conocimiento necesario para revelar y activar cada mecanismo?

Cuando ambos se adentraron en aquella hendidura, se aproximó cautelosamente hasta ella, pero se abstuvo de entrar.

Apoderarse del violín era su máxima prioridad, sin embargo su incipiente curiosidad le alentaba a saber más...

Quizás, si observaba sus movimientos el tiempo suficiente, podría informarse de sus propósitos y aprovecharse de ellos.

Ella esperó a Kyriel antes de avanzar por aquel lugar tan sombrío.

Cuando él entró, el haz de luz de la linterna atravesó las partículas de polvo que flotaban en el aire de aquel lúgubre lugar.

Se trataba de una amplia estancia vacía, cuyas paredes desnudas se hallaban impregnadas del paso del tiempo.

El semblante de Kyriel mudó de expresión, lo que no pasó inadvertido a la joven.

Iluminó el suelo, donde pudieron vislumbrar varios fragmentos de un busto hecho pedazos, salpicaduras de cera, posiblemente pertenecientes a diversas velas y numerosas gotas negras. Christelle pensó que debían ser de tinta... o sangre.

Kyriel avanzó unos pasos y enfocó las paredes, donde únicamente colgaban los restos desgarrados de un cortinaje rojizo.

La joven observó cómo él cerraba los puños con crispación contenida.

—Kyriel... —murmuró preocupada.

—Lo han profanado. —Su voz sonó hiriente y áspera, como una amenaza—. ¡Lo han profanado...!

Christelle miró de nuevo a su alrededor. El violín latía a un ritmo frenético en sus manos.

«Este lugar... es... ¡no, no puede ser!»

En ese momento lo comprendió. Los subterráneos de la Ópera, el lago, las entradas ocultas...

«¡Todo este tiempo me ha guiado hacia la morada del Fantasma!»

Sintió cómo la cabeza le daba vueltas y el estómago se comprimía en un gigantesco nudo.

¡Por esa razón el violín reaccionaba de aquel modo! ¡Había regresado al hogar de su dueño!

Ya no dudaba de que aquel instrumento tuviera vida propia y recordando las palabras que su tío le escribió en su postrera carta, las repitió mentalmente:

«*Puedo aventurar que el alma de Erik se hallaba inmersa en él y tú la despertaste al tocarlo*».

¿Qué clase de fuerza espiritual emanaba de aquel lugar? Ella misma también podía percibirla; situada en el centro de la Ópera, aquella estancia conformaba su núcleo telúrico, como las corrientes subterráneas que fluían bajo el laberinto de Chartres.

El hecho de que ahora estuviera vacía, no restaba pujanza a aquella energía tan poderosa que parecía brotar de cada átomo del aire.

Sin mucho esfuerzo, logró visualizar aquella cámara reconstruyéndola mentalmente, como si regresara más de cien años atrás en el tiempo. El busto de mármol blanco, perteneciente a algún compositor célebre, resplandecería sin fisuras en su correspondiente pedestal; diversos candelabros de curiosa ornamentación se hallarían situados en varios puntos de la estancia, bañando con su delicada luz cada uno de sus rincones; las cortinas rojas recuperarían su belleza, dando un toque de elegancia a tan sombrío lugar; como reminiscencias perdidas que regresan al subconsciente, recordó haber leído que su morador dormía en un ataúd, que posiblemente se encontrase en la habitación contigua así como un órgano donde él debió componer su Don Juan Triunfante... Casi podía escuchar el eco de aquella música escrita por tan expertas manos. Todo pareció cobrar vida ante sus ojos y se le manifestó extrañamente acogedor.

Intentó serenarse, volviendo su vista de nuevo hacia Kyriel que permanecía inmóvil, con el cuerpo en tensión.

En ese momento, todo regresó a la oscura normalidad: las cortinas rasgadas, las manchas de cera, los restos del busto esparcidos bajo sus pies... Eran los tristes vestigios que quedaban de un hombre único y portentoso, que había sido forzado a ocultarse en aquel laberinto subterráneo por el rechazo de una sociedad que excluía lo insólito y diferente.

Una lágrima furtiva comenzó a deslizarse por su mejilla.

Parpadeó, asombrada por aquella inesperada reacción y trató de enjugársela rápidamente. Pero su gesto no pasó inadvertido para Kyriel, quien se había girado hacia ella.

—Christelle... —su rostro reflejó dulzura y calidez.

—Estoy bien, no sé qué me ha pasado... —respondió ella con la voz quebrada.

Kyriel posó su mano bajo el mentón de la joven y la miró a los ojos, todavía vidriosos. Su mirada de belleza infinita, pareció inundar su espíritu de una plácida calma.

—Todavía existe algo que ha permanecido a salvo de este sacrilegio... —Tras una breve pausa, Kyriel añadió—: Christelle, para poder mostrártelo, necesito el violín.

Involuntariamente, la joven aferró con fuerza el estuche. Desde que murió su tío y siguiendo fielmente su consejo, no había permitido que nadie lo tocara. Sin embargo, los ojos de Kyriel le transmitían una absoluta confianza.

En esos momentos el violín comenzó a emitir un calor inusual que abrasaba su mano y creyó entender que el propio instrumento deseaba mudar de dueño.

Procuró dejar su mente en blanco al tiempo que le ofrecía el estuche a Kyriel, que lo cogió con extrema delicadeza, como si temiera dañar una preciada figura de cristal.

La invitó a seguirlo y con paso lento y grave, se encaminó hacia la sala contigua.

Se posicionó en su centro y abrió cuidadosamente el estuche, extrayendo el violín. En su lugar, depositó el misterioso paquete que había estado portando durante todo aquel tiempo.

Christelle creyó vislumbrar cómo el instrumento irradiaba un resplandeciente halo de nívea luz.

Kyriel no parecía haberse percatado de ello.

—Ven —le dijo—. Sitúate junto a mí y no te separes.

Ella asintió y se colocó a su lado.

Cerró los ojos lentamente y se dispuso a tocar.

Cuando la música inundó la estancia, Christelle sintió un estremecimiento: aquella melodía era la misma que había generado el violín cuando lo tocó la primera vez.

Su hermoso inicio, pero tristemente melancólico, hubiera logrado teñir con su trágico aliento el espíritu de quienes pudieran escucharlo.

La joven sintió que sus ojos ardían y luchó contra el impulso de derramar nuevas lágrimas.

Las notas que conformaban aquella melodía fluían como en un torrente de tormento, como la lluvia negra de la soledad y con una avidez que laceraba hasta el aire.

Con un enérgico movimiento, de los dedos de Kyriel surgió una música muy diferente.

Su impetuoso ritmo no sólo condensaba la tristeza de la melodía anterior, sino que parecía coagularla en forma de amargo sollozo.

El corazón de Christelle, que había latido con desenfrenado vigor, pareció detenerse durante unos segundos cuando fue testigo de la inexplicable escena que tuvo lugar.

Los muros de piedra que conformaban aquella estancia, comenzaron a girar sobre sí mismos con pausada solemnidad al son de la música que brotaba del violín negro.

Miró a Kyriel desconcertada, pero éste se mantenía tocando con profunda concentración, como si formara parte del hechizo que se estaba produciendo en la sala.

La melodía seguía sonando con furioso ímpetu y bajo su dominio, las paredes completaron su rotación, mostrando su lado oculto.

Poco a poco, diversos espejos envolvieron la habitación transformándola en una sala de oscuros reflejos. En varios de ellos, podían vislumbrarse con dificultad unos broncíneos candelabros provistos de esbeltas velas.

Kyriel pasó por última vez el arco por las cuerdas generando una música desgarradora y vibrante que al finalizar, resonó con un fantasmagórico eco en aquella sala de espejos.

Agotado, inspiró aire para rápidamente expulsarlo con fuerza.

Durante unos instantes, observó la estancia con una expresión de nostalgia.

Sin pronunciar palabra, se aproximó los candelabros y encendió sus velas con las cerillas de Gilles.

Lentamente la sala comenzó a iluminarse mostrando a la joven su propia imagen multiplicada en infinitos reflejos producidos por los espejos.

Christelle quedó impresionada por su aspecto: eran completamente negros.

Se giró siguiendo los pasos de Kyriel que se había detenido ante una de aquellas láminas de oscura refracción.

La joven se aproximó con cautela. Delante de él, formando parte de la pulida superficie, sobresalía la estatua de un hombre esculpida en mármol blanco. No mediría más de medio metro, pero poseía una singular belleza que hacía fijar la vista en ella. A su derecha, una pequeña columna dórica en donde se enroscaba una delgada serpiente. Sobre el capitel, la figura sostenía con una de sus robustas manos una gran lira de tres cuerdas.

Christelle exclamó, atónita:

—¡Apolo...!

Kyriel se volvió hacia ella y comprendió la confusión que se reflejaba en sus ojos.

Se inclinó para depositar el violín en su estuche y recoger el envoltorio de terciopelo que había portado tan misteriosamente.

Con un gesto, se lo ofreció a Christelle, que lo sujetó con cuidado.

—Adelante, descubre su contenido —le dijo él con una sonrisa.

La joven desdobló la tupida tela y observó, fascinada, lo que se hallaba en su interior.

—Dios mío... es... ¡*Don Juan Triunfante*! La obra del Fantasma. No puedo creerlo... —Su súbita alegría dio paso a una pregunta—. ¿Pero cómo...?

Kyriel la interrumpió mientras cogía de nuevo las partituras.

—Eso no tiene importancia ahora. Lo único relevante es que al fin están en nuestras manos. Comprendimos el mensaje de Leroux... y hemos finalizado nuestro cometido.

Ambos cruzaron sus miradas en silencio.

Él acarició el rostro de la joven con dulzura.

—Hay tantas cosas que debo explicarte…Te pedí que confiaras en mí y no voy a defraudarte.

Ella negó con la cabeza.

—Sólo deseo saber quién eres.

—¡Lo mismo quisiera saber yo! —aquella voz grave y seca, les hizo volverse sobresaltados.

Entre las jambas de la única entrada que ofrecía la sala, se hallaba un hombre alto y corpulento, de semblante enjutamente severo y de mirada penetrante y amenazadora.

Toda su postura reflejaba rigidez y tensión, como si estuviera reprimiendo algún tipo de impulso o estímulo.

En un rápido acto reflejo, Kyriel se posicionó delante de Christelle, quien desconcertada y perpleja, exclamó sin apartar los ojos de aquel hombre:

—¿¡Maestro Thierry!?

El aludido mostró con desdén una irónica sonrisa torcida, exhibiendo su amarillenta dentadura.

—Compruebo que al menos mantengo cierta fama entre mi alumnado —dijo de forma mordaz.

Christelle volvió a preguntarle, esta vez con una voz más firme y tensionada:

—¿Qué hace usted aquí?

—Digamos que tengo parte interesada en este asunto, muy interesada…

La joven se posicionó a la par que Kyriel y comenzó a sentir cómo el enojo y la exasperación la invadían por completo. Intuyó que la presencia de su profesor en aquel lugar no podría augurar nada bueno.

Kyriel percibió su reacción y le preguntó:

—¿Quién es?

—Un profesor del Conservatorio; suele sustituir a Boldizsár en algunas ocasiones. Por cierto, un profesor muy mediocre.

La sonrisa irónica del maestro Thierry se convirtió en un gesto de crispación.

—Sigue usted sin responder a mi pregunta —prosiguió ella—. ¿Qué interés puede usted tener? A menos que... —Christelle permaneció unos segundos en silencio mientras por su mente se cruzó, como un relámpago, una idea terrible—. A menos que tenga algo que ver con la muerte de mi tío, ¿es así?

—Veo que eres una alumna aventajada. Lo cierto es que nunca ordené que lo mataran, pero según me han contado, tu tío era una persona muy testaruda. Incluso lo pude comprobar días antes de su... cómo decirlo... lamentable pérdida. De cualquier forma, de haber estado presente, no hubiera tenido reparo en hacerlo yo mismo.

Christelle no pudo contenerse e hizo ademán de abalanzarse sobre él.

—¡Hijo de perra! ¡Usted mató a mi tío!

Kyriel la sujetó por la cintura ante la sorpresa de ella.

—Te repito que yo no fui —la voz del maestro Thierry volvió a teñirse de ironía—. Se les fue la mano a aquellos dos imbéciles a los que contraté. Mis órdenes fueron que consiguieran el maldito violín tras asustarlo lo suficiente. Por desgracia debieron de excederse en su cometido y acabaron con su vida. Fue un desagradable incidente.

—¿Incidente? ¡Fue un asesinato y usted es el culpable, maldito bastardo!

—Basta ya de insultos, jovencita, no he llegado hasta aquí para aguantar tus lamentaciones. Me has preguntado qué hago aquí, pues bien, te voy a responder.

Lentamente, introdujo una mano en el bolsillo de su chaqueta y extrajo un pequeño libro de color rojo.

—¿Sabes qué es esto? —preguntó a la joven mientras lo alzaba en alto—. Este libro es la clave para desentrañar el misterio que envuelve a ese violín que yace a tus pies. Está escrito de puño y letra por el llamado Fantasma de la Ópera, puedo asegurarlo —por unos instantes pareció regodearse del asombro que se reflejaba en sus miradas—. Durante dos años lo he estudiado, analizando cada línea, interpretando cada uno de sus singulares gráficos y pentagramas y finalmente comprendí su significado.

Kyriel clavó su mirada en el libro y acto seguido, preguntó:

—¿Dónde lo obtuvo?

Thierry sonrió y su malévolo rictus se reflejó, como una imagen de pesadilla, en todos los espejos que les rodeaban.

—Podría decir que cayó en mis manos gracias a una serie de extraordinarias casualidades. Sin embargo, soy consciente de que fue el destino quien quiso obsequiarme con su descubrimiento. Y si el destino así lo ha querido, es que soy digno de poseerlo. He descifrado su críptico mensaje, he penetrado en su oscura sabiduría y sé perfectamente lo que debo hacer. Para ello, necesito ese negro violín y esas magníficas partituras que porta. Por cierto, sigo sin saber quién es usted.

Kyriel permaneció inmutable sin dejar de mirarle directamente a los ojos.

—Probablemente soy la persona que usted menos desearía tener ante sí en estos momentos. De cualquier modo —prosiguió— no creo que alguien como usted haya podido entender el significado de ese libro.

El maestro Thierry aguantó estoicamente la indirecta de Kyriel.

—¿Acaso usted lo conoce? —preguntó desdeñosamente con una nota de alteración en su voz—. ¡No tiene ni idea! ¡Este libro ha estado oculto durante muchos años y como he dicho antes, el destino me lo tenía reservado! ¡Yo soy el elegido! ¡Entregadme ya el violín y las partituras!

La rabia contenida de Christelle estalló de nuevo.

—¿Qué cree que tiene de especial este violín que incluso ha llegado usted a matar por conseguirlo? ¿¡Es usted tan ingenuo que piensa que es mágico!?

Si es así, es más estúpido de lo que pensaba.

El inteligente intento de la joven por averiguar las razones ocultas del profesor, dio el resultado que ella quería.

—No me subestime usted, no soy tan estúpido como piensa. Este libro me ha abierto los ojos a una nueva y posible realidad, completamente distinta a la que he vivido hasta ahora.

»Durante largo tiempo he permanecido en la sombra, sin prestigio, sin el reconocimiento que merecía mi carrera, rebajado a una posición tan insulsa como la de simple docente de necios alumnos y de director secundario al que sólo llaman para dirigir orquestas de escaso nivel.

»Según este libro —continuó con un cruel brillo en los ojos—, el mítico Fantasma relató la insólita experiencia que vivió en su viaje a Delfos.

Christelle sintió cómo el corazón le daba un vuelco. Rápidamente comprendió varios de los enigmas que se le habían planteado durante aquella búsqueda. La Pythie en el Palais Garnier, la Sibila de Buttes-Chaumont, Apolo en aquella sala secreta... todo estaba relacionado con el Fantasma y aquel viaje que parecía haber realizado a la mitológica ciudad de las sacerdotisas consagradas al dios de la música, que acababa de mencionar Thierry. Recordó la explicación que Kyriel le dio acerca de aquella extraña lira grabada en el violín

La sangre hervía en sus venas, pero trató de dominar su impaciencia y escuchar la declaración de aquel hombre al que tanto odiaba.

Thierry continuó con su interpretación sobre el libro.

—En aquel viaje, Apolo se le manifestó, maravillado por la música que él había ejecutado con su violín. La misma música que ahora se halla escrita en esas partituras. El dios, complacido con aquella singular ofrenda, le concedió todo cuanto él anhelaba a cambio de completar su obra y consagrársela. Sin embargo, no todo transcurrió como el Fantasma deseaba ya que sus partituras seguían incompletas cuando él falleció. Parece ser que ésta fue la razón de que sus deseos no se cumplieran del modo en que él había imaginado.

Christelle lo miró sorprendida.

¿Qué clase de historia era ésa?

Comenzaba a pensar que aquel hombre estaba definitivamente loco cuando Kyriel rompió el silencio.

—Eso es lo que usted ha deducido, ¿no es cierto?

La pregunta desconcertó a la joven, quien esperó la respuesta de Thierry con ansiedad.

—¿Deducir? —el semblante del profesor se contrajo—. ¡Estúpido! ¡Yo no deduzco nada! ¡He descubierto la clave!

—¿Y qué clave cree haber hallado? —la voz de Kyriel se endureció.

—¿Acaso no es obvio? ¡Ese violín y las partituras son los elementos necesarios para que Apolo pueda mostrarse ante mí! Si completo la obra inconclusa del Fantasma, podré entregársela a cambio de algo que sólo él, como dios de la música, puede otorgarme: ¡su divina inspiración! Me despojaré de la mácula que mi familia y el mundo me han obligado a llevar siempre a mis espaldas. ¡Dejaré de ser un triste y fracasado profesor de conservatorio y llegaré a convertirme en un compositor genial e inmortal!

La potencia de su voz reverberó con estruendo en los oscuros espejos de aquella sala débilmente iluminada por las velas de los candelabros.

Por unos instantes, un tenso silencio se adueñó de la estancia.

Fue Christelle quien tomó la decisión de hablar:

—¡Es usted un viejo loco! —exclamó—. ¡Jamás llegará a ser nadie en el mundo de la música y jamás le entregaremos lo que usted desea!

La rigidez del rostro del maestro Thierry permaneció inmutable.

—Puede que esté loco —respondió—, pero en cuanto a su segunda afirmación, señorita Christelle, no esté tan segura. ¿Desea que su amigo pague las consecuencias?

Acto seguido, extrajo con rapidez un revólver y apuntó con él a Kyriel.

—Quizás quiera replantearse sus prioridades —dijo con suficiencia.

Ella ahogó una exclamación. No había contado con que Thierry estuviera armado.

Kyriel seguía manteniendo su mirada firme e inescrutable.

—No conseguirá nada disparándome. Y tampoco creo que se atreva.

Armando el percutor, Thierry sonrió.

—Lo siento, pero se equivoca.

Extendió el brazo y se preparó para disparar.

—¡No! —Christelle se abalanzó sobre Kyriel en un desesperado intento por apartarle. Su grito se mezcló con el estrepitoso sonido de la detonación al tiempo que caía en sus brazos.

No tuvo la sensación de dolor al recibir el balazo en su cuerpo; fue unos segundos después cuando de su estómago comenzó a irradiar un terrible fuego que le abrasaba las entrañas. Sus brazos aferrados a los de Kyriel fueron perdiendo fuerza hasta entrar en una laxitud que los dejó inertes.

Con las pupilas muy dilatadas, sus ojos buscaron con ansiedad una respuesta en los de él. Todavía no era consciente de lo que le había sucedido. Lentamente, inclinó la cabeza con mucha dificultad hasta advertir cómo una mancha rojiza se iba extendiendo por debajo de su pecho.

El atronador silencio que reinaba, se vio rasgado por un leve gemido que emitió su garganta:

—Kyriel...

En los ojos de él pudo verse reflejada por primera vez la inseguridad y la angustia.

Sus fuertes brazos acercaron el rostro de ella hasta el suyo y fue en ese momento cuando de sus labios escuchó un último susurro:

—Te quiero...

Aquellas palabras hicieron temer lo peor a Kyriel al comprobar que Christelle cerraba sus ojos desvaneciéndose por completo. Rápidamente comprobó con sus dedos en el cuello de la joven que todavía tenía pulso.

La sensación de alivio al corroborar que no estaba muerta recorrió todo su ser. Durante aquellos días junto a ella, había intentado mostrar siempre su lado más sereno y protector, sin percatarse de que estaba siendo traicionado por sus propios sentimientos. Había procurado alejar aquella sensación que no experimentaba desde hacía largo tiempo, asegurándose a sí mismo que no era real. Pero no podía engañarse por más tiempo.

La amaba. Y tener su frágil cuerpo inerte entre sus brazos hizo que el dolor más insondable ramificase como una profunda hendidura en su interior.

Con toda la delicadeza de la que fue capaz, depositó suavemente la cabeza de Christelle sobre las partituras y cubrió su cuerpo con su cazadora negra.

Con un impulso de furor, se irguió frente a Thierry, quien todavía sostenía el revólver en su mano. Todos los músculos de Kyriel se tensaron de forma tal que incluso su habitual lívido rostro se tiñó del color de la inclemencia.

A cada paso que daba hacia Thierry sus ojos comenzaron a adquirir la fulgurante tonalidad del fuego.

Ante aquella figura que avanzaba amenazante hacia él, el miedo fue abriéndose paso en su mente logrando que únicamente pudiera exclamar:

—¡No le apuntaba a ella!

Comprobando que Kyriel no se detenía, el pánico se apoderó de él y volvió a apretar el gatillo cuando únicamente les separaba un metro de distancia.

Cuando la detonación tuvo lugar, Thierry pudo ver con asombro a través del humo generado, cómo aquel hombre permanecía en pie, impertérrito ante la bala que seguramente le había atravesado el pecho.

—Se lo dije —la voz de Kyriel sonó cavernosa y sepulcral, como surgida del Averno—. No conseguirá nada disparándome.

Al ver que seguía aproximándose hacia él, el profesor arrojó el revólver al suelo sintiendo cómo el pavor lo dominaba por completo. Apoyó la espalda contra la pared de espejo y contempló, con los ojos desorbitados, como Kyriel extendía el brazo hasta aprisionar su cuello. Su mano, musculosa y helada, comenzó a cerrarse paulatinamente, impidiéndole respirar.

Thierry fijó su vista en aquel hombre y reprimió un grito de horror al contemplar cómo su rostro había comenzado a transformarse.

Su piel, lívida y de aspecto delicado, se vio consumida vorazmente por una nueva capa cutánea, que surgiendo del centro de su semblante, lo arrasó con virulencia.

Aquella dermis, amarillenta y marchita, parecía hallarse adherida a la musculatura facial, logrando que sobresaliese parte de la estructura ósea. Su nariz despareció dejando en su lugar un horrible hueco oscuro.

Sus labios, secos y apergaminados, constituían únicamente una fina línea comprimida en un rictus de rabia.

El fuego que parecía haber alimentado la mirada de Kyriel, se fortaleció, acaparando con su intenso brillo las vacías cuencas de sus globos oculares.

Thierry permanecía aterrorizado, sin poder apartar sus enrojecidos ojos de aquella metamorfosis infernal que parecía absorberle el alma con su visión.

De la garganta de Kyriel surgió una rotunda sentencia:

—Nadie debería conseguir la inmortalidad apropiándose del trabajo de otros y menos del mío... Sí, ha escuchado bien, viejo miserable, de mi obra, a la que dediqué toda mi vida y que para su fatalidad, ya se halla terminada con mi propia sangre. ¡Esa era la clave que usted creyó encontrar, inmenso necio! Mi libro no refleja todas las respuestas...

Thierry intentó balbucear, pero la presión que Kyriel ejercía sobre su cuello, le impidió pronunciar palabra.

—Ha violado mi secreto santuario, manchándolo con la sangre de quien me ha devuelto la vida. Por ello, lo condeno a muerte.

Con un supremo esfuerzo, aun a pesar de estar paralizado por el miedo, Thierry preguntó con un hilillo de voz casi sollozante:

—¿Quién es usted?

Los ojos de Kyriel centellearon de orgullo.

—Los hombres me han conocido como el Fantasma de la Ópera. Mi verdadero nombre es Erik.

El eco de aquel nombre y el posterior chasquido de su tráquea al fracturarse, fueron los últimos sonidos que escuchó el maestro Thierry en vida.

Dejó caer aquel cuerpo inerte sobre el frío suelo y con celeridad se aproximó a Christelle para comprobar su pulso.

«Todavía vive, pero queda poco tiempo.»

Acto seguido, cogió el violín y colocándolo en posición, comenzó a tocar el fragmento final de su obra.

Cerró los ojos un instante. A su mente acudió la imagen de sí mismo en la cripta del Père Lachaise. De un pequeño corte en su mano, fluía un hilo de sangre... aquella fue la tinta que utilizó para completar los pentagramas necesarios para concluir su composición.

La música volvió a invadir la sala con sus desgarradoras notas. Poco a poco, los espejos comenzaron a temblar devolviéndole un reflejo borroso. A causa de la vibración, la luz de las velas se tornó débil e intermitente.

Toda la estancia parecía estar sufriendo algún tipo de reacción a aquella inefable melodía.

Súbitamente, como nacida de las propias notas, pudo escucharse una penetrante voz que, superponiéndose a todo sonido, preguntó:

—¿Quién es el que osa tocar mi sagrada música?

Erik reconoció la grandilocuencia de Apolo.

—Soy Erik, la desamparada criatura que te invoca con

un ruego, quien derriba la noche con su dolorosa música y la arroja a tus pies como un cortejo de constelaciones.

Una repentina y cálida corriente de aire, penetró en la sala apagando la tintineante luz de las velas. Únicamente la pequeña estatua del dios, permaneció refulgente en aquella oscuridad.

La voz de Apolo volvió a materializarse:

—Compruebo con satisfacción que mi vaticinio se ha cumplido y que tu ofrenda se halla finalizada. Has cumplido tu palabra como humano, yo cumpliré la mía como un dios devolviéndote tu alma y puedas así descansar en la eternidad.

En ese instante, el violín emitió un extraño fulgor áureo que lentamente se separó de su negra madera y avanzó hasta posicionarse ante Erik.

Su forma indefinida, comenzó a condensarse en una silueta que manifestaba portar una larga capa y un sombrero de ala ancha.

Su intenso resplandor inundó toda la sala.

Súbitamente, se precipitó hacia él fundiéndose con su cuerpo. Lo que sintió fue una maravillosa sensación de plenitud al recobrar una parte de su latente esencia, que ya había dado por perdida para siempre.

Acababa de recuperar su alma.

Sin dudarlo, Erik cogió el cuerpo inerte de Christelle en sus brazos y con una voz suplicante, se dirigió a la estatua de Apolo.

—Te imploro escuches mi postrer ruego que te hago desde este humilde santuario dedicado a ti. Mi música y mi alma no significan nada en comparación con la vida de esta joven que ha hecho renacer en mí un sentimiento que creí olvidado para siempre. Está a las puertas de una muerte inmerecida y quiero apelar a tu magnanimidad para salvar su vida aunque para ello deba renunciar a que mi alma conozca el descanso y mi música alcance la gloria.

Su voz se quebró al pronunciar sus últimas palabras.

Tras un breve silencio, Apolo se manifestó de nuevo:

—Siempre he considerado el amor humano como un sentimiento que contiene una parte divina y por tanto, lo he admirado profundamente. De igual modo que elogio tu sacrificio, reconozco tu valor al ofrecerme aquello que siempre has anhelado. Tu maravillosa música forma parte ya del Olimpo y tu atormentada alma, prisionera en ese bello violín, volverá a ser tuya. En cuanto a tu joven enamorada, es mi deseo que seas tú mismo quien le devuelva a la vida.

—¿Cómo podré hacerlo? —preguntó Erik, quien inclinó la cabeza para ver el rostro de Christelle.

—Mi beneplácito será tu poder. Sabrás cómo utilizarlo. Confío en ti y en tu inteligencia.

33

Christelle abrió los ojos muy despacio y miró a su alrededor.

Ante ella, el blanco más puro abarcaba todo el espacio hasta perderse en el infinito.

Parpadeó perpleja ante aquella inmaculada visión, tan diferente del oscuro lugar de donde surgían las últimas reminiscencias de su memoria.

Se giró para comprobar que aquel blanco resplandeciente también se expandía a sus espaldas. No visualizó muro o techo alguno y su propia respiración constituía el único sonido existente; aquel lugar conformaba un todo níveo que lejos de desconcertarla, parecía calmar su espíritu.

Miró a sus pies. Estaban cubiertos por una ligera neblina que se extendía indefiniblemente hasta lo ilimitado.

Los acontecimientos ocurridos en la sala de los espejos vagaban por su mente como extraños sueños borrosos y distantes. El eco de un disparo se cristalizó en sus recuerdos e inconscientemente, inclinó la cabeza para observar su abdomen. No había rastro de sangre o herida alguna.

—Estoy aquí, mi vida. Tranquila... todo ha pasado; estás a salvo.

Aquella voz, tan singularmente bella, portadora de una serenidad y placidez que calmaba todos sus sentidos... Parecía que había transcurrido una eternidad desde que la escuchó y su tono, armonioso y musical, hizo que sonriera sin apenas darse cuenta.

—Kyriel... —murmuró.

Había dejado de preguntarse dónde se hallaba, de luchar contra las múltiples dudas que habían comenzado a acudir de forma atropellada a su mente... él era lo único que importaba ahora.

Como surgido de aquella delicada niebla, apareció a su lado sin emitir ni un sólo sonido.

Sus ojos se encontraron y Christelle sintió cómo paulatinamente todo tenía sentido. Podía verse a sí misma reflejada en sus oscuras pupilas, envueltas en una dulzura celeste, pero provistas de un extraño brillo que le hizo comprender...

Las lágrimas comenzaron a derramarse por sus mejillas mientras se aproximaba a él, fundiéndose en un intenso abrazo.

Sintiendo cómo sus manos se enlazaban alrededor de su cuerpo, la joven apoyó la cabeza en su fuerte pecho dejando que el llanto brotase como catártico bienhechor.

Se estremeció al sentir su aliento en su rostro y con la voz estrangulada en un sollozo, le susurró:

—Perdóname. Ahora comprendo todo...

Él deshizo el abrazo con suavidad y la besó en la frente, sonriéndola con ternura.

Ella pronunció su nombre mirándolo directamente a los ojos.

—Erik...

Él asintió, acariciando su rostro y secando con sus finos dedos las últimas lágrimas que resbalaban por sus mejillas.

—Dime, ¿cómo has averiguado mi identidad?

Christelle pareció dudar un instante antes de responder.

—En realidad... no lo sé con certeza. Tu nombre apareció en mi mente cuando tus ojos encontraron los míos... puede que sea este lugar... o quizás la respuesta que esperaba encontrar acerca de tu misteriosa personalidad y... del poderoso influjo que posees sobre mí.

Él la miró con cierto asombro mientras la joven intentaba encontrar el valor suficiente para proseguir:

—Me siento... unida a ti desde el día en que nos conocimos, como si hubiera nacido sólo para encontrarte. Es una sensación inexplicablemente maravillosa de la que no quiero desprenderme.

El semblante de Erik se tiñó de aflicción, desconcertando a la joven.

—Mi querida Christelle... —dijo casi a media voz—. Tal vez tengas que hacerlo muy pronto.

Ella cogió su mano entre las suyas.

—¿A qué te refieres? —preguntó.

La idea de no volver a verlo logró que un nudo de tensa angustia se formara en su garganta.

—Observa a tu alrededor, ¿no te has preguntado dónde nos encontramos? —Erik vio cómo ella asentía en silencio—. Este es un mundo intermedio, un espacio atemporal entre la vida y la muerte. Sólo existen dos caminos para salir de él.

Christelle lo miró asustada.

—No debes tener miedo... —le dijo él dulcemente.

—Sólo temo perderte —la voz de la joven se quebró intentando contener nuevas lágrimas.

—He permanecido en este lugar tanto tiempo —continuó Erik— y sin embargo, todavía conservo mis recuerdos intactos. Podría decirse que mi destino ya estaba escrito el día en que nací. Todo cuanto sucedió en mi vida me ha traído hasta aquí. Es obra de la fatalidad, mi siempre fiel compañera. Sí... la fatalidad... —dijo con un suspiro—. ¿Acaso no estaba ella presente cuando mi madre me entregó la primera máscara?

Como invocadas por aquella interrogante y ante la mirada atónita de Christelle, se formaron unas mudas imágenes de suave colorido.

Allí, como retazos del pasado, se fue reflejando una escena, borrosa y confusa al principio. Rápidamente, los contornos fueron delimitándose y la joven asistió, impresionada, al recuerdo mencionado por Erik que se había materializado en aquel inmenso vacío.

Vio a un niño pequeño, de unos dos o tres años, que cubría su rostro con las manos llorando desgarradoramente ante una mujer que parecía gritarle mientras le arrojaba una máscara.

Erik proseguía hablando con ojos enrojecidos.

—¿Acaso no se cruzó de nuevo en mi camino cuando fui expuesto como cadáver viviente en aquella feria gitana?

Las imágenes se transformaron con ligereza.

En ellas, Christelle advirtió que el mismo niño que había contemplado segundos antes, se hallaba aferrando con manos temblorosas los sucios barrotes de una jaula. En la máscara que le ocultaba el rostro resbalaban dos lágrimas...

La joven reprimió el llanto y trató de apartar su mirada de aquellas trágicas proyecciones, encontrándose con la de Erik.

—Fue esa misma fatalidad la que me llevó hasta Delfos... Sí, mi dulce niña, tu imprudente maestro dijo la verdad. Me dirigí a los restos de aquella ciudad guiado por un instinto que ni siquiera ahora podría definir. Embriagado por su mítica belleza, toqué con el violín una pieza de mi gran obra... y para mi asombro, el señor de aquel santuario, el dios de la música, se manifestó en lo que yo creí un extraño sueño para requerir aquella melodía que en forma de ofrenda, yo le había otorgado. Ante mi negativa, en la que le argumenté que mi obra se hallaba inacabada y que no podría terminarla hasta el fin de mis días, me vi obligado a cerrar un pacto. Concluiría mi música en la otra vida... y para ello, necesitaba que alguien me despertara del sueño eterno... «la sangre femínea de mi desamor»... tú, Christelle. Eres la única descendiente femenina de aquella a quien tanto amé. Sólo en tus manos mi violín podía cobrar vida, devolviéndome la mía.

Las imágenes, que le habían mostrado una figura tocando el violín ante las ruinas de un templo, cambiaron rápidamente para revelar a una mujer que parecía prepararse para su actuación en un camerino sencillo, pero lleno de flores. Sus hermosos ojos, su cándida sonrisa... ¿quién era ella?

Christelle observaba aquella escena con abstracción y embeleso. Acto seguido, interrogó a Erik con la mirada.

—Son proyecciones de nuestros recuerdos —dijo él— y éstos forman parte de nuestra existencia. Este lugar posee la fuerza para capturarlos y exponerlos en forma de imágenes. En ocasiones son bellas evocaciones... pero para mí constituyen amargas pesadillas de lo que una vez fue o pudo ser.

Tras breves instantes, prosiguió:

—La mujer que se encuentra ante ti es tu tatarabuela... —y como si pronunciase un nombre sagrado, concluyó—: Christine Daaé.

La joven parpadeó vivazmente cuando aquella escena comenzó a renovarse. La imagen de su tatarabuela se difuminó hasta convertirse en... ella misma. Estaba en el anticuario de su tío, abriendo un baúl del que segundos más tarde extraía un violín negro.

—¡Oh! —reconocía aquella proyección; formaba parte de sus propios recuerdos, tal y como él le había referido.

Se vio a si misma tocando aquel instrumento... aquel violín con el que comenzó todo un laberinto de misterios.

Erik le ofreció una sonrisa.

—Así fue como desperté de mi largo letargo. Tú me devolviste a la vida tal y como predijo Apolo. Por supuesto, no podía regresar al mundo de los vivos con mi aspecto anterior... por esa razón me conociste como Kyriel.

Christelle le devolvió una mirada de confusión.

—Yo hice que regresaras ¿tocando tu violín?

Él asintió con súbita tristeza.

—Para poder asegurarse de que no sólo cumplía el trato, sino que mi música estuviera escrita desde lo más profundo de mi ser, Apolo apresó mi alma en el violín.

—Díos mío... —exclamó ella—. Mi tío tenía razón. Al tocarlo, contacté con tu alma prisionera. Me convertí en tu persona mientras la música sonaba... ¡por eso viví escenas de tu vida como si fuera la mía propia!

Erik enlazó sus dedos en el largo pelo de Christelle.

—Sé que fue muy doloroso para ti... no puedes imaginar el sentimiento de culpabilidad que me invadió cuando me lo dijiste. Así como debo pedirte perdón por no haber sido franco contigo al decir que conocí a tu tío... Lo siento tanto...

Ella negó con la cabeza.

—Toda tu existencia ha sido una dura prueba... no tienes por qué disculparte.

Al cabo de una breve pausa, donde sus miradas se entrelazaron presas de sus sentimientos, dijo:

—Me alegro de haber tocado ese violín.

Ambos sonrieron con complicidad.

—Lo que no entiendo es... —preguntó ella—. ¿Por qué el nombre de Kyriel?

—Procede de la misma música que nos ha traído hasta aquí. Mi Don Juan Triunfante.

En sus ojos, Christelle atisbó un súbito brillo de orgullo.

—No es una simple obra operística o sinfónica —prosiguió él—. Es un Réquiem. Una sobrecogedora elegía dedicada a mi aciaga vida en la que tanto he sufrido por el odio de los hombres. Toda mi realidad, todo mi dolor es un oscuro Réquiem. Por esa razón decidí que mi nombre derivase de una de sus piezas.

—Un Kyrie... —murmuró la joven.

—Mi Don Juan Triunfante ha sido parte de mí durante mucho tiempo, incluso después de mi muerte... Le debía este último homenaje.

Christelle lo interrumpió con suavidad.

—¿Por qué elegiste ese título? ¿Tiene algo que ver con el mito del Don Juan?

Hubiera preferido estrecharlo entre sus brazos, sentir sus manos en su cuerpo, besar sus labios... Presentía que les quedaba poco tiempo, pero necesitaba saber y para ello debía preguntarle tantas cosas...

Él estudió su rostro durante unos instantes.

—Mi amor —dijo, como si se hallase complacido—. Compruebo que sabes mucho más de mí de lo que puedas imaginar.

Ella esbozó una sonrisa.

—Quizás el destino haya entrelazado nuestras vidas antes de encontrarnos. —La voz de Christelle se tiñó de dulzura—. Cuando leí tu historia reconstruida por Leroux, siempre supe que de alguna manera, era especial... que poseía cierta magia que ningún otro libro que hubiese leído hasta entonces pudiera tener. Y ahora estás aquí, junto a mí, como si se hubiese cerrado un ciclo que hubiera estado incompleto durante siglos.

—Te prometo que pase lo que pase no romperé ese ciclo.

—¿Pase lo que pase?

—Para siempre.

Las imágenes cambiaron de nuevo repentinamente y en ellas, Christelle pudo ver a un hombre ataviado con una larga capa negra, inmerso en la composición de unas partituras. Una vela casi consumida era su única iluminación. Su mano, sujetaba una pluma con la que plasmaba las diferentes notas musicales hasta completar diversos pentagramas. Parecía estar embebido en un frenesí de inspiración.

Erik contempló aquella escena con encendida fascinación.

—Mi grandiosa música... se podría decir que fue un parto largo y difícil, pero no me arrepiento de ni una sola de sus notas. Muestran aquello que fui y lo que soy ahora. Sí —musitó—, la leyenda tiene mucho que ver con mi Don Juan Triunfante... Don Juan Tenorio poseía beldad y atractivo, algo que yo nunca podría conseguir, tan sólo anhelar con desesperación, pero al conocer a Christine... todo cambió. El amor envolvió mi obra como una ardiente súplica y comprendí que aquel sentimiento tan desconocido para mí hasta entonces, había hecho que mi concepto de la belleza se renovase. No deseaba ser como Don Juan... sediento de conquistas sin sentido, atrapado en la pasión física... una simple cáscara vacía sin corazón... Sólo quería ser amado por mí mismo y eso significaba que alguien, en alguna parte, debía descubrir cómo era mi alma, mi interior, el verdadero valor que para mí encarnaba la belleza. El amor de dos almas que se fusionan en un sentimiento tan puro era el auténtico triunfo al que yo aspiraba con todo mi ser. Christine creyó ver mi alma... pero sólo tú lo lograste.

Se giró hacia Christelle y tomó su rostro con las manos.

—Gracias a ti, mi obra está completa; gracias a ti... sé lo que es amar y ser amado.

Ella sonrió. Tanta felicidad la abrumaba.

Con suavidad, Erik mantuvo una de sus manos entre las suyas, mientras extraía algo de su bolsillo.

—Conserva esta carta y léela cuando regreses.

Antes de que ella pudiera preguntar acerca del sentido de aquellas palabras, Erik prosiguió, mostrándole otro objeto:

—Este fue el postrer regalo que le hice a Christine... ahora es mi deseo que lo lleves tú.

Christelle guardó silencio mientras él deslizaba una alianza dorada en su dedo anular.

Lo observó unos instantes con embeleso y alzó hacia él su cristalina mirada.

—Quiero que siempre consideres este anillo como un símbolo, una prueba de que yo siempre estaré contigo —dijo Erik lentamente.

El semblante de la joven mudó de expresión.

—¿Qué quieres decir? —preguntó, asustada—. Nosotros estaremos siempre juntos.

—Christelle... —la aflicción había empañado su voz.

—¡No! —lo interrumpió ella—. No puedes obligarme Yo quiero estar contigo. Lo prometiste.

Él la abrazó con ternura.

—El ciclo no se romperá. Yo estaré a tu lado, protegiéndote... nada podrá hacer que yo incumpla esa promesa.

Por el rostro de la joven comenzaron a deslizarse amargas lágrimas.

—Pero... —comenzó a decir, con la voz desgarrada por el llanto—. Soy feliz contigo y no hay nada que me retenga al otro lado. Ahora tú constituyes mi único mundo. Por favor, Erik...

Él permaneció en silencio, acariciando muy despacio su largo cabello.

Christelle cerró los ojos, con la cabeza hundida en su pecho.

—No temo a la muerte... si tú estás en ella —murmuró con desconsuelo.

Erik, sin deshacer completamente su abrazo, la miró a los ojos.

—Dices que no existe nada que te retenga.

Ella asintió.

—Mi amada Christelle, eso no es cierto. Te retiene la música, tus amigos, tus recuerdos... y esencialmente, tu vida. No renuncies a todo ello por mí.

—Entonces regresa conmigo —lo apremió la joven.

—Yo ya he vivido mi propia existencia... No pertenezco a tu mundo, éste es mi lugar, donde la muerte es el eterno comienzo. Desde aquí guiaré tus pasos, contemplaré tus triunfos, compartiré tus sueños, participaré de tus esperanzas... Déjame ser tu ángel de la música.

Christelle quiso bajar la mirada, pero él se lo impidió con la suavidad que lo caracterizaba.

—Tienes toda una vida por delante. El mundo me arrebató mis anhelos y aspiraciones, tú posees la libertad de cumplir los tuyos. Sé fuerte, no te rindas ahora. Ésa debe ser tu promesa.

Tras permanecer en silencio durante unos instantes, Christelle trató de sonreír.

—De acuerdo... —dijo secándose las lágrimas de su cara.

Su vista se posó en el anillo que conservaba en su mano derecha y lo observó con cariño.

—Pero... —comenzó a decir, muy lentamente— antes de regresar quisiera ver... tu verdadero rostro.

Él la miró con desconcierto.

—Por favor —prosiguió ella—, no me niegues mi último deseo antes de perderte para siempre.

Erik se apartó de ella con delicadeza y suspiró.

Paulatinamente, su faz comenzó a transfigurarse ante la mirada serena de Christelle.

Cuando su nuevo semblante se materializó, todo su cuerpo parecía haber perdido su fuerza y vitalidad, como si fuera preso de un dolor fruto de su propia dignidad marchita.

Alzó la vista para encontrarse con la de Christelle, quien le sonreía.

La joven avanzó y tomó su rostro entre sus manos.

—Erik, te quiero...

Sus labios se unieron en un apasionado beso.

El cuerpo de Erik pareció recuperar toda su fortaleza, como si hubiera renacido de sus propios temores. Sus manos memorizaron el rostro de ella por última vez y durante unos segundos, en los que sus labios se vieron libres, murmuró su nombre.

—Christelle... te amaré siempre.

Abrió los ojos con una convulsión en la que sus pulmones se llenaron de aire.

Asustada, trató de respirar hondo y acostumbrarse a la oscuridad que le rodeaba.

Su corazón latía a un ritmo irregularmente frenético y su frente estaba perlada de sudor.

«¿Erik?»

Miró a su alrededor, aturdida y mareada.

Se incorporó lenta y torpemente antes de comprobar su abdomen. Ni un solo resto de sangre ni herida alguna.

Alzó su mano derecha y entrecerró los ojos.

Allí estaba la hermosa alianza que él le había regalado.

34

Intentó cerciorarse de dónde se encontraba y no tardó en llegar a la conclusión de que había regresado a la sala de los espejos. A tientas, palpó las paredes descubriendo que aquéllos habían desaparecido, así como la marmórea estatua de Apolo.

Apoyándose en uno de los muros, comenzó a recordar lo que había experimentado en aquel extraño lugar donde confluía el mundo de la vida y la muerte. Ella había estado tan próxima a uno de ellos que todavía le costaba comprender que seguía respirando.

Sabía con certeza que no había sido ninguna clase de sueño o delirio... aquel anillo en su dedo lo demostraba.

Pero, ¿qué iba a hacer en aquella situación en la que se encontraba ahora? Sin un atisbo de luz y sin guía para salir de aquel dédalo de pasadizos...

No obstante, no estaba asustada.

Todo su cuerpo se hallaba inmerso en una nueva energía nacida de sus últimos recuerdos en los que Erik le instaba a continuar su vida.

Se sentía fuerte, preparada para afrontar cualquier obstáculo.

Súbitamente, como emergida de sus esperanzas, una luz se fue aproximando hacia ella; tenue al principio, fue aumentando su intensidad hasta penetrar en la sala.

Parpadeó varias veces para acostumbrarse a su luminosidad antes de distinguir qué ocurría.

—¡Gilles!

Su exclamación de alegría resonó en toda la estancia haciendo que el cata se sobresaltase.

—¡Dios mío, Christelle, estás aquí! ¡Por fin te encuentro! ¡Sana y salva!

Ambos se abrazaron con cariño.

Gilles la iluminó con su linterna.

—Deja que te vea; ese Kyriel no te ha hecho nada, ¿verdad?

—En realidad —dijo ella mientras le mostraba una sonrisa— ha sido él quien me ha devuelto a la vida.

Él la miró desconcertado.

—Te explicaré todo cuando hayamos salido de aquí —le prometió la joven.

—Espera un segundo, primero quiero asegurarme de una cosa... ¿dónde estamos exactamente? —preguntó mientras bañaba la sala con la luz de su linterna.

—¿No lo ves? —contestó ella—. Nos encontramos en la morada del Fantasma.

—Christelle, no me tomes el pelo. ¿Todavía sigues pensando que esa leyenda fue real? —inquirió el cata con escepticismo.

La sonrisa de Christelle se acentuó.

—Cuando te relate lo que me ha sucedido, cambiarás de parecer.

Él no podía entender su extraña jovialidad, pero no verbalizó sus dudas.

Al iluminar la estancia, dio un súbito paso atrás al encontrar una forma anómala en el suelo.

—¿Y ese hombre? —exclamó—. ¿¡Está muerto!? ¿Quién es?

La luz mostraba el cuerpo del maestro Thierry sentado en el suelo con su cabeza en una posición antinatural.

Aunque no había estado consciente durante la reacción de Kyriel, Christelle pudo intuir la escena mentalmente sin muchos problemas.

—Es el maestro Thierry —explicó—, uno de mis profesores del Conservatorio. Nos sorprendió cuando Kyriel y yo llegamos aquí. Quería arrebatarnos el violín y las partituras amenazándonos con un revólver y créeme, no tuvo inconveniente en disparar. Él fue quien ordenó matar a mi tío.

Gilles estaba aturdido y confuso. Miró a la joven con los ojos desorbitados y preguntó:

—¿Un profesor del Conservatorio? ¿Para qué querría él el violín del Fantasma? ¿Realmente disparó? ¿A quién? Y las partituras... ¿quieres decir que Kyriel las encontró? Y por cierto, ¿dónde está él?

Christelle comprendió su perplejidad, pero no quería permanecer allí por más tiempo. Su amigo se merecía una aclaración y aquel no era el sitio más indicado para hablar con un poco de tranquilidad.

Cogió con suavidad su brazo y le instó a salir de aquella morada subterránea.

—De acuerdo —resopló el cata—. En cuanto a tu profesor... será mejor que dejemos el cadáver aquí. De cualquier modo, nadie logrará encontrarlo nunca, sepultado entre estos secretos muros.

—Espera un segundo... —dijo la joven.

Recogió el violín negro, lo introdujo en su estuche y lo abrazó con ternura.

Contempló durante unos segundos aquella estancia, que había pertenecido a una persona tan querida... y sintió una punzada de tristeza al saber que nunca volvería a estar allí.

—¿Estás preparada? —Gilles ya se había aproximado hacia la salida.

—S...sí. ¿Seguro que sabrás guiarnos de vuelta?

—¡Por supuesto! —En la voz de Gilles se percibió cierto tono de orgullo—. ¡Soy un cata! ¡Y de los más expertos!

Cuando salieron por el hueco que había generado el muro corredizo, Gilles se giró lanzando una pregunta.

—¿Y qué vamos a hacer con esta abertura? ¡No puede quedarse así!

Sin decir una palabra, Christelle se acercó al lago. Gilles la observó boquiabierto, mientras ella sumergía el brazo en las negras aguas. Segundos más tarde, encontró la pequeña argolla de la que tiró con fuerza.

Acto seguido, el muro volvió a moverse con un ligero temblor hasta ocultar aquella hendidura para siempre.

Se volvió justo a tiempo para comprobar con satisfacción que todo había regresado a su origen, sin señal o prueba alguna de su presencia.

Cogió el estuche con el violín y respiró profundamente.

«Ante mis ojos acaba de cerrarse una etapa de mi vida...», pensó con cierto ánimo. «Erik: no voy a defraudarte.»

—Me parece —la voz de Gilles lo hizo despertar de su ensimismamiento— que empiezo a tener serias dudas sobre mi percepción de la leyenda del Fantasma. Ver es creer, ¿no es verdad? Amiga mía, creo tienes mucho que explicarme.

Tras salir de la Ópera, dirigieron sus pasos hacia el Café de la Paix, que todavía permanecía abierto a esas horas de la noche.

Atravesaron el amplio hall principal y se sentaron en un tranquilo rincón del salón interior.

Mientras Gilles pedía dos cafés bien cargados, Christelle contempló maravillada la suntuosa decoración que parecía envolverla en una atmósfera nostálgica del siglo XIX. Las bellas arcadas color marfil que rodeaban la estancia, estaban adornadas con columnas griegas y largos cortinajes rojos, lo que le confería un aire teatral y armónico. La cúpula piramidal, estaba formada por múltiples paneles de cristal que permitían ver el cielo estrellado, coronado por una grandiosa araña dorada que pendía en su centro.

Cada mesa, se hallaba embellecida por un esbelto jarrón de flores blancas y los exquisitos sillones estampados estaban colocados en perfecta simetría.

Todo ello, envuelto en una suave música ambiental a piano.

Cuando el camarero les hubo servido, Christelle dio un pequeño sorbo a su café, sintiendo cómo el calor invadía todo su cuerpo.

Todavía le extrañaba que Kyriel no estuviera a su lado, mirándole con aquellos ojos negros e impenetrables que lograban aislarla de la realidad. Sólo habían transcurrido unas horas, pero sintió que lo echaba profundamente de menos.

Gilles, que se había sentado frente a ella, comenzó a impacientarse.

—¿Por dónde te gustaría comenzar? —preguntó con suavidad—. ¿Por el paradero de Kyriel? ¿Por esos misteriosos aposentos? ¿Por tu maestro del Conservatorio? Yo únicamente recuerdo haber decidido ir en tu busca y sentir un brusco golpe en la nuca.

Christelle le relató todo cuanto había sucedido desde que se separaron, sin ahorrarse ningún detalle.

—No estarás bromeando, ¿verdad? —la voz de Gilles se tiñó de seriedad.

Christelle se quitó el anillo y colocándolo en la palma de su mano, se lo mostró.

—Esta es una prueba de lo que te estoy diciendo. Perteneció a mi tatarabuela, Christine Daaé. Fue un regalo de Erik. Él mismo lo puso en mi dedo antes de despedirnos... Fue él quien me alentó a seguir con vida...

Gilles tomó el anillo y lo observó con incredulidad.

—Esto no prueba absolutamente nada, Christelle. Pudo haberte dado este anillo en cualquier otro momento o ponértelo en la mano antes de irse.

Ella se dejó caer en el sillón de terciopelo.

—No me crees —murmuró con aflicción.

—Querida Christelle... —dijo el cata mientras seguía observando el anillo—. Confío en tu palabra, pero debes entender que lo que me estás narrando es mucho más que increíble...

—Entonces, ¿cómo explicas que no haya rastro de herida alguna en mi estómago?

El rostro de Gilles cambió de expresión al descubrir algo en la alianza.

—Un momento, ¿qué es esto?

—¿A qué te refieres?

—Hay algo escrito en la parte interna de este anillo:

L'Ange de la Musique...

Christelle sonrió.

—Así es cómo Christine llamaba al Fantasma —dijo—. Es un detalle precioso.

Gilles asintió mientras le devolvía el anillo.

—Sí, pero no me has explicado lo más importante: ¿dónde están las partituras? Hemos pasado por tantas cosas para recuperarlas...

—Erik se las llevó consigo —comentó Christelle con naturalidad—. Don Juan Triunfante es su gran obra. Supongo que querría permanecer junto a ella incluso en la muerte.

Gilles se revolvió en su asiento.

—A mí todo esto me huele a encerrona. ¿Sabes lo que creo? —La joven hizo un gesto negativo—. Creo que tu amado Kyriel nos la ha jugado. Seguramente fuera un cómplice de tu profesor. Ambos pudieron haberte golpeado, dejándote inconsciente mientras te robaban las partituras. Por eso tuviste ese extraño sueño y ahora no recuerdas nada. Es así de sencillo... ¡Ya te advertí que ese Kyriel no era de fiar! ¡Si llego a estar allí, le...!

—¡Gilles, no has escuchado nada de lo que te he dicho! —La voz de Christelle se tiñó de enojo—. Estoy completamente segura de lo que presencié en esa sala de espejos y por supuesto en aquel mundo paralelo a éste. No puedo obligarte a que me creas, pero hay una cosa que jamás se podrá borrar de mi mente. Él me prometió estar siempre a mi lado, protegiéndome. Sé que cumplirá esa promesa. Confío en él.

Gilles se encogió de hombros.

—Lo que tú digas —y en un tono más bajo, asegurándose de que Christelle no podía escucharle, murmuró—: Maldito Kyriel...

De repente, la taza de café que se hallaba frente a él se volcó, derramando su contenido sobre la mesa de cristal.

—Pero, ¿qué…? —Gilles se apresuró a coger varias servilletas para limpiarlo, pero al inclinarse sobre la mesa, se detuvo bruscamente.

Sobre el café vertido, cómo dibujadas por un dedo invisible, se estaban formando unas letras.

Con el asombro reflejándose en sus ojos, Gilles pudo contemplar la palabra escrita:

Erik

Los dos cruzaron una mirada de perplejidad al tiempo que Christelle le mostraba una mordaz sonrisa.

En silencio, Gilles volvió su vista hacia aquel nombre formado en el café que paulatinamente se deshacía en una oscura mancha.

—De acuerdo… —dijo inmóvil, casi en un susurro—. Te creo.

La joven asintió con satisfacción mientras extraía algo de su pantalón.

—Por cierto, Erik me entregó esta carta antes de desaparecer.

Comprobó que aquel sobre ya había sido abierto y dedujo que él ya lo habría leído. Desdobló el papel que contenía y comenzó a leer a media voz:

A ti que abres esta carta, si eres quien debes ser, te devuelvo aquello que más amaste en tu azarosa y triste vida, aquello por lo que Apolo se manifestó complacido, aquello por lo que llegaste a perder tu propia alma:

tu música. La obra inmortal de un verdadero genio al que el mundo ignoró desde su niñez hasta su muerte.

Tú sabes qué debes hacer en estos momentos y mediante quien podrá el mundo gozar de esta maravilla plasmada en tus partituras.

Por mi parte, sólo ansío que mi misión haya servido para este fin y sea la época que sea en la que te encuentres, puedas recuperar tu alma y descansar al fin.

Gastón Leroux

La música del piano era lo único que rasgaba el silencio que se había generado entre ellos.

—Christelle, creo te debo una disculpa —se decidió a hablar Gilles—. Ahora comienzo a comprender esta historia.

Con un brillo especial en sus ojos, Christelle besó la carta.

35

Caminaba por la nave central de una iglesia, pero aquella vez se detuvo unos segundos para intentar retener en su memoria algunos detalles que le ayudasen a averiguar dónde se encontraba.

No había nadie junto a ella, pero innumerables velas se hallaban encendidas junto a varias estatuas de mármol.

Alzó la vista para vislumbrar una extensa bóveda dividida en una serie de cúpulas, mientras sentía que sus pasos se dirigían, guiados por una voluntad ajena a la suya, hacia el altar.

Allí, contempló con ensimismamiento un motivo escultórico que de alguna manera, le resultaba familiar: una figura central femenina rodeada por un coro de ángeles que parecían acompañarla en su ascensión a los cielos.

«Conozco este lugar…»

Una música espectral retumbó en el silencio de la iglesia.

Christelle se giró, sintiendo cómo su corazón comenzaba a latir violentamente. Aquella melodía procedía del órgano principal y no le era desconocida. ¡Era la misma que había escuchado surgir del violín negro!

Se despertó bruscamente del sueño y miró aturdida a su alrededor. Estaba en su dormitorio. Tras serenar la respiración, encendió la luz y vio que aún eran las cuatro de la mañana. Se levantó dirigiéndose al baño, donde se refrescó el rostro. Observó por unos instantes su reflejo en el espejo y suspiró.

—¿Qué quieres decirme? —murmuró con desazón—. Sé que eres tú, pero no logro entenderte.

Aquel sueño se había repetido durante las últimas semanas. Repasó mentalmente las oníricas imágenes tratando de encontrarles algún sentido.

«Recuerdo que era una iglesia... Pero, ¿qué relación existe entre el Fantasma y una iglesia?»

De repente, una idea acudió a ella con celeridad.

«¡Eso es! ¡Ya lo comprendo!»

A primera hora de la mañana se dirigió a la iglesia de La Madeleine.

Con el violín a su espalda, subió la escalinata. Cuando entró en su interior, no pudo evitar sentirse envuelta en una extraña sensación. La tenue iluminación, el aroma de las velas, el olor a incienso... Todo su cuerpo parecía flotar mecido por aquella atmósfera impregnada de espiritualidad.

Detuvo sus pasos ante una de las dos estatuas angelicales que flanqueaban la única nave que poseía la iglesia y analizó su forma, comprobando que se trataba de la misma figura que había visto en sus sueños.

«Voy por buen camino», se dijo a sí misma.

Un repentino brillo cruzó destellante la mirada de Christelle.

«¡Según Leroux, Erik deseaba contraer matrimonio con mi tatarabuela Christine en esta iglesia! Por eso el sueño me ha traído hasta aquí.»

Unos súbitos acordes la hicieron sobresaltarse. Aquella melodía tan poderosa y enérgica... Se volvió hacia el lugar de dónde procedía la música: el órgano principal de la iglesia. Aun a pesar de la débil iluminación, pudo advertir cómo un hombre se hallaba en lo alto, inmerso en el frenesí que le confería al tocar aquellas notas. Su pensamiento fue casi más rápido que su vista.

«Erik...»

Christelle recorrió rápidamente el pasillo central y se dirigió hacia una de las escaleras que conducían al órgano. Cuando llegó hasta él, la música había dejado de sonar y su misterioso intérprete había desaparecido. Había comenzado a pensar que su propio subconsciente quería jugar con ella, cuando posó su vista en el pequeño banco acolchado donde supuestamente aquella sombra había estado sentada. Fue entones cuando descubrió lo que se hallaba depositado sobre él.

«No puede ser...»

Con ambas manos recogió una gruesa partitura. Su título, en letras rojas, no le era desconocido: Don Juan Triunfante.

Christelle había quedado con el maestro Boldizsár en la iglesia de Sainte Rosalie para comentarle su hallazgo.

Una vez allí, se asombró al comprobar que tanto él como el padre Claude la estaban esperando juntos en el despacho parroquial.

Christelle no pudo evitar preguntarles:

—Supongo que se conocieron en el cementerio, en el funeral de mi tío.

Los dos aludidos cruzaron sus miradas antes de que su maestro tomara la palabra:

—En realidad somos viejos amigos desde hace tiempo, pero antes de profundizar en ese tema, nos gustaría que nos mostrases tu descubrimiento. Siéntate.

—Yo no sé muy bien cómo empezar –dijo con cautela—, pero soy consciente de que para mostrarles lo que poseo, para que comprendan su valor y significado, debo contarles una historia verdaderamente extraña que me sucedió semanas atrás.

Christelle comenzó a narrarles las extraordinarias experiencias que había vivido junto a Gilles y Kyriel. Su inseguridad inicial dio paso a una elocuencia febril y desenvuelta, entendiendo que ya no tenía nada que temer.

La joven no se arrepintió de haber compartido su verdad, pero estaba deseosa de saber cual era la reacción de aquellos dos hombres.

—Christelle, ¿puedo ver el violín que has mencionado? —La pregunta de Boldizsár le dejó perpleja. Pensó que seguramente sus dudas irían dirigidas hacia la muerte de Thierry o que quizás no hubiesen comprendido demasiado bien la metamorfosis de Kyriel.

Lentamente, abrió su estuche y extrayendo el violín, se lo entregó a su maestro, quien lo observó con admiración y acarició su negra madera con delicadeza.

—Así que éste es el increíble violín perteneciente al Fantasma... —Boldizsár miró de nuevo al padre Claude antes de proseguir—. El violín del que tanto nos hablaba tu tío.

—¿Cómo ha dicho? —La sorpresa de Christelle era mayúscula—. ¿Sabía que mi tío...?

—Por supuesto —le interrumpió con suavidad su profesor.

La joven advirtió la leve sonrisa del párroco.

—Ah, ya entiendo: el padre Claude debió contarle que mi tío encontró el violín y...

—Es cierto, yo se lo dije —confesó el sacerdote—, pero Boldizsár, tu tío y yo ya conocíamos la existencia de este violín mucho antes de que apareciera en nuestras vidas.

—No entiendo —murmuró ella con inquietud.

Boldizsár sonrió y tras una breve pausa en la que pareció pensar cómo iba a comenzar su exposición, le dijo:

—Todo tiene su explicación, querida Christelle. Pertenecemos a una sociedad que se remonta a finales del siglo XIX. Tu tío también formaba parte de ella. Se llama la Societé Hermes. —Al escuchar ese nombre, la joven sintió que una especie de alarma se había activado en su mente—. Se escogió ese nombre por una clase de lenguaje muy especial, del que únicamente este dios griego tenía conocimiento.

—¡El lenguaje de los pájaros! —La exclamación de Christelle se tradujo en un silencioso asombro por parte de Boldizsár.

—Exacto —dijo—. ¿Sabías acerca de su existencia?

—Gracias a Kyriel. Él me lo explicó. Las pistas que Leroux nos dejó se hallaban escritas siguiendo las normas de este lenguaje.

—Creo que el Fantasma sabía mucho más de lo que nosotros pensamos —comentó el padre Claude.

La joven los miró con desconcierto.

—Christelle... —La voz de Boldizsár parecía intentar tranquilizarla—. Puedes estar segura de que creemos en todas y cada una de las experiencias que nos has detallado.

—¿En serio? —La joven no salía de su asombro.

—Sí. Leroux también perteneció a la Societé Hermes. Fue él quien encontró el pequeño libro rojo que nos has mencionado. Quizás el maestro Thierry pudo conseguirlo casualmente, pero lo cierto es que Leroux lo poseyó el tiempo suficiente como para desencriptar parte de él.

»Antes de que el libro desapareciera debido a un desafortunado robo, tuvo mucho cuidado de redactar una extensa carta en la que legaba a la Societé los conocimientos que de él había extraído... por supuesto, entre ellos figuraba el singular violín negro, el pacto con Apolo...

—Ahora lo entiendo todo —Christelle estaba maravillada.

—Cuando el padre Claude y tu tío me hicieron partícipe del descubrimiento del violín, no pude imaginar la cadena de acontecimientos que iba a generar. Es irónico saber que todo terminó con la muerte del maestro Thierry —Boldizsár se encogió de hombros—. De todos modos, él buscaba la inmortalidad, ¿no es cierto? Qué mejor manera de encontrarla que permanecer sepultado bajo la Ópera Garnier.

La joven tragó saliva; aquel era un tema del que prefería no hablar.

Boldizsár prosiguió con su explicación:

—Como podrás imaginar, intentamos averiguar qué es lo que le había sucedido exactamente a tu tío, pero por un lado la policía estaba convencida de que había sido un suceso de los que por desgracia suelen acaecer en una ciudad tan grande como París y por otro, no teníamos ninguna línea de investigación por donde empezar. No nos quedó más remedio que esperar acontecimientos. No pude imaginar en ningún momento que el causante de todo ello estuviera tan cerca de mí. Lamento profundamente no haberte podido ser de ninguna ayuda. Lo lamento de veras, Christelle.

Ella permaneció en silencio, agradeciendo en su interior las palabras de su maestro.

—Y bien, mi querida niña —dijo con ternura el sacerdote—, ¿qué era lo que querías enseñarnos?

Christelle abrió su bolso y les mostró las partituras.

—Don Juan Triunfante... ¡es increíble! —exclamó Bolizsár a media voz mientras las recogía.

Durante unos minutos, que a Christelle le parecieron interminables, su maestro examinó aquellas hojas musicales con intensidad. Sus expresivos ojos azules brillaban de satisfacción.

—Cada pentagrama es fascinante... una delicia para los sentidos contenida en una música tan especial como nunca antes había leído —dijo al fin.

La joven asintió.

—Creo que Erik quiso que yo la encontrara. Estoy segura de que uno de sus mayores deseos fue que el mundo pudiera conocer su obra. Sería su mayor legado.

Sin apartar la mirada de aquella música manuscrita, Boldizsár se pasó una mano por sus ya canosos cabellos.

—Christelle, permíteme estudiar más detalladamente estas partituras.

—Por supuesto, confío en usted, pero había pensado que...

—Sí, lo imagino —se adelantó el profesor—; esta música debe ver la luz y por ello utilizaré toda mi influencia para lograr que sea interpretada ante la audiencia más selecta.

—Debe estrenarse en la Ópera Garnier, el palacio que una vez fue su morada —dijo Christelle con convicción, esbozando una sonrisa de entusiasmo.

Boldizsár le ofreció una mirada de complicidad.

—Te doy mi palabra de que así será.

Habían transcurrido varios meses de intensos ensayos y por fin, aquella noche de mediados de Mayo, iba a tener lugar el estreno.

Boldizsár había cumplido su palabra y gracias a su fuerte influencia, logró que la dirección de la Ópera Garnier aceptara representar en sus instalaciones una obra que distaba mucho de los habituales ballets. Así mismo y por insistencia de Christelle, el palco número cinco debería permanecer vacío en homenaje al compositor.

El tan deseado día había llegado.

Paulatinamente, el público iba entrando en el edificio ataviado con sus mejores trajes de gala, deteniéndose de vez en cuando en los vistosos carteles donde se anunciaba el estreno mundial de la rescatada obra del célebre Fantasma de la Ópera: *Don Juan Triunfante.*

Aquella noche el aforo estaba lleno y los murmullos de excitación y curiosidad inundaban el ambiente.

Christelle trataba de controlar sus incipientes nervios entre bambalinas; había sido elegida por Boldizsár como primer violín y aquella responsabilidad la abrumaba y la inquietaba al mismo tiempo.

Abrazó el violín negro y respiró hondo mientras intentaba mantener una actitud serena.

«Hoy es tu gran noche, querido Erik… sé que estás aquí, conmigo. Desde donde estés, disfruta de tu triunfo.»

Había llegado la hora.

Envuelta por los primeros aplausos, Christelle ocupó su lugar entre los músicos que componían la orquesta. Preparó sus partituras y se fijó en las primeras filas del público, distinguiendo al padre Claude en compañía de Gilles y Cloe, que le hicieron una leve señal con la mano mientras sonreían.

Boldizsár, como director, entró el último y tras saludar al público, esperó hasta que la sala se hubo bañado de silencio y las luces descendiesen su intensidad, quedando iluminado únicamente el escenario.

La expectación era máxima durante aquellos segundos que distaban entre la mirada de Boldizsár a toda la orquesta y su orden de ejecutar.

Alzó la batuta y con un enérgico movimiento, marcó el comienzo del concierto. La orquesta al completo estalló en una vibrante explosión de luminosa sonoridad acompañada por las voces del coro que mezclándose en un virtuoso arpegio, lograron que la audiencia se estremeciera en sus asientos.

El público parecía contener el aliento ante aquella demostración musical compuesta por un genio.

Aun habiendo asistido a los innumerables ensayos, Christelle seguía sintiendo un profundo escalofrío al escuchar aquella obra tan poderosa y enérgica.

La sala de conciertos vibraba con cada nota, con cada golpe de címbalo, con cada arremetida surgida de las gargantas que formaban el coro.

En aquella explosión de sonido, Christelle abrió los ojos. Le pareció que la Ópera en sí misma formaba parte de aquella composición.

Miró a Boldizsár quien con un asentimiento de cabeza, le indicó que podía comenzar a ejecutar la siguiente pieza.

Revestidas de una dulce melancolía, las notas fluían en un torrente de cálidas sensaciones que parecían emanar de aquel negro instrumento.

Aquellas notas conformaban un canto al amor. Un amor que ella había sentido hacia aquel que las compuso y que sabía correspondido.

El compositor había plasmado en sus partituras el sentimiento supremo por excelencia envolviéndolo en una sensibilidad y maestría extremas.

Aquella melodía era una conquista, una guerra contra el dolor generado tras tantos largos años de sufrimiento y rechazo.

Poco a poco, diferentes partes de la orquesta se fueron sumando al llanto de los violines que manaba como una cascada de lágrimas vertidas por un ser, que aun habiendo sido repudiado por el mundo, lo perdonaba liberándose así de las cadenas que lo ataban a él.

Las voces del coro comenzaron su canto, grácil y sereno al principio, pero que se convertiría lentamente en un glorioso himno al ser humano.

Christelle respiró hondo y se preparó para ejecutar la postrera pieza de aquel Réquiem tan especial.

Cuando emitió la primera nota, las voces habían enmudecido y el sonido del violín inundó la sala.

Su melodía, sublime y grandiosa, se hallaba impregnada de paz y ternura.

Las lágrimas comenzaron a deslizase por las mejillas de la joven que no hizo nada por reprimirlas.

Era conocedora de que aquella música había sido compuesta por Erik en el cementerio de Pére Lachaise, cuando encontró sus partituras bajo la forma de Kyriel.

Las notas que había escrito no sólo le devolverían su alma, sino que representaban el amor que sentía hacia ella... la persona que finalmente lo había amado sin condición ni temor alguno.

Sin querer, abrió los ojos y posó su mirada en el palco cinco.

La expresión de su rostro cambió. En el interior de aquel palco sumido en la oscuridad, había visto dos extrañas refulgencias, como el brillo de dos ojos de fuego.

En un último aliento, pasó con firmeza el arco sobre las cuerdas en un sonoro trémolo finalizando aquella sobrecogedora obra musical.

El público pareció contener la respiración en un intenso silencio.

Súbitamente, rompió en aplausos con un entusiasmo delirante.

El clamor de la sala fue *in crescendo* llegando a niveles que pocas veces se habían visto desde hacía muchos años. Algunas personas comenzaron a levantarse de sus asientos y poco a poco, arrastraron a la totalidad de los asistentes poseídos por aquel éxtasis musical.

Boldizsár se inclinó ante ellos con satisfacción y se giró hacia Christelle para besarle la mano y felicitarla por su magnífica actuación.

La orquesta y el coro estaban exultantes y aplaudieron con emoción cuando entregaron un ramo de flores a la joven violinista y al director.

Christelle sentía que su corazón se ensanchaba en su pecho y de la mano de Boldizsár saludó al público entre gritos de bravo y vítores.

La joven vislumbró los rostros de aquellos que habían escuchado tan sobrecogedora obra... Muchos de ellos mostraban unos ojos humedecidos y parpadeaban para impedir que las lágrimas delatasen su emotividad.

Su maestro le indicó que podían salir momentáneamente antes del saludo final.

Cuando ambos se hallaron entre bambalinas, Christelle dejó a un lado su ramo de flores y bebió un sorbo de agua.

—Has estado soberbia —la felicitó Boldizsár—. *Don Juan Triunfante* ha sido un éxito rotundo. El mundo entero ha presenciado este acontecimiento histórico y nosotros hemos formado parte directa de él. Vamos, debemos saludar de nuevo, el público está deslumbrado.

—Lo siento, maestro —dijo Christelle con nerviosismo—, pero me temo que tendrá que ir sin mí.

—¿Ocurre algo? —Boldizsár parecía contrariado—. ¡Tú eres la violinista principal! El peso de toda la composición ha recaído sobre ti, tienes que recoger el fruto de tu triunfo.

—No es mi triunfo... es el de Erik y yo... debo subir a su palco.

Sin esperar la contestación de su maestro, se precipitó corriendo hacia el primer piso, donde se hallaba el palco número cinco.

Al llegar ante la puerta, se detuvo y con mano temblorosa la abrió lentamente.

La luz había regresado a la sala de conciertos bañando el interior del palco.

Sus ojos vislumbraron algo en el primer asiento de la derecha. Los aplausos seguían sonando con fuerza mientras ella avanzaba.

«Dios mío...»

En aquella silla se hallaban depositados una rosa roja y un pequeño libro del mismo color.

Las lágrimas de Christelle no borraron su sonrisa.

Ante sí tenía la prueba de que aquella noche él había estado allí, siendo testigo de la culminación de su gran obra, contemplando el triunfo final de una vida marcada por el dolor y el rechazo.

Se le había condenado desde que nació y sin embargo, había perdonado a la humanidad regalándole lo más preciado para él: su música.

La joven se sentó en el asiento contiguo y presenció la ovación del público que se encontraba en pie.

El maestro Boldizsár advirtió su presencia en el palco y con un gesto a la audiencia, señaló hacia donde ella estaba. La gente volvió su rostro hacia el palco y los aplausos y aclamaciones se unieron en aquella sala revestida de musas y dioses que parecían ensalzar la obra de un genio.

Christelle recogió delicadamente la rosa y la besó con todo su amor.

En aquel beso, se fundieron dos mundos.

Epílogo

Tras descubrir el contenido de la caja, Leroux miró sorprendido al Daroga.

—Por la expresión de su rostro deduzco que ya ha adivinado la importancia de los dos elementos que ha visto —dijo el persa lentamente—. Uno de ellos es, efectivamente, las partituras de *su* gran obra, *Don Juan Triunfante*. ¡En cuántas ocasiones *él* me ha hablado de esta música tan sublime! Pero mucho me temo que nunca llegó a terminarla en vida. Se halla incompleta.

Tras una breve pausa en la que fumó de su pipa, prosiguió.

—El segundo objeto se trata de su libro de viaje, o como *él* solía denominarlo... el manuscrito del andante. Podríamos decir que es su diario personal; en él encontrará muchas respuestas a sus dudas, pero... también muchas preguntas.

Leroux se ajustó las gafas y se sentó de nuevo con la caja sobre sus piernas.

—¿Está realmente seguro de querer confiarme su último legado a la humanidad?

El Daroga asintió con tristeza.

—Me queda poco tiempo de vida y no tengo familia a la que poder entregarle este tesoro. Él murió sabiendo que yo no le traicionaría.

Leroux se revolvió en su asiento.

—No sé cómo agradecerle su confianza y franqueza; sin embargo, no alcanzo a comprender por qué permitió que la vida de un ser tan excepcional se apagase en la soledad de aquellos subterráneos. Ahora que han encontrado su cuerpo, el gobierno considera que es uno más de los fallecidos a causa de la Comuna y que por ello su lugar debe estar en una miserable fosa común. Usted fue su amigo, ¡no puede permitirlo! ¡Él se merece un entierro digno!

El Persa guardó silencio durante unos instantes.

—Voy a confesarle un último secreto, señor Leroux... —dijo al fin—. El cadáver que aquellos obreros encontraron en los laberintos de la Ópera Garnier... no pertenece a Erik.

Leroux abrió desmesuradamente los ojos y exclamó:

—Pero eso significa... ¡que aquel cuerpo sí es de un comunero! Entonces... ¿dónde se encuentra la sepultura de Erik?

El Daroga le ofreció una expresión enigmática y sentenció:

—Monsieur Leroux: el lugar donde se halla el cadáver de Erik me lo llevaré a mi tumba.

Nota de la autora

Este libro es un pequeño homenaje a Gastón Leroux y a su obra *El Fantasma de la Ópera*.

La frase *Toda leyenda o mito tiene una base de veracidad*, tal vez sea muy apropiada en este caso concreto, dado que existen datos que nos llevan a deducir que los personajes de aquella historia pudieron ser reales y por tanto haber vivido en el París de finales del siglo XIX.

Es muy probable que su autor, Leroux, adornase literariamente los sucesos y acontecimientos que ocurrieron en la Ópera Garnier, pero ello no desmerece en absoluto la posible realidad que él plasmó en su novela.

Quizás el hecho de que su principal personaje fuera un ser misterioso ocultando su deformado rostro tras una máscara, viviendo en los subterráneos de la Ópera, atemorizando a trabajadores y bailarinas, haya sido la parte negativa de la historia. Pero, al mismo tiempo y lo que en cierta forma ha hecho que haya miles de personas que adoren este mítico personaje y su leyenda, fueron sus ansias de amar, en este caso a una joven soprano a la que, parece ser, enseñó a cantar y de la que se enamoró perdidamente, no siendo finalmente correspondido.

Esta novela que el amable lector tiene en sus manos, no es una secuela, sino una historia de ficción, salpicada de hechos reales, en la que se ha incluido entre sus personajes al propio Gastón Leroux, con el más profundo respeto hacia su persona y mi sincero agradecimiento por haber sacado a la luz a tan maravilloso ser: el Fantasma de la Ópera.

Agradecimientos

De una manera muy especial, a mis padres, por su cariño y total apoyo durante los meses que duró la gestación de esta mi primera novela.

A Gastón Leroux por haber plasmado en literatura la leyenda y el mito de un maravilloso personaje al que debo tanto.

A todas aquellas personas que lean esta narración y que de alguna forma les brinde la oportunidad de adentrarse en el misterioso mundo del Fantasma de la Ópera.

Y finalmente, a Ediciones del Laberinto, por haber confiado en mí desde el primer momento para publicar este libro que espero sea del agrado de todos.

De corazón, gracias.

www.ladyghost.com

Sandra Andrés Belenguer (Zaragoza, 1982) es Licenciada en Filología Hispánica por la Universidad de Zaragoza.

Su formación literaria comenzó desde muy joven con autores clásicos como Víctor Hugo, Oscar Wilde, Dumas, etc. Su pasión por la leyenda del Fantasma de la Ópera la llevó a escribir un ensayo sobre la obra de Gastón Leroux y el musical de Andrew Lloyd Webber en el año 2000.

Durante años ha investigado sobre esta historia, llegando incluso a visitar los subterráneos de la Ópera Garnier de París, siendo en estos momentos una referente mundial sobre este tema bajo el pseudónimo de Ladyghost.

Con esta su primera novela, quiere acercar al lector juvenil al apasionante mito de este personaje envuelto en el misterio desde hace más de un siglo.

SIRENAS

Colección que presenta una serie de biografías noveladas de figuras femeninas que han señalado etapas fundamentales en la historia de las artes, de las ciencias, de la tradición, de la política, y que toman vida gracias al talento de escritoras prestigiosas y de ilustradores de primer plano. Las biografías de la colección son el fruto de cuidadosas investigaciones históricas que saben horadar en el alma femenina, que ponen en evidencia esperanzas y desilusiones, y por ello, como sucede en las novelas más auténticas, fascinan y conmueven.

En Sirenas todo es valioso: el compromiso de las protagonistas a no dejarse dominar por los prejuicios, la trama y la escritura, las ilustraciones, el diseño editorial. Una colección que, además de ser un punto de referencia para lectores a los que les gusta encontrar en los libros grandes historias de mujeres, ha sabido llegar a un segmento de público más amplio.

Títulos publicados: FRIDA KAHLO - POCAHONTAS - MARÍA CALLAS - SISÍ EMPERATRIZ - MARILYN MONROE

Frida Kahlo

Frida Kahlo, nacida con la Revolución mexicana, saca de la inmovilidad provocada por un terrible accidente, de sus intensos amores y sus grandes ideales, la fuerza para expresar con el pincel su propia vitalidad arrolladora. Su pintura simbólica, fantástica y misteriosa, es como una ráfaga de aire fresco que desde México alcanza al resto del mundo. Este libro cuenta su historia.

Autora: *Vanna Cercenà*

Ilustradora: *Marina Sagona*

Pocahontas

Pocahontas es una princesa india de mente sabia y corazón rebelde. John Smith es un colono inglés con los ojos azules y la osadía del aventurero. Ella sueña con un mundo nuevo en el que todos vivan en paz. Él sueña con la conquista. Cuando se enamora, Pocahontas se encuentra sola. Para los blancos es una salvaje, para los indios una traidora. Y sin embargo, sigue su camino, con la mirada dirigida hacia el futuro y su sueño de paz fuertemente apretado en un puño.

Autora: *Sabina Colloredo*

Ilustrador: *Paolo D'Altan*

MARÍA CALLAS

MARÍA CALLAS. Una voz fascinadora, un corazón apasionado, una voluntad de hierro. Y después, el éxito mundial. La Callas no es sólo una cantante de ópera: es una estrella adorada por el público, cortejada por la alta sociedad. Pero a María todo esto no le basta: en la cumbre de una deslumbrante carrera, «la Divina» lo arriesga todo por una promesa de amor...

Autora: *Paola Capriolo*

Ilustradora: *Alessandra Scandella*

Sisí

Emperatriz

Sisí Emperatriz. Nació un domingo, Sisí, y según una leyenda de su país, tendrá una vida particularmente feliz y afortunada. Las premisas las tiene todas: es simpática, inteligente, amada y sobre todo bellísima.
La profecía parece hacerse realidad: cuando Sisí cuenta con sólo dieciséis años, Francisco José, el Emperador de Austria, se enamora perdidamente de ella y la convierte en su esposa.
Pero el esplendor de la Corte de Viena, se revela muy pronto una prisión dorada donde Sisí, anticonformista, culta y rebelde, se debate en la búsqueda de una posible vía de escape.

Autora: *Vanna Cercenà*

Ilustradora: *Alessandra Scandella*

Marilyn Monroe

Marilyn Monroe. Tierna y sensual, cándida y oscura. Marilyn, que escala las cumbres del olimpo hollywoodense y es arrojada a noches de pesadillas y pastillas, que desea más que nada en el mundo ser amada y que sólo consigue ser deseada. Marilyn, hija de una América pobre y llena de sueños, icono inmortal de la fragilidad y la belleza.

Autora: *Vanna Cercenà*

Ilustradora: *Grazia Nidasio*